JEAN-LUC BANNALEC

Jean-Luc Bannalec est le pseudonyme d'un écrivain allemand qui a trouvé sa seconde patrie dans le Finistère sud. Après *Un été à Pont-Aven* (2014), il écrit la suite des aventures du commissaire Dupin dans *Étrange printemps aux Glénan* (2015), *Les Marais sanglants de Guérande* (2016) puis dans *L'Inconnu de Port Bélon* (2017).
Tous ses romans ont paru aux Presses de la Cité.

ÉTRANGE PRINTEMPS AUX GLÉNAN

JEAN-LUC BANNALEC

ÉTRANGE PRINTEMPS AUX GLÉNAN

Une enquête du commissaire Dupin

Traduit de l'allemand
par Amélie de Maupeou

PRESSES
DE LA CITÉ

Titre original :
BRETONISCHE BRANDUNG.
KOMMISSAR DUPINS ZWEITER FALL

Pocket, une marque d'Univers Poche,
est un éditeur qui s'engage pour la préservation
de son environnement et qui utilise du papier fabriqué
à partir de bois provenant de forêts gérées
de manière responsable.

© 2013, Verlag Kiepenheuer & Witsch, Köln

place
des
éditeurs

© Presses de la Cité, un département   , 2015
pour la traduction française
ISBN 978-2-266-26771-7

An douar so kozh, med n'eo ket sod.
« La terre est vieille, mais elle n'est
pas folle. »

Proverbe breton

à L.

LE PREMIER JOUR

Ils semblaient flotter par magie au-dessus de la mer d'opale. Etirés et plats, légèrement flous, scintillants sous le soleil, les îlots de l'archipel se déployaient devant leurs yeux comme un mirage.

Les contours des plus grandes îles, avec leur relief quasi inexistant, étaient déjà visibles à l'œil nu : la mystérieuse forteresse de Cigogne et le vieux phare de Penfret, battu par les vents. La ferme abandonnée de Drénec. Les rares maisonnettes de Saint-Nicolas, l'île principale de l'archipel, lequel formait un cercle presque parfait. Les Glénan. Un mythe.

Pour les rejoindre, il fallait parcourir deux milles depuis Concarneau, la majestueuse ville bleue de Cornouaille. Depuis toujours, ses habitants considéraient ces îles comme leurs « gardiennes ». Jour après jour, elles constituaient leur horizon immuable. Leur apparence – précise, claire, floue, lactescente, flottante ou stable sur la mer – augurait de la météo du lendemain, voire, à certaines époques, de tout le reste de l'année. Depuis des siècles, les Bretons discutaient âprement leur nombre. Sept, neuf, douze ou vingt étaient les estimations les plus courantes. En tout cas, il n'y avait que sept « grandes » îles, tout le monde s'accordait sur ce point. Quant à la définition de « grand », elle sous-entendait quelques centaines de mètres de longueur, tout au plus. Autrefois, voici bien longtemps, il n'y avait qu'une terre unique, démantelée au fil du temps par les flots rageurs et le ressac incessant. Quelques années plus tôt, une commission départementale avait énoncé les critères officiels définissant une île – une étendue natu-relle de terre entourée d'eau, émergeant à marée haute et couverte d'une végétation permanente – pour justifier le décompte de vingt-deux îles et îlots, cernés par une infinité de roches et de rochers abrupts. Leur nombre changeait également en fonction des marées qui, à leur tour, subissaient d'importantes variations selon la position du Soleil, de la Lune et de la Terre. Certains jours, la marée haute atteignait deux ou trois mètres de plus qu'à d'autres et quand la mer se retirait, certaines îles voyaient leur surface s'accroître considérablement – quand un banc de sable habituellement immergé ne les reliait pas carrément à la terre ferme. Il n'y avait pas d'état « normal » qui vaille par ici. Les paysages de l'archipel étant en perpétuelle mutation, personne ne pou-vait dire : voilà les Glénan, voilà à quoi ils ressemblent. Ce n'était pas un territoire à proprement parler, mais un entre-deux indéfinissable, mi-terre, mi-océan. Lors des effroyables tempêtes d'hiver, il n'était pas rare que d'immenses vagues balaient toute la surface des îles et qu'un gigantesque tapis d'écume uniforme change l'ensemble en mer. Des gens d'ici, on disait qu'ils étaient « perdus dans le grand large, à la frontière du néant » – image aussi poétique qu'appropriée.

En ce mois de mai, le matin était apparu singu-lièrement tôt. Avec ses températures défiant les lois saisonnières, sa lumière franche et ses couleurs vives, la journée annonçait l'été. L'air aussi était plus léger, moins chargé d'iode, de sel, de goémon et d'algues que d'ordinaire, et apportait davantage la fraîcheur indescriptible de l'Atlantique. Il n'était que dix heures, mais le soleil dessinait déjà un horizon lumineux qui lançait çà et là des éclairs aveuglants et se reflétait sur la surface de l'eau en un cône qui s'élargissait jusqu'à la berge.

Le commissaire Dupin, du commissariat de police de Concarneau, n'était pas homme à prêter attention à son environnement. Et ce lundi matin-là, il était d'ailleurs d'humeur particulièrement maussade. Il venait d'achever son petit déjeuner à l'Amiral et de commander son troisième café, ses journaux habituels étalés devant lui – *Le Monde*, *Ouest-France* et *Le Télégramme* –, quand la sonnerie stridente de son portable l'avait fait sursauter. Trois cadavres avaient été trouvés aux Glénan. Pas plus de précisions pour l'instant. Trois cadavres.

Il s'était mis en branle sans tarder. Le café où il débutait ses journées était situé à deux pas du port, si bien qu'il fut rapidement à bord d'une vedette de la police. Le commissaire ne s'était rendu aux Glénan qu'une seule fois depuis qu'il était en Bretagne, l'année précédente, à Penfret, une île située en bordure est de l'archipel.

Depuis vingt minutes qu'elle était en route, la vedette n'avait parcouru que la moitié du trajet – beaucoup trop peu pour Dupin. Il avait beau aimer la mer, il détestait naviguer. En bon Parisien du VIe arrondissement qu'il avait été jusqu'à sa « mutation » dans la région quatre ans plus tôt, il en appréciait certains aspects : la plage, la méditation face à l'immensité de l'Océan, peut-être une baignade de temps à autre mais surtout sa proximité, son odeur, l'exaltation qu'elle lui inspirait.

En revanche, le bateau le rebutait, plus encore ces rapides dont la gendarmerie maritime avait fait l'acquisition après d'âpres négociations avec la bureaucratie et dont elle semblait tirer fierté. Des embarcations dernière génération, de petites merveilles de technologie équipées de sondes et de capteurs. Elles étaient si rapides qu'elles paraissaient survoler l'eau. L'une des vedettes portait le nom de *Bir* – « la flèche » en breton –, l'autre avait été baptisée *Luc'hed*, « l'éclair ». Pour Dupin, ce n'étaient pas là des noms de bateaux, mais leur signification plaisait à l'équipe.

Le commissaire n'avait pas eu sa dose de caféine quotidienne, ce qui se traduisait, comme d'habitude, par une humeur de chien. Deux cafés, ce n'était pas suffisant, loin s'en fallait. De carrure imposante sans être gros, il était affecté depuis toujours d'une tension étonnamment basse.

Il était monté à bord à contrecœur, poussé par son seul orgueil. Il n'allait pas se ridiculiser, tout de même ! L'inspecteur Le Ber quant à lui avait embarqué sans hésitation. Des deux jeunes acolytes de Dupin, celui-ci lui vouait manifestement une admiration sans bornes – ce qui avait le don de l'agacer.

Pour sa part, le commissaire n'aurait pas hésité à parcourir en voiture la demi-heure de route qui les séparait du petit aéroport de Quimper. Il se serait installé dans le vieil hélicoptère à deux places et aurait rejoint les Glénan par voie aérienne, peu importait que cela prenne le double de temps et qu'il n'aimât pas beaucoup plus voler que naviguer. Hélas, son supérieur, le préfet, avait pris l'hélicoptère pour se rendre à une « rencontre amicale » avec son homologue des îles Britanniques du canal de la Manche, Guernesey, Jersey et Alderney.

L'engin se trouvait actuellement à Bordeaux Harbour, un petit port endormi de Guernesey. Des deux côtés de la Manche, on s'était accordé sur le fait que la collaboration policière devait s'intensifier : « Ne laissons aucune chance à la criminalité, peu importe sa nationalité. » Le commissaire Dupin ne supportait pas le préfet Gérard Guenneugues, et, même si les deux hommes se connaissaient depuis quatre ans, il était toujours incapable de prononcer son nom sans l'écorcher (de manière générale, Georges Dupin avait un rapport quelque peu tendu avec les représentants de l'autorité, ce qu'il jugeait d'ailleurs parfaitement normal). Au cours des dernières semaines, il avait reçu du préfet d'innombrables appels à ce sujet. D'abord source d'agacement, ces coups de fil avaient fini par lui faire l'effet de véritables tortures. Son supérieur entendait « rassembler des idées » sur les points à aborder lors de cet important sommet. Nolwenn, l'assistante de Dupin, une femme redoutablement efficace, s'était vue investie d'une mission essentielle. Parmi les « enquêtes non résolues » des dernières décennies, elle devait rechercher celles qui révélaient « peut-être, éventuellement ou probablement » un lien avec les îles de la Manche. En somme, des enquêtes qui auraient « peut-être, éventuellement ou probablement » pu trouver une issue si une collaboration étroite entre les deux pays avait été mise en place. C'était tout à fait ridicule, et Nolwenn avait bruyamment renâclé. Elle ne voyait vraiment pas pourquoi le « Sud » devait se préoccuper de ce qui se passait au « Nord », ce pays où il pleuvait en permanence et où la mer charriait des icebergs. Elle avait retourné des mètres entiers de dossiers sans trouver une seule affaire significative – au grand désarroi du préfet.

La traversée de Dupin n'avait pas été facilitée par le petit « incident » survenu quelques instants après qu'on avait largué les amarres. Il s'était comporté en parfait terrien : alors que la vedette se déplaçait à vive allure et qu'un vent solide soufflait à bâbord sur une mer encore très agitée, il avait voulu jeter un dernier coup d'œil aux îles. L'inspecteur Le Ber et les deux membres de l'équipe du *Bir*, quant à eux, s'étaient prudemment agglutinés à tribord. La vague ne s'était pas fait attendre longtemps et Dupin était maintenant trempé jusqu'aux os. Sa veste, qu'il avait coutume de porter ouverte, son polo et son jean – son uniforme de travail entre mars et octobre – lui collaient au corps, seules ses chaussettes étaient restées sèches, à l'abri dans ses chaussures.

Ce qui irritait tout particulièrement le commissaire, c'était de ne posséder aucune information supplémentaire concernant la funeste trouvaille des trois cadavres. Dupin n'était pas réputé pour sa patience, bien au contraire. Quand il l'avait eu au téléphone, Labat, l'inspecteur avec lequel il se querellait régulièrement, n'avait rien pu lui apprendre de plus que ce que lui avait annoncé la « voix d'homme avec un fort accent anglais » qui avait appelé le commissariat quelques instants plus tôt, visiblement très agité. Les cadavres se trouvaient sur la plage nord-est du Loc'h, la plus grande île de l'archipel – en l'occurrence, « grand » signifiait quatre cents mètres de longueur. Inhabité, le Loc'h comptait un monastère en ruine, un vieux cimetière, une fabrique de soude désaffectée et, principal attrait des lieux, un lac qui avait tout d'une lagune. Labat avait dû assurer une bonne douzaine de fois au commissaire qu'il ne savait rien de plus que ce qu'il venait de lui communiquer. Dupin l'avait bombardé de questions – son penchant presque fanatique pour les détails à première vue insignifiants n'était plus un secret pour personne.

Trois morts, sans que personne ne semble être au courant – à la préfecture, l'événement avait suscité un trouble manifeste. L'affaire n'était pas commune, dans ce Finistère pittoresque que les Romains avaient qualifié de bout du monde. En revanche, pour les Gaulois et les Celtes – dont les gens d'ici se recommandaient toujours –, c'était le contraire : on ne se trouvait pas au « bout » du monde, mais à son « commencement » – la « tête du monde », *Penn ar Bed*, et non sa fin, *Finis Terrae*.

Entre-temps, le bateau avait ralenti pour adopter une vitesse de croisière modérée. La navigation n'était pas évidente, par ici. La faible profondeur et la présence de rochers qui affleuraient à peine ou se cachaient sous la surface rendaient la circulation risquée, même pour des navigateurs chevronnés, et plus encore à marée basse. Le passage naturel qui séparait Bananec du grand banc de sable de Penfret constituait l'accès le plus sûr vers l'archipel. On débouchait alors dans « la Chambre », un espace protégé des tempêtes et des puissants courants marins par les îles avoisinantes. C'était là le cœur de l'archipel. Le *Bir* se glissa avec habileté et aisance entre les rochers et mit le cap sur Le Loc'h.

— On ne va pas pouvoir s'approcher plus que ça.

Le capitaine du bateau de la gendarmerie maritime, un jeune gars de haute taille vêtu d'un uniforme en tissu high-tech qui claquait furieusement au vent, avait lancé cette remarque depuis son siège sans s'adresser à quelqu'un en particulier. Toute son attention était concentrée sur la navigation.

Dupin se sentit défaillir. Cent mètres les séparaient encore du rivage, sinon plus.

— Ce sont les grandes marées ! Coefficient 107, aujourd'hui.

A nouveau, le longiligne capitaine avait livré cette information sans se soucier de qui l'écouterait. Le commissaire adressa une question muette à l'inspecteur. Depuis l'incident de la vague, il s'était collé contre lui et n'avait plus bougé. Le Ber approcha ses lèvres de l'oreille de Dupin. Bien que le bateau fût à l'arrêt, le vacarme du moteur était encore assourdissant.

— Les marées varient énormément à cette époque, patron. Pendant les grandes marées, l'eau reflue encore plus que d'habitude. Je ne sais pas si vous...

— Je sais ce que c'est qu'une grande marée, merci.

Dupin fut tenté d'ajouter : « Je vis en Bretagne depuis près de quatre ans et j'ai assisté à un certain nombre de marées, hautes et basses », mais il savait que ce serait vain. Il devait d'ailleurs reconnaître qu'il n'avait jamais réussi à se mettre en tête le fonctionnement des coefficients malgré les explications répétées qu'il avait reçues. Pour Le Ber comme pour tous les Bretons, il resterait « l'étranger » pendant les décennies à venir, peu importaient ses efforts pour s'intégrer – et, bien entendu, cette appellation n'avait absolument rien de dépréciatif. Mais Dupin était un étranger de la pire sorte : un Parisien – ce qui, en revanche, avait une connotation tout à fait péjorative. On lui resservait sans cesse la même rengaine : quand la Lune, le Soleil et la Terre étaient sur la même ligne et que les influences de la force de gravité s'additionnaient...

Le moteur s'arrêta net et les deux collègues de la gendarmerie maritime s'activèrent aussitôt à la proue.

Dupin s'aperçut seulement à cet instant que les deux hommes ressemblaient curieusement au capitaine : même silhouette sportive, même visage étroit, même uniforme.

— Impossible de nous approcher davantage. La profondeur est trop faible.

— Qu'est-ce que cela veut dire ?

— Il faut qu'on débarque ici.

La réaction de Dupin se fit attendre.

— Vous voulez qu'on *débarque* ici ?

Aux yeux de Dupin, ils se trouvaient encore au beau milieu de l'océan.

— Ce n'est pas profond, cinquante centimètres tout au plus.

L'inspecteur Le Ber s'était déjà agenouillé et avait entrepris de délacer ses chaussures.

— Nous avons bien un canot, non ?

— Ça n'en vaut pas la peine, commissaire. On gagnerait à peine quelques mètres.

Sourcils froncés, Dupin baissa le regard. L'eau lui semblait bien plus profonde, mais elle était incroyablement transparente. Le moindre coquillage, le moindre caillou étaient clairement visibles. Un banc de minuscules poissons verts fila sous le bateau. Ils avaient accosté au nord de l'île du Loc'h. Le sable était d'un blanc éblouissant, la surface turquoise ne faisait pas un pli, la mer était aussi calme qu'un lac. Il ne manquait que quelques cocotiers – la seule variété de palmiers qui ne poussait pas en Bretagne, selon Dupin – pour se croire aux Caraïbes. Personne n'aurait spontanément associé ce type de panorama avec la Bretagne. Les centaines de cartes postales qui vantaient l'endroit ne mentaient pas d'un iota.

Entre-temps, Le Ber s'était également débarrassé

de ses chaussettes. Les membres de l'équipage avaient déroulé l'ancre et après avoir bondi dans l'eau avec grâce et légèreté sans tergiverser, ils s'affairaient à faire virer le bateau afin que la proue et sa marche de bois surplombant la surface de quelques centimètres à peine se placent face à la plage. Avec son pantalon de toile clair, Le Ber sauta à son tour par-dessus bord comme si c'était la chose la plus naturelle au monde, bientôt suivi du capitaine dégingandé.

Dupin hésita. Il était conscient de l'absurdité de la scène. Les jeunes gendarmes maritimes, Le Ber et le capitaine s'étaient retournés pour l'attendre et formaient comme une haie d'honneur. Tous les regards étaient braqués sur lui.

Dupin s'exécuta. Il n'avait pas ôté ses chaussures. L'instant d'après, il se tenait debout dans l'Atlantique, immergé jusqu'au-dessus des genoux. A cette période de l'année, la température de l'eau atteignait à peine les quatorze degrés. Il scruta le fond de la mer. Le banc de poissons verts, beaucoup plus gros en réalité qu'il ne l'avait cru, s'approcha de lui avec curiosité et se faufila sans crainte entre ses mollets. Dupin esquissa un demi-tour pour le suivre des yeux et aperçut soudain un crabe de belle taille. Calé en position d'attaque, le crustacé l'observait. C'était un vrai tourteau, de ceux qu'on consommait sur cette côte et que Dupin lui-même appréciait tout particulièrement. Le commissaire réprima deux élans contradictoires : un petit cri de frayeur devant cette rencontre imprévue et un autre d'enthousiasme gourmand. Au même instant, il leva les yeux et s'aperçut que l'équipe au grand complet, immobile, l'attendait patiemment. Il se redressa d'un coup et avança vers la plage en évitant le regard de Le Ber et des gendarmes. Il rallia la plage bon dernier.

Le cadavre reposait sur le ventre, légèrement de côté, l'épaule coincée sous le tronc dans une posture peu naturelle, si bien que le bras droit paraissait coupé. Le gauche, visiblement brisé, était replié. La tête reposait sur le front, comme si quelqu'un l'avait placée ainsi à dessein, et on ne distinguait pas le visage. Les larges déchirures de la veste bleue et du pull laissaient apparaître de profondes plaies qui zébraient le dos, le cou et le bras gauche. Le bas du corps semblait quasi intact et les solides chaussures de voile étaient manifestement neuves. L'homme n'était pas très grand. Dans une telle position, il était malaisé de déterminer son âge, mais Dupin l'estima à quelques années de plus que lui. La quarantaine bien sonnée, voire la cinquantaine. Le commissaire s'agenouilla pour l'inspecter de plus près. La mer l'avait déposé en haut de la plage, à quelques mètres de la lisière où le sable blanc qui remontait en pente douce cédait la place à une végétation d'un vert vif.

— Les autres se trouvent là-bas, presque côte à côte, dit Le Ber en désignant un emplacement non loin. Ils sont à peu près dans le même état que celui-ci.

Dupin aperçut les collègues de la gendarmerie-maritime, dressés à côté d'une masse sombre, à une centaine de mètres. Le fait que son équipe ne soit pas la seule ne lui était pas venu à l'esprit.

— Ces cadavres ont vraiment une sale tête, ajouta Le Ber d'une voix blanche.

Il n'avait pas tort.

— Quel médecin légiste attendons-nous ?

— Le docteur Savoir devrait arriver d'un moment

à l'autre. Il a embarqué sur l'autre bateau. L'inspecteur Labat l'accompagne.

— Ben voyons, comme par hasard !

L'antipathie qui régnait entre le commissaire et le docteur Savoir était notoire.

— Le docteur Lafond avait un rendez-vous à Rennes ce matin.

D'habitude, Nolwenn s'arrangeait toujours pour que le vieux docteur Lafond – un homme grincheux mais redoutablement efficace – soit convoqué quand Dupin était chargé d'une enquête.

Le capitaine du *Bir* les rejoignit d'un pas décidé.

— Trois hommes, tous trois âgés d'une petite cinquantaine d'années, commença-t-il d'une voix posée, sérieuse. On ignore leur identité pour le moment. Selon toute probabilité, leurs dépouilles ont été rejetées par la mer pendant la dernière marée. Ils se trouvent assez haut sur la plage. Les courants sont parfois puissants aux Glénan, surtout pendant les grandes marées. Nous avons pris nos appareils photo, nous documentons tout.

— La mer est à son niveau le plus bas, là ?

— Presque, oui.

Le gendarme maritime jeta un bref coup d'œil à sa montre.

— L'étale de basse mer remonte à une heure et demie. Elle doit être en train de remonter maintenant.

Dupin calcula rapidement.

— Il est 10 h 45. La dernière marée basse était donc à…

— Ce matin à 9 h 15, l'avant-dernière hier soir à 20 h 50. Douze heures et vingt-cinq minutes auparavant. La marée haute a donc dû être enregistrée cette nuit à 3 h 03.

Ce calcul n'avait pas pris plus de trois secondes, mais le regard du gendarme était dépourvu de la moindre trace de triomphe.

— Avons-nous reçu des avis de disparition ? Chez nous ou chez les sauveteurs en mer, peut-être ?

— Non, commissaire, rien pour le moment. Mais cela peut encore venir.

— Le Loc'h est inhabité, n'est-ce pas ?

— Oui. Saint-Nicolas est la dernière île habitée de l'archipel, mais compte peu de résidents, en réalité. Dix, quinze tout au plus, pendant la haute saison.

— Personne ne reste donc sur l'île pendant la nuit, je présume ?

— Il est formellement interdit de camper sur l'archipel. Il y a bien quelques aventuriers qui tentent l'expérience pendant l'été... Nous allons faire le tour de l'île, au cas où. Peut-être que des embarcations ont mouillé dans la Chambre, devant le Loc'h, cette nuit. C'est un lieu de mouillage très apprécié. Nous n'allons pas tarder à le savoir.

— Comment vous appelez-vous ?

Ce jeune gendarme maritime calme et efficace plaisait à Dupin.

— Mon nom est Kireg Goulch, commissaire.

— Kireg Goulch ?

— Oui, c'est bien ça.

— Ah, c'est un nom très... Euh... Enfin, c'est tout à fait breton.

Le jeune homme ne releva pas et resta de marbre. Dupin s'éclaircit la voix et tenta de se concentrer de nouveau sur l'enquête.

— L'inspecteur Le Ber dit que l'Anglais qui a découvert les cadavres était à bord d'un canoë.

— Oui, les touristes sortent en kayak de mer, c'est très couru par ici. Pas encore trop en cette saison, mais on en voit déjà quelques-uns.

— Ils se mettent en route de si bonne heure ?

— Oh oui, c'est ce qu'ils préfèrent. A midi, le soleil tape trop quand on est sur l'eau.

— L'homme n'a pas accosté, si j'ai bien compris. Il n'a pas quitté son kayak ?

— D'après ce que nous savons, non. On ne relève aucune trace de pas sur la plage, d'ailleurs.

Dupin n'y avait même pas pensé. Le sable, vierge après chaque marée, gardait trace de tout mouvement, toute empreinte.

— Où se trouve cet homme ?

— A Saint-Nicolas, il nous attend sur le quai. Un deuxième bateau va amener un confrère sur l'île, pour l'interroger. Ordre de l'inspecteur Labat.

— Un *ordre* de l'inspecteur Labat ?

— Oui, il…

— C'est bon, laissez tomber.

L'heure n'était pas aux susceptibilités. Dupin eut toutes les peines du monde à extraire de sa veste encore humide un des innombrables carnets Clairefontaine rouges qui l'accompagnaient pendant ses enquêtes et se démena tout autant pour dénicher un de ces stylos Bic qu'il achetait par packs entiers tant il les perdait vite – c'était inexplicable.

— A-t-on enregistré un naufrage quelque part ?

A peine posée, la question lui apparut superflue. Si cela avait été le cas, il en aurait entendu parler, bien sûr. Le jeune gendarme accueillit néanmoins sa demande avec une patience bienveillante.

— Nous n'avons rien entendu de tel, commissaire.

Cela dit, si un bateau avait chaviré hier soir ou pendant la nuit, le signal de sa disparition pourrait prendre un moment avant de nous parvenir. Tout dépend de la taille du bateau, ça va de soi, et de l'équipement dont il dispose. Sans oublier l'endroit où l'incident aurait pu avoir lieu, la destination du bateau, et la probabilité qu'il soit attendu quelque part…

Dupin prit quelques notes, sans réelle conviction.

— Comment était la météo, cette nuit ? On a eu un avis de tempête ?

— Ne vous laissez pas induire en erreur par le temps qu'il fait aujourd'hui, commissaire. Un orage a longé toute la côte, hier soir. La préfecture ne manquera pas de nous dire quelles étaient sa force et sa trajectoire exacte. On n'a pas senti grand-chose à Concarneau, mais cela ne veut rien dire. On a tous les enregistrements. La mer reste assez agitée aujourd'hui, d'ailleurs, même si la Chambre demeure préservée. Vous l'aurez remarqué par vous-même tout à l'heure, sur le bateau.

Il s'agissait là d'une simple constatation, sans sous-entendu particulier. Goulch lui était décidément de plus en plus sympathique.

— Ce n'était peut-être pas l'orage du siècle, mais tout de même une bonne petite tempête, conclut le capitaine.

Le commissaire ne connaissait que trop bien le phénomène. Il était devenu suffisamment breton pour ne plus se laisser leurrer par un ciel immaculé et un temps paradisiaque. La presqu'île bretonne, son extrémité la plus hardie et la plus escarpée – le Finistère, donc –, comme Nolwenn ne se lassait pas de le lui répéter, s'avançait loin, très loin, presque jusqu'au *milieu* de l'Atlantique nord. « Tel un monstre d'antan, l'Armorique tend sa tête dentelée comme un dragon tirant la langue. » Il aimait cette image – et sur les cartes, on reconnaissait vraiment une tête de dragon. Ainsi, la Bretagne n'était pas seulement exposée à la violence des flots réputés pour être les plus sauvages au monde, mais également à celle de fronts météorologiques chaotiques et capricieux qui se développaient entre la côte ouest des Etats-Unis, le Canada, le Groenland, l'Arctique, les côtes atlantiques d'Irlande, d'Angleterre, la Norvège et la France. En raison de cette position géographique particulière, le temps pouvait passer d'un extrême à l'autre en un clin d'œil. « Quatre saisons en une journée » était une formule que les Bretons citaient souvent.

— Peut-être n'était-ce pas un naufrage, qui sait…

La voix de Le Ber avait repris un peu de force.

— A moins qu'ils n'aient été surpris par la marée ou la tempête. Peut-être qu'ils pêchaient des poissons, des crustacés… Surtout si on a affaire à des touristes. Quand la marée est très basse, on en voit beaucoup par ici.

C'était vrai. Dupin nota ce point sur son cahier.

— Pourquoi ne portent-ils pas de gilets de sauvetage ? Cela pourrait confirmer cette hypothèse, non ? Et indiquer qu'ils ne se trouvaient pas sur un bateau ?

— Pas forcément, répondit Goulch avec conviction. Les autochtones qui naviguent sans gilet ne sont pas rares, vous savez. Surtout s'ils ont picolé, d'ailleurs. Je n'en tirerais pas de conclusions, à votre place.

Dupin esquissa un geste de résignation. La situation était la suivante : ils ne savaient absolument rien et ce n'était certainement pas ici, sur l'île, qu'ils en apprendraient davantage.

— De manière générale, l'alcool joue un rôle non

négligeable, en mer. Surtout ici, dans les îles, ajouta Goulch.

— On prétend que les bouteilles sont plus petites aux Glénan que sur le continent – et que c'est pour ça qu'elles se vident si vite.

Dupin ne comprit pas d'emblée la plaisanterie – en supposant que c'en était une – que Le Ber avait lancée comme s'il s'agissait d'un fait objectif. Goulch poursuivit sans se laisser distraire.

— Les corps ont sûrement été ballottés pendant longtemps par le ressac, d'où leurs blessures. S'il s'agit d'un naufrage, en revanche, c'est sans doute à ce moment-là qu'ils les ont récoltées.

— Et si ça s'était passé au large ? Le courant aurait-il pu les charrier de si loin ?

— Tout dépend du temps qu'ils ont passé dans l'eau. Peut-être étaient-ils encore vivants quand ils sont passés par-dessus bord, peut-être ont-ils d'abord essayé de s'en sortir et se sont-ils noyés ensuite. Ils n'ont pas l'air d'avoir séjourné longtemps dans la mer, en tout cas. Les cadavres auraient une tout autre apparence. Cela dit, les courants sont de puissance variable par ici. Certains atteignent huit kilomètres/heure, ce qui permettrait aux corps de parcourir une bonne distance en l'espace d'une seule nuit. Selon l'endroit où ils sont tombés à l'eau, cependant, ils ont aussi pu tourner en rond. La direction des courants dépend largement des marées, de la météo et de la saison.

— Si je comprends bien, on ne peut tirer aucune conclusion pour le moment.

— C'est une particularité de l'archipel : quand le Soleil, la Lune et la Terre se trouvent dans une configuration particulière, d'innombrables courants convergent vers le Loc'h. On retrouve ici des tas de choses rejetées par la mer, depuis toujours. Lors de gros naufrages, on a pu récolter sur le rivage des cadavres par dizaines. C'est pourquoi un cimetière a été installé sur cette île au XIXe siècle, à côté de la chapelle. De cette manière, inutile de rapatrier les dépouilles à Saint-Nicolas, où l'on trouvait autrefois le seul cimetière de l'archipel. Elles étaient directement enterrés ici. On a même retrouvé des tombes datant du début de la civilisation celte !

— Les corps étaient rabattus jusqu'ici par le courant ?

Dupin ne put s'empêcher de jeter un regard à la ronde, une drôle de sensation au creux du ventre.

— Pendant des siècles, on a cru que l'île était la cachette de Groac'h, la fée malfaisante responsable de nombreux naufrages. On raconte qu'elle était démesurément riche, plus que tous les rois réunis, que son magot était dissimulé au fond du lac relié à la mer par un souterrain, et qu'un courant magique aspirait tous les trésors des bateaux naufragés jusqu'à son palais sous-marin.

Quand Goulch eut terminé son récit, Le Ber, visiblement exténué, afficha un pauvre sourire.

— On dit qu'elle mange les jeunes gens, poursuivit Goulch. Elle les séduit et les transforme en poissons avant de les frire et de les dévorer. Nombreux sont ceux qui ont tenté de trouver son fabuleux trésor, mais personne n'en est jamais revenu. Vous voyez, les histoires à ce sujet ne manquent pas.

La Bretagne était ainsi. Ce qui pouvait passer pour normal et naturel était en réalité régi par des forces obscures. Chaque lieu-dit, si petit soit-il, comptait son lot de fables surnaturelles. Les Bretons avaient beau rire de leurs propres légendes – et Dupin ne connaissait pas de peuple plus enclin à se moquer de lui-même avec un tel mélange de grandeur et de détachement –, ces histoires effaçaient instantanément le moindre sourire sur leurs lèvres. Tout cela était pour eux bien réel, profondément enraciné dans leur culture. Pendant des millénaires, la magie avait constitué le recours le plus simple pour expliquer leur vision du monde – et les choses devaient changer sous prétexte qu'on était au XXIe siècle ?

— J'aimerais voir les autres cadavres.

Dupin traversa la plage, Goulch et Le Ber sur ses talons. Pour le moment, la question essentielle était celle-ci : ces hommes avaient-ils été victimes d'un accident ? S'étaient-ils noyés ? Existait-il des indices laissant croire à un autre scénario ?

Les deux corps gisaient sur le côté, tournés l'un vers l'autre, bras tendus comme pour s'enlacer. Cette posture avait quelque chose de sinistre, comme s'ils avaient utilisé leurs dernières forces pour ramper l'un vers l'autre. L'aspect effrayant du tableau était renforcé par la présence autour d'eux d'une multitude de gros coquillages nacrés qui brillaient de toutes les nuances de l'arc-en-ciel, comme si on les avait disposés là à dessein. Les collègues de Goulch étaient accroupis entre les deux dépouilles et l'un d'eux mitraillait la scène avec un appareil numérique. Les trois nouveaux venus s'immobilisèrent et contemplèrent silencieusement la macabre découverte.

Puis Dupin se détacha du groupe pour contourner lentement les cadavres en s'arrêtant de temps à autre afin de les observer de plus près. Il retrouvait les mêmes entailles profondes, presque uniquement sur les jambes pour l'un, sur tout le corps pour l'autre, les mêmes vêtements déchirés (pantalons de coton, polos, vestes polaires, chaussures solides) et partout, même dans les plaies, des algues et du fucus.

Le gendarme armé d'un appareil photo se releva lentement :

— Comme pour celui qu'on voit là-bas, ces hommes ne portent pas de trace apparente de coups et blessures autres que d'éventuels chocs contre les rochers pendant qu'ils dérivaient.

— Il n'est pas nécessaire de blesser quelqu'un pour le tuer quand on est en mer. Il suffit d'une pichenette un peu énergique et il est à l'eau. Par temps d'orage ou à marée haute, même le nageur le plus averti n'a aucune chance de s'en sortir. Allez donc ensuite essayer de retrouver trace d'une pichenette.

Goulch avait raison, évidemment. Avec l'océan, il fallait raisonner différemment.

— Le deuxième bateau arrive.

Dupin sursauta. Goulch pointait un doigt vers le large où le *Luc'hed* s'approchait à grande vitesse du *Bir*. Il ne ralentit l'allure que quelques mètres avant de l'atteindre et se rangea parallèlement à celui-ci avant de s'immobiliser.

Dupin observa la manœuvre qu'il avait expérimentée peu de temps auparavant. Il reconnut les silhouettes de Labat et du docteur Savoir, celles du capitaine et d'un autre gendarme qui se tenait déjà dans l'eau pour redresser l'embarcation. Tous sautèrent du bateau sans hésiter et se dirigèrent d'un pas sûr vers la plage – Labat, fidèle à lui-même, en tête de peloton.

— Nous avons déposé un confrère à Saint-Nicolas pour qu'il interroge l'Anglais qui a découvert les cadavres. Nous allons recevoir son rapport d'ici peu. Trois morts, c'est une grosse affaire.

Avant même d'être sorti de l'eau, Labat s'était mis au travail en adoptant le ton diligent qu'il affectionnait et que Dupin ne supportait pas.

— Nous ne savons même pas si cette affaire est de notre ressort, inspecteur.

— Que voulez-vous dire, patron ?

— A première vue, on pourrait conclure à un accident.

— Est-ce que cela nous dispense de rassembler tous les indices nécessaires pour comprendre ce qui s'est passé ici ?

Quel imbécile, songea Dupin en prenant conscience de son humeur particulièrement irritable, due sans doute à cette matinée exécrable, mais aussi à l'arrivée du second bateau. Déjà tout seul, Labat n'était pas une sinécure, mais si en plus il était escorté du médecin légiste Savoir, c'était le pompon. Ce type gauche, au langage ampoulé, n'allait pas manquer de leur servir un spectacle digne des meilleurs épisodes des *Experts* en inventant des complications infinies sans parvenir au moindre résultat concluant. Dupin s'aperçut au même instant que le gendarme qui l'accompagnait portait une valise énorme, manifestement très lourde, qui cachait sans aucun doute le matériel high-tech de Savoir. Il devait à tout prix rester concentré. Peut-être serait-il débarrassé de cette affaire d'ici quelques heures.

— Oh, commissaire !

La voix de Savoir était teintée d'une sorte de fierté grotesque, comme s'il avait accompli un exploit simplement en reconnaissant Dupin.

— Est-ce que nous avons des premières conclusions ? Quels sont les faits, pour l'instant ?

Tout en posant ces questions d'une voix énergique, Labat avait dépassé Dupin sans songer à ralentir pour le saluer.

— Quand j'aurai jeté un coup d'œil, nous en saurons davantage. Bien entendu, je ne pourrai vous livrer que des conclusions provisoires. Sans les résultats du laboratoire, impossible de vous en dire plus. Déposez mon équipement ici, s'il vous plaît, entre les cadavres.

Savoir posa un regard à la fois rapide, professionnel et théâtral aux deux corps avant d'ouvrir sa mallette.

— Est-ce que tout a été documenté ? Les photos ont été prises ?

— Oui, c'est fait. Pour les trois victimes, intervint Goulch.

— Serez-vous en mesure de nous dire si les victimes se sont noyées ?

Savoir considéra Goulch d'un air indigné.

— Bien sûr que non. Hors de question que je m'adonne à des spéculations sans fondement. Peu importe l'urgence de l'enquête, tout cela demande du temps.

Dupin eut un petit sourire. Impeccable ! Manifestement, on n'avait pas besoin de lui ici. Il s'approcha de Le Ber et de Goulch.

— Je vais faire le tour de l'île.

Il ne savait pas lui-même ce qu'il cherchait exactement.

— Voulez-vous que nous passions l'île au peigne fin, commissaire ? Au cas où nous trouverions quelque chose de suspect ?

— Oui, oui. Très bonne idée, Goulch. Pour ma part, je vais me balader. Essayez aussi de voir si quelqu'un a remarqué quelque chose depuis les bateaux amarrés au Loc'h. Quoi que ce soit de suspect, où que ce soit.

— Vous cherchez quelque chose de précis ?

Labat s'était planté tout près de lui, selon son habitude, alors qu'il savait très bien que Dupin détestait cela.

— La routine, Labat, la routine. Rien de plus. De toute façon, nous serons automatiquement avertis de tout naufrage et de toute disparition, n'est-ce pas ?

Le commissaire ne savait pas lui-même ce qu'il entendait par « automatiquement ». En prononçant ces mots, il s'était ostensiblement tourné vers Goulch.

— Bien entendu, commissaire. Tous les postes de police de la côte sont en alerte, comme ceux des départements voisins. Nous avons demandé deux hélicoptères de la Société nationale de sauvetage en mer de Brest. Ils quadrillent la région depuis une heure déjà.

— Très bien, Goulch, très bien. Le Ber, ne vous éloignez pas trop de lui. Je veux être tenu au courant de tout en permanence. Labat, dès que Savoir vous donne le feu vert, fouillez les cadavres pour trouver des papiers d'identité ou quelque chose qui nous permette de les identifier.

— Je… je…

Labat se tut. Il fallait bien que quelqu'un s'en charge, et le commissaire était en droit de décider à qui revenait cette tâche. Cette réflexion simple sembla crisper ses traits qui prirent soudain une expression douloureuse.

— Ne négligez aucun détail, Labat. Nos téléphones portables fonctionnent, sur les îles, Le Ber ?

— On a installé un nouveau poteau électrique sur Penfret l'année dernière. Rien de bien révolutionnaire, mais, depuis, la communication est à peu près fiable.

Le Ber scruta l'île du Loc'h comme s'il cherchait à apercevoir le poteau de Penfret.

— Comment ça, « à peu près » ?

— Eh bien, plusieurs facteurs entrent en jeu.

— Pouvez-vous être un peu plus précis ?

C'est important, tout de même, se dit Dupin.

— Ma foi, ça varie surtout en fonction du temps. S'il fait mauvais, il faut s'attendre à ne pas avoir de réception du tout. S'il fait beau, en principe, tout va bien. Mais parfois ça ne fonctionne pas. On ne sait pas pourquoi. Tout dépend si vous êtes sur l'eau ou sur la terre – et bien entendu, ça dépend aussi de l'île sur laquelle vous vous trouvez. Sur Bananec, par exemple, il n'y a pas de signal, bien qu'elle soit à deux pas de Saint-Nicolas.

Dupin se demanda comment c'était possible, d'un point de vue purement technique, et pourquoi Le Ber avait une connaissance aussi fine du sujet.

— Et ici, sur l'île du Loc'h ?

— La communication devrait être stable, aujourd'hui.

— Je suis donc probablement joignable, si je comprends bien.

— Probablement, oui. Ah, et ne vous étonnez pas, commissaire. Parfois, sur l'archipel, on voit des choses qui disparaissent par la suite. Il y a aussi des bruits étranges. Ça a toujours été comme ça, c'est tout à fait normal.

Dupin n'avait pas la moindre idée de ce qu'il devait répondre à cela. Il se retourna, passa une main dans ses cheveux et entreprit de longer la plage vers l'ouest pour rejoindre ensuite son extrémité la plus ventrue, au sud de l'île.

Où que l'on pose le regard, le paysage était vraiment époustouflant. Un sable blanc et fin comme du sucre glace, des plages qui descendaient en pente douce vers la mer et où l'on ne distinguait même pas le bord de l'eau tant elle était transparente. Sa teinte turquoise, claire et lumineuse, se transformait en opale puis en bleu ciel, épousant mille nuances, et ce n'était que bien plus loin, à l'horizon, qu'elle s'assombrissait tout à coup. Bien sûr, la présence envoûtante de l'océan se ressentait également à Concarneau, mais ici, aux Glénan, c'était encore différent. On n'était pas au bord de la mer, on était *dans* la mer. Outre le goût sur les lèvres et l'odeur omniprésente, la sensation était plus profonde, plus pénétrante.

Plus séduisante encore était la lumière, puissante, directe sans être agressive – une clarté douce qui s'insinuait de toutes parts et qui semblait ne pas avoir de source précise, comme si elle ne provenait pas seulement du soleil mais de divers endroits. Elle jaillissait du ciel dans son ensemble – de toutes les directions, les hauteurs et les couches. Mais surtout, elle venait de la mer. La luminosité se multipliait à l'infini, se reflétait dans l'atmosphère, dans l'eau, et gagnait à chaque fois en densité. Les quelques parcelles de terre réparties sur l'océan étaient bien trop dérisoires pour en absorber ne serait-ce qu'une infime partie. Dupin n'avait jamais vu autant de lumière qu'en Bretagne – et jamais il n'avait eu au-dessus de sa tête un ciel aussi haut, aussi démesuré. Toutes ces perceptions étaient encore plus fortes ici, aux Glénan. Les habitants de la côte avaient coutume de dire que ces paysages avaient le pouvoir d'enivrer, de faire tourner la tête. Dupin comprenait très bien de quoi ils parlaient.

Il sortit son téléphone de la poche arrière de son

pantalon. Jusque-là tout s'était bien passé, et il découvrit avec joie qu'il avait même du réseau.

— Nolwenn ?

— Commissaire ?

Dupin avait oublié que sa secrétaire avait eu un rendez-vous important, ce matin, chez le vieux Bernez Pelliet, son médecin traitant, un homme au physique noueux. Elle n'était pas encore passée au bureau.

— Dites-moi, vous n'êtes pas encore au courant de ce qui s'est passé, n'est-ce pas ?

— Non. Je m'apprêtais justement à appeler Labat. Apparemment, il a essayé de me joindre trois fois.

— Nous avons trois cadavres. Aux Glénan. Sur l'île du Loc'h, pour être précis. Ils ont été rejetés par la mer et on ne les a pas encore identifiés. Pour l'instant, notre hypothèse est l'accident.

— Décidément, ils échouent tous sur l'île du Loc'h. Les Glénan ont toujours été synonymes de naufrage, vous savez.

Comme d'habitude, Nolwenn était restée parfaitement maîtresse d'elle-même.

— « Si tu veux apprendre à prier, va en mer ! » dit-on ici.

Nolwenn affectionnait les vieux dictons. Les transmettre à son patron faisait partie du programme de « leçons bretonnes » auquel elle soumettait le commissaire depuis son installation dans la région, afin de faciliter sa « bretonnisation » (pour reprendre sa propre expression). Dupin ne sut que répondre.

— Oui. Enfin, en tout cas, on va en entendre parler. Savoir vient d'arriver. Je fais le tour de l'île.

— Vous êtes déjà sur place ?

— Oui.

— Vous avez pris le bateau ?

— Oui.

Son second « oui » avait pris une intonation beaucoup plus résignée qu'il ne l'avait souhaité.

— Est-ce que je peux vous être utile à quelque chose ?

— Non. Il faut d'abord que nous découvrions l'identité des victimes.

Sa question était justifiée. Dupin l'avait appelée sans but réel. Il voulait qu'elle soit au courant des derniers événements, rien de plus. Depuis le jour de son arrivée dans sa nouvelle patrie, Nolwenn était son pôle, son ancrage. Extrêmement compétente et pragmatique, elle était dotée d'une qualité inestimable : rien dans le monde – et même au-delà, se disait parfois Dupin – ne pouvait la faire sortir de ses gonds. D'ici trois semaines, elle partirait en congé pour la première fois depuis deux ans. Elle partait loin, en bordure méditerranéenne des Pyrénées, à Portbou. Depuis qu'il le savait, Dupin sentait la nervosité le gagner. Elle avait prévu de s'absenter quinze jours entiers.

— Le préfet va sûrement vouloir s'entretenir personnellement avec vous dans la journée, après son rendez-vous à Guernesey. Nous avions convenu d'un rendez-vous téléphonique dans l'après-midi, mais dans ces conditions, je crains que ce ne soit impossible. Je vais laisser un message à son bureau.

— Ah, très bien, formidable ! Faites-le. La ligne est mauvaise, ici. Il s'en doutera – je me trouve pour ainsi dire au milieu de la mer.

— Le préfet connaît l'existence du nouveau pylône de Penfret, patron. Son inauguration a été un véritable événement, même si le signal pourrait en effet être meilleur. Mais… vous êtes au milieu d'une enquête, non ? Trois cadavres, pour la Bretagne, ce n'est pas rien… Peu importe comment ils sont morts. C'est aussi dans l'intérêt du préfet que vous éclaircissiez cette affaire au plus vite.

L'humeur de Dupin s'améliora pour la première fois de la journée.

— Parfait. Oui, voilà, c'est ça.

Tout à coup, il se demanda pourquoi cette histoire de pylône avait été un tel événement. Tout le monde semblait l'avoir suivie de près, en tout cas.

— Je lui dirai de ne pas compter sur votre appel avant un moment, alors.

— Vous êtes épatante.

Dupin hésita.

— Et… tout va bien ? Je veux dire, le médecin…

— Tout va bien.

— Ah, tant mieux.

Il se sentit un peu ridicule.

— Merci. Au fait, il faudrait que vous pensiez à appeler votre mère. Elle a laissé trois messages, rien que ce matin.

Il ne manquait plus que ça. Il l'oubliait tout le temps, sa mère. Elle s'était mis en tête de lui rendre visite pour la première fois depuis qu'il avait été « exilé en province », pour reprendre ses termes. Elle avait prévu d'arriver ce jeudi et à mesure que la date approchait, elle l'appelait de plus en plus souvent. Depuis peu, ses coups de fil étaient carrément quotidiens. Elle voulait absolument régler un « dernier point important », qui consistait généralement à s'assurer que la civilisation avait étendu ses bienfaits jusqu'à ces contrées si éloignées de la capitale. Bien entendu, Dupin lui avait réservé une chambre dans le meilleur hôtel de

Concarneau. Anna Dupin, l'inénarrable snob issue de la grande bourgeoisie parisienne, tyrannique à ses heures, charmante en général, ne quittait Paris qu'en cas de force majeure. Il avait évidemment veillé à ce qu'elle soit installée dans la chambre la plus chère, la suite « Navy », ce qui n'empêchait pas l'intéressée de se demander s'il y aurait l'eau courante.

— J'y penserai. Merci, Nolwenn.

Dupin raccrocha. Il avait encore quelques détails à régler avant l'arrivée de sa mère, surtout en ce qui concernait son propre appartement. Il n'était pas tellement en désordre, mais le commissaire n'avait aucune envie de s'exposer à des commentaires sarcastiques. L'idéal serait qu'elle ne vienne pas du tout chez lui, il fallait donc qu'il s'organise pour que l'intégralité de son séjour se déroule ailleurs.

Après avoir contourné une petite avancée de terre, Dupin découvrit que la plage blanche s'interrompait pour céder la place à une végétation hirsute et touffue, d'un vert saturé. Les joncs, les herbes et les fougères s'étendaient jusqu'à des rochers qui bordaient l'eau sur trente ou quarante mètres avant de laisser le terrain au sable. Dupin s'engagea sur l'étroit sentier caillouteux qui faisait le tour de l'île. C'était un de ces anciens chemins empruntés par les pirates et les contrebandiers que l'on trouvait un peu partout dans les environs. Depuis plus d'un siècle, les Glénan étaient le royaume légendaire de pirates, de « méchants » Anglais et de « gentils » Bretons, certains fameux, que l'on célébrait encore de nos jours sans s'encombrer d'une quelconque morale. Ce qui importait était qu'ils venaient de Bretagne et que leur renommée s'étendait au monde entier. L'héroïne favorite de Nolwenn, dont elle s'était

inspirée pour le prénom de sa fille aînée, était la
« Tigresse de Bretagne », Jeanne de Belleville, la première femme pirate avérée de l'histoire. Une femme à
la beauté époustouflante, issue de l'aristocratie d'une
Bretagne encore indépendante à cette époque. Aidée de
sa « flotte » de trois navires et de sa grande témérité,
elle avait eu raison des innombrables bâtiments armés
jusqu'aux dents de son ennemi juré, le roi de France.
   A l'extrémité ouest se détachaient les contours
de la soudière. La soude industrielle était produite à
partir d'algues et servait à la fabrication de verre, de
peinture ou de produits d'entretien. Difficile à croire
aujourd'hui, mais au début du XXᵉ siècle, il s'agissait
d'une véritable matière précieuse. Enfin, depuis cet
endroit, on apercevait l'étonnant lac à l'aspect presque
irréel. Son incroyable couleur, à laquelle il devait une
partie de sa renommée, avait une intensité surprenante :
un vert-gris-bleu lumineux, presque phosphorescent.
Dupin repensa aux récits de Goulch. Ces histoires de
sorcière, de Groac'h. Il comprenait à présent pourquoi
ce lac inspirait l'imagination féconde des conteurs. Un
bref frisson le parcourut. Des images de grottes sous-
marines formant des labyrinthes dans une eau noire
comme de l'encre surgirent malgré lui dans son esprit.

   Dupin s'était figuré que ce serait une bonne idée
de faire quelques pas au grand air, de jeter un coup
d'œil sur les environs. Maintenant, il se rendait compte
que cela n'avait pas vraiment de sens. Quoi qu'il soit
advenu, cela ne s'était sûrement pas produit sur le
Loc'h, il n'y trouverait donc rien d'intéressant. En
fin de compte, il n'avait rien à faire là. L'important
était de découvrir l'identité des trois malheureux et

de comprendre ce qui leur était arrivé, mais ce n'était certainement pas en restant ici qu'il pourrait avancer sur ces deux questions.

Jusqu'à présent, cette journée n'était vraiment pas une réussite. Le commissaire avait peu et mal dormi. Son sommeil s'était amélioré ces derniers temps, tout au moins par rapport à l'ordinaire, mais il avait été agité toute la nuit, sans raison précise. Ce qui était certain, c'est qu'il lui fallait un café. A tout prix, tout de suite. Dupin sortit son téléphone de sa poche.

— Le Ber ?

— Commissaire ?

— Pourriez-vous demander à Goulch si le *Bir* peut me ramener à Saint-Nicolas ?

— A Saint-Nicolas ? Maintenant ?

— Exactement.

Un silence lui répondit, pendant lequel le commissaire entendit littéralement Le Ber se demander ce que son patron pouvait avoir à faire à Saint-Nicolas. Après plusieurs années de collaboration, l'inspecteur avait cependant compris qu'il était vain de poser certaines questions à ce supérieur grognon et entêté. Il y avait des combats qui valaient la peine et d'autres qui ne menaient à rien.

— Je suppose que Saint-Nicolas est la métropole locale de l'archipel, non ? Goulch pourra aller chercher ses confrères, et moi j'en profiterai pour échanger quelques mots avec l'Anglais.

— Je vais en parler à Goulch. Il faut que vous reveniez sur la plage, en tout cas, on ne peut pas venir vous chercher ailleurs.

— Pas de problème, j'arrive tout de suite.

— Très bien.

— Le Ber… le bistrot de Saint-Nicolas sera bien ouvert à cette heure-ci ?

— Le bistrot ?

— Le café, je veux dire.

— Je n'en sais rien, chef.

— Bon, on verra.

Avec leurs cordages tressés d'un bleu délavé par la mer, les cages à homards en bois étaient empilées par douzaines. Habilement superposées par endroits, en vrac à d'autres, elles formaient comme une chaîne montagneuse à droite du quai principal. Dupin s'était installé sur l'une des chaises dispersées dans le bar. Un peu branlantes, elles étaient recouvertes d'un vernis tout aussi écaillé que celui des tables assorties. Le commissaire détaillait avec intérêt les cagettes à crustacés.

De toute évidence, le Quatre-Vents n'avait pas été conçu pour être un restaurant, un bar ou un café. Le bâtiment avait été jadis un hangar à bateaux pour la première compagnie de sauvetage en mer de la côte. Si son siège se trouvait à Concarneau, sa dépendance principale était domiciliée ici, car les opérations étaient très fréquentes dans cette zone. Il avait plus d'un siècle d'âge, et si quelques aménagements simples avaient été entrepris à l'intérieur, l'extérieur était resté en l'état. A sa gauche se dressait une petite annexe provisoire en bois blanc ainsi que le corps de bâtiment en pierre. Percé de grandes baies vitrées, celui-ci était relié à la salle principale du restaurant et offrait ainsi suffisamment d'espace pour quelques tables supplémentaires.

Le menu du Quatre-Vents n'était pas bien riche. Quelques boissons, des bières pour la plupart, du vin, quelques alcools plus forts, deux plats du jour au choix – la pêche du matin ou une entrecôte –, des sandwiches garnis de diverses rillettes de poisson, une soupe et sa rouille, la variété habituelle de fruits de mer qu'offrait l'Atlantique : crabes, araignées de mer, diverses espèces de crustacés et d'escargots : bulots, bigorneaux, palourdes, praires et ormeaux et, bien sûr, les inévitables homards des Glénan. Au-dessus de l'entrée principale, une planchette de bois annonçait « Bar » en lettres blanches sous lesquelles on lisait : « Les Quatre-Vents », qu'encadraient des silhouettes de mouettes en plein vol. Devant le hangar, les rails qui s'enfonçaient dans la mer étaient encore visibles. Par ce stratagème astucieux, le fier bateau de la compagnie de sauvetage glissait rapidement dans les flots et pouvait manœuvrer par ses propres moyens.

L'humeur de Dupin s'était radicalement améliorée depuis qu'il était attablé au Quatre-Vents. Cet endroit était merveilleux. Il avait eu un véritable coup de foudre en le découvrant et l'avait instantanément rangé dans la liste des « lieux exceptionnels » qu'il tenait depuis aussi loin que le portaient ses souvenirs. L'inventaire des endroits qui le rendaient heureux. Au Quatre-Vents, tout était authentique. Aucun arrangement, aucune décoration ne visait à créer artificiellement un site idyllique, et le résultat était là : le bar n'était en rien paradisiaque, il était... sublime. De plus, le café y était parfait et Dupin savourait sa deuxième tasse. Point de serveur ou de serveuse ici pour satisfaire la clientèle, il fallait remplir soi-même son plateau de bois au bar avant de s'asseoir où l'on voulait. Dupin s'était installé contre le mur de l'annexe pour avoir une vision globale des lieux.

Sur la gauche, à une trentaine de mètres environ de sa table, se dressait la plus grosse bâtisse de l'île. L'ancien corps de ferme longitudinal avait autrefois servi de siège à la légendaire école de voile locale : « Les Glénans » (avec un « s », au contraire des îles qui n'en prenaient pas). Fondée par un groupe d'idéalistes issus de la Résistance à la fin de la Seconde Guerre mondiale, elle s'était par la suite développée au point de devenir l'une des écoles de voile les plus réputées au monde. Elle n'avait pas tardé à s'étendre sur cinq îles et comptait en outre des succursales dans douze pays. L'édifice d'un blanc éclatant avait dû être rénové récemment. Dans ces régions maritimes, les peintures les plus résistantes perdaient leur éclat en l'espace de quelques mois, atta-quées sans pitié par le soleil, le sel, l'humidité et le vent. Devant l'école de voile s'étendait une petite place toute en longueur bordée par deux viviers dont les solides murs extérieurs formaient comme une sorte de rempart. Les bassins étaient à moitié recouverts d'une remise qui servait de bar à huîtres en été. L'endroit n'était pas bien élégant – rien ici n'était chic –, sans chichis ni manières, mais les huîtres y étaient succulentes.

La façade de la remise était ornée d'une fresque qui contrastait étrangement avec le reste des lieux, toujours en harmonie avec la nature environnante. L'immense peinture, d'un style volontairement naïf, regroupait dans un immense panorama surréaliste tous les paysages typiques et emblématiques des Glénan en les complétant par des éléments mythiques. Sur la droite, on reconnaissait la sorcière Groac'h sous la forme d'une ravissante jeune reine à queue de poisson, debout près de son trône. Au centre, un grand pingouin semblait considérer les alentours d'un air hardi depuis la plage où il se tenait. Le pingouin avait beau être l'animal favori de Dupin, il trouva tout de même un peu curieux d'en représenter un ici – s'il ne se trompait pas, il s'agissait là d'un manchot du Cap.

Le vivier était flanqué de l'imposante jetée en béton massif qui s'avançait dans la mer sur une bonne cinquantaine de mètres. En été, c'était ici qu'accostaient les innombrables vedettes faisant la navette entre les îles et les différentes destinations côtières. C'était également là que le *Bir* avait accosté, une demi-heure plus tôt. Le jeune gendarme avait terminé depuis longtemps l'interrogatoire – sans intérêt – de l'Anglais et patientait sur le quai.

Non loin du vivier s'étalait une plage typique des Glénan, qui n'était pas sans rappeler les Caraïbes. Sa principale attraction était qu'à marée basse, c'est-à-dire maintenant, elle se transformait en une interminable langue de sable qui faisait de Bananec, la petite voisine de Saint-Nicolas, une annexe de l'île principale. Entre ces deux terres se trouvait donc la plage la plus étonnante de l'archipel, qui émergeait des flots toutes les douze heures… et vingt-cinq minutes !

Seules deux autres tables étaient occupées. Il y avait là une poignée d'Anglais, des amateurs de voile, à en juger par leur tenue vestimentaire, et des Français qui avaient tout l'air de Parisiens. Sur ce point, Dupin se trompait rarement. Une certaine agitation animait les deux groupes. Rien d'étonnant, tout le monde devait parler des trois cadavres à présent, se dit Dupin.

L'analyse des corps n'avait rien donné de concluant et l'identité des victimes restait inconnue. Ni papiers, ni téléphone portable, rien. On avait retrouvé quelques pièces de monnaie dans les poches de deux d'entre elles, ainsi qu'un chiffon de papier très abîmé par l'eau salée, qui n'avait pas encore pu être déchiffré. Labat avait appelé Dupin dès son arrivée sur Saint-Nicolas et lui avait livré un rapport précis.

Dupin avait faim. Il n'avait rien mangé depuis le croissant qui accompagnait toujours son premier café de la journée. Pourquoi ne demanderait-il pas un petit quelque chose à grignoter ? Certes, cela pouvait paraître un peu déplacé. Trois cadavres anonymes gisaient sur l'île voisine, son équipe travaillait d'arrache-pied et lui – lui, il s'offrait une tranche de vacances, c'était là son sentiment. A peine avait-il étouffé ses scrupules et se préparait-il à passer commande qu'un vacarme assourdissant le figea sur place. Un hélicoptère avait surgi du néant et survolait Saint-Nicolas en décrivant une large boucle avant de s'éloigner vers l'est. Dupin reconnut l'insigne de la Société nationale de sauvetage en mer, sans doute un des appareils dont avait parlé Goulch. Le commissaire se leva au moment où son portable sonnait.

— Oui ?

Il avait omis de consulter le numéro affiché à l'écran. Il détestait ne pas savoir qui appelait.

— C'est moi.

Il souffla, soulagé. C'était Nolwenn.

— C'est à propos de Guenneugues. Il a appelé depuis Guernesey. L'un de ses amis est porté disparu. Yannig Konan, entrepreneur et investisseur, comme on dit. Il s'est enrichi en vendant des matelas, puis il a investi sa fortune dans toutes sortes de négoces. Il touche à tout, on dirait. Un riche, un vrai. (Dupin entendit littéralement Nolwenn froncer le nez de dégoût en prononçant le mot « riche ».) Par ailleurs, reprit-elle, Konan est un navigateur chevronné. Il était sorti naviguer avec un ami.

— Konan ? Un ami de… Un ami du préfet ?

— Oui. Vous pensez qu'il… ?

— A deux, alors ? Ils sont sortis en mer à deux ?

— Oui, à deux. C'est un bandit, ce Konan, si vous voulez mon avis.

— Un bandit ? Qu'entendez-vous par… ? Enfin, il finira bien par réapparaître, ce vendeur de matelas. Ce sont *trois* cadavres qui nous intéressent ici.

Il y eut un moment de flottement.

— Il a disparu depuis quand ?

Dupin s'en voulut d'avoir posé la question. Il n'avait aucune envie de s'occuper de cette affaire.

— Il avait dit qu'il appellerait sa femme hier soir, et avait prévu d'être de retour au port de Sainte-Marine ce matin. C'est là que son bateau est amarré, et il a aussi une maison dans le coin. Konan avait toute une série de rendez-vous importants, aujourd'hui. Or, il ne s'y est pas présenté et n'a prévenu personne de son absence. Voilà pourquoi son bureau de Quimper a appelé sa femme, qui…

— Et son acolyte ?

— Il ne répond pas davantage sur son portable, d'après la femme de Konan.

— Où les deux hommes se rendaient-ils ?

— Sa femme ne le sait pas précisément. Quand il fait beau, il n'est pas rare, apparemment, qu'ils passent le week-end en mer, en général autour des Glénan. Ils pêchent, ils font de la plongée. Ils prennent le large, comme on dit chez nous.

Dupin estima qu'environ un Breton sur deux possédait un bateau, et ceux qui n'en possédaient pas

47

connaissaient forcément quelqu'un qui en avait un. Bien entendu, cette estimation ne valait que pour les Bretons des côtes, les Bretons des terres avaient autre chose à faire que de s'aventurer en bord de mer.

— Ils ne doivent pas avoir de réseau là où ils se trouvent, c'est tout. En mer, ce n'est pas évident.

— Le bateau de Konan est doté d'un téléphone satellite. Là encore, impossible de les joindre.

— Eh bien alors, ils…

L'hélicoptère était de retour. Curieusement, il ne se faisait entendre que quand il se trouvait à l'aplomb, mais alors il faisait un raffut infernal.

— Qu'est-ce qui se passe, chez vous ?

Dupin eut toutes les peines du monde à comprendre la question.

— Un hélicoptère ! cria-t-il.

— Un hélicoptère ?

Dupin s'apprêta à décoller le téléphone portable de son oreille pour hurler ses explications directement dans le micro, mais Nolwenn le devança.

— Ah, mais oui ! Les sauveteurs en mer.

L'hélicoptère ne semblait pas vouloir s'éloigner, bien au contraire. On voyait clairement, maintenant, qu'il amorçait sa descente, d'abord lentement, puis de plus en plus vite. Il n'allait pas tarder à se poser. Le vacarme se fit encore plus assourdissant, absolument impossible de s'entendre.

— Je raccroche ! lança Dupin sans savoir si Nolwenn l'entendait.

L'appareil était maintenant à quelques mètres du sol, tout au plus, mais il avait disparu du champ de vision de Dupin, qui se demanda ce qu'il était censé faire. S'attendait-on à ce qu'il aille y voir de plus près ?

Il choisit de ne pas bouger. Une ou deux minutes s'écoulèrent avant que le pilote n'arrête le moteur. D'un coup, le silence profond si caractéristique de l'archipel reprit tous ses droits. Dupin eut à peine le temps de lâcher un soupir de soulagement que son téléphone se remit à sonner. Cette fois ce n'était pas Nolwenn, mais Le Ber.

— Qu'est-ce qu'il y a ?

— Un hélicoptère de la Société nationale de sauvetage en mer devrait avoir atterri non loin de vous à présent.

Dupin se dispensa de répondre.

— Nous n'arrivions pas à vous joindre, c'était tout le temps occupé. Des objets ont été aperçus au large. Peut-être des restes d'un bateau. Près d'un petit groupe rocheux, les Méaban – à trois milles à l'est de l'archipel, dont il fait encore partie, au demeurant. Enfin, d'une certaine manière, en tout cas. L'autre hélicoptère est sur place et poursuit les recherches.

Au-delà de la querelle ancestrale qui divisait les habitants de la région sur le nombre d'îles, d'îlots et de rochers faisant partie de l'archipel selon les marées, un autre débat avait plus récemment vu le jour : quelles terres et quels amas rocheux plus distants devaient être rattachés aux Glénan ? Au besoin, on pouvait se référer à la géologie. Dans le pays, on avait coutume d'associer aux Glénan toute parcelle maritime se trouvant plus ou moins entre Trévignon, Concarneau et Le Guilvinec, mais ces données changeaient régulièrement.

— Les cadavres auraient-ils pu être charriés de là-bas jusqu'ici ? Qu'en dit Goulch ? demanda Dupin.

— Il pense que c'est possible, oui. Mais il a ajouté que tout cela n'est que supposition, pour le moment.

— Qu'est-ce que l'hélicoptère vient faire à Saint-Nicolas ?

— On n'arrivait pas… à vous joindre.

— Il est là pour moi ?

— Le préfet a… exigé… qu'on vous conduise près du groupement de rochers, pour que vous puissiez en juger par vous-même.

Le Ber avait manifestement du mal à restituer les paroles exactes de son supérieur. Il avait mis près d'une minute à prononcer la première partie de sa phrase quand la seconde était sortie d'un jet.

— Qu'on m'emmène où ? Il l'a *exigé* ?

Dupin sentit la fureur le gagner malgré ses bonnes résolutions. Il était fermement résolu à garder son calme en toutes circonstances pour tout ce qui concernait de près ou de loin le préfet. Il n'allait pas se laisser défier, tout de même ! Pourtant, il ne pouvait quasiment pas se souvenir de situation ou d'échange en rapport avec le représentant de l'Etat qui n'ait contenu une certaine forme de provocation.

— Pourquoi devrais-je me rendre là-bas ?

— Il m'a dit de vous transmettre ce message, c'est tout. Il a répété le mot « ordre » à plusieurs reprises.

La voix de Le Ber trahissait un malaise évident.

— Il vous a appelé directement ?

— Oui, deux fois déjà au cours des dix dernières minutes. Il a tenté sa chance sur votre téléphone juste avant de m'appeler, mais comme je vous le disais, c'était tout le temps occupé. (Le désespoir pointa dans le ton de l'inspecteur.) Il a ajouté que je devais vous rappeler de mettre en marche votre fonction de double appel. Apparemment, il vous l'aurait déjà demandé plusieurs fois. Il veut pouvoir vous joindre, surtout quand c'est important, mais chaque fois il tombe sur Nolwenn.

— La fonction de double appel ?

Cette conversation frisait l'absurde.

— Cela veut dire que…

— Je n'irai nulle part. Qu'est-ce que vous voulez que je reconnaisse depuis un hélicoptère ? C'est complètement idiot. Les collègues s'en chargeront très bien. Il serait bien plus intelligent d'envoyer un des bateaux sur place.

— Le *Bir* est déjà en route, avec du matériel de plongée. Vous préférez qu'on vienne vous chercher avec le deuxième bateau ?

— Je reste ici.

— Et le préf…

— Je m'en occupe, Le Ber. Dites au pilote qu'il peut retourner là d'où il vient, où que ce soit. Appelez-moi dès qu'il y a du nouveau.

— Mais…

Dupin raccrocha. Le Ber le comprendrait, il connaissait les humeurs de son patron. Le commissaire s'enfonça dans son siège en lâchant un profond soupir. Il fallait qu'il se calme. Il s'aperçut tout à coup que les clients des autres tables le dévisageaient avec plus ou moins de discrétion. Il ne leur en voulait pas. Il s'efforça de leur adresser un sourire aimable, puis son téléphone sonna de nouveau. Nolwenn, à nouveau.

— On a retrouvé le bateau de Yannig Konan. Il est amarré dans le port de Bénodet, en bon état. On n'a toujours pas retrouvé le bonhomme, en revanche, mais c'est déjà une bonne nouvelle. Le préfet a annoncé la fin de l'alerte.

Dupin se demanda un instant comment le préfet parvenait à passer autant de coups de fil en si peu de temps et à être au courant de tout. Il en aurait presque éprouvé du respect pour lui.

— Très bien.

— Oui, tant mieux pour le marchand de matelas, mais en attendant, nous avons les trois cadavres sur les bras.

Une fois de plus, Nolwenn avait parfaitement résumé la situation.

— C'est embêtant, oui.

Il s'était efforcé de trouver le ton qui convenait, mais le résultat n'était pas très convaincant.

— On fait le point tout à l'heure, commissaire.

— Oui. Il y a juste…

L'hélicoptère s'était mis en branle dans un vacarme tonitruant et Dupin raccrocha sans attendre. Puis l'appareil apparut au-dessus du bâtiment principal de l'école de voile avant de s'élever rapidement dans les airs et de disparaître en direction du sud-est. Il retourne aux Méaban, supposa Dupin.

Ces dernières minutes avaient été grotesques, mais il n'allait pas se laisser troubler pour autant. Il allait tranquillement déguster son homard. Il était midi, après tout, et les indices concordaient : sûrement un simple naufrage. L'équipage du *Bir* ne manquerait pas de vérifier tout cela dans les moindres détails, avec tous ces débris repérés depuis l'hélicoptère. Kireg Goulch et ses camarades auraient vite fait de reconstruire de manière fiable les circonstances du drame. L'intérêt tyrannique du préfet pour le progrès de l'enquête s'était tari dès l'instant où il avait appris que le cadavre n'était probablement pas son ami. C'était formidable.

Dupin se leva de sa chaise et se dirigea vers le bar. La jeune femme qui lui avait servi son café était derrière le zinc. Comme auparavant, elle se tenait adossée au mur menant à l'annexe, dans une posture à la fois ennuyée et aguichante. Petite, mince sans être frêle, elle avait une chevelure d'un noir mat qui lui arrivait aux épaules, des yeux d'un brun profond, remarquables, et un petit nez retroussé. Mais surtout, elle était majestueuse d'indifférence et de détachement. Dupin aurait pourtant juré qu'elle portait, quelques instants plus tôt, un tee-shirt rouge sombre avec son jean, et non un bleu. Il avait tenté d'engager la conversation au moment de commander son café, mais avait formidablement échoué. Elle n'avait rien décroché de plus qu'un « oui » suivi d'un « s'il vous plaît ». Cette fois encore, elle ne sembla s'aviser de la présence du commissaire que lorsqu'il se planta devant elle en s'accoudant au comptoir.

— J'aimerais un peu de homard, je vous prie.

— On a le demi-homard. Ou alors le homard entier.

— Très bien. Dans ce cas, je prendrai le homard entier.

Elle quitta son immobilité de statue et se mit en mouvement, toujours silencieuse, avec des gestes souples de chat. Elle disparut dans une cuisine qui ne devait pas être bien grande, deux mètres de long tout au plus. Assis au bout du comptoir, un vieil homme était plongé dans la lecture d'un quotidien. Dupin l'avait déjà remarqué en entrant, et il semblait n'avoir pas bougé d'un centimètre depuis. Il avait une épaisse chevelure blanche coupée court et un visage aux traits marqués tanné par le soleil. A première vue, il avait tout d'un marin plein de sagesse et de dignité. Il leva à peine son visage du journal pour gratifier Dupin d'un bref regard et d'un salut très retenu, mais non moins aimable. Quelques instants plus tard, la serveuse réapparut avec à la main une assiette de céramique blanche, rustique, sur laquelle reposaient les deux moitiés de homard, un grand morceau de baguette, un citron coupé en deux et deux petites coupelles, l'une remplie de mayonnaise, l'autre de rouille.

— Une carafe d'eau, aussi, s'il vous plaît. (Dupin hésita.) Et un verre de muscadet.

La jeune femme posa l'assiette sur un plateau, saisit une des carafes alignées le long du bar et commença à la remplir de vin, sans se presser.

— Vingt-deux euros.

Dupin sortit son portefeuille. Comme toujours, il était émerveillé. A Paris, il en aurait eu pour soixante euros. Au bas mot.

— Est-ce que vous avez entendu parler de... des dernières nouvelles ? Des événements qui se sont produits sur l'île du Loc'h ?

— Les cadavres ?

Au ton désabusé de sa voix, on aurait pu croire qu'il s'était passé autre chose de bien plus spectaculaire. Son visage exprimait la plus totale indifférence.

— Qu'est-ce que vous en pensez ?

Elle leva vers Dupin un regard interloqué.

— Moi ?

— Oui. C'est chez vous, ici.

— Et vous, vous êtes le policier qui interroge les gens, c'est bien ça ?

Cela n'avait pas été une véritable question. Il savait qu'il n'avait pas l'apparence d'un policier, aujourd'hui encore moins que d'habitude.

— Oui. Enfin non, il est déjà reparti. Moi, je suis… l'autre policier.

La jeune femme ne se laissa pas impressionner par la réponse un peu maladroite de Dupin.

— Ils sont encore au Loc'h.

— Je sais. A votre avis, qu'est-ce qui s'est passé ?

Cette fois, elle ne cacha pas sa stupéfaction. Le silence s'installa et se prolongea si longtemps que Dupin renonça à attendre sa réponse.

— Ce sont des choses qui arrivent. C'est ça, la mer.

Dupin appréciait ses manières, même si la conversation était quelque peu poussive.

— Je vous remercie.

Sans dire un mot, elle reprit exactement la même posture qu'auparavant, au même endroit. Dupin s'empara du plateau et d'un journal déjà fripé qui gisait sur le comptoir et rejoignit sa table. L'un des deux groupes se préparait bruyamment au départ. Ce n'étaient pas des navigateurs, remarqua-t-il, mais des plongeurs, à en juger par l'équipement qu'ils portaient dans leurs grandes sacoches. Les Glénan, avec leur paysage de lagune, s'était-il entendu expliquer à maintes reprises, comptaient parmi les quelques paradis sous-marins d'Europe. Bien entendu, la Chambre, avec sa faune et sa flore sous-marines exceptionnelles, y tenait une place toute particulière. L'école de plongée des Glénan, par ailleurs, était une institution, même si elle était moins importante et moins renommée que l'école de voile. Le groupe cheminait tranquillement vers le bâtiment principal de l'école de plongée, à quelques mètres du Quatre-Vents. Les deux bâtisses n'étaient même pas reliées par un chemin, il fallait traverser un carré de mousse verte pour passer de l'une à l'autre.

Le plat était exceptionnel. Si le homard breton, un peu plus petit que son homologue américain et de couleur bleue, était particulièrement prisé pour sa chair blanche et tendre, la réputation culinaire du homard des Glénan n'était plus à faire – tout comme celle des autres crustacés de l'archipel. Il allait de soi que c'était le « meilleur homard du monde », Dupin lui-même en convenait. Le penchant de certains pour les comparatifs et les superlatifs, dès qu'il s'agissait de Bretagne, le faisait souvent sourire, mais il devait admettre qu'il en avait assimilé une bonne partie. Le homard était fondant et aromatique à la fois, avec une fine note d'amertume que Dupin appréciait tout particulièrement. Tous les arômes de l'océan se libéraient en une seule bouchée, comme par enchantement. Où servait-on pareille merveille sur le continent ? Il allait poser la question à Lilly Basset, la propriétaire de l'Amiral. Avec un peu de chance, elle en proposait aussi. On en trouvait certainement, en tout cas, dans les prestigieuses halles de la place principale de Concarneau, un véritable pays de Cocagne. Elles lui rappelaient les halles du VIe arrondissement, rue Lobineau, qu'il aimait tant quand il était petit. Ce qui était formidable, c'était qu'elles ouvraient à six heures du matin et fermaient à minuit. Avec ses horaires de service déjà extrêmement irréguliers à l'époque, l'avantage était considérable. Mais surtout, le marché couvert de la rue Lobineau avait longtemps été l'un de leurs lieux de rendez-vous de prédilection, à Claire et lui. Ils s'y retrouvaient parfois à vingt-deux ou vingt-trois heures, après le travail. L'étal agrémenté de quelques chaises en bois avait tout d'un bistrot. On y achetait essentiellement du vin, du fromage et de la moutarde. Ils y dégustaient une bricole en observant les passants, savourant l'état d'esprit merveilleux dans lequel ils étaient à l'époque, sirotant leur vin sans avoir besoin de grands discours.

Dupin se souvint qu'il devait appeler Claire, ou plutôt qu'il le voulait, en réalité. Pour être honnête envers lui-même, il en avait envie. Quelques semaines plus tôt, ils s'étaient donné un rendez-vous téléphonique. Il lui avait passé un coup de fil début avril, mais elle était en route vers la clinique et ils avaient convenu de prendre le temps de se parler plus longuement très bientôt. Ils avaient lancé cette idée une première fois après Noël, l'année dernière, au terme d'un échange un peu plus substantiel. Ils avaient même envisagé de se rencontrer, mais au bout du compte, aucun d'eux n'avait osé prendre les devants. Il le voulait, pourtant. Il voulait voir Claire. Il s'en était rendu compte au cours des dernières semaines. Il avait déjà ressenti cela auparavant, mais jamais de manière aussi évidente. Les relations qu'il avait eues depuis sa séparation d'avec Claire – et il y en avait eu quelques-unes – n'avaient jamais débouché sur quelque chose de sérieux. Les femmes qu'il avait fréquentées étaient toutes admirables et merveilleuses, mais chaque fois, il avait fini par prendre conscience que quelque chose n'allait pas. Même rengaine pas plus tard que l'année précédente, avec cette historienne de l'art qui lui avait rendu service au cours d'une enquête très particulière. Il l'avait revue à plusieurs reprises, ils avaient partagé de très bons moments et étaient même allés à Océanopolis pour admirer les pingouins qu'affectionnait tant Dupin. Peu après, elle avait été engagée par l'université de Montréal, mais cela n'avait pas été la raison pour laquelle leur relation avait échoué.

Lors des derniers échanges avec Claire, Dupin avait

pour la première fois eu l'impression qu'elle envisageait sérieusement des retrouvailles. Il saisit son téléphone et composa son numéro, qu'il connaissait encore par cœur. Quelques secondes s'écoulèrent.

— Bonjour, vous êtes sur le répondeur du docteur Claire Chauffin, service chirurgie de l'hôpital Georges-Pompidou. Merci de bien vouloir me laisser un message.

Elle avait redirigé son numéro personnel vers sa messagerie professionnelle. Comme toujours, ou presque. Dupin hésita.

— Je… je rappellerai.

Il raccrocha sans rien ajouter. Il était conscient de n'avoir pas laissé le message le plus réussi, mais il espérait tout au moins qu'elle reconnaîtrait sa voix, car la connexion avait été plutôt mauvaise.

Elle le reconnaîtrait. Sûrement. Et puis, tout de même, il avait appelé.

Tout en savourant son merveilleux homard, Dupin se surprit à se reposer une question qui le taraudait depuis le dernier appel de Nolwenn. Il avait vainement tenté de la chasser de son esprit, mais elle revenait sans cesse à l'assaut. Il allait devoir employer les grands moyens pour penser à autre chose.

Il aperçut soudain un bateau qui se rapprochait du quai et ne ressemblait pas aux autres. Plus grand et plus long que ses congénères, il devait mesurer quinze mètres à vue de nez et était surmonté d'un appareillage qui laissait supposer une fonction industrielle. Le soleil tapait, il regretta de n'avoir pas pris de casquette.

— Et merde.

Il avait prononcé ces mots à mi-voix, mais quelques clients tournèrent la tête. Rien à faire. Il n'arrivait pas à penser à autre chose. Il attrapa son téléphone tandis que son humeur exécrable du matin le rattrapait. Dupin savait qu'il avait la réputation d'être parfois désagréable, voire insupportable – il avait même entendu quelqu'un le qualifier de « grognon » pendant sa dernière enquête. L'expression lui avait plu. Selon son humeur, justement, il réagissait à ces commentaires avec tolérance, autodérision ou colère, mais, de manière générale, il les trouvait parfaitement injustifiés.

— Nolwenn ?

— Commissaire ?

— Le bateau du type aux matelas, celui qu'on a retrouvé à Bénodet. A-t-on eu des nouvelles de son propriétaire, entre-temps ? Je veux dire : est-ce qu'il s'est manifesté ?

— Je l'ignore. Le préfet a été rassuré d'apprendre que le bateau de Konan était au port, c'est tout. Je vais voir si on a eu du neuf depuis.

— Et l'ami de Konan ? A-t-il pris contact avec quelqu'un ? Quelqu'un sait-il pourquoi le bateau est amarré à Bénodet plutôt qu'à Sainte-Marine ? D'ailleurs, qui a remarqué qu'il était au port, et pourquoi cette personne a-t-elle jugé utile de nous prévenir qu'il se trouvait là ?

— Je n'en ai pas la moindre idée.

— Est-ce que nous connaissons le nom de cet ami ?

— Non.

— Est-ce qu'il possède un bateau, lui aussi ?

— D'après ce que je sais, ils sont toujours sortis avec le bateau de Yannig Konan. Voulez-vous que j'éclaircisse tous ces points ?

Dupin n'en savait rien. Tout cela était vraiment abscons. Il s'inquiétait d'un ami du préfet que Nolwenn tenait pour un bandit alors que rien, pour l'instant, ne laissait supposer qu'il y ait des raisons de s'inquiéter. Sans doute le bonhomme se trouvait-il avec une femme, tout simplement. Une histoire banale, un peu minable.

— Bon, je vais finir mon homard.

— Votre homard ?

— Un homard, oui.

— Vous êtes au Quatre-Vents ?

— C'est ça, oui.

— Le homard des Glénan est le meilleur du monde. C'est bien, que vous soyez là-bas. N'hésitez pas à vous adresser à Solenn Nuz, si vous avez besoin de quelque chose. C'est la propriétaire du Quatre-Vents. Elle sait tout. Elle connaît tout le monde. Les Glénan, c'est son royaume.

— Son royaume ?

— Oh, oui.

— Qu'est-ce que ça veut dire ?

— Vous verrez bien. Solenn Nuz a racheté le Quatre-Vents à la commune il y a dix ans, avec son mari, Jacques. Un passionné de plongée. L'école de plongée lui appartenait déjà mais, à l'époque, ils vivaient encore sur le continent. Personne ne voulait de ce vieux hangar à bateaux, resté désaffecté pendant sept ans. N'importe qui d'autre aurait trouvé trop compliqué de monter un restaurant là-bas. Vous avez rencontré Solenn Nuz ?

— Non.

— Alors vous avez certainement eu affaire à l'une de ses filles, Louann ou Armelle, elles travaillent toutes les deux au bar. C'est à peine si on peut les distinguer les unes des autres, toutes les trois. L'une d'elles habite chez sa mère, sur l'archipel, l'autre chez son petit ami, sur le continent, mais elle est souvent là. Ils ont une petite maison sur l'île, un peu plus loin, derrière l'école de voile.

Par ici, la vie ne devait pas être facile tous les jours, se dit Dupin.

— Et le mari ? Le plongeur ?

— Ah, c'est une triste histoire. Il s'est noyé. Ils venaient d'acheter le Quatre-Vents et s'apprêtaient à s'installer aux Glénan. C'était leur grand rêve, à tous les deux. Du coup, Solenn est partie s'y installer toute seule, et elle a loué le club à une amie.

Depuis le temps que Dupin travaillait étroitement avec Nolwenn, il s'était habitué à ce qu'elle en connaisse long sur les habitants de la Cornouaille – la côte située entre le point le plus occidental de la France, la pointe du Raz, et Quimperlé – sans jamais s'en vanter d'aucune façon. Parfois, cependant, il était impressionné par sa science, et cette fois encore il ne put s'empêcher de demander des précisions.

— D'où savez-vous tout ça ?

— Le bout du monde n'est pas grand, commissaire. Et puis mon mari...

— ... s'est chargé de menus travaux pour Solenn Nuz, dans le passé.

— C'est ça.

Dupin n'avait pas la moindre idée du métier qu'exerçait le mari de Nolwenn – et il s'était promis de ne jamais lui poser la question –, mais, de toute évidence, son travail était de nature universelle. Rares étaient ceux qui n'avaient pas bénéficié de ses services un jour ou l'autre, Dupin l'avait remarqué.

— C'est une belle femme. Une beauté sauvage. Elle est restée jeune, très jeune.

61

Dupin n'était pas certain de comprendre ce que Nolwenn entendait par là, ni pourquoi ils s'attardaient tant sur la description de la propriétaire du bar. Il laissa s'installer un silence.

— Oubliez mon appel, Nolwenn.

Nolwenn ne connaissait que trop bien les sautes d'humeur de son patron.

— Très bien, alors à tout à l'heure.

— Je vous rappellerai.

Nolwenn avait raccroché.

L'appareil encore à mi-chemin de son oreille, Dupin venait de poser le doigt sur la touche rouge quand le téléphone sonna de nouveau. Par réflexe, il prit l'appel.

— Commissaire ?

— Le Ber ?

— Votre ligne était encore occupée. Je voulais juste vous prévenir que les cadavres sont prêts à être héliportés jusqu'à Quimper pour autopsie, si vous êtes d'accord. On ne peut plus rien faire ici. Savoir non plus, il a besoin de son laboratoire. Il est pressé.

— Bien entendu. Du nouveau ? Des personnes portées disparues, peut-être, ou alors des informations concernant le naufrage ?

— Rien pour le moment, non.

— Ce n'est pas possible. Quelqu'un doit bien se demander où sont passées ces trois personnes, tout de même !

— Ils peuvent être originaires de n'importe où, vous savez. Si ça se trouve, ce sont des étrangers. Des Hollandais, des Allemands, des Anglais ou des Parisiens. Des touristes faisant un tour en bateau le long de la côte. C'est très couru. S'ils sont venus passer des vacances ici avec leur bateau ou dans une location, cela peut prendre un moment avant qu'on remarque leur disparition, et encore un peu plus avant qu'on la signale à la police.

Ce n'était pas faux. Dupin fronça les sourcils et se frotta la tempe.

— Entre-temps, le *Bir* est arrivé au Méaban. Pas mal de débris flottent entre les rochers, essentiellement du plastique, d'après ce que j'ai compris. Pour l'instant, rien n'indique formellement qu'il s'agit d'un naufrage. Les vérifications sont en cours. Labat et moi-même pourrions vous rejoindre à bord du *Luc'hed*, si vous voulez. On pourrait interroger les propriétaires des embarcations amarrées ici, dans la Chambre. Peut-être que quelqu'un a remarqué quelque chose. C'est peu probable, mais on ne sait jamais.

— Vous voulez venir ici ?

— Oui.

— Très bien. Faites donc.

Dupin avait prononcé ces mots très lentement. Une pensée lui avait traversé l'esprit. Il ne voyait aucune raison de rester plus longuement sur Saint-Nicolas ou même aux Glénan – sinon que les lieux étaient magnifiques, qu'on y servait un homard exquis et un café non moins excellent. Il aurait pu tout aussi bien rentrer avec le docteur Savoir et coordonner les opérations depuis Concarneau – ce qui présentait l'avantage non négligeable de lui éviter un nouveau trajet en bateau.

— Vous êtes encore là, commissaire ?

— Le Ber ? En fait, je préférerais que l'hélicoptère vienne me chercher. Dans une demi-heure, à Saint-Nicolas. Il faut d'abord qu'ils chargent les cadavres, ça leur prendra sûrement un moment.

La réponse de Le Ber se fit attendre.

— Vous avez raison, il n'y a plus rien à faire sur place. Je vais régler ça tout de suite.

— Et puis vous pourrez commencer sur-le-champ à questionner les propriétaires de bateaux. Pas la peine de vous déplacer à Saint-Nicolas.

Il avait gagné une demi-heure de paix pour finir son déjeuner.

Dupin raccrocha et regarda autour de lui. La terrasse s'était remplie d'un coup. Presque toutes les tables étaient occupées, des clients étaient également installés à l'une des tables voisines de la sienne. Le couple assis là avait dû surprendre sa conversation. Il afficha son sourire le plus aimable, ce qui ne changea rien à la nature ouvertement suspicieuse de leurs regards.

Il y avait foule. Pour les navigateurs et les plongeurs, la saison avait vraiment commencé. Chaque année, vers la fin avril, les températures de l'Atlantique passaient le cap décisif des onze, douze degrés pour arriver à quatorze ou quinze (elles atteignaient jusqu'à dix-huit degrés pendant les mois de juillet et août, dix-neuf les années de « canicule » bretonne. Les 23 et 24 août 2006, on avait même connu un record de vingt-deux degrés en soirée à Port Manech !). Manifestement, la foule qui se pressait ici était majoritairement composée d'amateurs de sports maritimes, la plupart âgés de vingt à quarante ans. Pour les pêcheurs aussi, les mois de mai et de septembre étaient les meilleurs. C'était la période où les grands bancs de maquereaux réapparaissaient. Il suffisait alors de laisser flotter un hameçon dans l'eau pendant quelques secondes, même sans appât, pour qu'ils mordent. Avec les lignes à cinq hameçons qu'on avait coutume d'utiliser dans la région, on pouvait compter sur un festin. Dupin avait déjà entendu tout un tas d'histoires à ce sujet.

Il mangea le dernier morceau de chair restant dans la pince ouverte du homard. Il avait pris l'habitude depuis tout petit de garder le meilleur pour la fin. Puis il acheva son repas par une dernière et délicieuse gorgée du vin blanc frais.

Repu, il s'installa plus confortablement sur sa chaise et s'empara du journal. Depuis quelques jours, déjà, la quasi-intégralité de la première page d'*Ouest-France* – l'un des deux grands quotidiens de la région que Dupin appréciait et lisait chaque matin avec attention – était consacrée aux trente-six sangliers morts. On avait retrouvé leurs cadavres sur une plage des Côtes-d'Armor. Leur décès était dû aux gaz mortels que dégageaient certaines algues vertes en se décomposant. Une triste découverte, qui avait de quoi susciter la colère. La mort d'un sanglier était pour tout Breton qui se respectait une véritable tragédie – les gens de la région affectionnaient tout particulièrement leurs sangliers, Astérix et Obélix ne mentaient pas sur ce point. Cela faisait des années que le fléau des algues animait tous les débats, en Bretagne. C'était également l'un des sujets de conversation favoris de Le Ber, qui était encore monté sur ses grands chevaux pas plus tard que vendredi (« Quelle énorme saloperie ! »), pendant une demi-heure entière. Trop d'engrais avaient été répandus dans les champs, et l'excédent de nitrates avait fini par rejoindre la mer, véhiculé par les ruisseaux et les fleuves. Depuis quelques années, d'énormes masses d'algues échouaient sur les plages bretonnes pendant la période estivale. Certaines en étaient littéralement recouvertes, sur plusieurs centaines de mètres. En soi, ces algues étaient inoffensives, voire comestibles, en revanche les gaz qui émanaient de leur décomposition pendant les grandes chaleurs de l'été pouvaient se révéler dangereuses. Cette année, les premières algues étaient apparues dès la fin avril, jamais encore elles ne s'étaient montrées aussi tôt. La France entière, comme une partie de l'Europe, était en émoi. Peut-être la mort de ces sangliers allait-elle pousser les autorités à engager une action contre la mainmise des lobbies agricoles et l'insolence de nombreux édiles qui minimisaient les faits. Qui sait si ces sangliers parviendraient enfin à faire bouger les choses – ce qui en ferait une histoire typiquement bretonne.

Le téléphone de Dupin sonna de nouveau, et de nouveau il reconnut la voix de Nolwenn.

— L'ami de Konan s'appelle Lucas Lefort. Une vraie célébrité, en Bretagne. Il est en partie propriétaire de l'école de voile des Glénans – l'école de voile la plus célèbre du monde ! Il en a hérité pour moitié, sa sœur en détient l'autre moitié. Lefort était d'ailleurs lui-même navigateur professionnel, à l'époque. Il y a huit ans, il faisait partie de l'équipage de l'Explorer IV qui a remporté l'Admiral's Cup, l'une des courses au large les plus dures et les plus prestigieuses qui existent. Il était en classe open – le championnat du monde officieux, en somme. Il n'y avait que des Bretons dans l'équipage !

Nolwenn reprit sa respiration et poursuivit d'un ton plus calme.

— C'est avec lui que Konan sort en bateau, d'habitude. Le siège se trouve juste à côté du Quatre-Vents. Il possède également une maison à Saint-Nicolas. Vous voyez ces constructions affreuses, du côté de Bananec ?

— Il habite donc sur les îles ?

— En réalité, il vit aux Sables Blancs. Il y possède une villa récemment rénovée par un architecte de renom, avec piscine et tout le tralala. Il semblerait cependant qu'il séjourne souvent à Saint-Nicolas. C'est un célibataire endurci. Si vous voulez mon avis, c'est un hâbleur, un frimeur et un tombeur. Il fait souvent la une des journaux.

Dupin fut une fois encore tenté de demander d'où elle tenait toutes ces informations, comment elle avait fait pour les obtenir en si peu de temps et sur quoi reposaient ses conclusions si sévères. Elle avait tout de même attaqué sa tirade en le qualifiant quasiment de héros.

— A propos, Lefort n'amarre évidemment pas ses bateaux à Bénodet, mais à Concarneau. Il possède un voilier très luxueux ainsi qu'un rapide à moteur à bord duquel il a l'habitude de circuler entre les Glénan et le continent.

— Hmm. Pourquoi ne pas prendre le voilier pour ses sorties en mer avec Konan ?

— Je n'en sais rien, patron.

— Je vais voir si par hasard il n'est pas dans les parages, ou si quelqu'un sait où il se trouve.

Dupin avait prononcé ces mots de manière purement machinale, et Nolwenn l'avait devancé. Elle le connaissait décidément très bien.

— Je viens d'appeler l'école de voile. On m'a répondu qu'on ne savait pas où il était, mais qu'il était attendu avec impatience.

— Je vois. Dites à Le Ber que l'hélicoptère n'a pas besoin de venir me chercher, en fin de compte. Il reviendra sûrement un peu plus tard. Je l'espère, en tout cas. Après avoir déposé les dépouilles des naufragés à Quimper, par exemple. Vous ne croyez pas ?

— Je l'ignore, mais les sauveteurs en mer possèdent un deuxième hélicoptère, de toute façon.

— Très bien.

Pour Dupin, une seule chose importait : ne pas remettre les pieds sur un bateau.

Quelques minutes plus tard, le commissaire se présenta devant la demeure de Lucas Lefort, en effet particulièrement laide, la première de toute une rangée de constructions parfaitement identiques. Les autres maisons se succédaient à intervalles d'une quinzaine de mètres. On en comptait six, chacune légèrement décalée vers l'arrière par rapport à sa voisine. Toutes étaient entourées d'un grand jardin, sans attrait particulier, où poussait majoritairement l'herbe sauvage et touffue typique du coin. Toutes jouissaient en revanche d'une vue à couper le souffle sur la lagune de Saint-Nicolas, Penfret, le Loc'h et, au milieu de la Chambre, Fort-Cigogne. Les terrains étaient séparés du sentier de bord de mer par un muret de béton d'apparence étrange, peu engageante, qui s'élevait à hauteur de genou. Les maisons dataient probablement des années 1970. A leur époque, elles avaient dû être des modèles d'architecture ambitieuse. Les toits d'ardoise descendaient jusqu'au sol, les fenêtres et les terrasses étaient aménagées comme des niches au milieu de leur pente. Cela avait sans doute été le comble du chic. Seules les lois de protection de la côte, très strictes depuis quelques années, avaient dû empêcher qu'elles ne fussent détruites et remplacées par d'autres constructions. La terrasse de Lefort était en bois et constituait le seul élément avenant de la maison. Entourée de grosses pierres, elle était aménagée d'une table en bois démesurée aux yeux de Dupin et de chaises en très grand nombre.

Les fenêtres de la baie vitrée reflétaient la lumière du jour sans trahir la moindre trace de vie à l'intérieur. A droite du terrain était aménagé un petit accès en bois, qui ouvrait sur un étroit chemin de gravillon menant à l'entrée latérale. La palissade ne comportait aucune sonnette, juste une petite plaque émaillée sur laquelle on pouvait lire : « L. Lefort ».

Dupin hésita à rappeler Le Ber pour lui demander de le faire tout de même rapatrier sur la terre ferme dans les plus brefs délais. La situation était parfaitement grotesque. Il était là à chercher l'ami, certainement fort antipathique, d'un ami guère plus recommandable d'un préfet qu'il détestait. Il n'était pas impossible que Lefort soit paisiblement en train de récupérer après une longue nuit, soit ici, soit dans sa maison des Sables Blancs. Et puis, qu'est-ce que cela pouvait bien vouloir dire, « il était attendu avec impatience » ?

Bref, rien ne laissait entendre que Konan et Lefort faisaient partie des cadavres qu'on acheminait en ce moment vers les services de médecine légale de Quimper. Qu'allait-il raconter à Lefort, s'il tombait sur lui ? « Bonjour, je vous soupçonnais sans raison d'être l'un des cadavres retrouvés sur la plage ce matin. Je suis heureux de constater que je me suis trompé. » En vérité, tout semblait plaider pour un retour immédiat à Concarneau. Pourtant, Dupin ne put s'empêcher de pousser la petite porte de bois et de s'engager sur le sentier gravillonné tout en marmonnant contre l'absurdité de son geste.

La porte d'entrée était affreuse, à l'image du reste de la maison. Un grand pan d'aluminium percé dans son tiers supérieur d'une fenêtre en verre fumé. Là non plus, aucune présence de sonnette. Dupin frappa quelques coups, d'abord discrètement, puis un peu plus fort.

— Monsieur Lefort ? Il y a quelqu'un ?

Dupin cria plusieurs fois, de plus en plus fort.

— Commissariat de police de Concarneau !

— Je ne suis pas certaine qu'il soit là, vous savez.

Dupin bondit. Une femme se tenait juste derrière lui. Il n'avait entendu aucun bruit de pas, elle n'avait donc pas emprunté le chemin de graviers.

— Je... Bonjour, madame. Je suis le commissaire Dupin, du commissariat de police de Concarneau.

A première vue, on lui donnait une bonne trentaine d'années. Elle avait d'épais cheveux d'un blond foncé noués en une tresse sage. Extrêmement mince, elle était de taille moyenne et son visage étroit était marqué de pommettes hautes, élégantes et harmonieuses. Ses traits avaient quelque chose d'exigu, mais elle n'était pas désagréable à regarder. Pas du tout. Son regard réservé faisait montre d'une vraie personnalité et d'une grande assurance. Elle portait une jupe droite de tweed couleur de terre et un chemisier de coupe tout aussi sévère, d'un ton orange sombre. Sa tenue avait quelque chose de singulier, un peu hors du temps.

— Est-il arrivé quelque chose à Lucas ? De quoi s'agit-il ? Je suis sa sœur, Muriel Lefort.

— Non, pas du tout. Je voulais seulement...

C'était encore plus difficile que si cela avait été Lefort en personne. Quoi qu'il dise, elle ne manquerait pas de s'inquiéter.

— Ne vous inquiétez pas, c'est sûrement une erreur.

Dupin n'était pas très heureux de sa formulation.

— J'avais rendez-vous avec mon frère, mais il n'est

toujours pas arrivé. Je voulais vérifier s'il était ici. Son portable ne répond pas et son bateau est au port, il devrait donc se trouver sur l'île. En général, il vit aux Sables Blancs, mais il vient souvent ici, même s'il loge rarement sur place. En tout cas, il était là hier soir.

— Il était là hier soir ?

— Oui, je l'ai aperçu au Quatre-Vents, mais nous ne nous sommes pas parlé. Je suis restée à peine quelques minutes.

— Votre frère était seul ?

— Je ne saurais vous le dire. Il était au bar, il bavardait avec une femme blonde. Pourquoi cherchez-vous mon frère ?

Dupin avait espéré échapper à cette question.

Il était intrigué. Lefort se trouvait donc ici hier soir. Yannig Konan était-il là, lui aussi ? Avaient-ils navigué dans le coin, s'étaient-ils arrêtés ici en attendant que la tempête s'éloigne ? Avaient-ils passé la nuit sur l'île ? Si Lefort était seul, ne devait-on pas en conclure que Konan n'était pas avec lui, mais probablement avec sa femme, ou quelqu'un d'autre ? Mais où se trouvait Lefort, dans ce cas ?

— Possédez-vous un double des clés de la maison de votre frère ?

— Je ne l'ai pas sur moi, mais je peux aller le chercher. J'habite juste à côté.

Le téléphone de Dupin sonna. C'était Labat. Dupin s'éloigna de quelques pas avant de décrocher.

— Nous avons reçu un avis de disparition. Il vient de nous être transmis depuis Quimper.

Labat bredouillait un peu, même s'il s'efforçait visiblement de se contrôler.

— Qui a disparu ?

71

— Un certain Arthur Martin. Il viendrait de l'Ile-Tudy, pas loin de Bénodet. Il…

— Quel âge ?

— Cinquante-cinq ans.

— Je… Attendez un instant, Labat.

Dupin se tourna vers Muriel Lefort, qui l'observait d'un œil inquiet.

— Il s'agit d'une autre affaire, madame. Quelqu'un d'autre. Aucun rapport.

— Ah, tant mieux. Je veux dire… (Elle s'interrompit, embarrassée, avant d'ajouter :) Je vais chercher les clés.

— Oui, c'est une bonne idée.

Dupin attendit avant de reprendre sa conversation avec Labat.

— Qui a signalé sa disparition ?

— Sa compagne. Il était sur l'île aux Moutons, hier. Tout le monde la compte parmi les îles de l'archipel, bien qu'elle n'en fasse pas partie. Elle se trouve à cinq milles de là, en direction du continent, un peu à l'ouest. Il devait rentrer ce matin au plus tard, avec son bateau. Une embarcation de taille moyenne, cinq mètres soixante. Il y a une cabine, tout de même. Sa compagne a essayé de le joindre sur son portable, sans résultat. Elle s'inquiète de plus en plus.

— Peut-être qu'il n'a plus de batterie.

— Elle est passée chez lui et elle a appelé son bureau. Là non plus, on ne l'a pas encore vu de la journée.

— Que faisait-il sur les îles ?

— Il pêchait. C'est un pêcheur expérimenté.

— Il était seul ?

— Sa compagne prétend qu'il sort toujours seul. Je

vais demander qu'on m'envoie son portrait sur mon smartphone.

Bien entendu, Labat ne se servait pas d'un simple portable, mais d'un smartphone. La manière dont il prononçait le mot, déjà, était insupportable à Dupin, sans parler de sa façon d'exhiber l'appareil, avec ses incroyables fonctions.

— Je ne vois pas pourquoi cette personne disparue devrait avoir un rapport avec les trois morts d'ici. Monsieur Martin va sûrement réapparaître très bientôt.

Dupin avait conscience que cette conclusion aussi hâtive que catégorique avait essentiellement pour motif son refus d'accorder un point à Labat, mais d'un point de vue purement objectif, l'information était déconcertante. Il s'agissait d'un navigateur solitaire. Rien n'indiquait qu'il ait rencontré quiconque. Improbable tout de même que plusieurs bateaux aient chaviré au cours de la nuit dernière à divers endroits, avec chacun un seul homme à bord, et que trois cadavres se soient échoués sur la même plage, non ?

— A mon avis, la coïncidence est tout de même étrange. Nous avons trois corps non identifiés et un disparu, qui vient précisément de la zone concernée. Ce serait très imprudent de négliger cette piste.

Formulé de cette manière, c'était plutôt convaincant, même Dupin devait en convenir.

— Très bien, d'accord.

— Nous devrions demander qu'un hélicoptère survole les environs des Moutons, et demander qu'on nous envoie un bateau de Bénodet ou de Fouesnant. L'île aux Moutons a beau être inhabitée, peut-être que des bateaux y mouillaient hier. Quelqu'un a peut-être vu l'embarcation de Martin.

— Très bien, allez-y, Labat.

Dupin raccrocha. Peut-être que, pour une raison qu'ils ignoraient encore, deux autres personnes se trouvaient hier à bord du petit voilier de cet homme originaire de l'Ile-Tudy ? On nageait en plein brouillard.

Il regarda autour de lui. Madame Lefort était réapparue et enjambait avec souplesse le muret qui séparait la première maison de la deuxième.

— La clé.

Elle avait repris contenance et, l'instant d'après, elle ouvrait la porte. Ils débouchèrent dans une grande pièce, à la fois salon et salle à manger, qu'encadraient deux baies vitrées, prolongée par une cuisine d'apparence sophistiquée.

— Lucas ? Lucas, tu es là ?

L'endroit n'était pas méticuleusement rangé sans pour autant être en désordre. Madame Lefort resta plantée au milieu du salon, manifestement peu sûre de la conduite à adopter.

— Ça m'embête un peu, tout de même, de faire irruption comme ça dans la maison de mon frère. Ce n'est pas dans mes habitudes.

— Dans la situation présente, c'est tout à fait approprié.

Dupin avait parlé d'une voix douce, mais ferme.

— Si vous le dites.

Muriel Lefort se dirigea vers l'étroit escalier de bois qui menait aux combles. Dupin quant à lui resta planté au milieu du salon.

— Lucas ? Un commissaire aimerait te parler.

Elle s'engagea dans l'escalier et disparut quelques instants à l'étage avant de resurgir en haut des marches.

— Il n'y a personne, commissaire. Le lit ne semble

pas avoir servi, pas plus que la salle de bains. Il n'a pas dû passer la nuit ici.

— Il est sans doute reparti au cours de la nuit, alors.

— Comme je vous le disais, son bateau est au port. Il possède l'une de ces ridicules vedettes à moteur. Elle est amarrée directement au môle.

— Peut-être qu'il...

Dupin se tut. Cela ne menait à rien. Tout n'était que supposition, hypothèse. Il fallait absolument tirer cette question au clair.

— Vous auriez une photo de votre frère ?

L'inquiétude sembla de nouveau gagner la jeune femme.

— Vous pensez donc que mon frère pourrait être l'un des trois morts ?

— J'aimerais pouvoir exclure complètement cette possibilité, c'est tout.

— Il pourrait avoir passé la nuit chez quelqu'un d'autre. Il... (Muriel Lefort s'interrompit à son tour.) Je vais chercher une photo.

Elle fila de nouveau à l'étage avant de réapparaître.

— J'en ai trouvé une au-dessus de son lit, avec sa compagne actuelle. Enfin, je crois.

Elle avait prononcé « compagne » d'un ton étrangement artificiel.

— En tout cas, la photo est assez récente. Prenez-la.

Lucas Lefort était assez bel homme, grand et mince. Il avait des traits marqués, des pommettes anguleuses, une chevelure noire, courte mais épaisse, qui luisait au soleil. Vêtu d'un bermuda et d'un polo de couleur sombre, il se tenait sur un grand voilier et riait en serrant une jeune beauté brune dans ses bras. Son regard fixait l'objectif d'un air conquérant, bravache, presque arrogant. Dupin n'aurait su dire si cet homme était l'un de ceux qui avaient été découverts sur la plage. Seul le visage d'un des trois corps était reconnaissable, ce matin, et ce n'était certainement pas le sien.

— Cette photo ne me permet pas d'émettre de conclusion, malheureusement, mais j'aimerais vérifier cela rapidement. Comme ça, nous en aurons le cœur net. Je vais…

— Il y a toute une série de portraits de mon frère sur Internet. C'est un navigateur reconnu. L'Admiral's Cup…

— Me permettez-vous néanmoins de garder cette photo ?

— Bien sûr, mais à son retour, vous lui expliquerez pourquoi la police de Concarneau possède cette photo de lui et de sa compagne.

Elle esquissa un sourire contraint.

— Je trouverai bien une raison. Vous dites que votre frère ne s'est pas manifesté depuis hier soir, c'est bien ça ?

Muriel Lefort se montra quelque peu évasive.

— D'après ce que j'en sais, oui. Mon assistante affirme ne pas l'avoir vu de la matinée. Reste que je ne connais pas son emploi du temps. Comme je vous le disais, je ne lui ai pas parlé hier soir au Quatre-Vents. Nous… (Elle sembla hésiter un instant.) C'est de notoriété publique, après tout. Nous ne… Nous ne sommes pas très proches, mon frère et moi. Si nous avions rendez-vous aujourd'hui, c'était seulement pour régler quelques points importants. Nous dirigeons ensemble l'école de voile – théoriquement, en tout cas. Elle nous appartient à tous les deux.

— Je vois.

— Vous ne m'avez toujours pas dit pourquoi vous avez pensé à mon frère, d'ailleurs ?

Dupin devait veiller à ne pas tirer de conclusions trop hâtives. En ce qui concernait Lefort, les choses étaient certainement plus complexes qu'elles n'en avaient l'air.

— C'est assez compliqué, madame Lefort. Nous savons que votre frère part régulièrement en balade avec un certain Yannig Konan, et qu'ils avaient prévu de sortir en mer ce week-end. Je suppose que vous connaissez monsieur Konan ?

— De loin, oui.

— Vous savez donc que les deux hommes sont amis et naviguent ensemble ?

— Oui, pourquoi ?

Dupin hésita.

— Yannig Konan ne s'est pas présenté à son bureau ce matin. (Il ajouta aussitôt :) Pour autant, il n'a pas été porté disparu. Il pourrait se trouver n'importe où. Certains indices porteraient à croire qu'il se trouve à Bénodet, ou dans les environs, en tout cas le bateau avec lequel il est parti hier est amarré là-bas.

Les yeux de Muriel Lefort s'agrandirent.

— Konan a disparu, lui aussi ?

— Disons que nous ne savons pas où il est, pour le moment. C'est tout.

Sa réponse n'était guère rassurante, Dupin en était conscient.

— J'ai moi-même appris il y a quelques instants à peine que votre frère était en compagnie de Konan, ajouta-t-il. Je… L'histoire est moins simple qu'il n'y paraît. Vous verrez, je suis sûr qu'il y a une explication et que tout le monde sera rassuré. J'en suis sûr.

Dupin s'était efforcé de mettre autant de confiance que possible dans cette dernière phrase, mais le résultat n'était pas très convaincant. Muriel Lefort se dirigea vers la porte.

— Il faut que je retourne au bureau, commissaire. Peut-être quelqu'un a-t-il des nouvelles de Lucas.

— Je vous remercie pour votre aide, madame.

Ils quittèrent la maison. Dupin nota son numéro de téléphone portable, au cas où il y aurait du nouveau. Au bout du sentier gravillonné, il ne tourna pas vers la droite, en direction du Quatre-Vents, mais vers la gauche, où se trouvait le banc de sable.

Il avait un coup de fil à passer. Tranquillement.

— Le Ber ?

— Commissaire ?

— J'aimerais que quelqu'un vérifie si l'un de nos inconnus n'est pas Lucas Lefort. Sur-le-champ. C'est un célèbre navigateur, champion du monde, quelque chose comme ça. Vous trouverez sa photo sur Internet. Lu-cas Le-fort. Je veux une réponse immédiate. Les cadavres sont arrivés à Quimper ?

— Celui qui a remporté l'Admiral's Cup ?

Le Ber semblait soudain agité.

— Oui, personne ne l'a vu depuis hier soir.

— Je vais tout de suite prévenir les collègues. Je pense qu'ils ne vont pas tarder à atterrir à Quimper. Comment avez-vous… ?

— Appelez-les, Le Ber. On reparlera du reste plus tard.

— Entendu, chef.

Dupin s'engagea sur le pittoresque sentier littoral recouvert de lattes de bois qui faisait le tour de l'île.

L'« intérieur » était aride et sauvage, il aimait cela. Des buissons épineux, des framboises, des mûres, de l'herbe rase, des fougères de taille moyenne, çà et là de la bruyère brillant au soleil, quelques touffes d'ajonc d'un jaune vif. Le banc de sable qui séparait Saint-Nicolas de Bananec était déjà immergé. Les longues vagues de l'Atlantique infini se déroulaient doucement jusqu'à la Chambre. Deux hommes se tenaient exactement au centre du banc de sable, de l'eau jusqu'aux chevilles. La scène avait quelque chose d'irréel, comme s'ils marchaient sur l'eau. La marée montait. Les paysages changeaient, l'eau reprenait ses droits sur la terre.

L'archipel était un avant-poste du vieux continent et cela se sentait, estima Dupin. Le bout du bout du monde. Aucune terre ne séparait les Glénan des côtes du Canada, pas un seul centimètre carré émergé, pas même un banal groupement de rochers. Il fallait parcourir cinq mille kilomètres depuis ce coin de Bretagne avant de poser le pied sur le sol. Cinq mille kilomètres d'eau. Cinq mille kilomètres de la mer la plus sauvage du monde, à côté de laquelle cette langue de terre semblait bien fragile. Dupin pensa à la tempête de la nuit passée. Ce petit bout de sol n'était pas une masse compacte et ferme, au contraire. C'étaient des miettes au relief chaotique et aux contours informes, réparties de la manière la plus aléatoire – les vues du ciel tant appréciées des amoureux de la région en témoignaient de manière frappante. Ce dernier bastion de continent était un bien fragile.

Dupin avait lentement parcouru la pointe nord de l'île et regardait à présent en direction de l'ouest. La sonnerie de son téléphone brisa le silence. C'était Labat. Dupin décrocha.

— Négatif.

La voix de l'inspecteur était plus nerveuse que d'ordinaire.

— Que voulez-vous dire, Labat ?

— Ce n'est pas lui.

— Aucun des morts n'est donc le pêcheur disparu ? L'homme de l'Ile-Tudy ?

Dupin avait formulé sa phrase le plus clairement possible pour pavoiser un peu. Son pressentiment s'était révélé exact, et Labat avait eu tort.

— Non.

— On l'a retrouvé ?

— Non, mais on a comparé avec les photos et il ne fait pas partie des victimes.

La voix de Labat trahissait une franche déception ainsi qu'un peu d'amertume.

— Nous avons donc une disparition qui n'a rien à voir avec nos cadavres – et trois morts dont nul ne semble vouloir signaler la disparition.

Manifestement, Labat ne sut que répondre à cet élan de rhétorique fantaisiste, car il garda le silence.

— Très bien, Labat. Voilà où nous en sommes.

Dupin raccrocha.

Il devait convenir qu'il n'aurait pas été mécontent, lui non plus, si l'un des corps avait été celui de l'homme porté disparu. Pas pour les mêmes raisons que Labat, mais tout de même. Au moins, ils auraient eu un début de piste. A partir de là, ils n'auraient certainement pas tardé à découvrir qui étaient les deux autres morts.

Dupin s'était de nouveau immobilisé. Il songea à rebrousser chemin mais s'avisa qu'il atteindrait plus rapidement le Quatre-Vents en continuant tout droit. On ne voyait pas encore le bar depuis l'endroit où il se tenait – une dune s'étirait sur toute la longueur de l'île – mais il ne pouvait pas être bien loin.

Le regard de Dupin se perdit dans le lointain, par-delà l'océan, dans l'outremer infini de l'horizon. Cela faisait longtemps, déjà, qu'il avait cessé d'affirmer que la mer était bleue. Ce n'était pas vrai : la mer n'était pas simplement bleue. Pas ici, dans ce monde magique fait de mille lumières. Elle était azur, turquoise, cyan, cobalt, argentée, bleu d'aquarelle, plomb, bleu nuit, pourpre… Dix à quinze tonalités de bleu et une infinité de nuances. Parfois elle était verte, vraiment verte, ou alors marron – quand elle n'était pas d'un noir profond. Tout cela variant selon les circonstances : la position du soleil, bien entendu, mais aussi la saison, l'heure, la météo, la pression atmosphérique et le taux d'humidité de l'air, qui décomposait la lumière de cent manières différentes et tirait le bleu vers telle nuance ou telle autre. Sans oublier la profondeur de l'eau et la nature du paysage sous-marin, ou encore le vent, la structure de la surface et le mouvement des vagues, la côte, son paysage et ses teintes. L'une des composantes majeures de la couleur de la mer était cependant un autre bleu : celui du ciel, lui-même sujet à un même type d'évolutions selon les nuages. Car c'était l'azur qui jouait inlassablement avec les innombrables nuances de la mer. La vérité était là : jamais l'océan n'était immuable, jamais le ciel ne restait identique, que ce fût au cours d'une même heure, depuis un même emplacement. La seule constante était le spectacle époustouflant qu'offrait leur interaction.

Dupin poursuivit sa route en pressant le pas pour se donner le temps de siroter un café en attendant l'appel de Le Ber. Et si lui non plus n'avait pas d'information concluante à lui fournir – Dupin s'y attendait –, il quitterait les îles pour de bon, peu importait leur beauté.

La terrasse du Quatre-Vents s'était sensiblement vidée. Dupin découvrit les trois femmes de la famille Nuz réunies. Elles accomplissaient leur routine quotidienne avec des gestes habiles, débarrassant les tables après l'assaut du déjeuner et ramenant de l'ordre dans le restaurant. Nolwenn n'avait pas menti, leur ressemblance était presque intimidante. Toutes trois avaient des yeux d'un brun profond, une chevelure d'un noir mat, la même silhouette mince et surtout ce même petit nez retroussé qui leur donnait un air volontaire. A la différence de ses deux filles, Solenn Nuz avait les cheveux courts, à la Jean Seberg, et ses joues étaient marquées de deux profondes fossettes. Quand Dupin était entré dans le bar, la plus jeune des deux filles – il avait eu le plus grand mal à distinguer l'aînée de sa cadette – avait glissé trois mots à l'oreille de sa mère sans chercher à se cacher. Solenn lui avait jeté un bref regard avant de reporter son attention sur les verres et les bouteilles qu'elle manipulait derrière le comptoir.

Muni de son café, il s'était installé à la même table que précédemment. Le *Luc'hed* était désormais amarré à l'un des bateaux proches du môle. Visiblement, les interrogatoires n'étaient pas terminés.

Dupin était mécontent. Cette affaire avançait bien trop lentement à son goût. Il allait appeler Savoir en personne, il fallait passer à la vitesse supérieure. Et il voulait s'assurer que toutes les précautions seraient prises.

Il patienta un moment avant que le docteur Savoir ne décroche.

— Du nouveau, Savoir ?

— A qui ai-je l'honneur ?

Dupin aurait juré que son interlocuteur l'avait reconnu.

— Avez-vous comparé la photo de Lucas Lefort avec les trois inconnus ?

— Ah, c'est vous, commissaire ! Nous cherchons d'autres photos pendant que nous analysons les corps. Il y en un qui pourrait correspondre, mais il présente de nombreuses blessures, notamment au visage. Il nous faudrait un vrai portrait, la plupart des images que l'on trouve sur Internet le montrent sur un bateau ou lors de remises de prix, entouré de beaucoup de monde. La mort change la physionomie des gens, de toute façon. Il faut tout de même que vous compreniez que...

— J'aimerais avoir votre sentiment dès maintenant, Savoir.

Dupin avait élevé la voix. Le silence lui répondit.

— Croyez-vous que Lucas Lefort soit l'un des cadavres ? reprit-il.

— Je dirais que ce n'est pas exclu, en effet.

— Vous en êtes donc certain.

Dupin n'avait aucune envie d'entendre les arguties de Savoir.

— Je le crois, oui. Nous allons néanmoins procéder à une identification formelle, ne serait-ce que pour la forme. Il a une sœur.

— Et pourquoi, bon sang, ne m'avez-vous pas appelé dès que vous vous êtes fait une première impression ?

— Parce que je travaille de façon professionnelle, moi.

Si la nouvelle n'avait pas été aussi dramatique et

capitale, si elle n'avait pas déclenché dans l'esprit de Dupin des réflexions en cascade, il aurait explosé.

— Sa sœur habite aux Glénan. Nous allons devoir la convoquer ici.

Dupin ne répliqua pas. Il réfléchissait. C'était donc Lucas Lefort. L'un des trois cadavres était le frère de la femme avec laquelle il venait de s'entretenir. L'homme dont il avait visité la maison quelques instants plus tôt.

— Vous m'avez entendu, commissaire ?

Dupin s'efforça de revenir à leur conversation.

— Avez-vous une idée de la cause du décès ?

— Non. Les corps arrivent tout juste au laboratoire et nous avons commencé par vérifier si Lucas Lefort se trouvait parmi eux. Nous allons tout de suite les examiner pour vérifier si les lésions proviennent toutes de leur séjour dans la mer, puis nous nous attaquerons à l'autopsie proprement dite et aux analyses toxicologiques. Nous…

— J'ai compris.

Dupin avait lâché ces mots sur un ton furieux qui eut au moins le mérite de remplir sa fonction.

— Je n'ai pas pu faire grand-chose, sur les îles, reprit le légiste. Ce que j'ai vu de l'extérieur, ce sont des blessures externes dues au contact de rochers et de falaises. Ces constatations ne sont absolument pas scientifiques, on ne peut pas s'appuyer dessus.

— Combien de temps vous faut-il ?

— Si les corps ne sont pas restés dans l'eau plus d'une journée, il suffira de trois quarts d'heure environ, après l'ouverture de la cage thoracique, pour savoir s'ils sont morts par noyade. Trois quarts d'heure chacun. Je…

— Lefort n'a pas passé plus de douze heures dans

l'eau, je peux vous le certifier dès maintenant. Il en sera sans doute de même pour les autres.

— Eh bien, nous commencerons par lui, alors. J'ai demandé deux assistants supplémentaires à la clinique. Je…

— Il faut que nous sachions ce qui s'est passé.

— J'ai bien compris, commissaire. Nous attendons…

— Savoir ?

— Oui ?

— Dénichez des photos d'un certain Yannig Konan sur Internet. Yan-nig, Ko-nan. Un gros entrepreneur, assez connu ici, en Bretagne.

— Vous pensez qu'il pourrait être l'un des deux autres inconnus ?

— On verra bien.

— D'où vous vient cette idée ?

— Ils avaient prévu une sortie en bateau, tous les deux. Ce n'est peut-être pas…

Dupin se tut. Il n'avait aucune envie de mettre Savoir dans la confidence, en fin de compte.

— C'est sans importance. Cherchez Yannig Konan, c'est tout.

Dupin faillit lui raccrocher au nez mais il retint son geste.

— Savoir… Une dernière chose.

— Oui ?

Le ton du médecin en disait long sur son humeur.

— J'informerai madame Lefort moi-même. Je viens de faire sa connaissance. Je lui dirai ce qu'il en est. Et je lui dirai qu'elle est attendue à Quimper pour l'identification.

85

— L'hélicoptère va venir vous chercher. Il ne faut pas perdre de temps.

— Non, surtout pas. Appelez-moi dès que vous avez du nouveau – même s'il ne s'agit que d'une « supposition ». Je…

Cette fois, c'était Savoir qui avait raccroché.

Dupin se leva. Certes, Lucas et Muriel Lefort n'étaient pas proches, mais le choc allait être rude, et l'identification était toujours un très mauvais moment à passer.

Il dépassa le môle. Il avisa sur la droite un petit bateau rapide amarré à la première balise. Il ne l'avait pas remarqué au cours de la matinée, malgré son aspect tape-à-l'œil. Rouge vif, étroit, tout en longueur… Il appartenait désormais à un mort.

Dupin arriva à l'école de voile. La porte, d'une largeur inhabituelle, était grande ouverte et l'accueil se trouvait à droite du hall. Il entra. Au même instant, son portable se mit à sonner. C'était Savoir. Il rebroussa aussitôt chemin et décrocha.

— Vous aviez raison, commissaire !

Le légiste s'efforçait manifestement de montrer du détachement, mais sa voix tremblait quelque peu.

— Il s'agit bien de Yannig Konan. C'est lui. Cette fois, je suis formel. Le cadavre ne présente pas de blessures particulières au visage. On a pu l'identifier avec certitude grâce aux portraits trouvés sur Internet.

Dupin se dirigeait vers le bar à huîtres.

— Il n'y a pas de doute possible ?

— Aucun. Je suis catégorique.

Dupin se passa la main dans les cheveux à plusieurs reprises avant de s'immobiliser.

— Quelle merde !

— Pardon ?

— Formidable. La presse va en faire ses choux gras. C'est un ami du préfet, et on n'a encore aucune piste.

Dupin s'adressait à lui-même plus qu'à Savoir.

— C'est un ami de Guenneugues ?

— Oui.

— Oh. Alors ça risque de faire du bruit, en effet. Je suppose que vous allez l'avertir immédiatement, commissaire, n'est-ce pas ?

Voilà à quoi mène l'entêtement, se dit Dupin. S'il ne s'était pas mis en tête de manger un homard, il ne se serait certainement pas laissé aller à flâner ainsi le long de la côte. C'était lui qui avait mis les choses en branle, et maintenant il lui revenait *personnellement* d'annoncer au préfet la mort de son ami, alors que celui-ci venait de décréter avec soulagement la fin de l'alerte. Pour couronner le tout, il allait aussi faire part *personnellement* à Muriel Lefort du décès de son frère.

Le mystère restait entier : qu'est-ce que tout cela signifiait ? Qui pouvait bien être le troisième mort ? Konan et Lefort avaient prévu une sortie à deux, tout au moins d'après les informations que Dupin avait obtenues. Apparemment, ils naviguaient régulièrement ensemble. Ensuite, pourquoi le bateau de Konan était-il amarré à Bénodet ? Ils n'avaient pas non plus pris le bateau de Lefort – avaient-ils donc embarqué sur celui de la troisième victime ? Un autre point restait à éclaircir : qu'en était-il de ce pêcheur porté disparu ? L'homme de l'Ile-Tudy qui n'était pas le troisième cadavre ?

Dupin lâcha un juron de dépit.

Comme prévu, la conversation avec Muriel Lefort fut très difficile. Ils s'étaient installés dans son petit bureau de l'école de voile, une pièce sobrement meublée voisine de l'accueil. Elle avait tout d'abord gardé son sang-froid, mais avait fini par éclater en sanglots, incapable d'ajouter une parole. Dupin s'était senti étrangement coupable. Plusieurs minutes durant, elle était restée prostrée, sans mot dire, comme pétrifiée, la tête et les yeux baissés, le regard dans le vague. Même sa respiration semblait s'être tarie. Dupin s'était fait aussi discret que possible. Soudain, Muriel Lefort s'était levée et, d'une voix à peu près ferme, avait prié le commissaire de la laisser seule. Dupin s'était éclipsé sans attendre.

Muriel Lefort s'était évidemment déclarée prête à se rendre à Quimper pour identification dès qu'elle en aurait la force. Elle avait transmis à Dupin le numéro de téléphone de son assistante et l'avait prié de s'arranger avec elle. Le commissaire aurait bien eu quelques questions pressantes, mais ce n'était pas le moment. Il tenterait sa chance un peu plus tard.

Le coup de fil au préfet s'était révélé encore plus désagréable que prévu. Compliquée, laborieuse, la conversation s'était prolongée interminablement, Dupin avait eu le temps de faire à nouveau le tour de l'île. Le préfet n'avait cessé de répéter d'un ton plaintif à quel point tout cela était tragique et bouleversant. Il avait demandé une bonne dizaine de fois pourquoi Dupin avait persévéré dans son enquête malgré la fin de l'alerte, pourquoi tant de bateaux étaient impliqués dans l'histoire et comment un accident aussi malencontreux avait pu se produire – une multitude de questions auxquelles Dupin n'avait pas l'ombre d'une réponse. Un dialogue absurde. Si Dupin n'avait pas senti combien le décès de Konan affectait le préfet – d'autant que c'était à celui-ci qu'incombait la corvée d'annoncer la nouvelle à l'épouse du défunt alors qu'il lui avait personnellement assuré peu de temps auparavant qu'elle n'avait plus d'inquiétude à se faire – et s'il n'avait pas éprouvé une inexplicable compassion à son égard, il n'aurait pu s'empêcher de lâcher quelque remarque acide avant de clore l'entretien. Ce n'était pas une bonne idée, il en avait déjà fait l'expérience et savait qu'il valait mieux tenir sa langue. Le préfet n'avait cessé de parler de l'« enquête » de Dupin, lequel n'avait pas manqué de rétorquer que selon toute probabilité il n'y aurait pas d'« enquête », puisqu'il s'agissait d'un accident. Jusque-là, rien ne prouvait le contraire. Quand Dupin avait répété ces mots en élevant la voix, le préfet avait fini par réagir en rugissant : cet « accident » autant que les circonstances feraient dorénavant l'objet d'une « enquête » méticuleuse de la part du commissaire. Il ajouta que Dupin, tout comme l'ensemble de l'équipe de Concarneau, devait laisser tomber toutes les affaires courantes pour se consacrer exclusivement à celle-ci et que lui, le préfet, allait mobiliser personnellement et sur-le-champ tous les renforts nécessaires. Leur échange s'était terminé sur ces paroles.

Dupin était servi. De mauvaise, son humeur était passée à massacrante. Peu avant d'arriver au Quatre-Vents, il guida ses pas vers la mer, descendit les larges marches de bois et s'engagea sur sa gauche, par-dessus les rochers. Le soleil avait dépassé son zénith, cela se sentait. Il n'avait pas encore atteint toute sa puissance estivale.

Il devait bien se rendre à l'évidence, il avait une nouvelle enquête sur les bras.

Sur un coup de tête, Dupin avait décrété que le Quatre-Vents serait leur quartier général et il en avait tiré une certaine joie – qui n'avait pas duré. Ils avaient déplacé une table ainsi que six chaises de la terrasse vers un côté de l'annexe donnant sur l'école de plongée. Il était quatre heures et quart. Après son coup de fil au préfet, Dupin avait convoqué sa petite équipe en leur demandant d'un ton ferme de rappliquer immédiatement. Il n'avait aucune envie de poursuivre son enquête par téléphone, même s'il allait être amené à le faire de toute façon, compte tenu des conditions géographiques dans lesquelles ils opéraient. Il avait également convié Kireg Goulch et envoyé le *Luc'hed* aux Méaban pour qu'il le ramène. Pour l'instant, les équipes qui sillonnaient la mer n'avaient trouvé que cinq grands bidons utilisés pour transporter de l'eau ou autre sur les bateaux, rien de plus.

La table n'était pas grande et ils étaient collés les uns aux autres dans une position inconfortable. Leur petite assemblée devait avoir un aspect curieux, vue de l'extérieur : Labat, Le Ber, Goulch, les deux jeunes gendarmes maritimes du *Bir* et Dupin. Devant eux, deux grands plateaux avec du café, de l'eau, du Breizh-Cola et quelques sandwiches aux rillettes de crabe et de maquereau.

— Alors, qu'est-ce que nous avons ? commença Dupin avant de prendre une contenance gauche et appliquée, d'ouvrir son carnet de notes et de griffonner quelques mots pendant que les autres l'observaient en silence. Nous avons identifié deux corps, Lucas Lefort et Yannig Konan. Nous ne possédons aucun indice concernant l'identité du troisième. Nous savons que Lucas Lefort se trouvait aux Glénan hier soir. Ici même, dans ce bar. C'est sa sœur, Muriel Lefort, qui me l'a dit. Nous ne savons pas quand exactement, s'il était seul ou pas et, dans ce cas, qui l'accompagnait. Pas plus que nous ne savons combien de temps il est resté, ni à quelle heure il est parti. Peut-être était-il avec Konan et avec la troisième victime, qui sait ? Nous...

La sonnerie du téléphone de Dupin l'interrompit au beau milieu de sa phrase. Le numéro de Savoir s'afficha. Cela faisait un moment, déjà, qu'il attendait ce coup de fil.

— Le cadavre n'est pas resté dans l'eau bien longtemps. Grâce à l'analyse macroscopique, nous sommes en mesure d'établir un premier diagnostic, nous n'aurons sans doute pas besoin d'un examen plus détaillé des tissus. Bien que...

— Savoir, venez-en aux faits, s'il vous plaît.

— Lucas Lefort est mort noyé. C'est certain. Nous sommes en train d'analyser le corps de Yannig Konan, mais je voulais d'ores et déjà vous tenir au courant.

Savoir paraissait vexé.

— Je vous en suis très reconnaissant, docteur.

— A part ça, nous n'avons pas trouvé de blessures *ante mortem*. Je vous rappelle plus tard.

Savoir avait raccroché.

Quand Dupin leva les yeux, tous les regards étaient braqués sur lui. Il répéta brièvement ce qu'il venait d'entendre tout en essayant de se remettre les idées en place.

— Cela correspondrait assez au scénario de l'accident. Pour être exact, rien, pour le moment, ne porte à croire qu'il s'agisse d'autre chose. Selon toute probabilité, le bateau a chaviré, mais il ne s'agit pas de l'embarcation de Lefort, ni de celle de Konan. Sans doute appartient-elle donc à la troisième victime, résuma Dupin d'une voix mécanique, peu inspirée.

Nous avons quelques indications laissant supposer le lieu du naufrage... Voilà, je crois que j'ai dit l'essentiel. Maintenant, il s'agit de reconstituer très précisément le déroulement des événements. Et, bien sûr, d'identifier le troisième corps.

Dupin avait essayé de compenser l'incertitude des informations qu'il avançait par un ton ferme et décidé. Depuis le début de leur réunion improvisée, il tenait dans la main gauche un morceau de pain qu'il n'avait pas encore entamé.

— C'est sûrement la tempête. Et puis, la marée était très basse. A marée haute, les Méaban ne sont rien d'autre que six ou sept rochers abrupts facilement repérables, même par mauvais temps. Quand l'eau se retire, en revanche, elle découvre des dizaines de rochers qui affleurent, répartis sur plus de cinq cents mètres au moins, expliqua Goulch d'un ton agréablement objectif.

— Quoi qu'on dise, il ne s'agit pour l'instant que de spéculations, intervint Labat, visiblement agacé.

Dès ce matin, quand ils s'étaient retrouvés à l'île du Loc'h, Dupin avait pressenti que Labat supporterait mal de ne pas endosser le premier rôle dans cette affaire. Ici, en mer, c'était évidemment à Goulch de mener le jeu. Celui-ci, d'ailleurs, ne semblait pas le moins du monde impressionné par l'inspecteur.

L'un des deux gendarmes prit presque timidement la parole.

— J'ai récupéré les informations de la météo, commença-t-il, gagnant de l'assurance à mesure qu'il parlait, apparemment, la tempête a touché les Glénan vers vingt-deux heures et a duré jusqu'à minuit. L'orage s'est déplacé très vite le long de la côte, un peu en zigzag. Il est resté sur la mer quasiment tout le temps, sauf à Penmarc'h, où il a touché la côte. Le vent avait atteint force neuf, force dix, poussant quelques rares fois à force onze.

Dupin jeta un regard interrogateur au gendarme.

— Jusqu'à cent, cent dix kilomètres/heure, en d'autres termes.

— C'est une force non négligeable. Ce genre de tempête survient parfois en été, mais c'est rare.

C'était moins le vocabulaire choisi de Goulch que la manière dont il avait mis l'accent sur le « non négligeable » qui fit comprendre à Dupin que la tempête avait vraiment été sérieuse.

— Peut-être qu'ils l'ont vue venir et qu'ils ont choisi de regagner la terre ferme avant qu'elle ne se déchaîne, dit Dupin en prenant quelques notes cryptiques, nous n'allons sûrement pas tarder à savoir à quelle heure ils ont quitté le bar. Quelqu'un s'en souviendra sûrement.

— C'est étonnant, tout de même. Lefort était un des plus grands navigateurs en France, il était très à l'aise en mer et connaissait les Glénan comme sa poche, y compris les Méaban. Il a grandi ici. Konan aussi était un marin averti. Et tous deux connaissaient parfaitement les aléas des marées d'équinoxe et des tempêtes sur l'Atlantique.

Le Ber avait prononcé ces mots d'une voix calme, comme s'il raisonnait à voix haute. Un silence lui répondit et se prolongea pendant quelques instants. Egal à lui-même, il ne put s'empêcher d'ajouter :

— L'Atlantique est une *vraie* mer, vous savez.

Généralement analytique et précis, Le Ber disposait d'un sens pratique très développé et était d'un naturel plutôt pragmatique. Il lui arrivait néanmoins de murmurer de temps à autre ce genre d'observation parfaitement obscure. Il avait prononcé ces mots d'une voix grave, comme s'il planait soudain très au-dessus de leurs têtes.

La description de l'Atlantique comme « vraie mer », en revanche, ne venait pas seulement de lui mais également de tout Breton. Depuis des millénaires, invoquer la mer était devenu une sorte de mantra pour les habitants de la région. On la citait dans toutes sortes de contextes, et Dupin comprenait rarement de quoi il retournait précisément. Son évocation venait toujours du fond du cœur et semblait exprimer beaucoup de choses à la fois : le respect, l'inquiétude, la peur, la force primitive, la fascination, l'amour. Une fatalité. Et beaucoup de fierté, bien sûr. *Ar mor bras*, « la grande mer », c'était le vrai nom de l'océan, son nom celte, bien avant que les Grecs ne le baptisent *Atlantis Thalassa*, « la mer du titan Atlas ». Eux aussi, manifestement, considéraient qu'elle délimitait le « bout du monde »… Les Bretons aimaient avancer toute une série de chiffres et de superlatifs : *leur* océan recouvrait un cinquième de la surface de la planète (106,2 millions de kilomètres carrés, tout de même !), il avait une profondeur de près de dix mille mètres, son relief comptait des massifs montagneux gigantesques…

Le terme de « vraie mer » visait essentiellement à le démarquer de l'« inoffensive » Méditerranée, une mer amplement surestimée selon l'opinion des Bretons et qui n'était, en réalité, qu'une sorte d'annexe close de l'Atlantique. Et puis il ne fallait pas oublier, non plus, que celui-ci grandissait ! Chaque année, il gagnait deux centimètres, un mètre en cinquante ans, vingt en mille ans – un laps de temps tout à fait négligeable pour un Breton. Ils acceptaient assez mal, cependant, le fait que l'océan Pacifique soit – encore – un peu plus grand, et s'empressaient d'avancer de nouvelles statistiques pour atténuer cet avantage de taille. Ainsi découvrit-on que la teneur moyenne de sel s'élevait à 3,54 % dans l'Atlantique, contre un bien maigre 3,45 % dans le Pacifique. Or le sel n'était-il pas l'un des éléments essentiels de la vie ? Et puis les Bretons ne possédaient-ils pas, justement, le sel le plus précieux et le plus célèbre au monde, la fleur de sel ? Jusqu'à nouvel ordre, il n'existait pas de fleur de sel du Pacifique.

— Il n'est pas rare qu'on repêche des marins confirmés, vous savez. Parfois, le plus grand danger réside justement dans le fait qu'on croit tout connaître et maîtriser. L'Atlantique est parfaitement imprévisible. Personne ne peut savoir quels courants naîtront de la rencontre d'une tempête et d'une marée d'équinoxe. Des masses d'eau de plus de dix mètres peuvent se former en l'espace d'un instant, des courants de huit à dix kilomètres/heure peuvent surgir du néant – l'Atlantique est le lieu de tous les extrêmes.

La description de Goulch correspondait sans doute à ce que Le Ber avait résumé par « vraie mer ».

— Certaines vagues isolées peuvent monter jusqu'à vingt, vingt-cinq mètres – et prendre une direction opposée aux courants marins habituels. Elles forment des creux profonds et étroits sous une crête impressionnante. Il y a la « vague scélérate », « les trois sœurs », « le mur d'eau »…

La voix de Le Ber trahissait un mélange de respect, d'effroi sincère et de fascination. Ces noms de vagues étaient très poétiques, mais Dupin ne put s'empêcher de jeter un bref regard à la Chambre pour se rassurer : sa surface était toujours aussi lisse.

— Concentrons-nous déjà sur les éléments que nous

possédons. Il faut que nous découvrions le plus rapidement possible l'identité du troisième cadavre. Nous devons savoir si quelqu'un était au courant de leurs projets et de leur destination.

Labat endossait aussitôt le rôle d'exécutant empressé qu'il affectionnait. Dupin, quant à lui, s'enfonça un peu plus dans son siège et lança d'un ton involontairement bourru :

— Répartissons-nous les choses, alors. Les questions à poser sont claires. Labat, vous vous focalisez sur Konan. Son entourage. Sa femme, ses amis, ses collègues. Le port où son bateau est amarré. Le capitaine de port, etc.

Si Labat s'occupait de Konan, il allait devoir quitter les îles.

— Le Ber, vous et moi, nous essayons de baliser le terrain ici, à Saint-Nicolas. Nous allons trouver qui d'autre se trouvait au Quatre-Vents hier soir. Si Lefort était au bar avec Konan et le troisième larron, ils n'ont pas pu passer inaperçus. Peut-être que quelqu'un le connaît. Je… (Dupin fronça les sourcils.) Je vais m'entretenir à nouveau avec madame Lefort, aussi.

Il marqua une pause.

— Quant à vous, Goulch, vous menez les investigations en mer.

Le téléphone de Labat se mit à sonner à tue-tête. Il se hâta de consulter l'écran en prenant un air important.

— C'est le préfet !

Au ton qu'il avait adopté, il aurait pu tout aussi bien lancer : « Sa Majesté ! » Labat décrocha avant que Dupin ne puisse l'en empêcher.

— Monsieur le préfet ! Que puis-je pour vous ?

La pression artérielle de Dupin grimpa d'un coup et

il abattit brutalement son morceau de pain sur la table. Toutes les têtes étaient tournées vers Labat, on entendait vaguement la voix étouffée de son interlocuteur, pas suffisamment bien cependant pour le comprendre.

— Mais bien entendu, monsieur le préfet, cela va de soi… Je transmettrai moi-même le message au commissaire… C'est une enquête, en effet, et de la plus haute importance… Oui, j'ai compris que vous voulez être informé en temps réel, et par lui personnellement, j'ai bien compris. Et par moi-même, bien sûr… Que vous espérez des résultats rapides… Pardon ? Le commissaire vous aurait raccroché au nez, vraiment ?

C'en était trop.

— Labat, cette réunion est importante, au cas où vous ne l'auriez pas remarqué. Vous nous dérangez, là. Le préfet attend des résultats le plus rapidement possible, alors ce serait une bonne idée de poursuivre.

Dupin avait parlé suffisamment fort pour que Guenneugues l'entende.

— Je… oui, très bien, monsieur le préfet. Oui. On vous tient au courant. Au revoir.

Après avoir fanfaronné au début de son coup de fil, Labat affichait désormais la même mine renfrognée qu'auparavant – peut-être même un peu plus sombre. Manifestement, il avait escompté une autre réaction du préfet après l'intervention de Dupin, lequel décida de ne pas revenir sur l'échange de son inspecteur avec Guenneugues.

— N'oublions pas ce pêcheur de l'Ile-Tudy porté disparu. Labat, il reste sur votre liste.

— Vous avez dit vous-même que les deux affaires n'avaient probablement aucun rapport ?

— Ma foi, je crois que vous avez saisi aussi bien

que moi l'importance que le préfet accorde à cette enquête. Dans ces conditions, nous allons vérifier toutes les pistes, même les plus insignifiantes. La coïncidence chronologique est étrange, vous ne trouvez pas ? Il serait imprudent de l'ignorer.

Sur le visage rond de l'inspecteur – si rond que ses yeux, sa bouche et son nez semblaient en adopter la forme, et sa calvitie avancée n'arrangeait pas les choses –, on put lire l'effort qu'il fournissait pour trouver une réplique adéquate, mais Dupin ne lui en laissa pas le temps.

— On discutera plus tard. Pour l'instant, on a du pain sur la planche, pas de temps à perdre. Au travail.

Dupin se leva le dernier et empocha son morceau de pain, au cas où il aurait un petit creux plus tard. Soudain, son regard tomba sur un plongeur qui semblait se diriger droit vers leur petit groupe. Les autres s'étaient également immobilisés et dévisageaient l'homme auquel la combinaison de néoprène donnait des allures d'extra-terrestre. Seule une partie de son visage – entre sa lèvre inférieure et ses sourcils – était dégagée. Dupin trouva que la scène ne manquait pas de comique.

Quelques instants plus tard, l'homme se tenait près d'eux, hors d'haleine.

— On m'a dit que vous étiez de la police ?

Il s'arrêtait quasiment après chaque mot pour reprendre sa respiration.

— C'est vrai. Comment pouvons-nous vous être utiles ?

Dupin trouvait décidément la scène très amusante.

— J'ai découvert un bateau sous l'eau. Un Bénéteau Gran Turismo.

— Quoi ? Qu'est-ce que vous avez dit ?

— J'étais en train de plonger. Je cherchais des araignées de mer. Entre Penfret et Brilimec, pas loin de
Guiautec. Le bateau ne doit pas être là depuis bien
longtemps, en tout cas il n'y était pas hier. J'en suis
certain. Il est très abîmé à la proue, on n'arrive même
pas à lire le nom.

L'expression du visage de Dupin – à l'instar de
l'ensemble de l'équipe – changea du tout au tout.
Goulch prit immédiatement la situation en main.

— Pouvez-vous nous indiquer l'emplacement exact
du bateau, monsieur ?

— Je l'ai marqué d'une bouée. Il se trouve juste à
côté d'un petit groupe de rochers. Je n'avais pris que
mon canot, moi.

— Il repose à quelle profondeur ?

— Je dirais quatre ou cinq mètres. On le voit depuis
le bateau.

Le plongeur commença à dégager sa tête de la
combinaison en néoprène, entreprise apparemment difficile. Un bref silence s'installa, pendant lequel Dupin
consulta Goulch du regard.

— Qu'en pensez-vous ?

— Si c'est vraiment le cas, il y a de fortes chances
pour qu'il s'agisse du bateau sur lequel se trouvaient
les trois hommes. Ils n'auront pas été bien loin, s'ils
sont partis d'ici et qu'ils ont coulé près de Guiautec.

Décidément, le déroulement de cette enquête et de
cette journée dans son ensemble avait quelque chose
de parfaitement absurde, de presque grotesque. Dupin
en avait ras-le-bol.

— J'aimerais en avoir le cœur net. Goulch, prenez
le bateau et accompagnez monsieur…

Dupin se tourna vers le plongeur.

— Tanguy. Kilian Tanguy.

— Accompagnez monsieur Tanguy et étudiez-moi ce bateau sous toutes ses coutures. J'aimerais savoir au plus vite et avec certitude si c'est le bateau sur lequel naviguaient les trois hommes. Essayez de trouver sous quel nom il a été enregistré. D'où il vient. Cela nous permettra peut-être de connaître l'identité de la troisième victime, car ce doit être le sien.

— Nous partons tout de suite. Suivez-moi, monsieur Tanguy.

Goulch se dirigeait déjà vers le quai.

— Une dernière question : monsieur Tanguy, vous venez de dire que vous avez plongé au même endroit hier. Jusqu'à quelle heure ?

— Dix-sept heures, pas plus tard.

— A quelle heure vous y êtes-vous rendu aujourd'hui ?

— Vers seize heures trente, je crois. J'ai amarré mon bateau sur une des plages de Penfret et j'ai fait le reste avec le canot.

— Vous plongez souvent dans le coin ?

— Pendant toute la saison, oui. Je fais partie du club.

L'homme dévisagea le commissaire.

— Vous êtes le commissaire de Paris, n'est-ce pas ?

Il avait prononcé ces mots très aimablement, avec un certain respect. D'ordinaire, quand on le qualifiait de la sorte, Dupin protestait sèchement sans se soucier de paraître ridicule. La situation se répétait trop souvent. Il n'était pas le commissaire de Paris – il était le commissaire de Concarneau. Mais pour les gens du coin, bien sûr, soit on était né breton, soit on était un « nouveau ».

— C'est bien moi, oui.

Dupin était tout de même impressionné par l'esprit de déduction de son interlocuteur. Depuis qu'il avait résolu l'année précédente une enquête épineuse sur un double meurtre dans le cœur idyllique de Pont-Aven, il était devenu une véritable célébrité régionale. Cependant, il n'aurait jamais cru que sa réputation l'avait suivi jusqu'ici.

— C'est en bas, sur le quai, qu'on m'a dit que le Parisien était chez nous, et avec votre regard inquisiteur... Enfin, en tout cas, la saison commence en avril et se termine fin novembre. La température de l'Atlantique doit atteindre quatorze degrés minimum, sinon il faut un équipement spécial.

— Ces informations nous sont très utiles, monsieur. Merci. Nous essayons d'éclaircir les circonstances d'un... accident.

— Les trois cadavres.

— C'est bien ça, oui.

Quand Dupin était absorbé par une enquête, il lui arrivait d'oublier le monde extérieur au point d'être surpris quand celui-ci se rappelait à son souvenir. Il allait de soi que l'archipel entier était au courant des derniers événements, comme chaque personne qui avait, de près ou de loin, affaire aux Glénan. Dupin était certain que la presse aussi était désormais avertie, et que la nouvelle des trois corps échoués sur la plage de l'île du Loc'h faisait déjà les gros titres d'*Ouest-France* et du *Télégramme* sur Internet. L'information devait passer en boucle à la radio, laquelle, avec ses innombrables stations locales, jouait un rôle non négligeable dans ces régions du bout du monde. En fin de compte, il était plutôt surprenant qu'aucun journaliste ne se soit encore présenté sur les lieux. Leur arrivée était certainement imminente.

— Difficile de croire que Lucas Lefort ait pu chavirer, vous savez. Quelle ironie. Il naviguait les yeux fermés, par ici.

Décidément, Dupin n'était pas au bout de ses surprises. A bien y réfléchir, il n'était pas non plus étonnant que la nouvelle de la mort de Lucas Lefort se soit répandue comme une traînée de poudre – c'était un véritable scoop. La rapidité avec laquelle le bouche-à-oreille fonctionnait sur les îles était impressionnante.

Cette fois encore, Kilian Tanguy surprit le regard stupéfait de Dupin.

— Ce sont les gens du quai. Ils m'ont dit que l'un des morts était Lucas Lefort.

Et voilà. C'était aussi simple que cela.

— Merci encore. Comme je vous le disais, vous nous avez été d'une grande aide.

— Ah ! La mer est vraiment imprévisible.

Cette phrase ne s'adressait pas à Dupin. Le pêcheur avait plutôt exprimé à voix haute une réflexion personnelle. Dupin supposa qu'il se référait lui aussi au mantra de l'Atlantique.

— Tenez-moi au courant, Goulch.

— Bien sûr, commissaire.

Le Ber et Labat encadrèrent aussitôt leur supérieur.

— Alors, qu'est-ce qu'on fait maintenant ?

Hélas, la question de Labat était justifiée. La situation avait changé. Les instructions que Dupin venait de distribuer étaient pour la plupart caduques, car désormais, la reconstitution des événements de la nuit était facilitée, tout au moins dans les grandes lignes. On avait donc effectivement affaire à un naufrage. Dès qu'ils sauraient sous quel nom le bateau avait été enregistré, ils perceraient certainement l'identité du troisième corps. Peut-être même l'apprendraient-ils plus tôt que cela. Il suffisait d'échanger quelques mots avec les clients et le personnel du Quatre-Vents, à commencer par Solenn Nuz. Puis il s'agirait de savoir pourquoi les trois hommes se trouvaient sur ce bateau-là et comment les choses s'étaient déroulées par la suite, jusque dans les moindres détails. En ajoutant ces informations aux rapports d'autopsie précis de Savoir, ils seraient en mesure de livrer un compte rendu satisfaisant au préfet. Il restait encore le pêcheur disparu de l'Ile-Tudy – mais il y avait fort à parier qu'il s'agissait là aussi d'un accident.

En résumé, ils n'avaient plus grand-chose à faire sur l'île.

— Labat, embarquez aussi sur le *Bir* et essayez de retrouver le nom du propriétaire du bateau. C'est votre priorité absolue. Le Ber, vous venez avec moi. Et...

Le téléphone de Dupin les interrompit.

— C'est Muriel Lefort. Je voulais m'excuser pour ce moment de faiblesse, tout à l'heure. Je sais combien c'est important pour vous d'obtenir rapidement un maximum d'informations, et je voulais vous dire que je suis disposée à vous aider.

Muriel Lefort avait parlé très vite, sans laisser transparaître la moindre émotion. Dupin avait l'habitude de ce type de comportement, relativement courant après un choc. Par ailleurs, il savait d'expérience qu'une personne capable de cacher ses sentiments n'était pas forcément suspecte. Dupin avait fait quelques pas de côté et se tenait juste à côté du premier vivier.

— Je suis prête à aller identifier mon frère, maintenant.

— Je vais demander qu'on vienne vous chercher en hélicoptère dès que possible.

Muriel Lefort se tut pendant un long moment.

— Mon assistante m'accompagnera.

— Naturellement. Je demanderai également à un de mes inspecteurs de faire le trajet avec vous.

— Merci beaucoup.

— J'aimerais vous parler dès votre retour, si vous êtes d'accord.

— Je vous appellerai.

Ils raccrochèrent. Dupin avait brièvement hésité à lui parler du bateau échoué, mais il préférait attendre d'avoir des certitudes.

Il avait encore le téléphone à l'oreille quand son épouvantable sonnerie lui perça de nouveau le tympan.

— Oui ?

Il avait presque hurlé.

— Yannig Konan aussi est mort noyé. Là aussi, il n'y a aucun doute.

— Je...

— Nous allons procéder à l'autopsie du troisième homme, à présent. Je vous tiens au courant.

Dupin n'eut pas le temps de répondre, Savoir avait raccroché trop vite. Le Ber avait suivi Labat sur le môle et il leur emboîta le pas. Labat sauta à bord du *Bir* et se posta à l'avant, avec les collègues de Goulch. Le moteur grondait déjà.

— Le Ber ?

— Oui, chef ?

— Vous allez accompagner madame Lefort pour l'identification. Prévenez Savoir, il attend de vos nouvelles. Vous la trouverez derrière le bâtiment de l'école de voile.

— Entendu, chef.

— Appelez-moi dès que vous avez terminé.

Dupin fit demi-tour et longea les vieux rails rouillés qui menaient du quai jusqu'au bar.

Au Quatre-Vents, tous les clients avaient déserté la terrasse pour se réfugier à l'intérieur. Si le soleil était encore relativement haut, l'air avait fraîchi. Pour les Bretons, tout ce qui se situait au-dessous de quinze degrés était « frais ». Dupin avait constaté ce phénomène non sans un certain amusement, car en ces latitudes, la « fraîcheur » était donc quasi permanente. A cette période de l'année, il n'était pas rare de passer sans transition d'un après-midi estival au grand air à une soirée hivernale et douillette au coin du feu.

Les fenêtres du restaurant avaient été fermées, les clients s'agglutinaient autour de petites tables de bois dans un joyeux tumulte. La salle ancestrale était dotée d'un plafond haut, quatre mètres pour le moins, les murs de pierre brute blanchis à la chaux.

Les femmes de la famille Nuz étaient occupées. En entrant, Dupin avait été accueilli par un bref hochement de tête de Solenn et il en avait profité pour lui faire comprendre qu'il souhaitait lui parler. Elle avait aussitôt reposé la bouteille de vin qu'elle venait d'ouvrir d'un geste expérimenté et lui avait indiqué un emplacement libre, au bout du long bar en bois. Idéal pour échanger quelques mots.

— Bonjour, madame Nuz. Commissaire Dupin, du commissariat de police de Concarneau.

Le ton formel qu'il avait involontairement adopté n'empêcha pas Solenn Nuz de lui offrir en réponse un sourire chaleureux. Nolwenn avait raison, c'était une belle femme, à qui il était difficile de donner un âge.

— Je sais.

Bien entendu.

— Nous enquêtons sur les circonstances du décès des trois hommes dont on a retrouvé les cadavres ce matin sur l'île du Loc'h.

— Je sais.

— Vous connaissez également leur identité ?

— Lucas Lefort. Et puis Yannig Konan, je suppose. Ils ont tous deux passé la soirée d'hier ici. On les voit souvent ensemble, ces deux-là. En général, ils prennent le bateau de Konan. On les voit toujours partir à deux, savez-vous déjà qui est la troisième personne ?

Solenn Nuz lui parlait de manière très familière, comme s'ils se connaissaient de longue date.

— Non, nous n'en savons rien pour le moment. J'avais espéré que vous pourriez nous aider. Est-ce que Lefort et Konan sont restés seuls, hier ? Personne ne les a rejoints à un moment ou à un autre ?

— Je les ai vus s'entretenir avec quelques personnes, mais c'est normal, ici. Chacun échange quelques mots avec chacun dans le courant de la soirée, que ce soit au bar ou en salle. Comme il faut venir chercher sa commande soi-même, il y a toujours du mouvement. Lucas Lefort s'intéressait beaucoup aux jeunes femmes, et il y en a un paquet pendant la saison haute, par ici. A cause des cours de voile. Vous voyez ce que je veux dire.

L'expression de Solenn Nuz était éloquente.

— Je vois, oui. Il me semblait pourtant que Lucas Lefort avait une compagne, dernièrement. Aurais-je mal compris ?

Solenn Nuz le gratifia d'un regard amusé. Elle n'allait pas répondre à cette question un peu glissante, Dupin mit un moment à le comprendre.

— Bref, j'aimerais savoir si quelqu'un les accompagnait, c'est important. Quelqu'un qui serait arrivé en même temps qu'eux, par exemple ?

— Non. Certainement pas.

— Pourriez-vous me dire quand les deux hommes sont arrivés et quand ils ont quitté les lieux ?

— Entre dix-neuf et vingt et une heures, dans ces eaux-là. C'est vers dix-huit heures que tout commence vraiment, ici. D'ordinaire, nous fermons à une heure mais une tempête était annoncée. Ceux qui voulaient regagner la terre ferme ont filé assez tôt, sur les coups de neuf heures. Vos deux hommes sont partis à ce moment-là. Si je me souviens bien, ils figuraient parmi les derniers à se mettre en route. Cela dit, vous feriez mieux d'interroger mes filles et les clients. Il y avait beaucoup à faire en cuisine, hier soir.

— Est-ce que c'était aussi plein que ce soir ?

— Il y avait un monde fou.

Dupin estima qu'une trentaine de personnes se trouvaient actuellement dans le restaurant, mais la salle ne pouvait en contenir beaucoup plus.

— Vous ne servez pas dans l'annexe, le soir ?

— Non, il y a des courants d'air terribles, et puis la pièce n'est pas chauffée. On ne l'utilise qu'en journée, pendant la saison haute. On a prévu des travaux d'aménagement, mais ça risque de durer un moment. La bureaucratie…

Un sourire vint de nouveau éclairer son visage.

— Vous êtes-vous entretenue avec messieurs Lefort

et Konan, hier soir ? Vous auraient-ils dit quelque chose en particulier ?

Dupin devait sans cesse penser à forcer la voix alors que Solenn Nuz, accoutumée au niveau sonore du restaurant, le faisait visiblement par réflexe.

— Non, je ne leur ai pas parlé. Je n'ai discuté avec personne, hier soir. C'est à peine si j'ai eu le temps de saluer les clients.

— Lefort et Konan venaient souvent ici ?

— Lefort était un habitué, Konan environ un week-end sur trois, voire un week-end par mois. Et rarement seul, une ou deux fois par an, tout au plus.

— Avec qui ont-ils causé ? A qui auraient-ils pu divulguer leurs projets pour le week-end ?

Solenn Nuz réfléchit un instant.

— Je n'ai sûrement pas tout vu car je retourne tout le temps en cuisine et parfois j'y reste un bon moment, commença-t-elle en tendant le menton vers le couloir derrière elle. Mais j'ai vu Lefort s'entretenir avec une jeune femme, sans doute une élève de l'école de voile. Ils étaient ensemble en début de soirée, c'est sûr, et je crois qu'ils se sont retrouvés à la fin. Il a également échangé quelques mots avec Maela Menez, si je me souviens bien. C'est l'assistante de Muriel Lefort, sa sœur. La directrice de l'école de voile.

— Je vois, oui.

Dupin avait posé son carnet sur le bar et commencé à prendre des notes de la manière désordonnée qui lui était familière et qui transformait chaque page en une étrange œuvre d'art surréaliste.

— En théorie, Maela Menez est également l'assistante de Lucas Lefort, mais c'est Muriel et non son frère qui s'occupe de l'école de voile. Maela accompagne justement Muriel sur le continent pour l'identification du corps.

Solenn Nuz prononçait le mot « continent » comme s'il s'agissait d'une terre lointaine. D'ailleurs, Dupin avait eu la même impression durant toute cette journée.

— Vous pensez à quelqu'un d'autre ?

— Ils étaient installés au fond, dans le coin. Le nouveau maire de Fouesnant, monsieur du Marhallac'h, était à la table voisine. Je suppose qu'ils ont échangé quelques mots, eux aussi.

— Du Marhalla… ?

— Du Marhallac'h, tout simplement.

Elle prononçait ce nom à la bretonne, comme une évidence.

— En saison, il passe quasiment tous les week-ends. Lui aussi est un pêcheur passionné. En général, c'est toujours la même chose : en mer pendant la journée et le soir chez moi. Il est également là ce soir, d'ailleurs. Là-bas, au fond. A la même table qu'hier soir.

Elle désigna sans se cacher un homme d'apparence ordinaire et d'âge moyen, à l'autre bout de la salle. Il semblait plongé dans une discussion passionnée avec un autre type. Le vieux marin sympathique que Dupin avait remarqué au déjeuner était assis à côté, cette fois sans journal, mais toujours aussi seul.

— Nous avons pas mal d'habitués.

Elle avait prononcé cette phrase avec une fierté non déguisée. Elle connaissait bien ses clients, c'était évident.

— Une partie de ce petit monde se compose de familiers, l'autre de participants aux stages de voile ou de plongée. Il y a aussi des touristes qui viennent ici pour faire du bateau, de la plongée libre ou pour pêcher.

— Vous rappelez-vous d'autres personnes avec lesquelles Lefort et Konan auraient échangé ?

— Oui, Konan a parlé avec Kilian Tanguy. Il fait partie du club de plongée, c'est un archéologue amateur. Il est resté debout à côté de leur table, je ne sais pas exactement combien de temps.

— Monsieur Tanguy était donc là hier soir ?

— Oh oui ! Avec sa femme, Lily. Ils viennent souvent quand il fait beau, et le week-end a été fabuleux. Le plus beau de la saison, jusqu'à présent. Comme aujourd'hui. La grosse tempête est arrivée plus tard mais ça aussi, c'est normal. Bon, je crois que c'est tout ce dont je me souvienne pour le moment, mais je vais y repenser. Et aussi demander à mes filles.

— Merci beaucoup, vous m'avez été d'une grande aide. Nous allons sans tarder interroger ces personnes. Peut-être apprendrons-nous enfin quelque chose d'utile. Vous connaissiez bien monsieur Lefort ?

— Nous n'avions pas beaucoup de contacts, vous savez, même si je le côtoie depuis très longtemps. Cela fait dix ans maintenant que je vis sur les îles et même avant, je venais souvent.

— Qui est donc ce vieil homme qui est assis près de monsieur du Marcha… enfin, le maire ?

Dupin avait posé la question par pure curiosité.

— C'est Pascal, mon beau-père, répondit Solenn Nuz d'une voix chargée de tendresse. Il était également là hier soir, il est toujours là. Il habite chez nous depuis quelques années. Depuis le décès de ma belle-mère.

Cela faisait un certain nombre de personnes à interroger, tout de même. Dupin regretta de ne pas être accompagné de Le Ber ou de Labat. Madame Nuz l'observait.

Dans le vacarme ambiant, Dupin entendit à peine la sonnerie de son téléphone portable. Une fois de plus, c'était Savoir.

— Commissaire, mais où êtes-vous donc ?

Le vacarme du restaurant s'entendait à l'autre bout de la ligne.

— Un instant, s'il vous plaît. Je vais sortir, répondit Dupin en s'éloignant à contrecœur. Vous appelez pour m'apprendre que le troisième s'est noyé, comme les deux autres ?

Son ton avait été plus sarcastique qu'il ne l'aurait voulu. Après tout, le médecin légiste ne faisait rien d'autre que son métier.

— Le sérum est presque rose, déjà. Le sang est légèrement hémolytique, les globules ont commencé à se dissoudre. En conséquence, les substances détectables ont commencé à disparaître, il...

— Savoir, qu'est-ce que vous racontez ?

— Des benzodiazépines. Il y a des traces de benzodiazépines dans le sérum, en concentration plutôt importante, d'ailleurs.

— Qu'est-ce que cela signifie ?

— J'ai demandé des examens toxicologiques en urgence. Normalement...

Dupin éleva le ton.

— J'aimerais savoir ce que vous êtes en train de me dire !

— Il y a des traces de benzodiazépines dans le sang de Lefort. C'est une forme de sédatif très puissant. Vous connaissez certainement le Valium, ou le

Lexotanil, par exemple. Vingt-quatre heures de plus et on n'aurait rien pu prouver, les globules auraient été…

— Quoi ? Il y avait quoi ?

Ce n'était pas vraiment une question.

— On a découvert une quantité non négligeable de benzodiazépines dans le sang…

— J'ai bien compris, oui.

Dupin eut l'impression que la foudre l'avait frappé. Savoir reprit le fil de ses explications.

— Je ne pense pas qu'il ait pu s'administrer une telle dose volontairement. Il aurait dû savoir à quoi il s'exposait, avec la quantité d'alcool que nous avons retrouvée…

— Suffisamment pour entraîner la mort ?

— Comme je vous le disais, la cause du décès est la noyade. Cependant, la dose était sans aucun doute suffisamment importante pour qu'il perde ses repères et son sens de la coordination. Ce qui peut avoir des conséquences fatales quand on se trouve sur un bateau, qu'une tempête est annoncée et que la navigation est malaisée.

— De quelle manière le médicament a-t-il pu agir, à votre avis ?

— Difficile à dire. Un certain nombre de facteurs entrent en jeu et, à ce stade, nous ne pouvons plus déterminer la quantité de benzodiazépines originelle. Tout ce que je peux affirmer, c'est qu'elle était importante, et qu'elle a sans doute entraîné les symptômes que je viens de vous décrire. Par ailleurs, n'oubliez pas qu'ils ont consommé une quantité non négligeable d'alcool, son taux d'alcoolémie atteignait sûrement 1,5…

Dupin n'avait pas prêté attention aux dernières paroles du légiste. Il s'agissait donc d'un meurtre. Ils avaient affaire à un assassinat !

— Bon sang…

— Pardon ?

Dupin essaya de mettre de l'ordre dans son esprit.

— Vous avez analysé le sang des trois victimes ?

— Nous avons détecté des traces de benzodiazé-pines dans le sang de Lefort et dans celui de Konan, ce qui exclut probablement la possibilité d'une prise par erreur. Nous n'avons rien décelé de tel dans le sang du troisième corps.

Les pensées de Dupin fusaient à toute allure et par-taient dans tous les sens.

— Combien de temps faut-il à ces médicaments pour agir pleinement ? Pour que les effets soient per-ceptibles ?

— Une demi-heure, tout au plus. Ensuite, ça va assez vite, en général. Au début, on se sent un peu bizarre, c'est tout.

— Ces substances sont solubles ? Dans une boisson, par exemple ?

— Très facilement, oui. Même dans une petite quan-tité, et elles se diluent d'ailleurs dans tout type de substance – boisson ou nourriture, qu'importe. Cela ne pose aucun problème, et en plus elles n'ont aucun goût.

On était donc en présence d'un meurtre sournois et prémédité, minutieusement préparé.

— Pouvez-vous déjà m'en dire plus sur l'heure du décès ?

— Non, et cela va nous prendre encore un bon moment. De votre côté, vous pouvez me fournir une tranche horaire, même approximative ?

— Pour l'instant, j'ai l'impression que le bateau a coulé au plus tôt vers neuf heures et quart, hier soir, et sans doute pas plus tard que neuf heures trois quarts, voire dix heures. Mais gardez ces informations pour vous tant qu'elles ne sont pas confirmées, s'il vous plaît.

— Comme vous voulez.

— Merci, docteur.

Dupin n'avait pas bougé d'un centimètre. Parfaitement immobile, il fixait la Chambre qui s'étendait devant lui, majestueuse et imperturbable, et, sur la rive opposée, Fort-Cigogne. Dix minutes plus tôt, il avait le même panorama sous les yeux. Pour lui, pour son enquête, les choses avaient cependant pris un tournant décisif, voire dramatique. Dupin se mit en mouvement et se dirigea vers la plage. Il sentait un léger tournis le gagner. Mécaniquement, il attrapa son téléphone portable.

— Commissaire, je suis bien contente que vous…

— C'était un meurtre.

— Pardon ?

Nolwenn avait prononcé ce « Pardon ? » d'une voix très basse.

— J'ai besoin de Le Ber et de Labat. Qu'ils rappliquent dès que possible. N'ébruitez pas la nouvelle, s'il vous plaît, j'aimerais que cela reste entre nous pour le moment.

Rien ne justifiait une telle demande, mais cela faisait partie des marottes de Dupin de garder les informations importantes pour lui dans un premier temps. Il aimait avoir toutes les cartes en main.

— Je vais devoir avertir le préfet, tout de même – évidemment, je lui dirai que vous m'avez demandé de le faire dans les plus brefs délais.

Elle avait raison, il ne pouvait pas y couper.

— Bon, bon, très bien.

Dupin s'apprêtait à raccrocher, mais il s'avisa que Nolwenn aurait peut-être besoin de détails supplémentaires. Pour le préfet, bien sûr, mais aussi parce qu'il était préférable qu'elle soit au courant de tout.

— On a administré à Konan et Lefort une dose importante d'une substance proche du Valium, des benzodiazépines. Cela s'est sans doute passé ici, au Quatre-Vents, probablement entre vingt heures trente et vingt-deux heures. La dose était suffisante pour qu'ils soient rapidement victimes d'importants troubles de la perception, ce qui expliquerait leur naufrage. Un plongeur a découvert un bateau coulé près de Guiautec, au bord de la Chambre. Il faut que nous sachions le plus tôt possible sous quel nom il est enregistré, cela nous donnera sans doute l'identité du troisième homme.

— Aucune trace de benzodiazépines chez celui-ci ?

— Non, aucune.

— Dans ce cas, on peut partir du principe que soit Konan, soit Lefort tenait la barre. Mais pourquoi pas le troisième homme, auquel le bateau appartenait ? Ne se sentant pas bien, il aurait pu la passer à l'un des deux autres, non ?

C'était une bonne question.

— Ça… je n'en sais rien. Sans doute étaient-ils des navigateurs plus avertis, surtout Lefort, bien sûr – lui, il connaissait chaque rocher ici. Ils ont vu arriver la tempête. Les médicaments ont agi très vite, et ils avaient bu pas mal d'alcool. On a tendance à se surestimer avec un verre dans le nez.

Il avait beau improviser, il trouvait sa théorie relativement plausible. Mais bien sûr, il ne s'agissait que de suppositions.

— Pourquoi n'a-t-on pas donné de benzodiazépines au troisième homme, alors ?

— Manifestement, ce n'était pas nécessaire.

Dupin avait de nouveau formulé la première réponse qui lui passait par la tête et la trouva également assez crédible.

— Mais nous n'en sommes pas encore là.

— Le préfet va vouloir s'en mêler, commissaire, soyez prévenu. Je veux dire : il va vouloir s'en mêler personnellement.

Dupin avait pleinement conscience de l'envergure que prenait soudain l'affaire et ne se faisait guère d'illusions.

— Il va vouloir vous parler. Je vais lui dire que vous enchaînez les interrogatoires importants – ce qui n'est pas faux, d'ailleurs. En revanche, ce serait bien que vous l'appeliez plus tard, quand il se sera un peu calmé.

— Merci, Nolwenn.

Sans y penser, Dupin avait repris sa marche et était arrivé à la pointe nord-ouest de l'île. Il avait du mal à se faire à cette nouvelle situation.

La probabilité que l'on découvre le meurtre était très mince. L'assassin avait vraiment tout fait pour qu'on croie à un accident. Quelques heures de plus auraient suffi pour que les puissants psychotropes ne soient plus détectables dans le sang, sans compter que les corps n'auraient sans doute jamais été retrouvés si le bateau n'avait pas chaviré ici, au cœur même de l'archipel, mais un peu plus loin, sur la route de la côte. Les dépouilles auraient pu être emportées par un autre courant au cours de la tempête et disparaître à jamais.

En tout cas, il fallait se rendre à l'évidence : il s'agissait d'un assassinat froidement prémédité, étudié dans ses moindres détails. Il n'avait rien d'une impulsion subite ou d'un geste passionnel, Dupin en était certain, pas plus que d'une colère qui aurait dégénéré. Apparemment, quelqu'un avait attendu que tous les éléments soient réunis pour agir, en tout cas il avait fait preuve d'une discipline implacable. Une question toutefois subsistait : l'assassin avait-il vraiment voulu la mort des trois hommes ? Peut-être n'en visait-il qu'un ou deux, et avait-il froidement sacrifié le troisième ? Seuls Lefort et Konan avaient été aperçus au Quatre-Vents… Et comment être sûr, d'ailleurs, qu'il n'y avait qu'un seul meurtrier ?

Dupin ne cessait de se poser de nouvelles questions et d'envisager d'autres hypothèses. Mille scénarios enchevêtrés se bousculaient dans sa tête. Il fallait commencer par mettre de l'ordre dans ses pensées et dresser une liste des priorités. Il avait le sentiment qu'il fallait faire vite, très vite, mais il n'avait rien de tangible entre les mains. Rien du tout. L'enquête commençait à peine.

Il mit son téléphone portable en mode vibreur et choisit l'option « transmettre l'appel en cas d'absence ». Après d'innombrables heures passées à essayer de comprendre le menu et ses innombrables sous-catégories, il était au moins parvenu à apprendre à se servir de cette fonctionnalité essentielle. Il ne prendrait plus d'appel de source inconnue. C'était toujours la même comédie : non seulement le préfet, mais également d'autres « notables » allaient vouloir lui parler « de toute urgence » pour lui communiquer tel ou tel détail « primordial » avant de l'interroger « en passant » sur l'avancement des investigations. Ils ne manqueraient pas, en tout cas, de mettre l'accent sur le côté « dramatique » du crime et de ses conséquences, terribles quoi qu'il advienne, encore aggravées tant que l'assassin courait encore les rues… Dupin avait en horreur ces conversations qui lui prenaient parfois la soirée entière.

Quand il entra dans la salle du Quatre-Vents, il eut l'impression que l'atmosphère était plus lourde, plus épaisse. C'était incroyable : cet endroit, où il avait savouré le matin même l'un des meilleurs homards de sa vie dans une ambiance de vacances, avait probablement été le théâtre d'un crime. Cette pensée ne le lâchait pas. Il était certes possible que Konan et Lefort aient avalé le puissant psychotrope après leur passage au restaurant, peut-être qu'on leur avait servi le breuvage fatal à bord, mais cette hypothèse semblait peu vraisemblable à Dupin. Comment alors s'assurer que les deux hommes en consommeraient, et surtout, qu'ils en consommeraient au bon moment ? C'était bien trop aléatoire. Il était beaucoup plus plausible que l'on ait versé la drogue dans leurs aliments ou leurs boissons ici, au Quatre-Vents. Ce qui supposait que le meurtrier était également présent dans la salle la veille au soir.

Le Ber et Labat n'étaient pas encore arrivés. Solenn Nuz, qui manipulait la machine à café de la main gauche et servait du vin de la main droite – une rangée impressionnante de verres était alignée devant elle, sur le bar –, leva brièvement la tête et lui adressa un sourire aimable et compréhensif, comme pour dire : « Le boulot... » Dupin se souvint soudain que leur conversation avait été interrompue par l'appel de Savoir. Ce n'était sûrement pas le bon moment, mais il devait absolument lui parler. Solenn Nuz et ses filles étaient les mieux placées pour savoir qui était au Quatre-Vents hier soir. L'ensemble de la clientèle était suspecte, désormais. Il lui en fallait une liste précise et complète, et vite.

Dupin se glissa entre les tables et s'approcha du bar.

— C'est urgent ?

— Malheureusement oui.

Solenn Nuz était une femme intuitive, Dupin n'en fut pas surpris.

— Venez.

D'un mouvement de tête aussi discret que le précédent, elle lui indiqua la cuisine et il lui emboîta le pas. Sa fille aînée était en train de vider le lave-vaisselle. De l'autre côté de la pièce, un espace avait été aménagé pour accueillir une petite table et quatre chaises, les mêmes que sur la terrasse sauf qu'elles étaient peintes dans un bleu profond, un bleu d'Atlantique. L'espace était exigu mais douillet, deux bouteilles de vin ouvertes trônaient sur la table ainsi que quelques verres à moitié pleins, deux bougies vissées sur des bouteilles en guise de bougeoirs, et une demi-baguette. Solenn Nuz s'immobilisa près d'une chaise.

— Vos filles et vous pourriez... devriez nous être utiles. Il nous faut la liste complète des clients présents hier soir entre sept et neuf heures. Il ne doit manquer personne, et il nous la faut aussi vite que possible.

Dupin s'était exprimé avec calme, comme pour un simple interrogatoire de routine, mais Solenn Nuz avait déjà compris au regard du commissaire que quelque chose avait changé et la requête n'avait fait que confirmer ses soupçons. Que dire ? Il ne pouvait tout de même pas feindre d'avoir tout son temps, juste pour ne pas lui paraître suspect !

— Pourriez-vous en parler à vos filles ?

Solenn Nuz luttait visiblement contre l'envie de demander à quoi rimait toute cette agitation, mais elle ne posa aucune question et Dupin lui en fut très reconnaissant.

— Comme je vous le disais, répondit-elle sur un

ton soucieux, nous ne connaissons pas une partie de la clientèle. Les participants aux cours de voile et de plongée, par exemple. Certains viennent plusieurs jours d'affilée, d'autres une seule fois. Il y a aussi les clients qui arrivent avec leur propre bateau, les touristes qui ne font que passer la journée, et puis tous les autres, les gens de passage.

— Nous poserons les mêmes questions à l'école de voile et au centre de plongée.

— C'est si important que ça ?

— Oui.

— Mes filles et moi devrions déjà pouvoir vous soumettre une liste presque exhaustive. Il y avait beaucoup d'habitués hier soir, après tout. Je vous ai déjà cité certains d'entre eux.

— Ce serait vraiment aimable à vous, madame Nuz. Une autre chose tout aussi urgente : est-ce que vous ou vos filles se souviennent de ce que Konan et Lefort ont consommé, hier soir ?

— Ce qu'ils ont consommé ? Boisson et nourriture ?

Elle semblait surprise. Dupin était conscient que cette question – bien plus que sa requête concernant la liste des clients – avait tout pour éveiller des soupçons.

— Exactement.

— Nous allons tenter de nous en souvenir. Je crois que Konan a pris un homard, mais je n'en suis pas sûre.

— Qui a accès aux boissons et aux plats, ici ?

— En plus de nous, vous voulez dire ?

— Oui.

— Nous préparons les boissons derrière le bar avant de les déposer sur les plateaux. Les plats viennent de la cuisine. Parfois, les plateaux restent un moment sur le zinc avant que les clients viennent les chercher ou qu'on les leur apporte – nous le faisons de temps en temps, quand ça traîne en cuisine. Il y a toujours un monde fou près du bar, c'est là que les gens se retrouvent, vous l'avez vu tout à l'heure.

— Je vois. Nous…

La plus jeune des filles Nuz apparut.

— Il y a un policier qui vous demande. Un dénommé Labat.

— J'arrive.

Dupin se tourna vers Solenn Nuz.

— Ce serait formidable si vous pouviez vous y mettre séance tenante.

Dupin perçut le découragement sur son visage. Il comprenait bien son point de vue. Une bonne trentaine de clients enthousiastes attendaient leurs consommations. On était en plein coup de feu.

— Je m'y mets tout de suite. (Elle ajouta à l'intention de sa fille :) Il va falloir vous débrouiller sans moi pendant un moment, et ensuite vous viendrez me voir. Toutes les deux.

— Merci beaucoup, madame.

Dupin tourna les talons pour regagner le bar. Labat se tenait contre le zinc, affichant la mine affairée qui lui était coutumière.

— Nous avons pas mal de choses à voir ensemble, commissaire.

Celui-ci faillit éclater de rire, tant cette phrase semblait absurde au vu de la nouvelle situation.

L'inspecteur suivit Dupin, qui l'avait dépassé sans répondre et se dirigeait à présent vers la sortie. Une fois à l'extérieur, Dupin parcourut encore quelques mètres du même pas rapide et ne s'immobilisa qu'une fois parvenu devant l'immense fresque surréaliste.

Il se posta juste devant le pingouin. Labat n'attendit pas qu'il se soit retourné pour lâcher ce qu'il avait à dire.

— Nous connaissons probablement l'identité du troisième homme. (Labat observa une petite pause théâtrale avant d'annoncer d'une voix presque solennelle :) Grégoire Pajot, un entrepreneur originaire de Quimper. Le siège de sa société se trouve à Paris, où il vit la plupart du temps. Il possède une maison à Bénodet. La succursale bretonne de son entreprise est à Quimper. Le bateau échoué, le *Conquerer*, est enregistré à son nom, depuis trois mois seulement. Il est tout neuf.

Il avait énoncé ces découvertes dans un staccato empressé, comme il les aimait tant.

— D'où viennent ces informations ?

— Goulch et ses hommes sont descendus dans le bateau et ont trouvé le numéro d'enregistrement. Pajot louait une place dans le port de plaisance de Bénodet et une autre en face, à Sainte-Marine.

— Savoir est-il au courant ? Il va lui falloir des photos pour une première identification.

— Goulch l'a prévenu tout de suite.

— Une femme, de la famille ?

— Il n'est pas marié. C'est tout ce que nous savons, pour le moment.

— D'où est-ce que vous tenez ça ?

— Il faut laisser une copie de l'autorisation de circulation et du permis de navigation au bureau du port. J'ai appelé le capitaine de port de Bénodet qui m'a rapporté ce qu'il savait. Ce n'était pas grand-chose. Il connaissait à peine ce monsieur Pajot, cela ne faisait pas longtemps qu'il louait sa place au port. A propos, il m'a fait remarquer que l'homme avait choisi l'une des meilleures places, les plus chères aussi. Le capitaine de port de Sainte-Marine en savait encore moins long – rien du tout, à vrai dire. Lui aussi, je l'ai eu au téléphone.

— Son entreprise ne s'est pas manifestée ? Personne n'a remarqué son absence ?

— Nous n'en savons rien, pour le moment. A qui aurait-on pu signaler son absence ? A la police ? On attend un peu, en général. J'ai demandé à Bellec de récolter quelques renseignements à son sujet dans son entreprise. Il a sûrement une secrétaire.

Dupin devait bien lui donner raison, même s'il n'en avait aucune envie. Quant à Bellec, c'était un policier peu expérimenté mais il était malin, il avait déjà bluffé Dupin à plusieurs reprises. C'était un homme franc et rapide. Athlétique, il avait des avant-bras impressionnants et une longue balafre sur la joue droite dont il taisait jalousement l'origine.

— Pourquoi Pajot loue-t-il deux emplacements pour son bateau, et si proches l'un de l'autre, par-dessus le marché ?

Tout comme Bénodet, Sainte-Marine se trouvait à l'embouchure de l'Odet, à l'endroit où le fleuve formait un fjord de trois à quatre cents mètres de largeur avant de s'ouvrir sur la mer. Les deux localités se trouvaient exactement l'une en face de l'autre. Selon Dupin, Sainte-Marine partageait avec Port Manech – situé à l'estuaire de l'Aven – le statut de plus bel endroit de toute la côte. Il adorait cet endroit, tout comme les deux restaurants du quai où il se rendait régulièrement. Bénodet, également charmant, était sensiblement plus grand. On y trouvait davantage de magasins, d'hôtels, de restaurants, mais Dupin lui préférait néanmoins Sainte-Marine.

— Certaines personnes prennent une place de chaque

côté. Cela leur évite d'avoir à se rendre jusqu'au grand pont quand elles ont une course à faire en face.

— Pajot ne possédait pas de bateau auparavant ?

— Apparemment non. En tout cas, pas dans l'un de ces deux ports.

— D'abord il n'a pas de bateau du tout puis il s'en achète un très cher et loue tout de suite deux mouillages ?

— Il devait être très fortuné. Son entreprise fait partie des deux plus grosses de Bretagne et elle est connue à l'échelle nationale. Il possède son permis bateau depuis longtemps, il l'a eu en 1978. Le bateau, le *Conquerer*, est d'ailleurs un Bénéteau Gran Turismo 49.

A en juger par le ton que Labat avait employé pour cette dernière précision, cela voulait tout dire. Sur la côte, tout le monde s'y connaissait en bateaux – c'était l'un des sujets de conversation favoris du coin. Dupin se fichait éperdument d'être ignorant en la matière, mais il était parfois agacé par la façon dont certains en faisaient une sorte de langage ésotérique.

— Ce qui veut dire ?

— 15,60 mètres de longueur, 4,30 mètres de largeur, environ 12 000 kilos de déplacement. Deux fois 435 chevaux. Un demi-million d'euros.

Labat énumérait ces données comme s'il s'était agi de son propre bateau et Dupin se rappela la manière dont les enfants comparaient leurs jouets, quand ils étaient petits.

— Un demi-million ?

Les autres chiffres avancés par son inspecteur n'évoquaient rien à Dupin.

— C'est cher, un bateau, et puis, comme je vous disais, Pajot était apparemment très fortuné.

— Quand avez-vous parlé à Savoir ?

— Je l'ai appelé depuis le bateau, il y a quelques minutes à peine.

— Qu'est-ce qu'il a raconté ?

— Que voulez-vous dire ?

Manifestement, Savoir n'avait pas vendu la mèche au sujet des meurtres.

— Non, rien. Rappelez-le. J'aimerais savoir si cet homme est vraiment la troisième victime.

— Le Gran Turismo est inscrit à son nom. C'est forcément son bateau.

— Je veux que toutes les informations soient vérifiées.

Dans cette affaire, déjà trop d'éléments leur étaient apparus comme des évidences avant d'être contredits par la réalité.

Labat sortit son portable sans cacher son agacement. Soudain, le vrombissement infernal des pales de l'hélicoptère se fit de nouveau entendre – cette fois encore, il se trouvait déjà au-dessus de l'île quand le bruit leur parvint. Le Ber était de retour, c'était une bonne chose.

Labat dut forcer la voix pour se faire entendre.

— Oui, docteur, c'est bien ça. Inspecteur Labat. Je...

L'inspecteur s'efforçait avec peine de comprendre ce qu'on lui disait. Le raffut se faisait de plus en plus assourdissant à mesure que l'appareil effectuait ses manœuvres d'atterrissage.

— Parlez plus fort, docteur, je...

Labat s'interrompit et colla désespérément le haut-parleur à son oreille tout en se lançant dans diverses acrobaties pour se protéger du vacarme – peine perdue. Sa posture avait quelque chose de comique. Il se déplaçait de droite à gauche, comme pour chercher un emplacement moins bruyant – là aussi, en vain. Soudain il s'immobilisa et décolla le téléphone de son oreille, furieux. Quelques secondes plus tard, il s'approcha de Dupin, se pencha vers lui et cria :

— C'est lui ! C'est bien Pajot ! Ils ont...

L'hélicoptère s'était posé mais le moteur tournait encore. Dupin patienta, il connaissait la procédure, désormais. Moins d'une minute s'écoula avant que le grand silence de l'archipel ne les enveloppe de nouveau, aussi vite qu'il avait été chassé. Dupin fut le premier à reprendre le cours de la conversation.

— Aucun doute possible, alors ?

— Aucun. Le docteur Savoir est formel. Ils ont trouvé sur Internet toute une série de photos dont ils ont pu se servir pour l'identification.

— Très bien. Parfait. Nous avons notre troisième mort. Voilà l'équipe au grand complet.

Labat posa sur le commissaire un regard dubitatif. Dupin était content de disposer enfin d'informations solides, ou tout au moins de connaître tous les éléments à partir desquels ils allaient pouvoir poursuivre leur enquête.

— Il y a du nouveau, Labat. Il faut que nous nous réunissions pour en parler. Avec Le Ber aussi. Tout de suite.

— Nous ferions mieux d'aller ailleurs. Le Quatre-Vents n'est vraiment pas idéal pour une réunion, c'est un lieu public.

— Hors de question. Nous restons là, répliqua Dupin qui paraissait indigné.

Au-delà de la manie du commissaire de créer des rituels en tout lieu, à toute heure et en toutes circonstances – vraie raison pour laquelle il ne souhaitait pas chercher de point de chute plus adéquat –, ils n'avaient de toute façon pas le choix. Où pouvaient-ils aller ? Sur le quai ou la plage, dans les dunes peut-être ? Ou alors sur un bateau ? Allaient-ils réquisitionner une pièce de l'école de voile ou du centre de plongée ? A vrai dire, Dupin n'aurait pas hésité à user de ses prérogatives s'il en avait eu envie – mais il ne trouverait pas là-bas un aussi bon café qu'au Quatre-Vents et ça, c'était une raison importante.

— Nous nous installerons ici, en terrasse. Au même endroit que tout à l'heure.

Dupin se dirigea vers la table où ils s'étaient réunis l'après-midi. Labat le suivit, avec mauvaise volonté mais sans se plaindre.

— Nous allons faire vite, assura Dupin.

L'inspecteur Le Ber, l'inspecteur Labat et le commissaire Dupin n'avaient pas prolongé la discussion, en effet. Non seulement l'air s'était effectivement « rafraîchi » – très franchement, même – mais Dupin sentait par ailleurs une certaine nervosité le gagner. L'agitation permanente qui s'emparait de lui à chaque enquête était de notoriété publique.

En quelques mots, il avait transmis à ses collaborateurs la nouvelle qui changeait tout, et il avait clairement vu leur visage pâlir. Ils avaient posé quelques questions, puis avaient péniblement soutiré au commissaire les détails livrés par Savoir ainsi que le contenu de sa conversation avec Solenn Nuz. Dupin ne pensait qu'à une chose : se remettre enfin au travail.

Pour l'heure, Labat et Le Ber partageaient son avis : le psychotrope avait dû être administré au restaurant.

Par conséquent, le meurtrier était présent au Quatre-Vents, soit brièvement, soit pendant tout ou partie de la soirée. Il fallait donc recueillir dans les plus brefs délais l'inventaire exact des clients du restaurant comme le menu précis des consommations des deux hommes et tout autre détail suspect supplémentaire susceptible de leur parvenir. Dupin voulait une liste qui fasse le distinguo entre les « habitués » et les « étrangers ». La seconde sélection à établir coulait de source : quels clients entretenaient une relation avec l'une des victimes, et de quelle nature était-elle ? Troisième priorité : il fallait aussi vite que possible rassembler un maximum d'informations au sujet des trois hommes. La vie qu'ils menaient, leur emploi, les liens qui les unissaient – tous les éléments tangibles. Et réfléchir aux conflits potentiels, aux éventuels mobiles, aux gens à qui la mort de ces personnes pouvait profiter.

Dupin avait attribué Pajot à Labat, Konan à Le Ber et il se réservait l'enquête concernant Lefort tout en priant Le Ber de se mettre dès que possible en relation avec la petite amie de celui-ci. Il fallait mettre en place toutes les « routines » d'une enquête : fouiller les logements des trois hommes sur le continent, sans oublier l'appartement de Pajot à Paris, chercher d'éventuels indices dans des testaments ou la présence d'héritiers potentiels, jeter un œil sur les biens matériels et immobiliers, les mouvements de comptes en banque, les communications téléphoniques… Ils allaient avoir besoin de renfort, l'équipe de leur commissariat ne suffirait pas à la tâche.

Labat avait proposé de classer le Quatre-Vents comme scène de crime mais Dupin, d'ordinaire partant pour interdire l'accès des zones concernées sur un périmètre et une durée extensibles à merci, s'y était fermement opposé. Aucun des arguments avancés par Labat – pourtant tout à fait pertinents, comme la nécessité de chercher des traces de psychotrope sur le comptoir, dans les verres et dans la cuisine – n'était venu à bout de sa détermination. Non seulement Dupin craignait de compromettre son approvisionnement en café – il le craignait réellement ! – mais, surtout, fermer le Quatre-Vents équivalait à s'éloigner du cœur même de l'enquête. Tous les clients auraient été éparpillés, or c'était l'endroit idéal pour les avoir sous la main : ceux qui allaient leur parler de la vie de l'île, leur livrer d'importants renseignements, y compris – qui sait ? – l'identité du coupable. Il n'avait pas mâché ses mots et s'était contenté de refuser tout net avant de se diriger d'un pas décidé vers le restaurant.

En entrant, les trois policiers avaient mobilisé l'attention de la clientèle, les conversations qui allaient bon train s'étaient interrompues net. Bien entendu, tout le monde savait qui ils étaient. Dupin, Labat et Le Ber avaient traversé la salle d'un pas volontairement calme et s'étaient postés à gauche du bar, contre le mur. Aussitôt, les bavardages avaient repris à toutes les tables, un joyeux brouhaha n'avait pas tardé à se faire entendre.

Ils s'étaient regroupés, presque collés les uns aux autres, ce que Dupin détestait. Le Ber et Labat avaient entamé une discussion absurde sur la pluie et le beau temps, on voyait qu'ils n'étaient pas à l'aise.

Dupin au contraire se sentait parfaitement bien. De cet emplacement, on voyait exactement ce qui se passait au bar. Les plateaux posés sur le zinc. L'arrivée des boissons et des plats. Il n'était pas rare que les plateaux restent plusieurs minutes sans la moindre surveillance, et c'était précisément à cet endroit que la plupart des clients se tenaient. Tout était exactement comme Solenn Nuz l'avait décrit : un joyeux désordre, grouillant et chaotique. Il suffisait d'un coup d'œil pour comprendre que n'importe qui aurait pu s'approcher du bar et des plateaux sans être remarqué.

Pourtant, peut-être cela s'était-il produit à la table de Konan et Lefort. Bien entendu, l'équipe de Dupin allait mettre un point d'honneur à reconstituer en détail la demi-heure décisive qui avait précédé le départ des deux hommes. Ils allaient interroger tout le monde pour découvrir si quelqu'un avait remarqué quelque chose d'étrange pendant ce laps de temps. La probabilité qu'ils rassemblent davantage d'informations en procédant ainsi semblait plutôt mince aux yeux de Dupin, mais cela valait la peine d'essayer. Il ne faisait plus aucun doute qu'ils avaient affaire à un meurtrier particulièrement ingénieux.

De profonds plis s'étaient formés sur le front de Dupin. Toute cette histoire ne lui disait rien qui vaille, et puis cette liste qui n'était toujours pas prête…

— Commissaire, nous devrions…

Labat avait pris la parole d'une voix forte et sur ce ton pompeux qu'il affectionnait, mais Dupin l'interrompit aussitôt.

— Le Ber, Labat, observez très attentivement les clients pendant les prochaines minutes, s'il vous plaît.

Dupin n'était pas certain d'avoir choisi la bonne stratégie, mais l'idée lui était venue spontanément. Qu'importait le côté théâtral de la manœuvre et le fait qu'il détestait se mettre en scène. Théoriquement – c'était tout au moins ce qu'il lui semblait –, le fait que l'assassin ne savait pas que son crime avait été démasqué pouvait constituer un avantage tactique dont il fallait profiter le plus vite possible, car il n'allait certainement pas durer. L'information allait se répandre comme une traînée de poudre, ce n'était plus qu'une question d'heures.

Dupin longea le comptoir avant de s'immobiliser. Puis, sans préambule, il lança d'une voix forte et d'un ton très professionnel :

— Commissaire Dupin, du commissariat de police de Concarneau. Bonsoir, mesdames et messieurs.

Le silence se fit instantanément, on aurait entendu une mouche voler. Certes, il avait parlé fort, mais sa corpulence ne manquait jamais d'ajouter un certain poids à ses paroles quand il le voulait. Le Ber et Labat s'étaient brusquement tournés vers lui et le considéraient d'un œil incrédule.

— Trois hommes ont été assassinés hier. Ici, aux Glénan. De toute évidence, les trois corps retrouvés sur la plage de l'île du Loc'h n'ont pas été victimes d'un accident. Il s'agit bien d'un triple meurtre, perpétré de sang-froid. Nous avons de bonnes raisons de croire que c'est ici, dans ce restaurant, que quelqu'un a versé un puissant psychotrope dans les boissons ou les plats de deux de ces hommes, et que cette drogue est la cause du naufrage qui leur a coûté la vie. (Dupin marqua habilement une pause avant de reprendre :) C'est donc sur un meurtre que nous enquêtons, et nous vous serions reconnaissants de bien vouloir nous aider autant que vous le pouvez.

Il observa un nouveau silence, puis reprit d'un ton qui ne laissait aucun doute sur le fait qu'il s'agissait là d'instructions policières :

— Tout d'abord, nous aimerions savoir qui d'entre vous est venu hier soir au Quatre-Vents, même brièvement, à quel endroit vous étiez et si vous avez remarqué un détail suspect, quel qu'il soit. Nous nous intéressons tout particulièrement à cette zone-ci, où se trouvent les plateaux. Je me répète, chaque détail est important, même s'il peut vous sembler anodin ou secondaire. Merci de bien vouloir nous communiquer tout ce que vous avez pu remarquer, le moindre mouvement peut avoir son importance. Les deux hommes dont il est question, messieurs Lucas Lefort et Yannig Konan, étaient attablés ici.

Dupin avait pointé son index sur une table, dans le coin de la salle.

— Par ailleurs, j'aimerais que vous me disiez si quelqu'un était là hier soir qui ne serait pas ici aujourd'hui. Nous voulons savoir si vous connaissiez les victimes, d'où vous venez, si vous participez à un cours de plongée ou de voile, si vous faites une croisière dans la région. Une dernière question, très importante : avez-vous aperçu l'une ou l'autre victime, voire les deux, en compagnie d'un troisième homme, un dénommé Grégoire Pajot ? Merci pour votre collaboration. Conformément à la procédure policière, nous allons vous demander vos papiers d'identité.

Dupin observa un long silence, pendant lequel il étudia sans se cacher les visages des convives. La plupart semblaient comme pétrifiés, ils avaient sans doute retenu leur respiration pendant toute la durée de son discours. Les filles Nuz elles-mêmes n'avaient pas bougé d'un pouce.

— Maintenant, mes inspecteurs vont faire le tour des tables pour s'entretenir avec chacun d'entre vous. Nous vous serions reconnaissants de ne pas quitter les lieux jusqu'à la fin de cet interrogatoire.

Dupin eut l'impression que son intuition avait été la bonne. L'enquête prenait un tour beaucoup plus concret, à présent. L'information avait été lâchée, il s'agissait maintenant d'être vigilants. Rien ne devait leur échapper. Les dés étaient jetés.

Dupin rejoignit Labat et Le Ber d'un pas énergique. Un silence religieux pesait encore sur la salle du Quatre-Vents. Dupin murmura :

— Le Ber, vous vous occupez du côté gauche de la pièce, Labat du côté droit.

Les deux hommes tournèrent les talons sans répliquer et se mirent aussitôt à la tâche. La salle reprit vie, dans un murmure prudent qui alla en s'amplifiant.

Pendant toute la durée du discours de Dupin, Solenn Nuz était restée dans la cuisine. Elle apparut à ce moment-là dans l'encadrement de la porte, une feuille à la main. Dupin lui adressa un geste flou avant de se diriger vers elle. Si la mort accidentelle des trois hommes – dont deux qu'elle connaissait – ne semblait pas l'émouvoir, son visage trahissait néanmoins une grande agitation.

— C'est incroyable ! Vous en êtes bien sûr, commissaire ? Un meurtre, vraiment ?

— Sûr et certain. Les analyses sanguines ne mentent pas.

Elle enregistra l'information en silence.

— A qui appartenait le bateau qui a été retrouvé ?

— A Grégoire Pajot. Le bateau s'appelle *Conquerer*, c'est un Bénéteau. Un Gran Turismo, pour être plus précis. Apparemment, c'est un… un très gros bateau. C'est à son bord qu'ils se trouvaient tous les trois hier soir.

— Le nom de Grégoire Pajot ne me dit rien.

— Nous non plus, nous ne pouvons pas dire grand-chose à son sujet pour le moment. Nous ignorons comment ils se sont rencontrés et où ils se trouvaient auparavant. (Soudain, Dupin pensa à une chose qu'il avait oublié d'annoncer.) Ah, il faut que nous fassions circuler une photo de monsieur Pajot. Un instant s'il vous plaît, je reviens tout de suite.

Dupin se dirigea vers Labat.

— Il nous faut immédiatement un portrait de Grégoire Pajot. Vous avez bien votre truc, là, non ?

Un éclair de satisfaction traversa le regard de Labat – tiens, tiens, voilà qu'on avait besoin de son smartphone de toute urgence… Pour une fois, Dupin se moquait de lui offrir ce petit plaisir. Tout ce qui lui importait, c'était d'avoir cette photo. Labat s'empressa de sortir l'appareil et pianota de ses doigts tout sauf graciles. Dupin éleva de nouveau la voix.

— Mesdames et messieurs, un dernier détail. Nous allons faire passer un portrait de monsieur Pajot – nous aimerions savoir si l'un de vous le connaît, ou tout au moins si quelqu'un l'a aperçu au cours des derniers jours.

Un sourire triomphant sur les lèvres, Labat brandit son téléphone sous son nez.

— Voilà une photo extraite du site Internet d'une de ses entreprises.

Avant que Labat ne puisse réagir, Dupin avait saisi le téléphone et fait volte-face pour retrouver Solenn Nuz.

— Cela vous ennuierait-il que nous allions dans la cuisine, comme tout à l'heure ? Je crois que nous y serions mieux.

— Bien entendu. Suivez-moi.

Ils prirent place à la petite table.

— Voilà à quoi ressemble monsieur Pajot.

Solenn Nuz étudia attentivement la photo avant de s'exprimer.

— Non. Décidément, je n'ai jamais vu cet homme ici. Peut-être qu'il venait pour faire de la voile ou pour plonger, mais il n'est jamais entré au Quatre-Vents. Vous devriez peut-être demander à l'école de voile ou à Angela Barrault, la directrice de l'école de plongée. C'est une amie.

— Nous allons le faire, oui.

— Avec les filles, nous avons dressé la liste des clients qui étaient là hier soir, dit Solenn Nuz en déposant sur la table la feuille de papier qu'elle tenait à la main.

— Vos filles auraient-elles pensé à quelqu'un que nous n'avions pas encore évoqué ?

— Seulement Muriel Lefort. Apparemment, elle est passée brièvement. Elle a échangé deux mots avec son frère. Je devais être en cuisine à ce moment-là, aux alentours de vingt heures trente. A peu près.

Dupin était déjà au courant. Seule l'heure apportait un élément supplémentaire. Dupin sortit son cahier et prit une note.

— Mes filles se sont souvenues de ce que Konan et Lefort ont commandé. Elles sont presque certaines. D'abord quelques bières pression, puis du vin rouge. Ils ont redemandé à plusieurs reprises une bouteille dans le courant de la soirée. Quant à l'eau, chacun peut se servir, les carafes sont à disposition. Ils ont tous deux pris la soupe de poisson, puis Konan a choisi le homard et Lefort l'entrecôte.

Dupin notait tout ce qu'elle disait.

— Vos filles et vous n'avez donc rien remarqué

135

d'anormal, hier soir ? Rien de particulier au bar, aucun comportement curieux ?

— Non, rien. Mais je leur reposerai la question.

— Y a-t-il eu quelqu'un d'autre que vous dans la cuisine ?

Solenn Nuz hésita.

— Non.

Dupin adopta un ton plus grave.

— Maintenant que nous savons qu'il s'agit d'un meurtre, la situation est complètement différente, vous voyez. Avez-vous remarqué quoi que ce soit qui mérite d'être relevé, madame Nuz ? Avez-vous une idée de ce qui a pu se passer ? Je…

— Hum !

Un raclement de gorge les interrompit. Labat se tenait juste devant eux.

— Mon smartphone. On a besoin du cliché.

Dupin le lui tendit sans se laisser distraire.

— Madame Nuz a établi une première liste de personnes, qu'elle complétera si nécessaire. J'aimerais qu'on me fasse un croquis précis de la salle avec l'emplacement des tables, des chaises et du comptoir – et ajoutez tous les clients. Je veux savoir qui se trouvait où et pendant combien de temps, avec les horaires précis.

Labat et Le Ber avaient l'habitude de ce genre de requêtes extravagantes. L'étonnant – ils avaient fini par l'apprendre au cours des années de collaboration avec Dupin –, c'était que la plupart du temps ces tâches impossibles à première vue se révélaient tout à fait réalisables. Peu importait leur usage, Labat se gardait bien de commenter ce genre de demande. Cette fois encore, il ne réagit pas et tourna les talons avant de disparaître.

Dupin se tourna de nouveau vers madame Nuz.

— Je vous demandais, donc, si vous aviez remarqué quelque chose qui puisse avoir un rapport avec le meurtre.

— Vous n'aurez sûrement aucune peine à trouver des gens qui ont un mobile. Des histoires affreuses circulent à propos de Konan. J'ignore ce qui est vrai et ce qui ne l'est pas. Quant à Lefort... tout le monde le détestait. Rares sont ceux qui font exception, d'après ce que j'en sais.

Elle s'exprimait calmement, mais elle partageait l'avis de la majorité, c'était clair. Voilà qui était nouveau. D'ordinaire, les victimes n'avaient que des amis, jamais d'ennemis, et elles bénéficiaient invariablement de l'admiration, de l'estime et de l'affection de tous.

— Pour quelle raison ? Pourquoi était-il détesté, et par qui ? Par qui en particulier ?

— C'est une longue histoire...

— Allez-y.

La mine de Solenn Nuz s'assombrit.

— Ces histoires sont vraiment moches, vous savez.

— Je veux toutes les connaître.

Elle prit une profonde inspiration.

— Cela fait plus de dix ans, déjà, que Lucas Lefort tente par tous les moyens de transformer les Glénan en un vaste complexe touristique. Des hôtels, des installations sportives, des ponts reliant toutes les îles. Sa sœur et lui en possèdent déjà quatre, après tout. Jusqu'à maintenant, son entreprise a toujours échoué, même s'il s'en est parfois fallu de peu. L'ancien maire de Fouesnant s'y opposait, c'était d'ailleurs l'un de ses ennemis jurés. Du coup, Lucas Lefort a changé ses plans, trois ou quatre fois, pour des raisons purement stratégiques. Il a essayé de faire passer son projet pour un important aménagement de l'école de voile. Moi aussi, il m'a tannée pour que je lui vende le centre de plongée. Il voulait l'agrandir. Sa dernière invention, c'était de créer un centre de tourisme « écologique ». (Solenn Nuz marqua une pause avant de conclure :) Ah, on peut dire qu'aucun mensonge n'était trop bas pour lui.

Dupin prenait des notes. Du mieux qu'il pouvait. C'était une grosse révélation, tout de même, exactement le genre d'histoire qu'il espérait découvrir.

— L'ancien maire a souvent souhaité sa mort. Lefort lui a fait beaucoup de tort. Il l'a calomnié, l'a accusé de corruption, a essayé de le ridiculiser. Le maire était un homme intègre, c'était son seul défaut.

— Où en est-on du projet à présent ?

La question n'était guère précise, mais Dupin devait d'abord comprendre les tenants et les aboutissants.

— Lefort s'est calmé pendant plusieurs années jusqu'à ce qu'il trouve cette idée d'écotourisme. D'après les rumeurs, il s'apprêtait à présenter officiellement son plan revu et corrigé dans les prochains jours. Tout le monde en parle, depuis quelques mois. Le nouveau maire n'a pas encore émis d'avis sur la question. Nous partions tous du principe qu'il adopterait la même position tranchée que son prédécesseur. En tout cas, le conseil municipal n'a pas changé depuis des années, et il avait voté contre, même si cela s'était joué à peu de voix. Pareil pour le conseil régional – les nouvelles réglementations concernant les côtes devraient rendre la chose impossible, de toute façon. Ce qui n'aurait pas freiné Lefort, cela dit.

— Il était également là hier soir, non ? Je parle du maire, monsieur...

— Du Marhallac'h. En effet.

— D'après votre témoignage, il s'est entretenu avec Lefort ?

— Oui.

Solenn Nuz détacha son regard de Dupin pour examiner ses mains.

— Cela reviendrait à détruire les Glénan. Entièrement. Le tourisme existe, c'est certain, mais sans être trop envahissant.

Dupin voyait à peu près ce qu'elle entendait par là.

— Et sa sœur ? Muriel Lefort ?

— Elle s'opposait à ses combines.

— Ils avaient donc des relations plutôt conflictuelles, j'imagine ?

Solenn Nuz marqua une hésitation avant de répondre.

— C'est le moins qu'on puisse dire. Ils se disputaient âprement. Entre ces deux-là, c'était une lutte permanente.

— Les Lefort doivent être très fortunés.

— Ils le sont, oui.

— Avaient-ils d'autres sujets de discorde ?

— Difficile d'imaginer frère et sœur plus différents. A tout point de vue, d'ailleurs. Muriel incarne en quelque sorte l'âme originelle de l'école de voile, et c'est précisément ce que son frère voulait détruire. Lui ne s'intéressait qu'au meilleur moyen d'amasser de l'argent, il…

— Pourriez-vous me préciser cette « âme originelle » que vous évoquez ?

— Eh bien, c'est une façon d'être. Ainsi que certaines valeurs. Le volontariat, la vie collective, la solidarité, l'indépendance. Cette école est une institution dans le monde entier. Elle a été fondée à la fin de la Seconde Guerre mondiale, dans l'esprit de la

139

Résistance. Les parents de Lucas et de Muriel étaient des membres dirigeants des mouvements de résistance du Finistère. L'école de voile a d'abord été une sorte de communauté de jeunes gens idéalistes.

— Et ensuite ?

— Au fil des années, les parents de Muriel et de Lucas l'ont agrandie mais en douceur, avec intelligence, sans perdre de vue leur philosophie. Les grandes idées prévalaient. Aujourd'hui encore, on peut dire qu'elle est le contraire d'un yacht-club huppé ou d'une école de voile traditionnelle. Les participants vivent dans des conditions très simples, tout le monde est à égalité, peu importe l'origine sociale. Ils dorment sur des couchettes, dans des grands dortoirs, les douches sont communes, comme au camping, ils prennent leurs repas ensemble, en plein air. Ils n'apprennent pas seulement la voile – cela va beaucoup plus loin que ça. Voilà les valeurs pour lesquelles Muriel Lefort se bat. Avec Maela Menez, bien sûr.

— Qui est son assistante.

— C'est ça.

— Quelle fonction remplit-elle, au juste ?

— Elle est le bras droit de Muriel. Elle s'occupe de tout. Il y a des choses qu'elle gère de manière autonome, comme le parc à bateaux par exemple. Elle incarne l'esprit de l'école de manière, comment dire, très rigoureuse. Farouche. Elle est très… idéaliste.

— Dans ce cas, elle non plus ne devait pas avoir des relations faciles avec Lucas Lefort ?

— Ça non.

— Ils se sont parlé hier soir ?

— Je les ai vus l'un à côté de l'autre, au comptoir, mais je ne sais pas combien de temps ça a duré.

— Ils se sont parlé, en tout cas.

— Oh, ne vous faites pas d'illusions. Muriel et son frère ne s'engueulaient pas en permanence. (Solenn Nuz sembla réfléchir.) Leur conflit était beaucoup plus profond que cela. Et puis n'oubliez surtout pas que ce petit monde de l'archipel est très particulier. Et très, très petit.

Solenn Nuz rappelait Nolwenn à Dupin, il s'était fait la réflexion quelques instants plus tôt. Ce n'était pas la consonance similaire de leurs prénoms ni leur connaissance approfondie de la population du coin, plutôt leur manière d'observer les gens et les choses qui les entouraient.

— Savez-vous si leur mésentente s'est aggravée dernièrement ?

— Muriel a toujours soigneusement évité de laisser transparaître leurs désaccords, ce n'est pas dans sa nature. C'est une personne extrêmement discrète. Je ne sais pas ce qui se passait entre eux, elle garde cela pour elle.

Dupin fronça les sourcils.

— Qui d'autre ? Qui faisait partie des ennemis de Lucas Lefort ?

— Comme je vous le disais, ils étaient nombreux, et encore, je ne les connais pas tous. Il y avait Marc. Marc Leussot. Un biologiste marin, également journaliste. Il était là hier soir, lui aussi. C'est un opposant radical à tous les projets touristiques. Il a publié des articles très critiques sur les conséquences possibles d'un tourisme accru aux Glénan.

Dupin notait tout. Il avait une écriture si épouvantable qu'il devait se discipliner et prendre le temps de former les lettres pour espérer se relire plus tard.

Il lui était déjà arrivé de laisser échapper des détails importants et il en gardait un très mauvais souvenir.

— Il est assis là, ajouta-t-elle avec un petit geste de la tête en direction du bar. Il vient très souvent. Et puis bien sûr, il y a les femmes que Lefort a fréquentées. Il a brisé beaucoup de cœurs. Personne ne serait surpris d'apprendre que l'une d'elles a fini par se venger. La dernière en date, surtout. Il n'a jamais laissé passer une occasion de la tromper, et sous ses yeux, par-dessus le marché.

— Connaissez-vous le nom de sa compagne actuelle ?

— Non.

— Autre chose que vous voudriez me signaler ?

— N'oubliez pas la voile. D'après la rumeur, il a obtenu sa place à l'Admiral's Cup par des moyens peu recommandables. Il se serait montré impitoyable et sans scrupule.

Elle avait efficacement fait le tour de la question.

— Vous connaissez ce petit monde mieux que quiconque, il me semble.

— Par la force des choses, oui.

Le sourire chaleureux et accueillant auquel Dupin commençait à s'habituer éclaira de nouveau son visage.

— Mais je ne peux pas vous en dire beaucoup plus. Je n'ai pas la moindre idée de la manière dont Lucas Lefort vivait, en vérité. Il disparaissait généralement sur le continent durant de longues périodes. Je ne sais pas dans quelles affaires il était impliqué dernièrement, ni avec qui il aurait pu se brouiller.

— Vous disiez que vous-même n'aviez guère de contacts personnels avec Lefort ?

— Quand il était de passage sur les îles, nous avions

l'habitude de nous saluer. Parfois nous échangions quelques phrases anodines, rien de plus. Hier, nous ne nous sommes pas adressé la parole.

Cette affaire était étrange depuis le début et semblait vouée à le rester. A la fin de son premier véritable entretien dans le cadre de l'enquête, il allait se retrouver avec une liste de cinq à sept suspects possibles, et ce uniquement dans l'environnement immédiat de Lefort.

— Et Konan ? Que savez-vous de lui ?

— Il a commencé dans les matelas et s'est construit un empire en l'espace de très peu d'années. A partir de là, il a élargi sa palette et s'est lancé dans l'export de produits bretons, domaine dans lequel il est devenu un acteur important. Il a également fondé quelques associations. Et il possède une entreprise spécialisée dans l'exploration des fonds marins, plus particulièrement dans la recherche des champs pétrolifères en eau profonde. On le dit très proche des politiques, ce qui aurait « favorisé » ses divers succès.

— Comment savez-vous tout cela ?

— Personne ne l'aime, par ici. C'est un homme de pouvoir. Une grande gueule. Un jour, il s'est mis en tête de s'acheter un mouillage privé, sur le quai. On ne pratique pas ça, dans le coin. Il a engagé deux avocats pour obtenir gain de cause.

— Il continuait à venir ici, pourtant ?

— Oui, avec Lucas.

Décidément, cette petite société était régie par des lois bien particulières. On avait beau se haïr, on était inévitablement lié par la géographie des lieux.

— Et sa vie privée, vous en savez quelque chose ?

— Bonjour-bonsoir, ça n'allait pas plus loin. Il est

marié, mais sa femme ne l'accompagnait pas dans ses sorties en mer. Je ne sais presque rien d'elle. Elle serait institutrice. Une personne corpulente, d'après ce qui se dit.

— Par ailleurs, qu'est-il advenu de l'ancien maire ?

Solenn Nuz sembla hésiter un instant, ce qui intrigua Dupin.

— Il est décédé il y a deux ans. Son cœur a lâché, il s'est écroulé en plein fest-noz.

Parmi les obligations des maires bretons, il fallait évidemment compter les innombrables fêtes nocturnes, organisées tous les étés et à toutes les échelles : régionale, locale et micro-locale. D'énormes beuveries, auxquelles le maire se devait d'être présent.

Dupin attendit qu'elle ajoute quelque chose.

— Je suis consciente d'être suspecte, moi aussi. Vous connaissez mon opinion sur Lucas Lefort. Pour mes filles et moi, ç'aurait été un jeu d'enfant de verser quelque chose dans leur assiette ou dans leur verre. C'était beaucoup plus facile pour nous que pour quiconque.

— J'ai pu m'en rendre compte tout à l'heure, en effet.

— Maman ?

La plus jeune de ses filles avait fait irruption dans la cuisine.

— Oui ?

— Des clients aimeraient s'en aller. Ils veulent regagner la terre ferme avant la tombée de la nuit mais les deux inspecteurs ont interdit à tout le monde de partir avant la fin des interrogatoires.

Ce n'était pas une question, et elle s'était adressée

à sa mère en ignorant superbement Dupin. Celui-ci décida de lui répondre directement.

— En effet, c'est ce que j'ai demandé. Malheureusement, nous devons nous y tenir. Nous enquêtons sur un meurtre…

— Bon.

Ce « Bon » n'était pas plus chargé de résignation que d'insolence, et la jeune fille s'éclipsa aussi silencieusement qu'elle était apparue. Elle venait de partir quand Le Ber se matérialisa à la porte de la cuisine. Il s'approcha de Dupin et lui glissa quelques mots à l'oreille.

— Commissaire, madame Lefort va atterrir d'un instant à l'autre.

Le Ber chuchotait, mais nul doute que Solenn Nuz entendait tout ce qu'il disait – une situation que Dupin trouva inutilement ridicule.

— Nous avons reçu un appel de Quimper. Muriel Lefort a procédé à l'identification de son frère. Les collègues s'occupent désormais de celle des deux autres victimes. Ils n'ont rien dit du meurtre à madame Lefort, comme vous l'aviez demandé. Si vous ne voulez pas qu'elle l'apprenne de la bouche de quelqu'un d'autre, vous feriez bien d'aller l'accueillir.

Dupin réfléchit. Il avait complètement oublié ce détail. Ça tombait mal, mais il ne pouvait se dérober. Et puis il voulait le faire lui-même, pour diverses raisons. Il jeta un coup d'œil à sa montre. Vingt heures trente. Il avait perdu la notion du temps.

— Très bien, je me mets en route.

Il se leva et prit congé de Solenn Nuz. Elle lui sourit très aimablement, ce qu'il prit pour un signe d'amitié. Il quitta la cuisine escorté de Le Ber.

— Labat et vous, terminez les interrogatoires du restaurant avant de poursuivre avec l'école de voile et le centre de plongée, d'accord ? Demandez à parler à madame Barrault, c'est la directrice du centre, et à madame Menez, l'assistante de Muriel Lefort. La priorité reste le croquis de la salle de restaurant avec tous les clients. N'oubliez aucune question.

— Nous n'oublierons pas, chef.

— Un certain Leussot fait partie des habitués, apparemment il était là hier soir.

— On l'a déjà.

— Très bien.

— Vous serez joignable, commissaire ?

— Oui, bien sûr.

Dupin sortit son téléphone de sa poche. Il était resté sur vibreur. S'il sonnait, il fallait qu'il fasse attention au numéro qui s'afficherait – ce qu'il n'avait pas fait depuis un moment, à en juger d'après les neuf appels en absence qu'il découvrit. Le Ber, Nolwenn, un numéro inconnu, deux numéros cachés – et quatre appels du préfet. Dupin bougonna dans sa barbe.

L'hélicoptère venait de se poser. Le pilote avait coupé le moteur au moment où Dupin, légèrement hors d'haleine, atteignait la pelouse qui s'étendait derrière la vieille ferme. Madame Lefort s'apprêtait à sortir de la cabine, aidée par son assistante, déjà à terre. Elle semblait bouleversée.

— C'est très aimable à vous de m'accueillir, commissaire. C'était vraiment… très difficile.

— Hélas, j'aurais besoin de vous parler un instant, madame.

Le regard de Muriel Lefort s'emplit d'une peur

indéfinie mais intense, et elle ferma brièvement les paupières. Dupin se demanda s'il ne ferait pas mieux de lui annoncer la nouvelle en confidence, mais il décida de profiter de la présence de madame Menez.

— Votre frère a été assassiné, madame. Ce n'était pas un accident, l'analyse est formelle sur ce point. Je suis désolé.

Dupin s'aperçut qu'il n'avait pas fait montre de toute l'empathie dont il était capable. Muriel le dévisageait, muette, comme pétrifiée. La peur avait quitté son regard qui semblait à présent parfaitement vide. Madame Menez se taisait elle aussi. Au bout d'un moment, Muriel Lefort s'éloigna du commissaire et fit quelques pas de côté, sans but apparent. Son assistante hésita visiblement à la suivre et finit par rester où elle était.

Dupin l'observa. Maela Menez avait gardé le silence mais ne semblait pas choquée pour autant.

— Je ne suis pas vraiment surprise, déclara enfin Muriel Lefort d'une voix étouffée. (Elle s'était approchée lentement du commissaire et de son assistante.) Reste que c'est difficile à imaginer, ajouta-t-elle d'un ton plus officiel, comme si elle s'était sentie obligée de le dire.

— Votre frère avait quelques ennemis.

— Oui.

— Comment a-t-il été assassiné ?

Dupin s'était attendu à ce que la question vienne plus tôt, et pas de la bouche de madame Menez.

— On leur a administré un puissant psychotrope, à Konan et lui. Ajouté à l'alcool, cela ne leur laissait quasiment aucune chance de s'en sortir…

Muriel enfouit son visage dans ses mains. Un nouveau silence s'installa et, cette fois encore, madame Menez ne fit pas mine de le rompre.

— Nous avons retrouvé le bateau. Il appartient à Grégoire Pajot. Un Gran Turismo, c'est un bateau luxueux. Ils ont percuté des brisants à la sortie de la Chambre. Est-ce que le nom de Pajot vous évoque quelque chose, madame ?

Muriel Lefort ne répondit pas tout de suite.

— Oui. Je l'ai déjà entendu. C'était un des « amis » de mon frère. Je crois que c'était un investisseur.

— Il est probable qu'ils ont passé le week-end à trois sur le bateau.

Muriel Lefort ferma les yeux et respira plusieurs fois profondément.

— Pourrions-nous poursuivre cette conversation chez moi ? J'aimerais boire quelque chose, et surtout m'asseoir.

— Bien sûr. J'ai quelques questions importantes à vous poser.

— Je comprends.

Madame Menez les précéda d'un pas alerte et Muriel Lefort la suivit, presque aussi rapidement. Dupin en revanche se laissa distancer de quelques mètres. Ils empruntèrent un sentier à peine visible qui traversait la végétation aride. Devant eux se dressaient les silhouettes des vilaines maisons triangulaires. Au grand soulagement de Dupin, personne ne disait mot.

Le soleil avait presque rejoint la mer, le jeu quotidien des couleurs avait commencé depuis un moment. C'était un suave enchantement, sans effet outrancier. Le bleu limpide du ciel s'était doucement teinté d'un léger ton orangé, à peine rosi, et bientôt toute la moitié ouest du paysage ne fut plus qu'un vaste rougeoiement d'aquarelle : le ciel, la mer, et même le soleil étaient écarlates. Quelques minutes encore, puis la boule aux contours nets disparaîtrait paisiblement dans l'océan, sans tambour ni fanfare – tout au moins pour ce soir. Dupin avait l'impression que selon les jours, le soleil luttait plus ou moins pour se coucher. Parfois, il menait avec la lune un combat cosmique hautement dramatique, qui engendrait des couleurs, des atmosphères et des scènes apocalyptiques au terme desquelles il se noyait dans la mer, comme victime d'une catastrophe naturelle. Mais ce soir-là, la tendre coloration orangée allait se contenter de faiblir progressivement, jusqu'à être avalée par l'obscurité la plus complète. Dupin connaissait bien le phénomène. D'un noir quasi tangible, la nuit était bien plus qu'une absence de lumière, par ici.

Comme ils s'approchaient de la première bâtisse, Muriel Lefort fouilla avec détermination dans son sac et en sortit une petite clé. Ils enjambèrent le muret et s'immobilisèrent à quelques pas de la demeure tandis que leur hôtesse déverrouillait la porte. Personne n'avait élevé la voix, et c'est en silence qu'ils entrèrent.

— Si vous voulez bien m'attendre un instant, j'aimerais me rafraîchir un peu. Je reviens tout de suite. Madame Menez va s'occuper de vous.

Muriel Lefort disparut dans l'escalier. La maison avait la même conception que celle de son frère – et sans doute que les autres de la même série – mais son aménagement était plus sobre. De vieux meubles en bois, un beau parquet de chêne, une cuisine vivante et chaleureuse avec une petite table toute simple. Une autre, plus grande, était installée devant une baie vitrée orientée à l'est. Dupin s'approcha de la fenêtre. De ce côté, le spectacle était déjà terminé. Au bout du monde, la différence entre les hémisphères se manifestait particulièrement au coucher du soleil : ici il faisait nuit noire tandis qu'à l'ouest, quelques ultimes rayons orangés brillaient encore.

— Je ne suis pas surprise qu'il s'agisse d'un meurtre.

Maela Menez avait craché cette phrase plus qu'elle ne l'avait prononcée, comme si elle l'avait péniblement retenue jusque-là et que ses émotions avaient soudain repris le dessus.

— Si j'en étais capable et si Muriel n'était pas sa sœur, moi aussi j'aurais pu le tuer de mes propres mains. C'était un être ignoble. Je sais que ce n'est pas très honorable de dire les choses ainsi, mais ça m'est égal.

Dupin se retourna et scruta attentivement le visage de madame Menez. C'était un drôle de mélange : d'une part, sa manière de s'exprimer un peu précieuse et désuète, de l'autre son apparence plutôt hardie, indéniablement attirante. Dupin lui donnait une trentaine d'années. Son regard sombre – le brun profond de ses iris était percé de quelques éclats plus clairs – et l'expression de son visage dégageaient quelque chose d'extrêmement volontaire. Ses yeux brillaient d'une intelligence vive, presque intimidante.

— J'ai entendu dire, en effet, que monsieur Lefort était tout sauf apprécié.

— Ce qui se justifie pleinement, et pour d'innombrables raisons.

— Laquelle de ces raisons serait la vôtre ?

Cette question, pourtant très directe, ne la prit pas au dépourvu.

— Il m'a suffi de voir comment il traitait sa sœur. Tout au long de l'année. C'était vraiment difficile à supporter. Je serais bien intervenue si elle m'en avait donné l'autorisation. Le pire… (Maela Menez s'interrompit soudain, comme si elle prenait soudain conscience de ses paroles.) Enfin bref, le fait qu'il ait corrompu tout ce qui faisait l'âme, l'idée originelle, l'esprit des Glénan est vraiment détestable. Il aurait tout détruit sans le moindre scrupule, cela lui était complètement égal. Il était égoïste et ne voyait que l'argent.

Après sa brève interruption, sa voix était allée crescendo jusqu'à atteindre une ampleur impressionnante.

— Seule la jet-set l'intéressait. Il avait…

— Maela, évitez de parler comme cela, je vous prie. Surtout maintenant que… qu'il est mort. Il a été assassiné, tout de même.

Si cette intervention avait tout d'une réprimande, le ton de Muriel Lefort était resté aimable. Elle se tenait sur une marche en haut de l'escalier.

— Je sais. Mais c'est la vérité, et la police doit la connaître.

— Nous ne savons pas encore si l'assassin n'en voulait qu'à mon frère. Si ça se trouve, il visait un autre. Peut-être deux, voire les trois hommes. C'est sûrement le cas, d'ailleurs. Sinon, il n'aurait pas mis la vie d'innocents en danger.

Muriel Lefort semblait avoir repris quelques forces. Son intervention était parfaitement justifiée, et elle avait raison : il était important de rester objectif. Tout le monde semblait en vouloir à Lucas Lefort, par ici. Chacun paraissait croire que le mobile du meurtre se cachait dans la vie qu'il menait. Cependant, cette unanimité résultait en grande partie du fait que personne ne connaissait véritablement Yannig Konan et Grégoire Pajot. Lefort au contraire était une personnalité, une célébrité régionale.

— Je ferais mieux de vous laisser discuter tranquillement, dit Maela Menez.

Muriel Lefort lança un coup d'œil interrogateur à Dupin qui acquiesça discrètement, puis elle répondit :

— Très bien, merci. En effet, il vaut peut-être mieux que nous soyons en tête à tête, le commissaire et moi. Puis j'irai me coucher, à moins que je ne fasse une petite promenade. C'est la pleine lune. En tout cas, nous nous voyons demain, Maela.

Entre-temps, Muriel Lefort était parvenue en bas des marches. Si sa voix avait retrouvé toute sa fermeté, ses traits trahissaient encore l'épreuve qu'elle venait de traverser.

— Quand la lune se lève, il fait presque aussi clair qu'en plein jour. Vous n'avez jamais vu ça, commissaire, c'est comme dans un rêve.

Maela Menez consulta sa montre, hocha la tête en direction de Dupin et se tourna pour sortir.

— J'espère que vous arriverez à dormir, Muriel. Il faut que vous vous reposiez. Vous allez avoir besoin de forces.

— Merci, Maela. Merci pour tout. Vous m'avez été d'un grand soutien ce soir.

Maela Menez avait presque atteint la porte.

— Madame Menez… attendez un instant. Il va falloir que nous vous posions quelques questions, à vous aussi, déclara posément Dupin. Pourriez-vous passer voir l'un de mes inspecteurs ? Ils sont au Quatre-Vents.

Elle parut un instant surprise, puis elle se reprit.

— Oh, bien sûr. L'enquête.

— Merci, répondit Dupin en regardant Maela. Il y a toutefois une question que j'aimerais vous poser moi-même.

— Très volontiers.

— Hier soir, au Quatre-Vents, vous avez échangé quelques mots avec Lucas Lefort. De quoi s'agissait-il ?

Elle répondit sans hésiter.

— Je m'occupe de la gestion du parc à bateaux. Il voulait emprunter le cargo de transport pendant quelques jours, dans le courant de la semaine prochaine.

— Un bateau de transport ?

— Nous possédons un vieux navire à moteur dont nous nous servons pour transporter d'autres bateaux, plus petits, ou de l'équipement encombrant, du matériel pour des travaux…

— Pourquoi en avait-il besoin ?

— Je ne le lui ai pas demandé.

— Qu'est-ce que vous lui avez répondu ?

— Qu'il ne pourrait pas l'avoir la semaine prochaine, parce que nous en avons besoin.

— Qu'a-t-il dit à cela ?

— « C'est ce qu'on va voir. » C'est tout.

Les mots de madame Menez n'appelaient aucune autre question et la jeune femme ouvrit la porte pour prendre congé. Cette fois, Dupin ne la retint pas.

— Merci beaucoup, madame. A demain.

Il sortit son carnet de notes et inscrivit quelques mots sans s'asseoir.

— Oh, excusez-moi, commissaire. Installons-nous. Venez par là, à la table de la cuisine, nous serons mieux.

— Merci.

— Un petit verre ne me ferait pas de mal. Vous m'accompagnez ? Un vieux cognac ?

— Je… Avec plaisir.

C'était une très bonne idée, après tout.

— Je vous sers aussi un café ?

Il en avait grand besoin. Son taux de caféine était au plus bas.

— Volontiers.

Dupin avait devant lui, sur la vieille table en bois, une tasse à café en porcelaine ancienne – déjà vide – et un verre au ventre rebondi, généreusement rempli de cognac. Entre les deux, son carnet de notes, son stylo à bille et, dangereusement près du bord de la table, son téléphone portable. Face à lui, Muriel Lefort avait son propre verre en main, dont elle avait déjà siroté quelques gorgées.

Elle voulait tout connaître, les circonstances possibles de l'accident – tout ce que la police était en mesure de révéler à ce stade de l'enquête. Dupin lui avait fourni ce qu'il possédait, mais ce n'était pas grand-chose.

— Nous n'en savons pas plus que ce que je viens de vous rapporter. Le bateau appartenait au troisième homme, Grégoire Pajot.

— Pourquoi le sien ?

— J'aimerais le savoir, moi aussi.

Muriel Lefort fronça les sourcils.

— Peut-être craignaient-ils de ne pas aller bien loin avec le hors-bord de mon frère par des vagues d'une telle hauteur. Ce genre d'embarcation ne vaut rien quand la mer est agitée. Cela explique peut-être pourquoi ils ont pris le bateau de ce monsieur Pajot.

— Nous avons trouvé le bateau de Konan à Bénodet. Votre frère a dû monter à bord ici, aux Glénan. Nous ne savons pas où les trois hommes sont allés ensuite, ni combien de temps ils y sont restés. J'espérais que vous pourriez nous en apprendre un peu plus à ce sujet, à vrai dire.

— Non, je n'en sais rien. J'ai déjà interrogé madame Menez qui n'en sait pas davantage, elle ne l'a vu qu'hier soir. Il faudrait poser la question à sa petite amie.

— Nous allons le faire. Y a-t-il d'autres membres de la famille que nous devrions interroger ?

— Oh, non. Il ne nous reste qu'un oncle éloigné, avec lequel nous n'avons plus aucun contact depuis plus de dix ans. Que pouvez-vous m'apprendre d'autre, commissaire ? J'ai besoin d'en savoir le plus possible, ça rend les choses plus réelles.

— Nous partons du principe que les psychotropes ont été mélangés à leur nourriture ou à leurs boissons au Quatre-Vents.

— Au Quatre-Vents ? C'est incroyable !

Soudain, un drôle de vrombissement les interrompit, et le téléphone portable de Dupin commença à se déplacer sur la table. Le préfet. Dupin continua de parler sans se démonter.

— Vous vous trouviez également au Quatre-Vents à l'heure présumée du crime, je crois... Vers vingt et une heures trente, c'est bien cela ?

Le ton de Dupin démentait le caractère inquisiteur de sa question. Muriel Lefort se redressa sur sa chaise qu'elle recula de quelques millimètres, sans répondre.

— Avez-vous remarqué quelque chose de particulier ?

— Moi ? Non. Je n'y suis vraiment pas restée longtemps, vous savez. Il fallait bien que je mange quelque chose, alors j'ai pris une entrecôte à emporter. Ils proposent ce service, c'est pratique quand j'ai beaucoup de travail. J'ai passé toute la soirée le nez dans la paperasse. Au bureau. Juste avant, j'ai échangé quelques mots avec Leussot. Des banalités. C'est Armelle Nuz qui s'est occupée de moi. Je n'ai même pas vu Solenn.

Elle n'aurait pas dû prononcer le mot « entrecôte ». Dupin se rendit compte tout à coup qu'il avait une faim de loup, il était même sur le point de défaillir. Or, l'entrecôte – l'entrecôte pommes sautées, pour être exact – était de loin son plat favori. Il essaya de se concentrer sur leur conversation.

— Où était votre frère, quand vous êtes arrivée au Quatre-Vents ?

— Au comptoir, à proximité de l'endroit où on sert les boissons. Plus tard, je l'ai aperçu de l'autre côté du passage. Sur la droite. Avec une blonde.

— Vous ne vous trouviez donc qu'à deux ou trois mètres l'un de l'autre, vous et votre frère ?

— C'est ça.

— Mais vous ne vous êtes pas parlé, dites-vous ?

— Sincèrement, je crois qu'il ne m'a même pas vue. Il était focalisé sur sa conversation. Il y avait beaucoup de monde au Quatre-Vents hier soir, vous savez.

— Oui, nous sommes au courant. Qui y avait-il d'autre, autour de votre frère ? Au comptoir ? Qui attendait son dîner ou ses boissons à côté de lui ?

Dupin savait que la question ne mènerait à rien.

— Là, vous m'en demandez trop.

Elle se tut et l'effort qu'elle fournissait pour réveiller sa mémoire se lut sur son visage.

— Quand je me suis approchée du bar, j'ai croisé Leussot, une bouteille de vin à la main. C'est à ce moment-là que nous avons échangé quelques mots. Maela avait pris place à l'une des deux tables, à gauche du bar. Elle était en compagnie de deux employés de notre entreprise. (Muriel Lefort s'arrêta, puis se sentit visiblement contrainte de préciser :) Des jeunes gens tout à fait fiables, au-dessus de tout soupçon. Sinon, j'ai vu – il y avait cinq ou six personnes devant moi, dans la queue, même si ça allait plutôt vite – pas mal de personnes que je ne connaissais pas. Sûrement des membres du club de plongée, ou alors de chez nous. Je ne connais pas tous les participants à nos cours, bien entendu. Ah oui, et puis Kilian – Kilian Tanguy était là quand je suis arrivée, chargé d'un grand plateau. Armelle venait d'y déposer quelque chose.

Dupin avait pris des notes. Depuis quelques minutes, Muriel Lefort semblait curieusement nerveuse, sa voix avait pris une intonation plus fragile. Peut-être n'était-ce rien d'autre que l'épuisement.

— Je suis vraiment désolé de vous imposer toutes ces questions alors que vous vivez ces moments difficiles.

— Vous savez, moi aussi j'aimerais que les choses s'éclaircissent le plus rapidement possible. Mon frère et moi n'étions pas proches, c'est le moins qu'on puisse dire. Nous défendions des idées radicalement opposées. Cela n'empêche pas que c'était… mon frère.

Elle pesait ses mots, c'était évident.

— Avez-vous la moindre idée de qui aurait pu souhaiter la mort de votre frère, et pour quelle raison ?

— Cela fait très longtemps que nous ne parlions plus de nos vies privées. De nombreuses années. Comme je vous le disais : en théorie, il s'est mis beaucoup de monde à dos, mais je ne sais pas avec qui précisément il bataillait ces derniers temps. En réalité, je ne peux presque rien vous dire de plus sur l'existence que mon frère menait.

— Comment étaient vos relations, ces derniers mois ?

— Nous nous sommes rencontrés deux fois, au mois de février et au mois de mars, chaque fois une heure environ, puis nous nous sommes téléphoné plus ou moins toutes les trois semaines. Nous ne discutions pas de nous, toutes nos conversations tournaient autour de l'école, et elles se terminaient toujours en dispute. En général, il finissait par raccrocher. A la fin de l'année passée, pour arranger les choses, il a réactivé ses vieux projets.

— Ses projets touristiques, c'est bien ça ?

— Oui. Il a toujours eu la folie des grandeurs. Il voulait transformer l'archipel en un centre ultramoderne pour les sports nautiques et le tourisme d'aventure. Il avait déjà déposé des plans à ce sujet il y a dix ans mais, cette fois, il les a enrobés d'un nouveau prétexte, celui du « tourisme écologique ». Après la mort de l'ancien maire de Fouesnant, avec lequel il s'était bagarré pendant toutes ces années, il s'est dit qu'il aurait peut-être plus de chances auprès du nouveau maire, du Marhallac'h. Apparemment, celui-ci était d'accord pour y jeter un œil.

— Est-ce qu'il l'était vraiment ?

Madame Lefort lança un regard surpris à Dupin.

— Oui.

— Pourtant, j'ai entendu dire qu'il ne s'était pas encore prononcé ?

La surprise se mua en stupéfaction sur le visage de Muriel Lefort.

— C'est Lucas qui me l'a dit, dès le mois de février, me semble-t-il.

Dupin gribouilla quelques notes.

— Qu'est-ce qu'il a dit, précisément ?

— Il a rapporté qu'après la nouvelle présentation de son projet, au début de l'année, le maire avait exprimé un certain « intérêt » et qu'il avait demandé à voir les plans de plus près.

Muriel avait parlé beaucoup plus vite.

— Pardonnez-moi d'insister ainsi – c'est une manie, chez moi. Je suis désolé.

Madame Lefort sourit avec soulagement.

— Bien entendu, ses nouveaux plans « écologiques » auraient également dû être soumis à l'approbation de la commune et de la région, mais aussi, en raison des lois sévères qui régissent les zones côtières, à celle de Paris. Curieusement, Lucas était malgré tout certain d'y arriver. Je crois bien que Konan avait un rôle à jouer dans cette affaire, il entretenait de bonnes relations avec les responsables politiques de la capitale. Il y passait le plus clair de son temps, d'ailleurs.

— Konan était-il impliqué dans ces plans ? Etait-ce un projet commun ?

— Je ne saurais vous dire. C'est l'impression que j'en avais, oui. En tout cas au début, il y a dix ou douze ans, quand mon frère s'est mis cette idée en tête.

— Konan était déjà dans le coup à cette époque ?

— Je pense que oui.

Dupin jeta de nouveau quelques notes – depuis le matin, il en avait pris un certain nombre, ce qui n'était jamais bon signe.

— Par ailleurs, mon frère souhaitait développer l'école de voile. Il voulait en faire quelque chose d'international, ouvrir davantage de succursales. Il avait projeté d'en créer cinq au cours des prochaines années. J'étais catégoriquement opposée à ce projet. Je crois qu'il avait prévu de devenir le gérant de l'entreprise à l'international au cas où sa proposition rencontrerait un nouveau refus ici.

— L'école de voile vous appartient à part entière, désormais ?

Dupin avait posé la question de but en blanc, comme il aimait le faire.

— Simple question de routine, ajouta-t-il en buvant une gorgée de l'excellent cognac.

Cette fois encore, un tressaillement incontrôlable apparut sur le visage de Muriel Lefort.

— Je ne sais pas s'il a rédigé un testament et, dans ce cas, ce qu'il peut bien contenir. Pour ma part, ça fait longtemps que j'ai rédigé le mien. Je voudrais que mes parts reviennent à une organisation d'utilité publique. Ce sera alors à la fondation de porter l'école de voile. Un notaire de mes amis s'est occupé de tout – j'ai toujours essayé de convaincre mon frère de s'associer à ce projet, mais il ne s'y intéressait pas du tout.

— Dans ces conditions, l'école de voile va probablement vous revenir intégralement.

— Je n'en sais vraiment rien, répondit-elle en fronçant les sourcils. Sans doute, oui.

A qui profite le crime ? reste l'interrogation primordiale en cas d'assassinat, peu importe si elle paraît simpliste et vieille comme le monde. Qui tire avantage de la disparition d'un individu, et quel avantage exactement ? Les mobiles « traditionnels » sont les mêmes partout et depuis toujours : la jalousie, les humiliations et les blessures, la vengeance, l'envie et la cupidité dominent largement dans toutes les statistiques, même si les assassins des séries télévisées et des romans policiers sont souvent des psychopathes.

— Quelle est la valeur estimée de votre entreprise ?

Le regard de Muriel Lefort indiquait clairement qu'elle n'aimait guère le terme « entreprise » pour désigner les Glénans.

— Difficile à dire.

— Vous réalisez un certain chiffre d'affaires annuel, je suppose, et votre entreprise vaut un certain nombre de fois ce chiffre d'affaires.

— Je vais demander à mon comptable de vous communiquer les chiffres.

— Que savez-vous de la relation entre Konan et votre frère ?

— Presque rien, à vrai dire. Une fois par mois environ, ils passaient ici un week-end entier. J'ai toujours cru qu'ils prenaient le bateau de Konan – un très beau bateau. Ils faisaient des apparitions au Quatre-Vents ou aux fêtes de l'école de voile.

— Ils naviguaient ensemble ?

— Pas pendant les week-ends. Ces temps derniers, je crois que mon frère préférait partir plus longtemps en mer avec ses anciens coéquipiers. Je n'ai pas vu son voilier depuis un bon bout de temps. Il est à Concarneau.

— On nous a dit cela, oui.

Comme la conversation se prolongeait, Dupin se demanda s'il ne ferait pas mieux de laisser madame Lefort tranquille.

— Peut-être aussi qu'il s'était engagé dans une nouvelle chasse au trésor. Je n'en sais rien.

Muriel Lefort avait prononcé ces mots très sérieusement mais sans insister, comme si elle exprimait une pensée à voix haute. Dupin se demanda comment il devait prendre cette information.

— Une chasse au trésor, dites-vous ?

— Oui.

— Vous parlez de vrais trésors ? De l'or, de l'argent, ce genre de choses ?

— C'est une sorte de sport sur l'archipel. Personne n'en parle, mais cette pratique n'en reste pas moins persistante, et elle est beaucoup plus sérieuse qu'on ne pourrait le croire. L'école de plongée compte une équipe d'archéologues sous-marins. Des scientifiques et des amateurs. Ils travaillent avec les départements officiels des universités de Brest et de Rennes. Ça a l'air un peu improvisé, à première vue, mais ne vous y trompez pas : ici, on n'accorde pas beaucoup d'importance aux apparences.

— Qu'entendez-vous par là ? (Dupin se passa une main dans les cheveux. Des chercheurs d'or ! Il ne manquait plus que ça.) De quel genre de trésor s'agit-il ?

— Des dizaines de bateaux échoués reposent sur les fonds marins autour des Glénan. Les eaux sont très dangereuses, par ici. Un grand nombre d'épaves ont déjà été découvertes, il existe des cartes spéciales sur lesquelles elles figurent. Quant aux autres, on a une idée approximative de l'endroit où elles pourraient se situer, mais on ne les a pas encore trouvées. Sans compter toutes celles dont on ignore tout.

— Qu'est-ce qu'on y recherche ?

— L'année dernière, un plongeur a remonté un coffre datant du XVIIe siècle rempli d'une demi-tonne de monnaie d'argent, en bon état. Les gens cherchent des objets de valeur, quels qu'ils soient. Des bijoux, des pierres précieuses, des pièces d'or, d'argent ou de bronze. De vieilles armes, parfois même des canons. Des objets artisanaux. La section archéologique, bien sûr, s'intéresse davantage aux aspects scientifiques des fouilles.

C'était bien beau, mais Dupin ne savait toujours

pas que faire de cette information qui avait tout d'une fantasmagorie.

— Vous dites que personne n'en parle ?

— Personne ne révélerait une piste intéressante.

— Mais ces trésors… Je veux dire, les objets provenant de ces bateaux sont préemptés par l'Etat, de toute façon. Un particulier ne peut pas les conserver.

— La personne qui a fait la découverte reçoit une récompense, ça suffit pour en attirer certains. Vous n'imaginez pas combien de trésors ont été remontés dans le plus grand secret. Personne ne s'en aperçoit, vous savez.

— Votre frère était donc également un chercheur de trésors ?

— Oh oui.

Elle avait confirmé cela comme si c'était la chose la plus naturelle du monde.

— Tout petit déjà, ça le fascinait. Il a d'ailleurs découvert quelques épaves, mais rien de sensationnel. D'après ce qu'on en sait, en tout cas. Comme je vous le disais, c'est une activité très courante sur l'archipel et dans les eaux avoisinantes. Vous devriez interroger Angela Barrault, la directrice du centre de plongée. Et puis Kilian Tanguy, lui aussi archéologue amateur.

Dupin ne voyait pas où l'emmenait ce sujet, un peu trop fantaisiste à son goût.

— Quelle était la valeur estimée de ce coffre ? Celui avec les pièces d'argent ?

— Plus d'un demi-million.

C'était une somme importante, et très concrète.

— Voici quelques années, Konan s'est disputé avec l'ancien maire à propos de droits de restitution, justement.

— Pardon ?

Muriel Lefort s'était de nouveau exprimée comme si c'était là une broutille sans conséquence.

— Je ne m'en souviens plus très bien. C'est Kilian Tanguy qui m'a raconté ça.

— Vous n'en savez pas plus ?

— Non.

— Et vous venez d'y repenser à l'instant ?

Madame Lefort le regarda avec surprise. La fatigue se lisait sur son visage.

— Enfin, j'ai déjà abusé de votre temps dans cette situation difficile. Je vais vous laisser vous reposer.

— Ce serait bien, oui. Je suis épuisée.

— Je vous appellerai demain, dans le courant de la matinée. J'ai encore quelques questions à vous poser.

— Bien entendu. Appelez-moi, je serai sûrement au bureau.

Muriel Lefort se leva et le commissaire l'imita aussitôt.

— Bonne nuit, madame Lefort.

— Bonne nuit.

Elle referma sans bruit la porte derrière lui.

Elle n'avait pas menti. L'atmosphère, par cette pleine lune, était irréelle, comme dans un rêve étrange. C'était un tout autre monde que cette lumière inhabituelle révélait, un monde situé dans un univers éloigné, régi par des lois et des réalités différentes. L'astre d'un blanc argenté brillait avec un éclat que Dupin n'avait encore jamais vu. Si la mer reflétait les rayons du soleil pendant la journée, elle réverbérait à présent ceux de la lune. Il faisait clair, très clair, pourtant ce n'était pas la clarté du jour. Tout avait changé : les rochers, la plage, le petit mur de pierre devant le jardin de Muriel Lefort. La lumière formait des ombres diffuses dont les extrémités se touchaient. Ce paysage et tout ce qui le composait brillait d'une lueur mate, mystérieuse, sublime et inquiétante. Le plus impressionnant était la mer : une surface couleur mercure, parfaitement immobile, comme prise par les glaces, au milieu de laquelle se démarquaient les contours biscornus des îles. Un parfait spectacle mystique. Personne n'aurait pu s'étonner, dans ces conditions, de voir Groac'h, la sorcière des naufrages, filer sur les flots jusqu'à son palais légendaire.

Dupin avait parcouru quelques mètres, téléphone à l'oreille, puis s'était brusquement immobilisé. Tout semblait démesuré – y compris le silence, plus enveloppant qu'en plein jour. L'océan lui-même n'était qu'un bruissement constant, monotone et harmonieux à la fois.

Dupin s'ébroua. Il faisait vraiment frais à présent. Il était tard et le homard du déjeuner n'était plus qu'un souvenir lointain. Le cognac sur son ventre vide se faisait sentir, comme la fatigue accumulée durant cette longue journée. Pourtant, il allait devoir se concentrer encore un moment.

Il essaya de joindre ses adjoints. Le téléphone de Le Ber était occupé.

— Labat ?

— Commissaire.

— Où êtes-vous ?

— Au Quatre-Vents. Nous venons d'en finir avec les interrogatoires.

— Il vous en a fallu, du temps !

— Nous avions trente personnes, tout de même, beaucoup de questions à poser et de vérifications à mener. Nous avons essayé d'être le plus précis possible, je suppose que c'est ce que vous vouliez.

On ne rattrape pas ce qu'on a raté au début, ce sont bien vos paroles, non ? Nous avons un inventaire correct, maintenant.

Labat semblait parfaitement éveillé et prêt à agir.

— Qu'en est-il du club de plongée et de l'école de voile ?

— Je viens de parler à la directrice du club de plongée, madame Barrault. J'ai insisté pour qu'elle nous donne une liste complète des participants aux cours et je lui ai demandé de se renseigner sur les élèves qui se trouvaient hier soir au Quatre-Vents. Elle nous la donnera demain matin. Madame Barrault se trouvait également au Quatre-Vents hier soir. (Labat se tut un instant, comme pris de lassitude.) Elle est arrivée tard, après sa journée de travail.

— Elle était là, elle aussi ?

Ni Solenn Nuz ni Muriel Lefort n'avaient signalé cette information. Muriel Lefort avait pu la manquer de peu, bien sûr.

— Les renseignements dont nous disposons sur ses heures d'arrivée et de départ sont contradictoires. Elle prétend qu'elle est arrivée vers neuf heures moins le quart. Les filles de Solenn Nuz, elles, parlent plutôt de vingt heures quinze. En tout cas, elle est restée là pendant l'orage, jusqu'à minuit. Jusqu'à ce que le pire soit passé. Le Ber va obtenir la liste des élèves du cours de voile de madame Menez, l'assistante de…

— Je suis au courant. Où est Goulch ?

— Il a vainement tenté de vous joindre, vous n'avez jamais…

— Oui, Labat, vous avez raison.

— Goulch et ses hommes sont retournés voir le bateau. Puis ils sont venus ici, à Saint-Nicolas, ils

166

devraient être au port à l'heure qu'il est. Goulch voulait mettre au point les détails de l'extraction de l'épave, prévue pour demain matin. Après plusieurs plongées infructueuses près des îles Méaban, le *Luc'hed* est rentré. Ils n'ont trouvé que quelques jerricans supplémentaires. Goulch a pris cette décision de son propre chef, parce qu'il n'arrivait pas à vous…

— C'est bon, j'ai compris. Très bien.

Décidément, Labat ne ratait pas une occasion de remuer le couteau dans la plaie.

— Combien, parmi les clients présents au Quatre-Vents ce soir, étaient également là la veille ?

— Nous en avons compté douze.

C'était un bon chiffre.

— Nous avons libéré tout le monde il y a un quart d'heure. La plupart étaient de très mauvaise humeur.

— Qu'est-ce que vous avez fait ?

Ce n'était pas ce qui était convenu. Dupin était sur le point de râler.

— Objectivement, nous n'avions aucune raison légitime de les garder plus longtemps. Bien entendu, nous avons relevé toutes les identités.

Même s'il aurait aimé s'entretenir personnellement avec certains sans avoir à se soucier du protocole, Dupin devait se rendre à l'évidence : Labat avait bien agi.

— Quelqu'un a-t-il remarqué quelque chose d'inhabituel ?

— Rien à signaler pour le moment. Monsieur du Marhallac'h, le maire de Fouesnant, souhaitait d'ailleurs vous voir. Quelque chose d'urgent, apparemment. Il était là hier soir et l'est aujourd'hui.

— Qu'est-ce qu'il voulait ?

167

— Savoir où en était l'enquête.

Dupin n'était plus très loin du Quatre-Vents, à présent.

— Il faut que nous parlions, Le Ber, vous et moi. J'arrive dans un instant.

— Oui, bonne idée.

— Qui d'autre sera au Quatre-Vents ?

— Madame Nuz, Le Ber et moi.

— Très bien. Un dernier point : apparemment, Konan se serait disputé avec l'ancien maire il y a quelques années. A propos des droits de préemption d'une épave, quelque chose dans ce goût-là. Essayez d'interroger... (Dupin feuilleta son calepin et trouva enfin ce qu'il cherchait.)... Ce plongeur, monsieur Tanguy, et peut-être aussi une personne de la mairie. J'aimerais savoir de quoi il retourne exactement.

— Au fait, le préfet a essayé de vous joindre. Il était dans tous ses états, pour changer.

— Laissez-moi m'en occuper. Je trouve tout à fait déplacé de votre part de vous mêler sans arrêt de la communication – au demeurant tout à fait irréprochable – entre un préfet et un commissaire.

— Il m'a...

Dupin en avait par-dessus la tête. Il raccrocha et lâcha un long soupir.

Il savait qu'il ne couperait pas à une conversation avec le préfet, qu'il en eût envie ou pas. Il composa le numéro de Nolwenn.

— Commissaire ?

— Tout va bien, Nolwenn. L'enquête avance.

Il y avait comme de la résignation dans sa voix. Il se reprit.

— L'enquête bat son plein.

Il s'était efforcé de mettre un peu plus d'enthousiasme dans ses paroles.

— *Abred ne goll gwech ebet.* Qui se lève tôt gagne sa journée !

La réponse avait fusé comme un encouragement, c'était l'un des proverbes favoris de Nolwenn.

— Vous êtes sur la bonne voie ? reprit-elle.

Dupin hésita un instant et réfléchit, puis il reprit sa marche à petits pas.

— Je n'en sais rien.

Nolwenn savait que chaque enquête du commissaire comptait un moment précis où il flairait une piste – parfois diffuse, parfois quasi inconsciente mais à chaque fois il devenait alors comme obsessionnel : il lui fallait suivre son inspiration, si fantaisiste puisse-t-elle paraître. Tout le reste devenait secondaire – ce qu'il exprimait parfois avec entêtement, voire grossièreté. Dupin réagissait pourtant avec virulence quand on venait à évoquer ses « méthodes de travail ». Certes, il agissait avec méthode, reste que la manière comportait une bonne part d'intuition. Il était obnubilé par l'observation des faits, des détails (il entretenait cette passion depuis sa plus tendre enfance) et à l'analyse logique mais, l'instant d'après, il se laissait guider par son instinct et s'emparait sur-le-champ d'une idée fixe, d'un sentiment, d'une impulsion, parfois avec la complicité inattendue du hasard. Bille en tête, sans jamais douter de la marotte qu'il poursuivait.

— Quel est l'avis de Solenn Nuz sur cette affaire, commissaire ?

— Elle… (Dupin ne savait pas trop quoi répondre. Nolwenn avait posé la question comme s'il suffisait de demander à Solenn Nuz pour connaître le coupable.) Elle nous est d'une grande aide.

— J'en suis sûre. Au fait, le préfet s'est entretenu avec l'épouse de Konan. Apparemment, leur conversation n'a pas été facile. Le couple battait de l'aile, d'après ce que j'ai compris.

— Comment ça ?

— Ils auraient déjà évoqué à plusieurs reprises l'éventualité d'un divorce.

— Pourquoi ?

— Je l'ignore.

Un tel aveu était rare dans la bouche de Nolwenn.

— Le préfet va écourter son séjour à Guernesey et arrivera à Quimper dès demain matin. A mon avis… (La voix de Nolwenn prit une intonation doucereuse tout à fait suspecte, sans pour autant perdre de sa détermination.) Je pense que vous feriez bien de l'appeler. C'est sans aucun doute la plus grosse enquête de son mandat, et il est très impliqué personnellement, comme vous le savez.

— Je sais.

Difficile de prétendre le contraire.

— C'est une affaire très importante pour la Bretagne.

— Je sais.

— Le président du Conseil national breton a appelé deux fois le commissariat, tout comme des journalistes d'*Ouest-France* et du *Télégramme*, ainsi qu'un autre de l'antenne régionale de *L'Equipe*, à Rennes.

Dupin n'était pas étonné. Il était bien normal que le quotidien sportif s'intéressât à la disparition du vainqueur de l'Admiral's Cup. La presse nationale aussi allait lui consacrer quelques lignes, c'était certain. Un triple meurtre, brillamment orchestré ! De plus, le lien que Konan et Pajot entretenaient avec la capitale leur assurait une bonne couverture médiatique.

— Et puis quatre appels en absence sans message. Des numéros cachés.

— Nolwenn ?

— Oui, commissaire ?

— Avez-vous déjà entendu parler de chasse au trésor ? Ici, aux Glénan ?

— Les eaux bretonnes sont une immense et légendaire malle aux trésors, commissaire.

Au ton de Nolwenn, le même qu'elle adoptait quand elle livrait ses fameuses « leçons bretonnes », Dupin sentit qu'elle était dans son élément.

— Nos fonds marins sont jonchés d'épaves datant de toutes les époques – d'énormes cargos commerçants, des bateaux de guerre, des navires de transport de marchandises ou de passagers, des yachts privés, tout ce que vous pouvez imaginer. On trouve même des galères romaines !

— Je parlais de trésors qui se trouveraient à bord de vieux bateaux. Des objets précieux, comme dans les livres ou dans les films.

— On trouve sans cesse des cargaisons de valeur au fond de l'eau, oui, et aussi des métaux précieux. La plus grosse trouvaille faite dans les environs des Glénan date des années 1960. Un vieux navire de corsaires qui contenait une demi-tonne d'or.

Dupin était impressionné. On pouvait vraiment parler de trésor, en effet.

— La « Tigresse de Bretagne » aussi naviguait dans nos eaux, vous savez !

Dupin ne comprenait pas très bien à quoi cela correspondait – peut-être que cette tigresse à elle seule avait causé un certain nombre de naufrages. Nolwenn n'entra pas dans les détails.

— Si cela peut vous rendre service, je peux vous dresser la liste des découvertes les plus importantes.

— Ce ne sera pas nécessaire.

— Les chercheurs de trésor sont nombreux, certains sont de véritables pros. Il y a même des entreprises spécialisées dans ce domaine, mais la plupart ne sont pas très sérieuses. Aux Glénan, une association d'archéologues sous-marins s'est organisée au sein du club de plongée. Vous avez besoin d'une information précise ? Il y a un lien avec les meurtres, d'après vous ?

— Je n'en sais rien.

Cette éventualité lui semblait toujours aussi absurde.

— Comment pourrait-on savoir si quelqu'un aux Glénan est sur une piste prometteuse ?

— C'est impossible, à mon avis. Personne ne révélerait jamais une chose pareille, à moins que d'authentiques archéologues ne soient impliqués, l'université de Brest par exemple, un organisme officiel. Mais même dans ce cas, je ne mettrais pas ma main à couper…

C'était certainement vrai. S'il s'agissait d'un véritable trésor, personne ne dirait jamais rien.

— Vous avez raison, Nolwenn.

Il n'avait pas l'intention d'approfondir le sujet, mais la question lui échappa tout de même :

— Il y a vraiment des galères romaines dans le coin ?

— Et pas qu'une ! C'est par ici qu'a eu lieu la bataille décisive contre Jules César. Un combat inégal ! En 57 avant Jésus-Christ, les Romains ont été défaits à plates coutures dans une bataille à terre. Après cette déconfiture, ils se sont faits discrets pendant un an. Pendant ce temps, ils ont construit des centaines de navires de guerre, à l'embouchure de la Loire. Une armada impressionnante, ce qui ne les a pas empêchés de ne l'emporter que de justesse !

Dupin démontrait là une lacune importante. Qui plus est, il s'était souvenu au fil de son récit que son assistante lui avait déjà raconté cet épisode. Il espéra qu'elle ne lui en tiendrait pas rigueur.

— Je vais rejoindre Le Ber et Labat, et ensuite ce sera fini pour aujourd'hui. Je vous rappelle demain matin.

— Comment allez-vous retourner sur le continent ? Voulez-vous que je m'en occupe ?

Dupin fut soulagé de constater que Nolwenn ne s'attardait pas sur les Romains.

— Je crois qu'un hélicoptère se trouve encore à Saint-Nicolas.

Dupin n'en était pas si sûr. Dans le cas contraire, il l'aurait entendu partir... A moins qu'il n'ait été trop concentré pendant son entretien avec Muriel Lefort.

— Je l'espère, en tout cas...

— Très bien. Et ne vous laissez pas induire en erreur, commissaire.

— Merci, Nolwenn. Bonne nuit !

Dupin était arrivé au Quatre-Vents. Installés non loin de l'entrée, Le Ber et Labat lui adressèrent un petit signe de tête en le voyant ouvrir la porte. Ils semblaient épuisés, Labat encore plus que Le Ber, lui qui avait semblé si énergique au téléphone. Solenn Nuz était invisible.

Dupin s'assit à leur table sans mot dire. Le Ber glissa devant son patron un croquis de la salle, plusieurs feuilles A4 collées les unes aux autres. Les contours du bar et des tables étaient soigneusement tracés. Les clients étaient représentés par des cercles.

— Nous avons interrogé dix-neuf clients qui étaient également là hier soir, parmi lesquels sept habitués, des personnes connues dans la région. Les autres sont principalement des navigateurs et des plongeurs.

Dupin se pencha vers le schéma, puis il sortit son calepin de sa poche.

— Les habitués ?

— Madame Menez, l'assistante de l'école de voile ; Marc Leussot, pigiste à *Ouest-France* – il était là à l'instant, nous lui avons parlé – et aussi Kilian Tanguy, le plongeur, et sa femme. Nous avons noté les heures d'arrivée et de départ de chacun… (Le Ber désigna de minuscules chiffres consciencieusement inscrits au centre de chaque cercle, puis il reprit :) Et puis du Marhallac'h, le maire, avec lequel nous nous sommes également entretenus ; madame Barrault, la monitrice et directrice de l'école de plongée.

Dupin lâcha un petit soupir. Il lui arrivait de temps à autre de se sentir inadapté à son métier – pour diverses raisons. Il avait encore de grosses difficultés à se souvenir des noms, par exemple, ce qui lui posait parfois de gros problèmes. En revanche, il se rappelait toujours les individus et les traits de leur visage.

— Ma foi, c'est déjà pas mal.

— A ceux-là s'ajoutent deux personnes qui ne sont pas restées longtemps, madame Lefort et un médecin généraliste, Devan Menn.

— Personne ne m'en a parlé.

— Oui, c'est étrange, seules les deux filles Nuz se rappellent l'avoir vu. Personne d'autre. Elles disent qu'il s'est entretenu avec Lefort, lui aussi.

Apparemment, il n'est pas resté longtemps, pas plus de dix minutes. Aux alentours de vingt heures quinze.

— Le docteur Menn, dites-vous ?

— Oui. Il a un cabinet à Sainte-Marine.

— Et il n'était pas là ce soir ?

— Non.

— Autre chose ?

— Pas encore, non.

C'était un bien maigre butin pour la journée.

— Nous avons réussi à interroger plus de monde que nous ne le pensions, chef.

Le Ber avait sans doute prononcé cette phrase pour lutter contre sa propre fatigue et l'ambiance morose qui régnait en cette fin de soirée.

— Madame Nuz est dans la cuisine ?

— Elle est partie il y a dix minutes environ. Elle a reporté le rangement à demain matin.

— Elle vous a laissé un jeu de clés, alors ?

— Elle nous a dit de fermer la porte derrière nous et d'éteindre les lumières, c'est tout. Elle vous salue, d'ailleurs.

Dupin ne put réprimer un sourire.

— Bon, abrégeons, il se fait tard.

Soudain, une idée lui traversa l'esprit.

— Le Ber, l'hélicoptère est encore à Saint-Nicolas, n'est-ce pas ?

— Oui, chef. J'avais donné des instructions pour qu'il nous attende. Je me suis dit que cela vous conviendrait. Goulch est déjà reparti avec le bateau.

— Parfait. Je reviens tout de suite.

Dupin quitta le bar en refermant soigneusement la porte derrière lui, puis il sortit son téléphone de sa poche.

— L'Amiral, bonsoir !

— Bonsoir, est-ce que Lily est là ?

— Un instant, s'il vous plaît.

La voix de Lily Basset, la propriétaire de l'Amiral, retentit dans l'écouteur. Dupin l'appréciait beaucoup, une sorte d'amitié s'était tissée entre eux au fil des années. Après tout, il commençait toutes ses journées à l'Amiral, et il n'était pas rare qu'il y dîne avant de rentrer chez lui. Ils ne se parlaient jamais beaucoup, mais une sorte de connivence s'était installée entre eux.

— C'est Georges.

— J'ai entendu les nouvelles. Bon sang, c'est du sérieux.

Dupin comprit qu'il n'aurait pas besoin d'en dire davantage et en ressentit un grand soulagement.

— Je vais passer, mais il risque d'être tard.

En général, l'Amiral fermait à minuit et demi au plus tard, mais Lily Basset ne s'étonnerait pas de voir le commissaire se pointer après le couvre-feu, comme souvent quand il était au milieu d'une enquête.

— Je vais prévenir Philippe. On fait comme d'habitude ?

Ce « comme d'habitude » signifiait : une grande entrecôte, des pommes sautées, un languedoc rouge du château Les Fenals.

— Oui. Formidable.

— A tout de suite.

Dupin se sentit rasséréné, plus solide. Il reprenait pied.

Il réintégra le Quatre-Vents et fut accueilli par les regards interrogateurs de Le Ber et Labat.

— Très bien, messieurs. Nous commencerons de bonne heure demain matin. Voyons voir : rendez-vous à huit heures ici, d'accord ? Nous aurons besoin des deux bateaux au cours des prochains jours, celui de Goulch et de son équipe, et le *Luc'hed*. Que les hélicoptères se tiennent à notre disposition. Nous devons être prêts à réagir vite, même si nous sommes au milieu de nulle part.

Le ton de Dupin était chargé d'une note joyeuse qui l'amusa.

— Nous nous retrouvons demain matin donc à sept heures et demie à l'aéroport de Quimper ?

— C'est exact, Labat.

La perspective de se retrouver bientôt attablé devant une entrecôte à l'Amiral lui redonnait du cœur à la tâche.

— En savons-nous davantage sur Pajot ou Konan ? reprit-il. Surtout ne pas commettre l'erreur de nous concentrer uniquement sur Lefort, ce serait très imprudent.

Il n'était pas certain de ce qu'il avançait.

— Nous devons d'abord essayer de comprendre quels liens les unissaient – leurs activités communes, leurs projets, tout. Il faut que nous sachions si l'assassin les visait tous les trois. Pareil pour toutes les combinaisons par deux : Lefort-Pajot, Pajot-Konan, Lefort-Konan. Il semble peu probable… (Dupin s'interrompit un instant et fronça les sourcils)… que le meurtrier n'en ait ciblé qu'un seul. Mais ce n'est pas exclu, bien sûr.

— Parmi les témoins que nous avons interrogés ce soir, personne ne connaissait Pajot personnellement, même parmi les habitués. Monsieur du Marhallac'h avait déjà entendu son nom, les autres n'en avaient jamais entendu parler – madame Nuz non plus, d'ailleurs, rapporta Le Ber.

Lui aussi parlait de Solenn Nuz comme de l'autorité ultime. Labat, toujours aussi empressé, intervint.

— Nous avons fait passer le portrait de Pajot, mais personne ne l'a jamais vu sur les îles, ou ailleurs. C'est assez bizarre.

— Il sera sans doute resté sur son bateau. Ce ne serait pas inhabituel, après tout. C'est un modèle suffisamment grand pour y passer confortablement la soirée.

Labat esquissa une moue vexée, un peu puérile. Dupin n'avait répliqué que pour le plaisir de lui rabattre le caquet, mais sa réponse lui sembla soudain tout à fait pertinente.

Le Ber reprit la parole :

— Tous les clients connaissaient Konan ; il venait régulièrement, toujours en compagnie de Lefort. Personne, cependant, ne nous a appris autre chose que nous ne sachions déjà. Tout le monde savait que c'était un pêcheur passionné. Madame Barrault, la monitrice de plongée, connaît son bateau. Elle affirme qu'elle l'a croisé plusieurs fois en mer. Non loin des Moutons, à l'emplacement des maquereaux. Personne n'est suffisamment intime pour nous dire s'il avait des ennemis. Pour tous, il n'était rien de plus que « l'ami de Lefort ».

— Labat, j'aimerais que vous alliez rendre visite à la femme de Konan à la première heure demain matin. Le préfet l'a prévenue personnellement. A ce qu'il paraît, leur couple n'était plus très vaillant.

Selon toute apparence, Labat était content de cette mission.

— Très bien. J'ai eu la secrétaire de Pajot au téléphone, aux alentours de vingt-deux heures. Elle était dans tous ses états. Je la rappellerai demain matin. Il n'a ni frère ni sœur, ses parents sont tous deux décédés. Elle voulait néanmoins se renseigner pour savoir si quelqu'un d'autre détient des informations intéressantes.

Selon elle, c'était un homme plutôt réservé. Elle ne connaissait pas grand-chose de sa vie privée.

— La nouvelle a dû être diffusée à l'heure qu'il est. Nous ne tarderons pas à avoir des nouvelles d'éventuels proches. S'il y en a, ils ne manqueront pas de se manifester pour se plaindre de n'avoir pas été prévenus.

Sa phrase avait pris une intonation plus cynique qu'il n'aurait voulu.

— Bon, fini pour aujourd'hui.

Un grand soulagement se peignit instantanément sur le visage de Le Ber, et Labat lui-même parut se réjouir.

— Est-ce que l'un des témoins a parlé de chasse au trésor ?

Les deux inspecteurs posèrent sur Dupin un regard abasourdi.

— Une histoire d'épave, de découverte, de trésor ?

— Eh bien... pas à moi, non.

— A moi non plus.

Les deux hommes semblaient trop épuisés pour poser des questions et Dupin n'avait pas le courage de s'expliquer.

— Alors on y va.

C'était un ordre.

L'hélicoptère avait décollé à vingt-trois heures vingt-cinq précises.

Etroitement attachés à leurs sièges – Dupin pouvait à peine respirer –, les trois policiers du commissariat de Concarneau réfléchissaient en silence, chacun perdu dans ses pensées. Tous repensaient aux événements dramatiques de cette étrange journée. Dupin se rappela une phrase qui revenait souvent, sur la côte, au sujet des Glénan : le temps passait plus lentement dans les îles.

Il suffisait de mettre un pied sur l'archipel pour que le rythme se ralentisse. Si fantasque que cette réflexion pût paraître, c'était exactement ce qu'il ressentait.

L'hélicoptère jetait une ombre étrange sur la mer argentée, l'atmosphère avait tout d'un film surréaliste. A plusieurs reprises, Dupin crut apercevoir la silhouette d'un oiseau de proie en piqué, si clairement qu'il en eut des frissons.

Ils ne tarderaient pas à rejoindre la terre ferme, les lumières de Sainte-Marine et de Bénodet brillaient déjà devant eux. C'était étrange, comme si leur scintillement marquait une frontière élémentaire : ici l'étrange monde des Glénan et de l'Atlantique, là-bas le monde ordinaire, la réalité. Dupin se sentait à la fois heureux et mélancolique, sans pouvoir s'expliquer ces deux sentiments. Bercé par le bruit des pales, réduit à un doux ronronnement grâce à son casque, il se laissait gagner par l'engourdissement et avait résisté. Il voulait pousser encore un peu sa réflexion et cela le motivait pour ne pas céder au sommeil. Et puis, il refusait de se laisser aller devant ses inspecteurs ! Peut-être Le Ber, à la limite, mais certainement pas Labat.

D'ici quelques instants, ils fouleraient le sol. Dupin grimperait dans sa Citroën, il roulerait beaucoup trop vite et en trente minutes il serait à Concarneau. A l'Amiral. Il se garerait sur la grand-place, tout près du quai – et tout s'arrangerait d'un coup. Pour un petit moment, en tout cas. Une fois au restaurant, il n'aurait pas à attendre plus de cinq minutes avant que son entrecôte n'apparaisse sur sa table et à ce moment-là, il aurait déjà bu son premier verre de vin du Languedoc.

LE DEUXIÈME JOUR

Il était six heures et demie et il faisait encore nuit noire. La lune s'était couchée depuis un moment déjà. A l'ouest du fuseau horaire « standardisé » européen – considéré par les Bretons comme une certaine forme d'invasion –, il ne faisait vraiment jour qu'à partir de sept heures, au début du mois de mai. Assis au Bulgare, le commissaire savourait son deuxième café et venait d'en commander un troisième auprès de l'énergique serveuse. Son calepin était ouvert devant lui ; autour de lui l'activité du café battait son plein, bruyante et implacable. Il n'y avait pas de réveil en douceur qui tienne, ici. Ce troquet sans charme était situé sur la route nationale, au dernier des quatre ronds-points qui se succédaient juste avant l'entrée de Quimper. Cinq minutes de route le séparaient du petit aéroport. Dupin ne venait pas souvent mais il aimait l'endroit, et aujourd'hui ce café représentait sa planche de salut.

Malgré l'heure matinale, il avait déjà accompli pas mal de tâches. A cinq heures vingt, il avait fini par quitter son lit après s'être couché à une heure et demie et avoir passé la moitié de la nuit à se retourner dans ses draps. A un moment donné, il s'était même demandé s'il n'avait pas de la fièvre. Les événements de la journée se bousculaient dans sa tête, les faits avérés, les rares informations qu'ils avaient pu rassembler. N'avait-il pas omis quelque indice important ? Une piste ? Ce faisant, il avait bien eu conscience qu'il aurait mieux valu se reposer et dormir. Il était parfaitement vain de se triturer le cerveau dans ces conditions.

Il se serait levé plus tôt s'il avait été certain de trouver de la caféine quelque part, mais l'Amiral n'ouvrait pas ses portes avant sept heures moins le quart. Il avait déjà eu des discussions très sérieuses avec Lily Basset à ce sujet.

A six heures moins le quart, Dupin avait appelé Le Ber pour obtenir le numéro de téléphone du maire de Fouesnant. Le commissaire ne se souvenait plus très bien du cheminement exact de sa pensée, mais, au beau milieu de la nuit, la nécessité de lui parler séance tenante l'avait frappé comme une évidence.

A six heures moins cinq, ç'avait été au tour du préfet. Dorénavant, il allait devoir se manifester régulièrement auprès de lui, d'autant qu'il s'était rendu compte que celui-ci pouvait être considéré comme un acteur important de l'enquête, en tout cas à la marge : c'était un ami de Konan, après tout. Pendant cinq minutes, Dupin avait encaissé sans broncher les sempiternels reproches de son supérieur, très mécontent qu'il n'ait pas pris la peine d'appeler la veille, et plus mécontent encore de se voir réveiller au beau milieu de la nuit. Ce n'étaient pas des méthodes de travail sérieuses, tout de même… Dupin ne s'était même pas donné la peine de l'écouter. Il avait approuvé sans barguigner sa proposition de prendre en charge les déclarations à la presse, et avait également accepté de l'appeler trois fois par jour pour le tenir informé sur cette affaire « absolument exceptionnelle, qui méritait d'être clarifiée dans les plus brefs délais ». Le préfet avait ensuite dépeint toute une série de scénarios « désastreux » qui leur pendaient au nez, au commissaire, à lui-même, à la police du Finistère et au département en général s'il ne résolvait pas cette enquête au plus vite. Dupin avait attendu que l'orage passe avant de commencer à poser ses questions, « dans l'intérêt d'une résolution rapide », avait-il précisé. Tout d'abord, Guenneugues s'était enquis avec une certaine stupéfaction – feinte ou réelle, Dupin n'en savait rien – de l'intérêt de connaître la nature des activités de Konan et s'il avait ou non des ennemis. Il avait finalement cédé et leur entretien avait pris un tour plus officiel, comme un véritable interrogatoire de témoin. Au fil de la conversation, Guenneugues s'était montré de plus en plus perplexe, voire franchement mal à l'aise. Il avait commencé en soulignant que Konan n'était pas un ami dans le sens personnel du terme, plutôt une « connaissance, une personnalité importante en Bretagne et au-delà », avec laquelle il entretenait par nécessité des relations professionnelles et mondaines. Contre toute attente, le commissaire le crut sur parole. Le préfet avait été jusqu'à lâcher une ou deux remarques critiques sur Konan. Celui-ci avait eu des « démêlés » avec le ministère des Finances, avait-il négligemment laissé entendre, et la structure de son entreprise était quelque peu « opaque ». Il n'était au courant d'aucun conflit ouvert ou latent avec quiconque. La dernière fois qu'il avait vu Konan, c'était trois semaines plus tôt, à une fête du Club des amis des brasseurs de bière bretons. Ce genre de festivité se multipliait depuis quelque temps, et réunissait autant les producteurs de bière locaux que leurs amis. (S'il se refusait à l'avouer publiquement et clamait haut et fort sa fidélité à la 1664, Dupin avait lui-même rallié une telle association.) Le préfet était persuadé que l'épouse de Konan n'était pas très au fait de la vie que son mari menait dernièrement. Les Konan invitaient les Guenneugues à dîner une fois par an, mais cette habitude s'était perdue au fil des ans – depuis que le couple battait officiellement de l'aile, en réalité. Le préfet avait confirmé que Pajot était un intime de Konan, les deux hommes se retrouvaient régulièrement à Paris. Lui-même n'avait rencontré l'homme d'affaires qu'à quelques rares occasions, au hasard de réceptions. Dupin avait pris congé de son supérieur sur un ton particulièrement aimable, sans oublier son habituel « Et merci pour votre aide » avant de raccrocher.

Pas mal, pour un premier interrogatoire au petit jour.

A chaque extrémité du bar du Bulgare, long de cinq ou six mètres, trônait un téléviseur, et chacun diffusait un programme différent. L'un retransmettait évidemment TV Breizh, qui consacrait justement son ouverture aux meurtres des Glénan. Pendant quelques secondes, le visage de Dupin apparut à l'écran : « … En charge de l'enquête, le commissaire Dupin de la police de Concarneau, une jeune recrue qui a fait ses preuves lors d'enquêtes spectaculaires au cours des années précédentes. » Heureusement, les clients du café étaient bien trop occupés à entamer la journée pour accorder une quelconque attention à Dupin. Les quotidiens quant à eux parlaient encore de « regrettable et tragique accident », car la nouvelle du meurtre était tombée après le bouclage. *Ouest-France* et *Le Télégramme* gisaient en plusieurs exemplaires sur le zinc, à portée de main du commissaire, mais il n'avait pas envie de les lire.

Il but son troisième café et hésita à en commander

un quatrième. Il avait l'impression que son cerveau restait inerte, et puis il lui fallait absolument un croissant pour ménager son estomac. Son téléphone sonna au moment où la serveuse interceptait son regard.

— Qu'est-ce que c'est ? lâcha-t-il avec une brusquerie involontaire.

Tout d'abord, il n'entendit rien.

— Allô ? demanda Dupin, légèrement agacé.

— Vérifiez les activités de Medimare, l'entreprise de Pajot et Konan, et celles de la Station de biologie marine de Concarneau.

La voix artificiellement modifiée avait une intonation grave et étouffée, monocorde, qui semblait venir de très loin.

— Qui parle ? Allô ? Allô ? Qui est à l'appareil ?

— Il s'agit de Medimare, l'entreprise de Yannig Konan et Grégoire Pajot.

Ce n'était pas un mauvais plaisantin.

— De quoi s'agit-il précisément ? Dites-m'en plus.

Pas de réponse. Dupin attendit encore quelques instants, en vain. Son interlocuteur avait raccroché. En un clin d'œil, le cerveau du commissaire s'était mis à marcher à plein régime. Il resta un instant immobile et quand enfin il se décida à réagir, son téléphone sonna de nouveau.

— Où êtes-vous, commissaire ?

— Qui, moi ? Je... Nolwenn ?

— Oui ?

Dupin dut fournir un effort pour garder son flegme.

— Est-ce que le nom de Medimare vous dit quelque chose ?

— Hmm... Non, rien.

L'entreprise en question ne pouvait donc être bien importante.

— Je viens de recevoir un appel anonyme.

— Ah bon ?

Dupin fut heureux de pouvoir en parler à Nolwenn, l'incident devenait plus tangible.

— J'ai reçu un coup de fil, il y a une minute à peine. Une voix m'a conseillé de jeter un œil sur les activités de l'entreprise commune de Pajot et Konan, Medimare, et à celles de la Station de biologie marine de Concarneau… (Un détail le frappa soudain.) Mais comment a-t-il obtenu mon numéro ?

— Hier soir, avant de partir, j'ai transféré votre poste sur votre téléphone portable, comme d'habitude. La nuit, c'est toujours vous qui prenez les appels au cours d'une enquête, patron. Il a dû appeler sur votre numéro au commissariat, qui est facile à trouver.

— Vérifiez-moi ça, Nolwenn.

Dupin était encore ébranlé par cet étrange appel.

— Ce ne sera pas difficile, mais je parie que c'était un numéro caché.

Bien sûr, le contraire eût été idiot.

— Je ne connais pas d'entreprise portant le nom de Medimare, mais c'est sûrement l'une de celles dont je vous parlais hier. Je vais vérifier ça tout de suite. Quelle est votre impression, commissaire ? Votre inconnu est resté plutôt vague, vous ne trouvez pas ?

— Je n'en sais rien. En tout cas, il faut dénicher un maximum d'informations sur cette société.

En effet, le mystérieux informateur n'avait guère livré de détails, c'était le moins qu'on puisse dire. Ce qu'il avait dit, cependant, pouvait se révéler être un indice important. Si les deux hommes avaient fait quelque chose d'illégal et s'étaient attiré ainsi quelque ennemi, le mobile du meurtre serait tout trouvé – et le nom des personnes concernées par la même occasion. Ce n'était pas si rare que ça, les informateurs anonymes livrant des informations valables. Hélas, il existait tout autant d'appels de plaisantins qui ne menaient à rien du tout ou qui se révélaient, au contraire, être des tentatives de diversion.

— La voix vous a-t-elle semblé familière ?

— Non. Elle était modifiée. Pas de manière professionnelle, mais modifiée tout de même.

— C'était une voix d'homme ?

— Oui.

— Vous connaissez la Station de biologie marine de Concarneau, n'est-ce pas ?

— Oui. Enfin, j'en ai entendu parler, en tout cas.

L'appartement mis à la disposition du commissaire par la ville de Concarneau se trouvait à une centaine de mètres de cette institution. Quand il se tenait sur son étroit balcon et qu'il regardait la mer, le bâtiment de la Station se trouvait tout de suite sur sa droite. Elle comptait une dépendance, de l'autre côté du port, sur la « rive gauche ». Comme son nom l'indiquait, l'établissement était spécialisé dans la biologie marine – à vrai dire, Dupin n'en savait pas beaucoup plus.

— C'est le plus ancien institut de recherche sur la biologie marine au monde. Naturellement, il se trouve en Bretagne.

Naturellement.

— Il est très réputé, un grand nombre de scientifiques de renom y travaillent. Il est dirigé par Yves de Berre-Ryckeboerec.

— Berk-Rib… ?

— Le professeur Yves de Berre-Ryckeboerec.

C'était le comble : un nom breton, c'était déjà assez difficile à prononcer comme ça, mais un nom breton *double* ! Il se contenta de noter « Directeur, Station » dans son carnet.

— Il se trouve dans le bâtiment principal ? Au même endroit que le Marinarium ?

Celui-ci était plutôt modeste, presque minuscule comparé à l'Océanopolis de Brest, et puis il ne comptait pas de pingouins. Pourtant, Dupin y était attaché. Il s'y était rendu à peine trois, quatre semaines plus tôt, pour une exposition dont l'intitulé l'avait immédiatement attiré. L'affiche recouvrait les murs de toute la ville : « Poisson, quel est ton nom ? » On y montrait l'ensemble des espèces que l'on trouvait chez les poissonniers et dans les restaurants locaux. Les poissons étaient montrés tels qu'ils étaient avant d'arriver dans nos assiettes – vivants, dans leur habitat naturel. Leur variété était d'une richesse extraordinaire, Dupin avait été émerveillé.

— Je suppose qu'il est installé dans le bâtiment principal, oui… Je vais vérifier.

— Faites-le, et prévenez-moi.

— Qu'allez-vous faire ?

— Je vais voir.

Dupin raccrocha.

Devait-il prendre cet appel anonyme au sérieux ? Son instinct lui disait que oui.

Il se sentait déjà un peu mieux, la caféine commençait à faire son effet. Le Ber et Labat étaient sûrement en route vers l'aéroport, à cette heure. Il avait prévu de les accompagner sur les îles et de s'entretenir d'abord avec Solenn Nuz puis avec la monitrice de plongée, mais il voulait également rencontrer le maire de Fouesnant. Et puis le médecin de Sainte-Marine, sans doute un des derniers à avoir parlé à Konan. Dupin avait une série de questions urgentes à lui poser.

Il attrapa son téléphone portable.

— Le Ber ?

— Oui, chef ?

— Partez sans moi. Je vous rejoindrai. Je dois faire un tour à la Station de biologie marine de Concarneau. Suivez le plan que nous avons élaboré hier soir et prévenez-moi dès que tombez sur un truc intéressant. Peu importe quoi. Vous savez que le plus petit détail a son importance.

— Entendu, chef.

Le Ber avait entendu ce laïus mille fois et le connaissait par cœur, mais il ne se formalisa pas.

— Qui va superviser l'analyse et le repêchage du bateau de Pajot, c'est Goulch ?

— Sans doute, oui. Comment allez-vous venir aux Glénan, chef ?

— On verra bien. Je vous tiens au courant.

Dupin s'apprêta à raccrocher, puis il se ravisa :

— Le Ber, attendez.

— Oui, patron ?

— Autre chose : j'aimerais connaître les détails de la succession de Lucas Lefort. Sa sœur est-elle l'unique héritière ? Et essayez de faire parler madame Menez, son assistante.

— Vous voulez savoir quelque chose en particulier ?

— Apparemment, Lucas Lefort lui aurait demandé d'emprunter une sorte de cargo pour la semaine prochaine. Regardez ça de plus près et renseignez-vous sur les utilisations possibles de ce genre de bateau. Ah, et puis demandez à madame Menez les raisons qui l'ont poussée à s'installer aux Glénan. Qu'elle vous raconte son histoire.

— Son histoire ?

— Son histoire, oui.

Ces deux questions lui avaient traversé l'esprit la veille au soir, parmi tant d'autres.

Une fois qu'ils eurent raccroché, Dupin attrapa son calepin et son stylo, se leva, déposa dix euros sur la petite coupelle de plastique rouge et quitta le Bulgare.

Sa vieille Citroën XM l'attendait devant la porte. Il était attaché à cette voiture particulièrement laide au point de refuser, malgré les innombrables injonctions du préfet, de la remplacer par un véhicule de fonction plus moderne.

Entre-temps, le soleil s'était levé et la route nationale, très fréquentée à cet endroit, dessinait vers l'est et Concarneau une ligne baignée de lumière orangée.

Il était huit heures pile. Le directeur était arrivé presque en même temps que Dupin. Les journées de travail commençaient tôt, pour les scientifiques.

Le bureau du directeur était imposant, ne fût-ce que par sa taille, près de quarante mètres carrés, selon l'estimation de Dupin. Le plus impressionnant cependant était le panorama : les baies vitrées offraient un tableau époustouflant de l'Atlantique. Le cinquième étage de cette bâtisse de pierre sombre, construite au milieu des flots et qui affrontait fièrement, depuis cent ans, les assauts furieux des vagues, présentait une vue comparable à celle qu'on aurait eue d'un phare.

Yves de Berre-Ryckeboerec était assis derrière un bureau de bois aux angles pointus, presque menaçants. Il devait approcher de la soixantaine. C'était un homme plutôt petit et maigre, au visage creusé et pâle et à la chevelure clairsemée, dont l'apparence anodine était contredite par un regard émeraude d'une intense vitalité. Son costume sombre à la coupe élégante mais désuète avait visiblement connu des jours meilleurs.

Sa secrétaire n'avait pas caché sa surprise et son inquiétude devant la visite inopinée du commissaire. Bien sûr, elle avait entendu parler du triple meurtre. Sans prendre la peine de l'annoncer, elle avait accompagné le visiteur à la porte du bureau du directeur sur laquelle elle avait frappé quelques coups nerveux avant d'ouvrir. Son patron ne sembla pas particulièrement réjoui de cette intrusion matinale.

— J'aimerais passer un coup de fil avant toute autre chose, madame Sabathier. D'ailleurs, depuis quand accueillons-nous des visiteurs sans rendez-vous ?

Il semblait mettre un point d'honneur à se comporter comme si Dupin n'était pas dans la pièce. Contrairement à son apparence physique, sa voix était puissante, intimidante.

— Je suis confuse, monsieur le directeur… Cela ne se reproduira pas. J'ai pensé que… le commissaire Dupin enquête sur ce meurtre affreux…

— Je suis au courant.

Ils continuaient d'ignorer superbement la présence du commissaire.

— Ce n'est pas une raison pour faire fi de la bienséance ou semer le désordre dans ma journée de travail.

Dupin sentit son plexus solaire vibrer d'une colère qui augmentait à chaque instant.

— Je crois que si, monsieur. Un triple meurtre peut bouleverser pas mal de choses, en vérité.

Yves de Berre-Ryckeboerec le toisa froidement.

— C'est donc votre enquête qui vous mène jusqu'à la fameuse Station de biologie marine ? Eh bien, soyez le bienvenu, dans ce cas. Je suis curieux de voir ce que nos cent cinquante brillants chercheurs internationaux pourront faire pour vous !

En vérité, à mesure que le commissaire approchait de l'établissement, l'appel anonyme lui avait paru de plus en plus fumeux. Il fallait avouer que ce vague indice concernant de sombres « activités » ne suffisait pas à justifier un interrogatoire, surtout avec un point de départ aussi fragile. Hormis les rares informations que Nolwenn avait recueillies sur Internet concernant l'entreprise de Pajot et de Konan, Dupin nageait dans le brouillard. Il n'était guère en position de force. Il ne lui restait d'autre option que la fuite en avant, ce qui convenait très bien à sa personnalité.

— Il s'agit des transactions illicites existant entre la Station et l'entreprise Medimare, dont les deux propriétaires viennent d'être assassinés.

Les soupçons de Dupin n'étaient absolument pas fondés, mais il fallait vérifier si sa piste était la bonne, et dans la situation présente, un excès de prudence ne lui apporterait rien. Le directeur se dressa sur son siège et son visage se ferma plus encore. La bouche réduite à un trait, il posa sur Dupin des yeux plissés en deux fentes étroites.

— Je crois que j'ai mal compris vos paroles.

— Oh, je peux répéter si vous le souhaitez.

Dupin n'allait certainement pas lâcher le morceau, et la personnalité détestable de son interlocuteur l'encourageait dans cette voie. Il connaissait bien ce genre d'individu.

— Je vois... Vous pratiquez l'humour de répétition.

Berre-Ryckeboerec était manifestement aussi agacé que le commissaire.

Dupin quant à lui était près d'exploser. Il essaya de

réguler sa respiration (il était fier d'avoir appris à le faire – tout au moins dans les grandes lignes : inspirer profondément, compter quatre à cinq secondes puis expirer. Ce laps de temps faisait toute la différence !).

Livide, la secrétaire était restée plantée au milieu de la pièce pendant toute la durée de leur échange.

— Je ne vois pas l'intérêt de poursuivre cette conversation, commissaire. (D'évidence, Yves de Berre-Ryckeboerec savait qu'il avait intérêt à se taire pour le moment.) Je vais contacter mes avocats qui me diront comment répondre à vos accusations infamantes. Nous entretenons d'excellents rapports avec la société de ces messieurs, et ce depuis des années. Comme beaucoup d'autres entreprises, ils nous ont acheté de nombreux brevets et licences. Si ces sujets vous intéressent, qu'à cela ne tienne : vous pourrez en discuter avec nos juristes. Je vous saurai gré maintenant de vous retirer.

— Cela vaudra mieux pour tout le monde, en effet.

Yves de Berre-Ryckeboerec se tourna vers sa secrétaire et lança, comme si Dupin avait déjà pris congé :

— Bon, je vais pouvoir passer mon coup de fil, maintenant, mais j'aimerais que vous préveniez monsieur Daeron que j'aimerais lui parler. Ici, à la Station.

Dupin réfléchissait fiévreusement sans trouver aucun autre prétexte à avancer pour le moment.

— Nous allons vérifier dans les moindres détails les modalités de votre collaboration avec Medimare, vous pouvez en être certain, siffla-t-il d'une voix lourde de colère réprimée, dans le passé et jusqu'à aujourd'hui – tout, nous allons tout examiner. (Un léger sourire ourla le coin de ses lèvres, puis il ajouta :) Nous en profiterons pour scruter à la loupe l'ensemble de vos activités commerciales. Je m'en réjouis d'avance, monsieur le directeur.

Sans attendre une quelconque réaction, il tourna les talons et quitta le bureau avant de s'engouffrer dans l'ascenseur qui lui sembla épouvantablement lent.

Il n'avait pas encore passé le pas de la porte de l'institut qu'il tenait déjà son téléphone contre son oreille.

— Nolwenn ?

— J'allais justement…

— J'ai besoin d'une commission rogatoire. Pour perquisitionner la Station. Débrouillez-vous comme vous pouvez, ça m'est égal. Tout de suite. Nous devons vérifier les transactions de cet établissement avec la société Medimare, surtout dans le domaine des brevets et des licences, ainsi que les résultats des recherches scientifiques.

— Vous êtes à la Station ?

Nolwenn semblait perplexe.

— J'en sors.

— Vous en sortez ?

— La discussion avec le directeur a été très courte. Comme je vous le disais : il nous faut une commission rogatoire.

— Est-ce que ce… ce bref échange vous a donné des raisons de le soupçonner ?

— Je crois, oui.

— Il nous faudrait un peu plus d'arguments qu'un vague indice provenant d'un appel anonyme…

— Le directeur s'est montré tout sauf coopératif. J'ai de bonnes raisons de croire qu'il s'est livré à de fausses déclarations et qu'il cache la vérité – il présente donc un danger imminent. Je pense qu'il est sur le point de détruire d'importantes preuves à charge. Voilà, ça devrait suffire.

Dupin avait mis bout à bout, sans ordre logique, toutes les exigences requises pour justifier une demande de commission rogatoire.

— Appelez le préfet, Nolwenn. Dites que nos soupçons sont fondés et que le danger de dissimulation de preuves est réel, dit Dupin avec détermination. Je veux cette perquisition. Dites-lui que cela concerne directement l'assassinat de son ami. C'est la première véritable piste que nous ayons. Il doit contacter personnellement le juge chargé de l'enquête ou tenter sa chance auprès du parquet. Il nous faut une équipe de Quimper. Nous allons également devoir jeter un coup d'œil sur la société Medimare à Paris.

— Très bien.

Dupin adorait ce « Très bien » de Nolwenn. Plus les choses devenaient difficiles et stressantes, plus la pression augmentait, plus Nolwenn semblait prendre plaisir à accomplir les missions dont il la chargeait.

— Formidable. A plus tard, Nolwenn.

Dupin raccrocha. Il était arrivé à sa voiture garée dans la partie basse du grand parking du port de plaisance, tout près de son appartement. Il composa le numéro de Labat.

— Où êtes-vous, Labat ?

— Je suis au centre de plongée, Le Ber est à l'école de voile. Je…

— Appelez Nolwenn. Nous avons reçu un appel anonyme, quelqu'un qui dénonçait des activités illicites entre la Station de biologie marine de Concarneau et l'entreprise que possédaient Konan et Pajot. Elle s'appelle Medimare. Nous n'en savons pas beaucoup plus pour le moment. Elle vend et achète des brevets et des licences pour des produits pharmaceutiques et cosmétiques basés sur des recherches en biologie marine. Le siège est à Paris. Nolwenn est en train de chercher davantage d'informations et nous essayons d'obtenir une commission rogatoire. Pour la Station et pour Medimare.

— Quelles présomptions pèsent contre eux ?

— Rien de concret. (Dupin était conscient de son manque de crédibilité et sa voix se fit d'autant plus résolue.) Mais j'aimerais éclaircir leurs relations commerciales. Je n'ai pas la moindre idée de ce qu'ils auraient pu faire d'illicite, mais vous allez me trouver ça, vous ! J'aimerais que vous vous occupiez du dossier. Soyez rigoureux. Très rigoureux.

— Je comprends.

Plus que ses mots, ce fut le ton de Labat qui indiqua à Dupin que l'inspecteur avait vraiment saisi. La part antipathique du caractère de Labat, et donc l'essentiel de sa personnalité – il avait également quelques rares côtés sympathiques –, le prédestinait en quelque sorte à ce genre de travail. Dans ces moments-là, Labat se transformait en véritable fouine.

— Comme je vous le disais, arrangez-vous avec Nolwenn. Elle va essayer de convoquer une équipe de la direction interrégionale. Vous dirigez cette mission, Labat.

— Avec plaisir.

— On se reparle plus tard.

Dupin resta un moment assis en silence avant de mettre le moteur en route. Inspirer, cinq secondes, expirer.

Il n'était pas certain d'obtenir sa commission rogatoire. Même s'il avait fermement formulé sa requête et pouvait compter sur l'opiniâtreté de Nolwenn, ce ne serait pas une mince affaire. Les arguments qu'il avançait étaient tout sauf convaincants. Il savait par ailleurs que son attitude à la Station avait manqué de finesse. Pour l'heure, elle l'avait plutôt desservi, mais aurait-il tiré plus d'informations s'il s'était montré diplomate ? Impossible de savoir si cette piste le mènerait quelque part, de toute façon, et si les perquisitions se révéleraient concluantes. Peut-être l'informateur anonyme n'avait-il eu d'autre objectif que de semer le doute, de détourner l'attention, de gagner du temps. Aucun indice ne permettait de conclure qu'il savait de quoi il parlait et qu'il détenait des informations tangibles. Reste qu'il s'était manifesté, et cela valait la peine que l'on y prête attention. Une chose par ailleurs était certaine : le directeur était un homme détestable. Dupin imaginait avec joie la tête qu'il ferait en découvrant la commission rogatoire de Labat. Autre chose lui plaisait dans ce scénario – et en l'occurrence, son initiative ne pouvait être inutile : une perquisition ne manquerait pas de faire jaser. Les médias s'empareraient certainement du scoop. Voilà qui démontrerait que la police était déterminée et qu'elle employait les grands moyens. Plus ce serait visible, plus l'assassin s'agiterait, or les criminels nerveux sont susceptibles d'agir de manière irréfléchie et de commettre des imprudences. Dupin devait toutefois reconnaître que la préparation minutieuse du délit ne laissait pas supposer qu'on avait affaire à un individu au tempérament imprévisible.

Dupin démarra sa voiture tout en pianotant sur les touches minuscules de son téléphone intégré. A vrai dire, il n'avait toujours pas compris à quelles activités concrètes Medimare se consacrait. Le compte rendu de Nolwenn avait été plutôt abstrait : des licences et des brevets pour des applications de recherches.

— Nolwenn ?

— Commissaire, je viens de parler au préfet. Il n'est pas certain du résultat, mais il va tenter sa chance. En personne. Il espère que vous savez ce que vous faites – et il vous demande de le tenir au courant régulièrement, il...

— Expliquez-moi aussi clairement que possible ce que fait la société Medimare.

— Elle achète des résultats de recherches scientifiques sur l'étude biologique et chimique des espèces animales vivant dans l'océan et à partir desquelles on pourrait développer des produits commercialisables, pharmaceutiques ou autres. Les organismes de recherche se financent en partie par ce moyen, ils...

— Vous êtes en train de lire à haute voix ?

— Pardon ?

Nolwenn avait une mémoire quasi photographique.

— Non, rien... Qu'est-ce que vous entendez par là ? De quel type de produits s'agit-il ?

— Eh bien, du plastique biodégradable, par exemple, une énorme invention. Ou alors des antibiotiques, des produits de beauté innovants, des sources d'énergie alternatives, des médicaments prometteurs dans la lutte contre le cancer. Ce genre de choses, conclut Nolwenn avant de reprendre sur un ton légèrement pompeux. L'univers marin breton grouille d'êtres vivants qui peuvent se révéler des ressources précieuses. C'est très à la mode, vous savez, commissaire. On appelle ça les biotechnologies bleues. En Bretagne...

— Je vois. C'est ce que je voulais savoir. J'imagine qu'il s'agit de grosses affaires.

— Très grosses, oui. Rien que la cosmétique, vous imaginez ? Vous vous souvenez de l'échantillon de crème pour les mains que je vous ai apporté au mois de novembre, l'année dernière ? De la marque Fluidum ? Vous vous rappelez ?

Dupin ne réagit pas. Il s'en souvenait et était un peu gêné. Il ne l'avait jamais utilisé, il ne mettait jamais de crème et n'avait toujours pas compris l'intérêt d'un produit spécialement conçu pour les mains. Le souvenir lui était d'autant plus désagréable qu'à l'époque, ce petit présent avait été une sorte de suggestion de la part de Nolwenn, à l'approche des fêtes. Il n'avait compris le message que bien plus tard, après lui avoir acheté un énième bol de céramique provenant de la manufacture de Quimper. Elle avait eu le malheur de lui avouer un jour qu'elle les appréciait et, depuis trois ans, il lui en achetait invariablement un pour Noël.

— Vous savez, cette gamme de soins exceptionnelle qui est fabriquée exclusivement à partir d'algues brunes naturelles ? Dans un tube bleu ciel ?

Nolwenn lui épargna son ton sévère, ce dont il lui fut reconnaissant.

— Ah oui ! Cette crème qui rend les mains si douces !

Nolwenn lâcha un soupir de contentement.

— Unique au monde, oui ! Elle contient tous les minéraux essentiels. Un concentré de l'Atlantique tout entier !

Dupin se retint de lui demander comment la peau pouvait bien absorber ces fameux minéraux. Il ne s'agissait pas de cela, aujourd'hui.

— Labat va vous appeler d'un instant à l'autre pour cette histoire de Medimare. Je lui ai confié la direction des perquisitions. Si nous obtenons l'autorisation, bien sûr.

— Très bien. J'attends son appel. Et vous ? Qu'est-ce que vous allez faire, patron ? Voulez-vous que l'hélicoptère vienne vous chercher ?

Nolwenn avait sur-le-champ retrouvé son professionnalisme.

— Je crois que je vais aller échanger quelques mots avec le maire de Fouesnant.

— Je vais vous annoncer.

— Je suis au dernier rond-point en direction de la route nationale.

Nolwenn raccrocha.

La Forêt-Fouesnant était idyllique sans être pittoresque pour autant, estimait Dupin. Il s'en fallait de peu, cependant. Un large bras de mer s'enfonçait jusqu'au lieu-dit, qui se voyait ainsi pourvu d'un petit quai. Les jolis bateaux de pêcheurs en bois colorés, typiques de l'Atlantique, reposaient paisiblement sur le flanc. La marée était basse. Le petit village qui appartenait au grand Fouesnant était émietté sur les collines aux sommets plats et aux courbes douces qui s'élevaient depuis le port. Des maisonnettes de pierre typiquement bretonnes, amoureusement rénovées, des cafés accueillants, un merveilleux magasin de journaux, un boulanger dont la réputation dépassait largement les limites du village. Et puis, surtout : un petit morceau de la jungle bretonne, jadis si caractéristique de la région avec ses grands chênes, du lierre, du gui, une forêt de contes de fées traversée par une route charmante. Il fallait dix minutes pour rejoindre Concarneau et autant pour Quimper. C'est là que résidait le maire, dans le canton de Fouesnant – dont les Glénan faisaient officiellement partie.

Ce matin-là, le soleil était d'une vigueur inhabituelle pour la saison, et hormis quelques petits nuages blancs çà et là, le ciel était d'un bleu majestueux. Cela promettait de durer. L'admiration sincère que Dupin vouait au talent des Bretons quand il s'agissait de prédire la météo l'avait amené à s'essayer lui-même à cet exercice. Il en avait même fait son passe-temps favori, et constatait avec un certain plaisir qu'il était assez doué. Ses connaissances s'étaient améliorées au fil des ans : l'observation des signes avant-coureurs et leur lecture.

Monsieur du Marhallac'h – Nolwenn avait réussi à le joindre immédiatement – avait prié le commissaire de le rejoindre chez lui, où il possédait également un petit bureau. Sa maison était l'une des rares bâtisses modernes de l'endroit. Une maison raisonnable, ni trop grande ni trop petite, pas prétentieuse ou tape-à-l'œil, mais qui en imposait néanmoins. Elle s'accordait parfaitement avec la personnalité de du Marhallac'h, se dit Dupin, elle la reflétait même curieusement. L'homme lui-même n'était ni gros ni mince, ne possédait aucun signe distinctif et n'avait pourtant rien d'un simple fantôme gris et anodin – un homme ordinaire dans toute sa splendeur.

Son bureau était aménagé dans une annexe carrée en bois installée dans le jardin. Les lieux, cette fois, étaient franchement laids. Les murs étaient recouverts d'un papier peint couleur pastel que couronnait une sorte de frise bleu ciel et où s'épanouissait une multitude de vues de Fouesnant et des environs dans des cadres en plastique.

— J'imagine qu'il est trop tôt pour vous demander votre version des faits, commissaire ?

— En effet.

Il s'agissait maintenant de se concentrer. Bien entendu,

Dupin gardait en tête ce qu'il savait de Medimare. Mais la veille au soir déjà, il avait eu le sentiment qu'il devait d'urgence s'entretenir plus longuement avec tous les habitués de ce « monde étrange, là dehors ». Or le maire était une figure centrale de ce monde. Dupin avait plusieurs questions importantes à lui poser.

— Notre tâche est de trouver des certitudes, non d'élaborer des scénarios possibles.

Il fallut quelques instants au maire avant de répondre.

— C'est absolument invraisemblable. Tout. Quelle histoire ! En plus, le meurtrier a agi sous nos yeux, au Quatre-Vents. J'étais moi-même présent, vous savez. Avant-hier soir, je veux dire.

Le maire considéra le commissaire, qui lui confirma d'un battement de cils qu'il était au courant.

— J'étais assis à la table voisine. J'y ai mes habitudes. La soirée battait son plein, comme toujours au Quatre-Vents – et pendant que tout le monde s'amusait, un assassin agissait parmi nous. Ça me dépasse complètement.

Dupin n'avait pas écouté la fin de sa phrase. Quelque chose venait de lui traverser l'esprit. Il chercha son carnet de notes dans la poche de sa veste. Il avait noté ça quelque part, il en était sûr – ou presque. Il feuilleta son cahier Clairefontaine. Sans cesser de parler, du Marhallac'h jetait sur lui des regards de plus en plus intrigués. « Marc Leussot, biologiste marin et journaliste ». Voilà, c'était ça. Biologiste marin. Peut-être que cela ne voulait rien dire, mais cette appellation venait de prendre une nouvelle dimension.

— Si vous voulez bien m'excuser un instant, monsieur du Marhalla… monsieur le maire. Merci.

Dupin se dressa sans attendre sa réponse, se dirigea

vers l'étroite porte de l'annexe et sortit dans le jardin avant de composer le numéro des renseignements.

— Pourriez-vous me mettre en relation avec la Station marine de Concarneau, s'il vous plaît ? Merci.

Cela ne prit qu'un instant.

— Bonjour, j'aimerais parler à monsieur Leussot, s'il vous plaît.

La voix claire qui lui répondit était particulièrement aimable.

— Le docteur Leussot passe l'essentiel de son temps sur le terrain, dans l'Atlantique. Il n'est pas à son bureau actuellement.

— Nous parlons bien de Marc Leussot, le chercheur, journaliste et employé de votre établissement, n'est-ce pas ?

Cette fois la réponse se fit attendre – la question était quelque peu insolite.

— Oui, oui. Le docteur Marc Leussot.

— Merci beaucoup.

Dupin raccrocha. Sa mémoire ne l'avait pas trahi, et puis il avait appris une chose intéressante. Leussot était salarié de la Station.

Le jardin, pas aussi petit qu'il le paraissait de prime abord, et entretenu avec un soin manifeste, avait une allure mesquine et impersonnelle, malgré tous les efforts pour créer un espace luxuriant. Les plantes semblaient avoir été méticuleusement comptées : deux buissons de camélias, un blanc, l'autre d'un rose tendre, un rhododendron, quelques mimosas, un grand églantier, quelques primevères, des narcisses, des azalées, un genévrier miteux. Un jardin breton typique. Il réintégra sans hâte le bureau du maire.

— Les aléas de l'enquête. Pardonnez-moi.

Dupin esquissa un vague geste d'excuse avant de se rasseoir.

— Vous vous trouviez donc au Quatre-Vents avant-hier soir. Vous étiez installé à côté de Konan et Lefort. Vous n'avez rien remarqué de particulier ?

Le regard de du Marhallac'h se brouilla ; la peur ? Dupin s'interrogea.

— Non. Vous pensez bien que je me suis posé la question. Rien d'inhabituel. J'ai vu Konan rejoindre la table de Tanguy à un moment donné. Le type du club de plongée. L'archéologue en herbe. Lefort n'est pas resté longtemps, mais Konan y a passé le plus clair de son temps. Lefort s'entretenait avec une jeune femme qui semblait fréquenter un cours de voile.

— Vous l'avez vu parler avec madame Menez, l'assistante de madame Lefort ?

— Non.

Ce « non » catégorique était sorti très vite.

— Konan est aussi resté un bon bout de temps tout seul.

— Vous n'avez donc rien remarqué de suspect ? A leur table ? Ailleurs ? Rien ?

— Non.

— Vous étiez la personne la plus proche des deux victimes pendant toute la soirée.

Dupin décela un léger trouble dans les yeux du maire.

— C'est une demi-heure, trois quarts d'heure tout au plus, qui nous intéresse en priorité. Entre vingt heures quinze et vingt et une heures.

— Si je me souviens bien, ils ont tout de même passé quelques minutes ensemble avant de partir. Ils ont mangé un morceau, je crois, mais je n'en mettrais pas ma main au feu.

— Rien d'inhabituel dans leur comportement, donc ?

— Non, rien.

Dupin feuilleta son calepin.

— Avez-vous vu un certain docteur Menn ? Qui aurait parlé à Lucas Lefort ?

— Non.

— Devan Menn, un généraliste. Son cabinet est à Sainte-Marine.

— Oh, je le connais. Tout le monde le connaît, d'ailleurs. C'est un très bon médecin. Je ne l'ai pas vu, non. Je ne crois pas qu'il soit passé.

— Les deux filles Nuz l'ont aperçu. Brièvement, mais il aurait échangé quelques mots avec Lefort, en tout cas. Au bar.

— C'est étrange. Moi, je ne l'ai pas remarqué. Mais vous savez, il y a beaucoup d'allées et venues au restaurant le soir. Certaines personnes passent juste chercher un plat à emporter, cela ne prend qu'une minute.

— Le docteur est un habitué ?

— Oh, oui. C'est un ami de monsieur Lefort. C'est aussi son médecin traitant, d'ailleurs.

— Ils étaient amis ?

Cette exclamation de surprise avait échappé à Dupin. Du Marhallac'h parut désorienté un court instant, puis il sourit :

— Bien sûr, j'imagine que vous êtes au courant des rumeurs qui circulent sur Lucas Lefort.

— A votre avis, ce que l'on raconte ne correspond pas à la réalité ?

— Je... (Le maire se reprit.) Tout d'abord, laissez-moi

vous dire que cela fait à peine deux ans que je le fréquente un peu plus, sans le connaître plus que ça, d'ailleurs. J'essaie de voir les choses posément, sans a priori, je m'efforce de rester objectif et de jouer un rôle de médiateur, en quelque sorte. C'est ma nature – et c'est ainsi que je comprends ma fonction. Notre petit monde est particulier, une communauté un peu étrange qui réunit des personnalités singulières et qu'il est difficile de juger de l'extérieur. Les vieilles histoires ressortent tout le temps. Pour ma part, j'essaie de me tenir à l'écart de tout ça. Lucas Lefort était une sorte de célébrité, ici. Une grosse fortune. Un célibataire endurci, si vous voulez mon avis. Ce qui est sûr, c'est qu'il était très différent de sa sœur. Différent de tout le monde là-bas. Ça, c'est indéniable. Mais comme je vous le disais, je ne le connaissais pas si bien que ça.

Dupin griffonna quelques notes.

— On raconte que vous auriez accepté de reconsidérer d'un œil bienveillant ses plans pour un aménagement touristique majeur autour des Glénan. Tous les projets précédents avaient été rejetés par votre prédécesseur, comme vous le savez sans doute.

La voix de Dupin s'était involontairement durcie.

— « D'un œil bienveillant », l'expression est exagérée. Je me suis contenté de lui dire que la communauté et moi-même étions disposés à étudier attentivement ses idées plutôt que de les rejeter par principe, en quelque sorte. Il nous a présenté un programme très ambitieux de tourisme écologique et durable qui concerne l'école de voile et le club de plongée, certes, mais qui va beaucoup plus loin.

— Je croyais que les plans n'existaient pas encore.

— Pas officiellement, en effet. Ils n'ont pas encore été

déposés. Mais Lucas Lefort nous a exposé son projet lors d'une réunion informelle voici quelques semaines – ce qui est tout à fait d'usage. (Le ton du maire se faisait plus solennel.) Comme je vous le disais, nous n'avons pas encore reçu de demande officielle – et de toute façon, cette réalisation est plus qu'improbable. La réglementation en matière de protection des côtes est extrêmement sévère. Les Glénan sont classés réserve naturelle, ce qui signifie, en gros, qu'aucune transformation n'y est autorisée.

— Si je comprends bien, dans ces lieux où rien n'est permis logent des centaines d'élèves d'écoles de voile ou de plongée dans des conditions parfois spartiates. Répartis sur une bonne partie des îles.

— Vous connaissez la France, non ? Il y a les lois, souvent strictes – et puis il y a l'usage.

Dupin ne pouvait dire s'il y avait de la fierté ou de l'agacement dans la voix du maire.

— Monsieur Lefort menait-il cette affaire tout seul ? Je veux dire, ce projet était-il son initiative personnelle ?

— Je ne pourrais pas vous le dire.

Le maire considéra Dupin avec gravité.

— Seriez-vous en train de vous demander si Konan ou Pajot étaient partie prenante ? D'un point de vue financier, par exemple ?

— Par exemple, oui. Monsieur Pajot était entrepreneur en bâtiment, ce ne serait guère étonnant. Quant à monsieur Konan, il était investisseur, entre autres activités.

— C'est tout à fait possible, en effet, commissaire, mais ce ne sont que des suppositions. Lucas Lefort disait « je » dans sa présentation, parfois un « nous »

indéfini lui échappait, mais cela n'impliquait pas forcément une autre personne.

— Connaissiez-vous mieux Yannig Konan ?

— Non. Je le croisais aux Glénan, aux soirées du
Quatre-Vents. J'ai pu échanger quelques mots avec
lui, à l'occasion.

— Et Pajot ?

— Non, pas du tout. De nom, uniquement. Je sais
aussi, bien sûr, qu'il possède l'une des deux plus
grosses entreprises de bâtiment de Bretagne.

Le maire fronça les sourcils d'une façon que Dupin
jugea un peu trop théâtrale.

— Vous vous demandez si ce projet pourrait être
à l'origine des meurtres, n'est-ce pas ?

— En somme, ce projet est une affaire majeure et
coûteuse, non ?

Du Marhallac'h ne répondit pas.

— Concrètement, qu'est-ce que Lefort prévoyait
pour les îles ?

— Il avait prévu un certain nombre de transforma-
tions. Il faut que vous sachiez que l'école de voile
est l'une des plus importantes d'Europe. Il s'agissait
d'un concept global, touristique et sportif. Il prévoyait
de nouvelles constructions sur Penfret, Cigogne et le
Loc'h. Des complexes hôteliers et sportifs, écologiques,
durables et luxueux à la fois. Avec un petit port de
plaisance. Il était en cheville avec des architectes parisiens célèbres, il avait de nombreuses relations. Tout
aurait fonctionné à l'énergie solaire et éolienne. C'est
déjà le cas à Saint-Nicolas d'ailleurs, à plus petite
échelle. Une partie des revenus aurait été investie dans
la protection écologique renforcée de l'archipel.

Du Marhallac'h était décidément un habile politicien

– et Dupin ne détestait rien autant que les hommes politiques. Lisses comme des anguilles, versatiles et sans scrupules, ils savaient à merveille faire leur petit show rhétorique pour cacher autre chose, généralement leurs intérêts propres, tout en traçant implacablement leur route.

— Le conseil municipal s'y est opposé.

— L'ancien conseil municipal, oui. Certaines personnes étaient butées, de façon parfaitement irrationnelle.

— Je vois. « Butées, irrationnelles »…

— Un projet de cette ampleur doit passer par toutes les instances, vous voyez.

— Quand Lucas Lefort a-t-il parlé pour la première fois de son ambition pour les Glénan ?

— Il y a une dizaine d'années, plus ou moins.

Dupin prit une note qu'il souligna avec entrain. Deux fois. Du Marhallac'h loucha discrètement vers le calepin, curieux.

— A-t-il présenté ses plans une seconde fois au cours des dernières années ?

— Non, apparemment il a préféré laisser reposer quelque temps.

— Qui était contre ?

— Presque tout le monde, à vrai dire, mais la plupart ne connaissaient pas la véritable nature de ses intentions.

— Qui étaient les contradicteurs les plus virulents ?

— Sa sœur. Je suis sûr que vous le savez déjà. Madame Menez aussi, sans doute. Son assistante. L'intégralité de l'école de voile. La directrice de l'école de plongée, madame Barrault. Elle est bourrée de préjugés. (Le maire regarda Dupin d'un air incertain avant de se reprendre.) Je veux dire : elle a des avis très arrêtés. Et puis Solenn Nuz, bien sûr. Elle est…

elle est l'autre propriétaire de Saint-Nicolas, et elle possède également Bananec et Quignénec. Il va de soi qu'elle a ses propres intérêts à défendre, elle aussi…

— Qu'entendez-vous par là ?

— Rien de particulier.

La perfidie n'avait pas échappé à Dupin et le maire comprit certainement qu'il ne dupait pas son interlocuteur.

— Je suppose que la plus grande partie de la population de cette côte était opposée au projet. Dans le passé, cela englobait également la plupart des hommes politiques. La presse très certainement, aussi bien *Ouest-France* que *Le Télégramme*. Monsieur Leussot, par exemple. (Le maire hésita une fraction de seconde.) Ce biologiste marin, qui s'est mis en tête de devenir journaliste, était un adversaire acharné de Lefort. A mon avis, il s'agissait là d'une lutte purement idéologique, ce qui ne m'intéresse pas du tout. Ce qui m'intéresse, moi, c'est de garder une certaine objectivité.

De nouveau cet innommable discours politicard. La mine de Dupin s'assombrit.

— Monsieur Leussot a donc écrit des articles critiquant les vues de Lefort ?

— Des publications tendancieuses, parfois même virulentes.

— Contre les nouveaux plans aussi ?

— Comme je vous le disais, Lefort ne les avait pas encore présentés au public. Il nous en avait fait part oralement, en petit comité. Rien de répréhensible dans tout cela. Bien entendu, les médias en ont entendu parler – ce n'était pas une réunion clandestine, tout de même. Comme personne ne sait grand-chose sur ce projet, les journaux se sont contentés de brèves.

N'oublions pas que Lefort reste une personnalité importante en Bretagne – c'est le grand navigateur, même si certains le détestent.

— Le biologiste marin n'a pas contribué à ces articles ?

— Non, pas que je sache.

La sonnerie stridente du téléphone de Dupin fit sursauter les deux hommes. C'était Nolwenn.

— Si vous voulez bien à nouveau m'excuser, monsieur le maire.

Ça n'était pas une question. Dupin s'était déjà levé et se dirigeait d'un pas rapide vers la porte du jardin. Il ne répondit qu'une fois dehors.

— Ça n'a pas été simple, commissaire. (La voix de Nolwenn, d'ordinaire si calme, trahissait une légère agitation.) Le préfet les a appelés tous les deux, le procureur et le juge d'instruction. Je suis chargée de vous dire que cette histoire lui a été très désagréable. Il s'est vu obligé de dire qu'il y avait un risque réel de dissimulation et il part du principe que le directeur contestera immédiatement cette décision. Il connaît bien Yves de Berre-Ryckeboerec. Il a une certaine estime pour lui. Il...

— Avons-nous obtenu la commission rogatoire ?

Dupin éprouvait une joie presque enfantine à cette perspective.

— Nous sommes en train de la mettre en place.

Bien qu'il ne possédât toujours pas de justification valable, Dupin ressentit davantage de soulagement que d'inquiétude à cette annonce. Il lui fallait trouver rapidement une piste solide.

— Très bien, Nolwenn. Parfait. Je suis encore avec du Marhall... avec le maire.

Dupin raccrocha, réfléchit un instant puis composa le numéro de Labat.

— C'est parti. On peut commencer la perquisition.

— Je suis au courant.

— Dénichez tout ce que vous pouvez sur les liens avec Medimare. Il doit y avoir des dossiers, des documents, des fichiers – trouvez-moi tout ça. Et pas de chichis, s'il vous plaît.

— Ce n'est pas mon genre, patron.

— Attendez, Labat. Encore une chose : j'aimerais que nous jetions un œil attentif sur toutes les activités professionnelles des trois victimes. Toutes, pas seulement Medimare, vous m'entendez. Chaque société, chaque participation, chaque investissement doit être passé au crible. Remontez aussi loin que possible. Mettez quelqu'un sur ce dossier.

— Entendu.

Dupin traversa le jardin à petits pas, ouvrit la porte du bureau et prit place sur l'une des quatre chaises très simples qui encadraient la table en formica. Il évitait sciemment de se presser. A la tête que faisait du Marhallac'h, on devinait qu'il attendait des explications, mais Dupin n'en vit pas la nécessité.

— Le nom Medimare vous dit-il quelque chose ?

Le maire jeta à Dupin un regard interrogateur.

— Absolument rien, non.

— Une société dont Pajot et Konan étaient les propriétaires. Son activité est d'acheter le fruit de recherches en biologie sous-marine pour les commercialiser. Des brevets, des licences, ce genre de choses.

— Oh, oui. J'en ai entendu parler. Pas de cette société précisément, mais on m'a dit que l'établissement vendait à des entreprises.

— Vous ne saviez pas que ces deux hommes possédaient une société de ce type ?

— Non, pas du tout.

Dupin eut le sentiment qu'il ne tirerait plus rien de bon de cette conversation. Non qu'il crût tout ce que du Marhallac'h lui avait raconté – loin de là – mais il ne trouvait rien de plus à dire pour le moment.

— Je vous remercie.

Le maire le regarda, visiblement surpris par la fin abrupte de l'entretien. Dupin se leva, aussitôt imité par son interlocuteur.

— Je vous raccompagne jusqu'à la grille, commissaire.

— Ces plans, le dossier de présentation de Lucas Lefort, en possédez-vous une copie ?

— Non. Monsieur Lefort gardait tout dans son ordinateur.

— Vous pensez donc que personne, hormis vous et le conseil municipal, n'en a connaissance ?

— En effet.

— Quand exactement a eu lieu cette réunion ?

— Fin mars. Le 26, si ma mémoire ne me trompe pas.

Les deux hommes étaient dans le jardin.

— Vous aurez sûrement de nos nouvelles dans le courant des prochains jours.

Ils se serrèrent la main.

— Je me tiens à votre disposition. En tant que maire de la commune touchée par ces meurtres, j'ai tout intérêt à ce que cette affaire soit résolue dans les meilleurs délais.

— Je comprends votre point de vue.

— Au revoir.

Le maire avait déjà tourné le dos au commissaire.

— J'aurais une dernière question à vous poser.

Monsieur du Marhallac'h se retourna, le même sourire aimable plaqué sur les lèvres.

— De quoi avez-vous parlé, avant-hier soir, avec Lucas Lefort et Yannig Konan ?

Sa question avait un ton étrange, indéfinissable.

— Moi ? Oh, nous avons eu pas mal d'échanges, tout au long de la soirée. Rien de bien intéressant, des conversations de voisins de table. Rien que de très banal.

— Mais encore ?

— Eh bien, nous avons parlé des maquereaux. De la pêche aux crustacés, pendant la marée d'équinoxe. Le temps, la tempête qui se préparait. Ce genre de choses. Ah, nous avons également parlé des élections. Bien sûr, les élections ! Du prix des langoustines aussi, et enfin des pouce-pied.

— Les quoi ?

— Les pouce-pied. Ce sont les plus rares parmi les crustacés, on dit même que c'est le roi des fruits de mer. Ils vivent dans des endroits très difficiles d'accès, et seulement trois mois l'an. Les Japonais nous les achètent pour trois cents euros le kilo, ils s'en servent pour faire des sushis particulièrement raffinés. Vous n'en avez sûrement jamais entendu parler, à Paris...

— Trois cents euros le kilo ?

— Oui, parfois davantage. Ils sont succulents, très iodés. Ceux des Glénan sont considérés comme les meilleurs, ou presque.

— Le pouce-pied, donc...

La voix de Dupin était chargée d'un certain respect.

— Vous ont-ils dit ce qu'ils avaient fait durant le week-end ? L'un d'eux a-t-il évoqué Pajot ?

— Non, ni l'un ni l'autre. Nous n'avions aucune raison d'en parler, d'ailleurs.

— Qu'entendez-vous par là ?

— Ma foi, c'était une soirée ordinaire, comme toutes les autres.

— Très bien. Alors permettez-moi de vous remercier encore une fois. Au revoir.

Du Marhallac'h sembla vouloir ajouter quelque chose, mais Dupin s'était déjà éloigné.

Il lui fallait un café, de toute urgence. Il en aurait eu besoin avant cette conversation, à vrai dire. Le bureau du maire avait une odeur étrange, proche de celle du commissariat. Peut-être qu'on y utilisait les mêmes produits d'entretien. Dupin était heureux de retrouver l'air frais. En ce début mai, à La Forêt-Fouesnant, l'air embaumait les hortensias en fleur.

Il se rendit directement à sa voiture, s'installa au volant, tripota les touches minuscules de son téléphone de fonction et se mit en route.

— Nolwenn ? J'aimerais parler au docteur Menn. Devan Menn. Son cabinet se trouve à Sainte-Marine. C'est également là qu'il habite.

— Je préfère vous envoyer son numéro par texto, commissaire, vous pourrez l'appeler de votre propre poste. Je vous adresse le numéro du cabinet et le numéro privé.

— Très bien. J'aimerais aussi rencontrer un certain Marc Leussot, un chercheur de la Station marine, où qu'il soit. La secrétaire de l'institut avait l'air de dire qu'il se trouvait « en étude sur le terrain », c'est-à-dire en mer.

— Je vous rappelle tout de suite. Nous avons également parlé avec les collègues de Paris, ils sont en train d'inspecter les locaux de Medimare. Le siège se trouve au cœur du VIe arrondissement, non loin du Luxembourg.

L'évocation de ce jardin rendait toujours Dupin un peu

nostalgique. Son dernier logement parisien se trouvait tout près de là, place Saint-Sulpice – et il avait grandi à deux pas de là, place de l'Odéon. Le jardin du Luxembourg était chargé de merveilleux souvenirs, pour lui.

— Très bien.

— Votre mère vient encore d'essayer de vous joindre.

— Bon sang.

Il avait encore oublié sa mère.

— Je lui ai dit que vous étiez en plein milieu d'une enquête difficile. Elle compte néanmoins – je cite – sur votre appel, même bref.

C'était incroyable, mais il n'était pas surpris.

— Elle m'a demandé s'il y aurait des peignoirs à l'hôtel des Sables-Blancs, et aussi une salle de séjour et si le restaurant était correct.

À la manière dont Nolwenn avait retransmis ces requêtes, il était manifeste qu'elles ne l'amusaient pas du tout.

— Elle voulait y donner rendez-vous à une vieille amie. Elle arrive tout de même après-demain. Et puis elle a encore quelques autres questions importantes à régler.

— Je vais la rappeler. Promis.

— Tant mieux.

Il fallait vraiment qu'il le fasse, sinon les choses allaient s'envenimer inutilement. D'ailleurs, il ne savait pas s'il aurait du temps à lui consacrer, il avait tout intérêt à la prévenir. L'enquête pouvait durer, et il n'imaginait pas pire scénario que d'avoir sa mère dans les pattes.

Dupin avait atteint l'oasis : la grande station-service Total située au dernier rond-point de La Forêt-Fouesnant, assez grande pour proposer des cafés à emporter, prestation qui n'était pas particulièrement bien vue en Bretagne et donc réservée aux postes à essence.

Dupin s'arrêta devant l'entrée. Quelques instants plus tard, il s'installait au volant muni de deux petits gobelets en carton, d'un croissant et du *Petit Indicateur des marées Bretagne sud*. *Le Petit Indicateur* était une institution : un cahier rouge vif de la taille d'un portefeuille qui répertoriait précisément toutes les marées de l'année. Il lui serait sûrement d'une grande utilité. Son téléphone sonna au même instant, c'était Nolwenn.

— En effet, Leussot se trouve actuellement sur son bateau, entre les Moutons et les Glénan, et il n'a pas de réseau. Mais on peut le joindre par satellite. Si vous voulez, je vous mets en relation.

— Oui, très bien. (Dupin hésita.) Non, laissez tomber.

Il préférait le prendre par surprise.

— D'accord. Voulez-vous que je demande à ce qu'on vienne vous chercher en bateau ?

— En bateau ?

Dupin avait spontanément pensé à un hélicoptère, ce qui était parfaitement absurde, puisque Leussot se trouvait en pleine mer.

— D'accord. Qu'il m'attende à Concarneau. Là où nous sommes partis hier.

— Le Ber me charge de vous dire qu'il a dressé la liste. Il aurait encore quelques points à voir avec vous.

— Je vais essayer de joindre le médecin. A plus tard.

Dupin raccrocha et prit une grande gorgée de son café – il était imbuvable.

Formidable. C'était vraiment formidable. Quelle matinée réussie. Il lui fallait un vrai café, ce n'était

217

pas possible autrement. D'un geste un peu trop énergique, il mit le contact et appuya sur l'accélérateur dans un gémissement de pneus. Ce n'était qu'un tout petit détour, presque rien, et puis pendant ce temps, il pourrait toujours s'entretenir avec Le Ber...

Quelques minutes plus tard, il stoppait à deux pas du café du Port, quai de Sainte-Marine. Le vieux centre-ville pittoresque se dressait dans une crique aux courbes douces, au bord de l'Odet. A cet endroit, large d'un demi-kilomètre, la rivière se mêlait presque à l'Atlantique. Des prairies et des châtaigniers la bordaient, des camélias, du jasmin sauvage, quelques palmiers hirsutes – un décor typiquement breton, avec la vieille chapelle et les petites maisons de pêcheurs. A marée basse, la plage de cailloux nichée dans la petite crique s'étendait presque jusqu'au café du Port.

Dupin avait un faible pour ce bar et son restaurant. Tout y était simple, le décor de bois brut, les accessoires aux tons de l'Atlantique : du bleu, du blanc, du rouge. C'était ici qu'on trouvait le meilleur café de la région – avec celui de l'Amiral. Il appréciait encore plus l'endroit depuis qu'il s'était lié d'amitié avec Henri, le fier propriétaire du café du Port. Les deux hommes s'étaient rencontrés chez le grand concessionnaire Citroën de Quimper, alors qu'ils se renseignaient tous deux sur la nouvelle C6. Aucun d'eux n'avait finalement pu se résoudre à vendre sa vieille XM, peu importe qu'elle fût bringuebalante et destinée à être remplacée tôt ou tard. Au cours de l'année passée, les visites au garage s'étaient faites de plus en plus fréquentes. Dupin estimait qu'il en était presque à une par mois, tous les quinze jours selon Nolwenn. Cela faisait un bout de temps déjà qu'elle essayait de le convaincre de changer de véhicule. Parfois, des prospectus automobiles apparaissaient comme par magie sur son bureau. Uniquement des Citroën, bien sûr, la marque dont une usine se trouvait à Rennes. Après cette rencontre chez le concessionnaire, Dupin avait multiplié ses visites au café du Port, généralement le soir, ou quand il avait à faire dans le coin. Il appréciait également Héloïse, la femme d'Henri et cuisinière du restaurant. A côté du crâne chauve de son mari, sa tignasse de boucles noires était presque comique. Au-delà de leurs vieilles Citroën, et au-delà même de la sympathie qu'ils éprouvaient l'un pour l'autre, ce qui les unissait était qu'ils étaient tous deux « nouveaux » dans la région. Henri était lui aussi parisien, même s'il vivait là depuis plus de trente ans – le seul fait de venir de la capitale faisait de lui un éternel « nouvel arrivant ».

Debout derrière le zinc, Henri était concentré sur un bordereau. Il ne dressa pas la tête à l'entrée du commissaire.

— Il me faut un café. Un double.

— Bon sang. Un moment, Georges.

Henri lui avait répondu sur un ton chaleureux – sans pour autant lever les yeux.

— Jeannine, un double pour le commissaire !

Il avait lancé ces mots à une jeune femme robuste qui lui prêtait souvent main-forte pour le service du déjeuner, parfois aussi le soir.

— Une livraison vient d'arriver. Je déteste ça. Ces factures sont toujours libellées n'importe comment.

Le silence s'installa.

— Ah, bon Dieu ! Il y a un truc qui cloche.

Henri avait terminé sa phrase dans un éclat de rire – en fin de compte, il était enchanté de cette diversion.

— Je repars tout de suite, Henri.

— Bien sûr.

Henri connaissait cela, Dupin ne lui devait pas d'explication.

— Une vilaine histoire.

La mine d'Henri se rembrunit.

— Je te crois. Des sales types, Konan et Lefort.

— Ah oui ?

— Oh, oui…

— Eh bien, au moins on est déjà débarrassés des méchants. Peut-être suis-je à la recherche des gentils, alors. Quoi qu'il en soit, je ne suis pas bien avancé.

— Ne te laisse pas embobiner par les Bretons, rétorqua Henri en riant.

Dupin était ravi de sa visite. La jeune femme venait de lui servir son café. En général, ils ne parlaient jamais du travail, Henri et lui, ce que Dupin appréciait tout particulièrement. Il avala son café d'un trait. Il était merveilleux, fort sans être amer. Des fumets divins s'échappaient de la cuisine. Dupin aimait les plats d'Héloïse, bien sûr typiquement bretons. Le secret de toute cuisine de la région était le suivant : « Si tu es un vrai Breton, prends du beurre. Matin, midi et soir. Du beurre, c'est tout. » Héloïse participait avec ferveur à la querelle entre le beurre et l'huile d'olive que les Bretons prenaient effectivement très au sérieux. Les deux principaux journaux régionaux se penchaient régulièrement sur la scission entre les nouveaux adeptes de l'huile d'olive et les Celtes, fidèles défenseurs du beurre traditionnel. Ils publiaient régulièrement des comptes rendus de médecins prouvant la supériorité du beurre, décrié à tort. Egal à lui-même, Dupin avait été sceptique avant de se laisser convaincre, et on pouvait presque le compter désormais parmi ses partisans les plus virulents.

— Faut que j'y aille.

— Héloïse a préparé un merveilleux gigot d'agneau breton à la croûte de sel qui mijote au four. Avec du thym, de la fleur de sel, du piment d'Espelette et des flageolets frais. Je t'en prépare une petite assiette ?

— Je dois vraiment m'en aller, répondit le commissaire avec un soupir à fendre l'âme.

— Repasse en soirée un de ces jours !

Il s'en réjouissait d'avance. Il se plaisait avec Henri. Les deux hommes parlaient de tout et de rien et s'accordaient sur le constat que le monde partait vraiment à vau-l'eau. La France aussi, d'ailleurs. Après avoir contribué à la hausse dramatique du prix des vins français, les Chinois venaient d'acheter leur premier vignoble dans le Bordelais : un château situé au cœur de Lalande-de-Pomerol. Au bout de trente mois de négociations, il avait été cédé pour quinze millions d'euros à une entreprise chinoise, Mingu, qui détenait le marché de masse avec un vin, portant le nom de Grand Mur. Il ne s'agissait là que d'un début, c'était clair. D'autres négociations étaient déjà en cours et d'autres pays étaient également sur les rangs. Et cela dans un pays où le vin, comme certaines spécialités culinaires et autres créations de grands chefs, était élevé au rang de patrimoine culturel, au même titre que l'art ou la musique ! Dupin considérait que la France devait être fière de ses ressources au lieu de se brader. Cela lui retournait le cœur. Tous deux, Henri et Dupin, avaient une capacité impressionnante à s'échauffer à ce sujet, et ils en avaient quasiment fait un rituel.

— Je passerai la semaine prochaine, dès que j'en aurai fini avec cette enquête. Et puis j'ai ma mère qui arrive après-demain pour quelques jours.

— Ah oui, j'avais oublié. Eh bien, c'est parfait ! Venez tous les deux.

— Il va sans doute falloir que j'annule sa visite.

Henri s'esclaffa, de son rire grave qui éclairait tout son visage.

— Tu vas vite résoudre cette enquête, va. Ne serait-ce que pour faire plaisir à ta mère.

Dupin prit les clés de sa voiture posées sur le zinc.

— Salut !

— Et n'oublie pas d'appeler Claire !

Cette fois, ce fut au tour de Dupin d'éclater de rire. Sans jamais s'étendre sur le sujet, il avait évoqué Claire à plusieurs reprises.

— Je lui ai laissé un message.

— Eh bien. Tu as le sens du romantisme, toi.

— A la semaine prochaine !

— A la semaine prochaine.

Ils se trouvaient au cœur du bleu de l'Atlantique ; devant eux se dessinait la silhouette des Glénan, derrière eux celle, plus floue, des Moutons. Leurs contours se mêlaient à la couleur de l'océan. Le temps était curieusement ouaté. Dupin connaissait cela, depuis le temps qu'il vivait ici : l'effet de l'humidité dans l'atmosphère était étonnant. Le bleu était plus doux, plus souple, comme velouté, mais toujours aussi profond, sans la luminosité transparente de la veille. La brume modifiait la lumière, l'éclat du soleil, les couleurs, la saveur et l'odeur de l'air, tout était amolli. Elle étouffait les bruits, et même le silence semblait mat. A l'horizon, côté ouest, on distinguait une mince ligne de nuages sombre, aux contours clairement tracés. Un trait étroit et net, si long qu'on n'en voyait pas le bout.

Le capitaine du *Luc'hed* avait coupé le moteur. L'équipage était affairé sur le bateau. La mer était parfaitement lisse – une mer d'huile, pour reprendre l'expression. Pas une ride ne troublait la surface, et pourtant leur embarcation tanguait. Comme agitée par une main invisible, elle se balançait vigoureusement au ralenti.

Ils se trouvaient à trente mètres environ du bateau de Marc Leussot, le *Kavadenn*. Si la coque était de forme ordinaire, les constructions et aménagements sur le pont trahissaient un usage spécifique. Il fallut un moment à Dupin pour reconnaître l'embarcation qu'il avait déjà remarquée sur le quai la veille pendant qu'il savourait son homard à la terrasse du Quatre-Vents.

Le docteur Menn n'était pas joignable – ni à son cabinet, ni chez lui, ni sur son téléphone fixe. Il ne recevait ses patients que l'après-midi et consacrait ses mardis matin aux éventuelles consultations à domicile. Il n'en avait pas eu aujourd'hui, lui avait expliqué la secrétaire du médecin. Dupin était donc retourné à Concarneau où l'attendait le *Luc'hed*. Nolwenn avait tout organisé. Il avait passé un coup de fil à Labat, qui venait d'achever son premier interrogatoire du directeur de l'établissement. Peu impressionné par le personnage, il lui signala que deux experts de Quimper avaient déjà bloqué les serveurs de la Station. Le directeur quant à lui avait pris contact avec ses avocats.

Nolwenn avait fini par se résoudre à contacter Leussot par satellite pour connaître sa position exacte. C'est donc, comme la veille, un hors-bord qui avait fendu la houle pour amener Dupin jusqu'au journaliste.

— Venez, commissaire.

Un des gendarmes maritimes avait pris place dans un minuscule canot qui tanguait dangereusement. Ce n'était

vraiment pas le terrain de Dupin et il regrettait amèrement d'avoir changé d'avis sur un coup de tête. La
veille encore, il envisageait de convoquer Leussot à
Saint-Nicolas plutôt que d'aller le rejoindre en mer.
Le commissaire se secoua. D'un mouvement souple,
insoupçonnable pour un corps aussi massif, il sauta dans
le canot. Le moteur extérieur montra aussitôt toute sa
puissance et les rapprocha à une allure impressionnante
du *Kavadenn*. Leussot se tenait sur le pont, d'où descendaient des marches de bois jusqu'à la surface de l'eau.

— Bonjour, commissaire. Venez, je vous en prie.

Leussot offrit sa main, mais Dupin se hissa à bord
d'un geste manquant d'élégance mais non d'agilité.

— Bonjour.

Leussot était un homme de haute taille aux cheveux
mi-longs, à la silhouette athlétique, aux traits fins et
au regard vif. Agé d'une bonne quarantaine d'années,
il portait un short élimé et une veste noire ouverte sur
un tee-shirt blanc. De près, les curieux aménagements
de son bateau avaient un aspect encore plus étrange.

— Je viens de pêcher notre déjeuner.

La voix de Leussot révélait un calme profond qui
s'accordait très bien avec la force tranquille, paisible et
digne de son apparence. Deux cannes à pêche gisaient
sur le banc aménagé le long du bastingage.

— C'est une vieille, regardez. Un beau spécimen.

Leussot souleva un seau en plastique très abîmé
duquel émergeait une grosse nageoire.

— Aucun restaurant, aucun poissonnier ne vous
servira jamais ce poisson, même pas ici, sur la côte.
Il faut le consommer presque immédiatement après
qu'il a été pêché, car il se détériore très vite. C'est

un des poissons les plus succulents du monde, et sa population est – encore – parfaitement préservée.

De petites taches dorées parsemaient les près de quarante centimètres de surface écaillée marbrée de vert, d'orange et de rouge, étincelant au soleil comme un arc-en-ciel.

— Très impressionnant.

Dupin ne trouva rien d'autre à dire. Contrairement à ce qu'il avait espéré, le *Kavadenn* tanguait autant que le canot.

— J'aurais quelques questions à vous poser, monsieur Leussot. Vous savez que nous enquêtons sur les meurtres de Lefort, Konan et Pajot.

— Je suis au courant, oui. Si vous préférez, nous pouvons aller à l'intérieur. Ce n'est pas très grand, mais nous serons plus tranquilles.

Dupin crut à une plaisanterie, mais Leussot se tourna vers la petite porte aménagée derrière la barre.

— Si cela ne vous dérange pas, je préférerais rester sur le pont. Au grand air.

L'idée de se retrouver coincé dans une toute petite pièce lui était insupportable.

— Très bien. Je m'occuperai du poisson pendant que nous discutons.

Le canot avait presque rejoint le *Luc'hed*.

— Que savez-vous des affaires qui lient la Station à Medimare ? Y avez-vous participé, d'une manière ou d'une autre ?

— Vous n'y allez pas par quatre chemins.

De toute évidence, Leussot ne perdait pas facilement son calme.

— On nous a signalé que certaines affaires n'étaient pas complètement en règle.

Lessot haussa les sourcils, creusant de rides son front bruni par le soleil.

— Très bien. Je vais vous dire ce que j'en pense : Konan et Pajot n'ont pas arrêté d'escroquer la Station, de manière systématique, avec la complicité de son directeur. Ils faisaient cause commune, tous les trois – mais je doute qu'il s'agisse de délits. Ils évoluent dans des zones grises, je ne pense pas qu'on puisse les attaquer pour cela. Certains chercheurs ont beau les détester, ils se sont bien débrouillés. Pour moi, c'est là le fond des choses.

— Comment ça, le fond des choses ?

Leussot ouvrit son long laguiole au moment où une vague plus forte que les autres bousculait l'embarcation. Couteau en main, Leussot fut projeté vers Dupin et, l'espace de quelques instants, on aurait pu croire à une agression. Le commissaire était bien trop occupé à préserver son équilibre pour s'en soucier. Leussot quant à lui s'avisa du comique de la situation et esquissa un sourire. De sa main gauche, il saisit le long poisson qui se débattait désespérément et se mit à l'ouvrage avec des gestes habiles. Rapide et précis, il posa son couteau à la base de la tête de l'animal.

— Il a déjà été question de mes recherches, oui. C'est sûrement la question que vous vous posez. Medimare achète les résultats très en amont, en prenant le risque qu'ils ne soient pas aussi concluants qu'ils l'auraient escompté, parfois à des tarifs beaucoup trop bas. Bien entendu, ce ne sont pas les chercheurs eux-mêmes qui s'occupent de cet aspect commercial, ils sont employés par la Station. Yves de Berre-Ryckeboerec profite de ces transactions dans la mesure où Medimare soutient l'établissement – et assure les fameux financements.

Les tripes du poisson s'abattirent au fond du seau. Leussot l'avait vidé en un tournemain.

— Pajot et Konan obtenaient des licences à des prix défiant toute concurrence, c'était là le marché qu'ils avaient conclu. Parfois aux dépens des chercheurs. Bien entendu, cela ne concernait que les grosses découvertes. Mais comme je vous le disais, vous aurez du mal à dénicher quelque chose d'illicite, à mon avis. (Il s'interrompit un instant avant de reprendre :) Je ne crois pas qu'ils aient graissé la patte du directeur. Bien que ce soit un salaud de la pire espèce, je ne pense pas qu'il soit personnellement corrompu.

Leussot se dirigea vers la proue avant de se pencher audacieusement et de plonger le poisson dans l'eau. Il était cependant manifeste qu'il n'avait pas perdu le fil de sa conversation avec Dupin. Le corps de l'animal fut pris de quelques soubresauts nerveux.

— Comment pouvez-vous en être certain ?

— J'en ai l'intuition.

Dupin faillit lui demander ce qu'il entendait précisément par « salaud », ainsi qu'il avait qualifié le directeur de l'établissement, mais en fin de compte, c'était évident. Leussot déposa le poisson dans un deuxième seau et se rassit.

— Qu'est-ce que vous recherchez, concrètement ?

Dupin avait sorti son cahier. Dès sa première tentative pour prendre des notes, il comprit que l'endroit était tout sauf adapté. Il poursuivit néanmoins, sachant d'ores et déjà qu'il aurait un mal de chien à déchiffrer plus tard ses gribouillis.

— Les mers regorgent de trésors dont la valeur pour nous autres humains est inestimable. Nous avons intérêt à les exploiter avant que tout ne disparaisse. Prenez par exemple l'extraordinaire *Chondrus crispus*, une algue rouge que nous sommes en train d'analyser. Un organisme vivant absolument fascinant. Quand cette algue est agressée par des microbes, elle se transforme littéralement en usine ultra-puissante d'oxydation d'acides gras, dont l'industrie pharmaceutique peut profiter. A ce jour, on a recensé cinquante mille organismes et substances marines aux vertus potentiellement thérapeutiques. Et ce n'est qu'un début. Nombre d'entre elles sont en ce moment soumises à des tests cliniques, d'autres les ont déjà passés.

— Formidable.

Dupin était vraiment impressionné. Ce genre de sujet le captivait, il lui arrivait même d'acheter des revues scientifiques qu'il lisait avec attention, même si, pour être sincère, il n'y comprenait pas grand-chose.

— Toute vie provient de la mer – elle bénéficie de plus de trois milliards d'années d'évolution et a développé autrement plus de formes et de fonctions que sur terre. La diversité biologiste est immense, on estime à trois millions le nombre d'espèces différentes.

Parfaitement dans son élément, Leussot s'était exprimé avec lyrisme, comme s'il avait eu un public à convaincre. Il marqua ensuite une brève pause.

— Et au moment où les hommes commencent à comprendre le potentiel inépuisable que nous offre l'océan, ils commencent à tout détruire. Tout.

— Vous parlez des Glénan ?

— Je parle de l'ensemble. Les océans sont malades, tous.

— Que faites-vous pour empêcher cela ?

Leussot sembla troublé par la question, il ne voyait manifestement pas où Dupin voulait en venir.

— J'agis comme je peux.

Il s'interrompit une nouvelle fois puis son visage s'éclaira d'un sourire chaleureux.

— Oui, je suis suspect – plutôt deux fois qu'une, même. Je détestais Lefort, je me suis ouvertement opposé à ses plans, j'ai rédigé des articles critiques contre lui et je fais partie de ceux qui se font escroquer par les entreprises de Pajot et de Lefort – et le comble, c'est que j'étais effectivement au Quatre-Vents hier soir. C'est un bon score, vous ne trouvez pas ? (Il reprit son sérieux.) Vous aurez du mal à trouver un autre suspect possédant un mobile pour chacun des trois hommes.

— Si, en plus, vous faites partie de ceux qui pratiquent la chasse au trésor, aux monnaies anciennes, à l'or et à l'argent dans les épaves…

Dupin était sciemment resté prosaïque. Il venait de se rappeler un rêve qu'il avait eu pendant ses quelques heures de sommeil, la nuit dernière. C'était un rêve très étrange et si gênant que Dupin aurait préféré ne pas s'en souvenir. Le Ber, Labat et lui-même étaient d'anciens flibustiers sur le retour. A bord d'une frégate ridiculement petite mais assez rapide, les trois policiers pourchassaient trois voiliers imposants regorgeant de trésors volés et menés par Lefort, Konan et Pajot. L'atout majeur de leur petite frégate était qu'elle pouvait naviguer sous l'eau, plonger et réapparaître à tel ou tel endroit, et cela à une vitesse vertigineuse. Grâce à cette arme infaillible, ils venaient à bout de leurs ennemis, l'un après l'autre.

— Ce sont des enfantillages, répondit Leussot avec gravité.

— Si j'ai bien compris, certains font tout de même parfois de belles découvertes.

— Ce n'est pas mon truc.

Il avait prononcé ces mots d'une voix un peu bourrue.

— Vous n'avez donc aucune connaissance d'une « chasse au trésor » qui aurait lieu en ce moment ? Ici, dans la région ?

— Non.

— Aviez-vous des contacts personnels avec Pajot et Konan ?

— Je connaissais Konan de vue, car je le voyais au Quatre-Vents. Il venait toujours en compagnie de Lefort. Je ne lui ai jamais parlé. Je n'avais aucune raison de le faire. Quant à Pajot, je ne l'ai jamais vu. Je connais son nom par Medimare, c'est tout. Je ne veux pas avoir affaire à tout ça.

— Et Lefort, quelle était votre relation avec lui ?

— Nous n'avions aucune relation. Cela ne m'aurait pas traversé l'esprit, d'ailleurs. C'était une canaille, point. C'est tout ce que j'ai à en dire.

Le bateau tanguait et Dupin avait toutes les peines du monde à garder l'équilibre.

— Vous auriez une théorie concernant les meurtres, dans ce cas ? Une idée quelconque de ce qui a pu se passer ?

— L'une de leurs innombrables saloperies a dû finir par agacer quelqu'un. Agacer sérieusement, cette fois.

— Connaissez-vous le docteur Menn ? Vous l'avez vu, hier soir, au Quatre-Vents ?

— Menn ? Non. D'après ce que j'en sais, il n'était pas là.

La mine de Leussot s'était assombrie sans qu'il cherche à le masquer.

— C'était un ami de Lefort ?

— Oui.

— Vous le connaissez bien ?

— Non.

— Mais vous savez qu'il est médecin ?

— Oui.

Là encore, pas la peine d'insister. Leussot ne semblait pas vouloir en dire davantage.

— Le nouveau maire semble aussi être un ami de Lefort, il…

— Dans son cas, je ne serais pas surpris d'apprendre que sa bienveillance vis-à-vis du projet de Lefort a été encouragée par une somme d'argent… (Cette question semblait préoccuper Leussot.) Peut-être qu'il lui suffisait de savoir qu'il profiterait, en tant que maire, de ces énormes investissements. Il pouvait y voir les répercussions sur la prospérité, la croissance, son image, ainsi que les rentrées fiscales ! Voilà les valeurs de la réalité. La nature – les animaux, les êtres humains –, tout cela leur est indifférent. Et le pire, c'est que cette situation manichéenne est très banale. C'est comme ça. Sans nuance.

— Les anciens plans d'aménagement, vous les connaissez bien ?

— Oui. Ils ont été rendus publics. Je me suis longuement exprimé à leur sujet, à plusieurs reprises dans *Ouest-France*, une fois aussi dans *Libération*. Curieusement, après ça, les plans n'ont jamais été officiellement déposés. Ils n'ont donc pas été officiellement refusés non plus. Après une discussion assez violente, il est apparu clairement qu'ils étaient voués à l'échec, et je crois que Lefort avait peur d'une humiliation publique.

— Depuis quand travaillez-vous pour la Station ?

Dupin se rendait bien compte que son interrogatoire était aussi versatile que l'équilibre du bateau sur lequel ils se tenaient – sans doute un effet de la mer, il avait d'ailleurs un peu la nausée. Il avait également été déconcentré depuis qu'il se trouvait sur ce bateau par un clapotis bruyant et irrégulier, toujours accompagné de sons difficiles à interpréter. Dupin avait commencé par regarder autour de lui pour en chercher l'origine. Ne voyant rien, il avait cru qu'il s'agissait des mouettes lancées dans des acrobaties périlleuses dans l'espoir de glaner quelque nourriture. Soudain, le bruit s'amplifia et Dupin lança un nouveau coup d'œil à la ronde. Un groupe de dauphins filaient comme des flèches à moins de dix mètres d'eux avant de plonger et de réapparaître quelques instants plus tard à la surface. C'était un spectacle irréel. Emerveillé, il parvint à peine à réprimer une exclamation d'enthousiasme : « De vrais dauphins ! » Il n'en avait encore jamais vu dans leur élément naturel.

Leussot avait surpris la stupéfaction – le mot était faible – du commissaire.

— Ils me suivent depuis la semaine dernière. De vrais joueurs, ceux-là...

Il avait dit cela comme s'il parlait de la pluie et du beau temps, avec un sourire peu impressionné.

— Je... bafouilla Dupin.

— Les touristes deviennent à moitié fous quand ils les voient. Il faut avouer que ce sont des animaux formidables, dit Leussot comme pour les excuser. La mer est pleine de créatures merveilleuses, tout aussi fascinantes que les dauphins. Peut-être même davantage. Par exemple, le tychoplancton.

Le groupe de dauphins avait nagé autour de la proue du bateau en formant un grand arc de cercle avant de s'élancer dans ce qui aurait pu passer pour un bouquet final et de disparaître pour de bon dans l'eau. Le ballet n'avait pas duré plus de quinze secondes. Dupin eut toutes les peines du monde à contenir son enthousiasme.

— Très bien, reprenons. Je veux dire, revenons à notre sujet. Ma question était : depuis quand travaillez-vous à la Station ?

Leussot lui jeta un regard quelque peu narquois avant de répondre tout à fait sérieusement.

— Quand je suis arrivé ici, il y a quinze ans, j'étais un tout jeune homme. Après mes études à Paris, j'ai commencé mes recherches ici, j'ai passé ma thèse et je me suis installé quelques années à Brest pour des projets de plus grande envergure. Cela fait quatre ans maintenant que je suis rentré. Quand Lefort s'est lancé dans sa première tentative de réaménagement, j'étais encore à Brest, mais je venais souvent dans le coin. Ce sont ses plans qui m'ont donné envie de m'engager dans le journalisme scientifique. Tout le monde doit savoir ce qui se passe.

Leussot ne pensait plus du tout aux dauphins. Pour sa part, Dupin était assez fier de parvenir à ne pas surveiller la mer. Il se sentait assez ridicule comme ça.

— Quinze ans. Puis journaliste. A Brest.

En découvrant le regard perplexe de Leussot, Dupin se reprit.

— Donc. Muriel Lefort, madame Menez, madame Barrault, le maire, Solenn Nuz et ses filles, monsieur Tanguy. Vous les connaissez personnellement, n'est-ce pas ?

Cette fois, son interlocuteur le considéra longuement, comme un professeur regarderait un élève empoté.

— Vous savez, les Glénan sont un monde en soi. C'est difficile à expliquer, il faut le vivre pour le comprendre. En tout cas, c'est au Quatre-Vents que ce monde se réunit : ses habitants et leurs visiteurs permanents. Tout le monde se connaît. Non en tant qu'individus en dehors de ce monde, mais en tant qu'acteurs de celui-ci.

Dupin ne omprenait pas très bien le sens exact de ses mots mais il en saisissait l'idée et, surtout, il avait enfin retrouvé le fil de leur conversation.

— L'une de ces personnes vous semblerait capable d'un tel crime ?

— Le lieu encourage la cohabitation, l'Atlantique nous rapproche parfois beaucoup plus qu'on ne le voudrait. (On aurait dit que Leussot n'avait pas entendu la question de Dupin.) Oui, c'est une promiscuité que l'on n'a pas forcément choisie. Il arrive que la sympathie ou l'aversion ne comptent plus, pas davantage que l'hostilité ou la haine. Le plus important, c'est que l'archipel rapproche tous ces gens – mais que chacun reste seul.

Ces paroles étaient elles aussi un peu énigmatiques, mais Dupin comprit qu'elles contenaient une information importante.

— La haine ?

Leussot lâcha un soupir.

— Oui.

— De qui parlez-vous ?

— Ne vous méprenez pas, je n'évoque personne en particulier.

— Muriel et Lucas Lefort ? C'est à eux que vous faites allusion ? Ou alors Lucas Lefort et madame Menez ? Vous-même et Lucas Lefort ?

— Je ne pensais à personne en particulier.

— Vous nous seriez d'une grande aide.

Leussot se tut. Ce n'était pas un silence désagréable,

mais il indiquait clairement qu'il n'en dirait pas davantage.

— Bien entendu, vous ne vous êtes pas entretenu avec Pajot ou Konan hier soir, j'imagine.

Leussot le regarda, une lueur d'amusement dans les yeux.

— Je ne me serais pas donné autant de mal pour les tuer. Croyez-moi, lança-t-il en riant.

Leussot était fort. S'il avait été le meurtrier, il n'aurait pu le dissimuler plus habilement.

— Quelle affaire ! Un plan génial, à vrai dire, dit-il en revenant à la question de Dupin. Non. J'étais assis aussi loin d'eux que possible, comme toujours. Et je n'ai rien remarqué de particulier pendant la soirée. Rien du tout.

Bien entendu, faillit lâcher le commissaire.

— Je dois vous avouer aussi que même si j'avais eu des soupçons sur une personne, il est fort probable que je ne m'en souviendrais plus.

Il sourit de nouveau. Dupin comprit qu'il pensait ce qu'il disait.

— Très bien. Je vais vous laisser à votre poisson. C'est l'heure du déjeuner, et vous m'avez donné les informations dont j'avais besoin.

C'était vrai. Dupin avait appris beaucoup de choses. Il leva la main en direction du *Luc'hed*. Attentifs, les gendarmes comprirent immédiatement le message et grimpèrent dans le canot.

— Oui, je vais manger un morceau et me remettre au travail. Les algues rouges n'attendent pas.

— Serez-vous en mer toute la journée ?

— On verra.

Il esquissa un geste presque imperceptible en direction

de l'ouest, où une colonne de nuages encore lointaine grossissait à vue d'œil.

— En principe, oui. En ce moment, je passe l'essentiel de mes semaines en mer. Vous savez où me trouver, ajouta-t-il dans un sourire.

Le canot avait accosté.

— Bon appétit, monsieur Leussot.

— Au revoir, commissaire.

Dupin grimpa lestement sur le canot qui fit immédiatement demi-tour pour regagner le *Luc'hed*. Pendant le trajet, sourcils levés, il jaugea le ciel. Hormis la bande de nuages sombres à l'ouest, il était d'un bleu soutenu. Dupin douta un instant de ses propres prévisions météorologiques, mais il se rassura aussitôt. Les signaux étaient évidents : grande marée, pleine lune – le temps resterait constant pendant trente jours, il avait bien noté cette règle…

— Commissaire, Le Ber vient d'appeler. Il aimerait vous parler. Vous étiez déjà dans le canot.

Le capitaine s'était penché vers Dupin et lui proposait sa main, que le commissaire accepta cette fois avec soulagement. Il avait complètement oublié qu'ici, il n'avait pas de réseau.

— Si nous nous dépêchons, vous l'aurez rejoint en moins de dix minutes.

— Très bien, dépêchons-nous, dans ce cas.

Dupin eut du mal à croire qu'il avait dit ça.

L'air était parfaitement immobile, la continuelle brise atlantique elle-même était à peine perceptible, mais les températures étaient encore plus élevées que la veille. Les îles s'étaient brusquement matérialisées devant eux dans un bel ensemble, comme surgies de nulle part, au moment où ils semblaient sur le point de les percuter.

Pendant une fraction de seconde, Dupin fut traversé par une vague intuition qu'il écarta aussitôt, absorbé par l'échange qu'il venait d'avoir mais aussi par sa première rencontre avec des dauphins.

Ils longèrent le long banc de sable de Guiriden. Aux yeux de Dupin, c'était là l'un des endroits les plus étonnants des Glénan. A marée haute, ce n'était rien de plus que quelques rochers et un bout de terre entouré de verdure comptant tout au plus vingt mètres carrés. A marée basse, c'était deux cents, voire trois cents mètres de sable d'un blanc éblouissant s'enfonçant doucement dans la mer, semblable à une lagune des Caraïbes. Un paysage fabuleux, qui correspondait très exactement à la description qu'Henri lui en avait faite, un an plus tôt, lors de sa première excursion aux Glénan. Dupin s'était laissé convaincre de passer une journée sur le nouveau bateau d'Henri, un Antarès 7.80. Il avait amèrement regretté cette décision, bien que son séjour à Penfret ait été très agréable. Ce sable n'avait rien d'habituel, c'était du maërl, du sable de corail ! Cette fois, il ne s'agissait pas d'une exagération bretonne, comme Dupin aurait pu le soupçonner, mais d'une véritable plage corallienne, originalité géologique unique en Europe. Le sable de l'archipel était constitué de squelettes de coraux broyés au fil de millions d'années. D'un blanc de neige, extrêmement fin, il ne se dispersait pas comme de la poudre mais restait compact. Nolwenn lui en avait parlé à plusieurs reprises, avec insistance. « Le maërl n'a rien à voir avec du sable, ce sont de minuscules morceaux de corail », lui avait-elle expliqué. Bien entendu, le sable breton n'avait rien à voir avec un sable habituel, un sable ordinaire issu d'une roche quelconque ; c'était généralement un sable granitique très pur, issu de la roche composant le relief géologique de la Bretagne. Et si cette histoire de coraux était étonnante, l'explication du phénomène l'était également. En effet, le corail n'était pas arrivé ici par hasard – non, il avait poussé, en grande quantité, il y avait des millénaires de cela. Des grands coraux, magnifiques. Précisément ici. Quand la Bretagne se trouvait sous les tropiques. Ce n'était ni une plaisanterie, ni une métaphore, ni une analogie. C'était la réalité. Dupin se souvenait encore de Nolwenn, la voix chargée de fierté, quand elle lui avait pour la première fois expliqué ce prodige : « Le paysage était exotique quand nous nous trouvions au cœur des tropiques. » Il avait trouvé cette affirmation presque trop étrange pour en rire, ce que Nolwenn n'avait pas manqué de remarquer. Avec un regard indigné, elle lui avait alors asséné un discours tout à fait sérieux sur la géologie bretonne. L'axe de la terre, avait appris Dupin, s'était considérablement décalé avec le temps, et par conséquent les zones climatiques. Il s'agissait donc d'authentiques plages tropicales ! En tout cas, elles l'avaient été un jour. Les Bretons, estimait Dupin, avaient décidément un rapport particulier au temps et à leur passé, si lointain puisse-t-il être. Pour eux, le passé n'existait pas. Il n'était pas passé. Rien ne passait. Tout ce qui avait été était encore et serait éternellement. Le présent ne perdait pas son importance pour autant, au contraire : il s'en trouvait grandi, accentué. Dupin avait mis un moment à comprendre cela, mais il avait fini par découvrir que ce mode de pensée cachait une vérité apaisante que toute personne désirant trouver sa place en ce « bout du monde » devait veiller à ne jamais oublier.

Le *Luc'hed* traversa la Chambre à vitesse réduite et, bientôt, le quai de Saint-Nicolas apparut, puis ce fut le tour des affreuses maisons triangulaires, de la ferme hébergeant l'école de voile, de l'école de plongée, du Quatre-Vents. Le capitaine se rapprocha habilement du quai et quelques instants plus tard, Dupin se hâtait vers leur quartier général improvisé.

— Qu'est-ce qu'il y a, Le Ber ?

L'inspecteur était installé à la même table que la veille. Concentré sur son carnet de notes dans lequel il avait inséré plusieurs feuilles A 4, il n'avait pas vu arriver le commissaire. Il se redressa d'un bond et jeta un coup d'œil gêné vers la grande assiette devant lui, où gisaient les restes d'un homard, qui voisinait avec deux bouteilles d'eau et plusieurs verres, dont un de vin.

— Ce temps… ça donne soif. J'ai parlé à Solenn Nuz et à ses filles, et aussi à madame Barrault. Et à madame Menez. (Il ajouta d'une voix faible :) J'ai mangé un morceau.

— Vous avez bien fait, Le Ber. Je vais faire pareil pas plus tard que maintenant.

Sentir la terre ferme sous ses pieds inspirait à Dupin une sorte d'euphorie. Puis Le Ber lâcha la nouvelle.

— Le médecin de Sainte-Marine qui serait passé par le Quatre-Vents avant-hier soir a été porté disparu : Devan Menn…

— Devan Menn a disparu ? Devan Menn ?

L'élan de bonne humeur du commissaire s'effaça aussitôt.

— Sa femme a contacté la police il y a une heure.

— Et merde !

— Il aurait quitté son domicile ce matin, vers sept heures et demie, pour quelques courses. Il avait entre autres prévu de se rendre à la banque de Quimper, ce qu'il fait souvent quand il n'a pas de consultations à domicile. Il avait rendez-vous avec sa femme à midi. D'après elle, il est toujours ponctuel. Elle est morte d'inquiétude.

— A peine deux heures de retard, alors. Pour le moment, il n'y a pas de raison de s'alarmer, dit Dupin après un bref instant de réflexion.

— Je ne sais pas. Je ne le sens pas.

— Il a pu être appelé en urgence chez l'un de ses patients. Quelque chose de grave. Peut-être qu'il n'a pas trouvé le temps de se manifester. Il est médecin, tout de même.

Dupin n'y croyait pas lui-même. Dans le fond, il partageait le sentiment de Le Ber. Peut-être existait-il une explication à la disparition de Menn, peut-être allait-il bientôt réapparaître, mais la coïncidence était un peu grosse.

— Qu'en est-il d'ailleurs de cet homme porté disparu sur les Moutons ? Le pêcheur ?

Dupin avait complètement oublié son existence, il ne lui était revenu à l'esprit qu'au moment où le *Luc'hed* avait dépassé l'îlot.

— Rien de neuf. On a vérifié s'il avait un lien avec les Glénan, s'il venait par ici ou connaissait l'une des victimes – rien de tout cela. Apparemment, il s'installait d'ordinaire entre le continent et les Moutons et ne s'éloignait guère de la côte. Sa femme ne se souvient pas qu'il ait poussé jusqu'ici dernièrement, pas plus qu'elle n'a connaissance d'une relation avec Lefort ou l'un des deux autres hommes.

— Cette concordance est tout de même étrange, vous ne trouvez pas ? Le moment où cela s'est passé, la proximité avec le lieu du crime…

Le Ber posa sur le commissaire un regard interrogateur.

— Mais nous n'avons pas trouvé de lien, et n'oublions pas qu'il y a eu une grosse tempête. Ce n'est pas rare que des gens disparaissent.

Le Ber avait raison. Depuis près de quatre ans qu'il était installé ici, Dupin ne s'habituait toujours pas : dans le Finistère, les statistiques des personnes « disparues en mer » dépassaient de loin celles des meurtres. Chaque Breton des côtes avait un jour ou l'autre eu personnellement à subir l'un de ces « coups du destin ».

— Quelle taille fait l'île aux Moutons ?

— Elle est toute petite. L'île principale doit compter deux cents mètres de longueur, la seconde une trentaine, et il y a beaucoup de rochers.

Dupin ne réagit pas. Il réfléchissait. Le Ber interpréta son silence de travers.

— Et au cas où vous vous poseriez la question : non, il n'y a pas de moutons sur l'île. C'est le nom que les marins donnent à la crête blanche des vagues, et il y en a tout le temps à cet endroit.

Ce n'était pas ce qui préoccupait Dupin.

— Revenons-en à Menn. Je veux qu'on lance une grosse opération de recherche. Peut-être trouverons-nous sa voiture. Il a bien dû la garer quelque part.

Quelque chose s'était mis en branle. Le Ber prit une profonde inspiration.

— Nous sommes au cœur de l'enquête, là.

Il avait parlé à voix basse et semblait curieusement

absent. Quand ce type d'attitude le prenait, Nolwenn avait coutume de le surnommer « le druide ». Si le trait de caractère « mystique » de Le Ber contrastait comiquement avec son apparence physique, l'expression presque espiègle de son visage et son âge quasi juvénile (il entamait la trentaine), il s'accordait encore moins avec sa nouvelle coupe de cheveux. Au commissariat, les commentaires étaient allés bon train : était-ce son mariage imminent qui avait motivé cette coupe ? Dans deux semaines, il épouserait la ravissante fille d'un des merveilleux poissonniers des halles de Concarneau. Elle travaillait sur le stand au côté de son père, et Le Ber adorait les langoustines, surtout celles de moyenne taille que l'on trouvait au Guilvinec, les « meilleures du monde ». Pendant toute une période, il allait en acheter à chaque pause-déjeuner. Au bureau, on avait fini par trouver étrange cette brusque passion pour les langoustines, surtout le jour où il en avait rapporté tant qu'il avait dû les distribuer généreusement à ses collègues.

— Il faut que nous parlions à madame Menn. Je veux tout savoir sur ses relations avec Lefort, Konan et Pajot, jusque dans les moindres détails. Qui peut s'y rendre maintenant ?

— Les deux collègues de Concarneau, Le Coz et Bellec, sont en ce moment sur les îles où ils interrogent les derniers participants aux cours de plongée ou de voile qui se trouvaient au Quatre-Vents avant-hier.

— Envoyez Bellec. C'est plus important.

Bellec n'était pas du genre à traîner, il allait droit au but.

Dupin était très inquiet. Si la disparition de Menn avait un rapport avec l'enquête, qu'est-ce que cela signifiait ? Qu'est-ce qui se tramait ? Une nouvelle victime ou un coupable en fuite ? Quoi qu'il soit arrivé sur cette minuscule parcelle de terre, Dupin avait la conviction que cela avait un rapport avec ses habitants et ses visiteurs. C'était là qu'il trouverait la solution. Ils devaient être très vigilants.

— Qu'en est-il de Labat à la Station ?

— Rien d'anormal pour le moment. Il a appelé il y a une demi-heure environ. Ils ont trouvé les premiers documents et dossiers ayant un rapport avec Medimare mais, apparemment, difficile d'en tirer des informations utiles. Au fait, la presse a eu vent de l'affaire, *Le Télégramme* et *Ouest-France* en parlent déjà sur leurs sites Internet, tout comme les radios. Le directeur quant à lui s'agite comme un putois.

— Qu'il vérifie surtout les documents concernant des négociations dans lesquelles les recherches de Leussot ont joué un rôle. Il ferait bien de s'entretenir aussi avec les chercheurs qui travaillent avec lui.

— Je vais prévenir Labat.

— Qu'en est-il du siège de Medimare à Paris ? A-t-on trouvé quelque chose ?

— Là non plus, rien de particulier. En plus du gérant, l'entreprise compte un scientifique et une secrétaire. Les collègues sont en train de les interroger.

— Il faut tout regarder, les relevés de comptes, les mouvements bancaires – y compris ceux du directeur, ses comptes privés. Le plus vite possible.

— Nolwenn, cette tigresse, va bien y arriver.

Dupin sourit. Oui, Nolwenn allait y arriver, peu importait les foudres qu'elle s'attirerait.

— J'aimerais aussi qu'on m'en dise plus sur le maire de Fouesnant.

— Vous avez un motif pour cela ? Nolwenn ne pourra pas obtenir ces informations sans une raison valable.

— Nous n'allons pas tarder à recevoir tous les relevés de comptes des victimes, non ?

— Nolwenn s'en occupe, oui.

— Je veux savoir s'il y a eu des versements depuis les comptes personnels ou professionnels des trois victimes sur le compte de n'importe quel habitant de cette île. Peu importe qui. Peu importe le montant.

Dupin sortit son calepin et s'aperçut que les trois quarts étaient remplis.

— Alors on se concentre sur Leussot, le maire, Menn, le directeur de la Station. (Dupin feuilletait fébrilement son carnet.) Et Tanguy, aussi. Ah, et puis madame Menez, Muriel Lefort et Solenn Nuz.

— Madame Lefort et madame Nuz ?

— Oui, tous ceux-là.

— Dans ce cas, n'oubliez pas les deux filles Nuz et le beau-père.

— Vous avez raison. Quels plans d'aménagement des Glénan Lefort a-t-il officiellement déposés ? En a-t-il vraiment déposé, d'ailleurs ? Quels documents trouve-t-on à ce sujet dans la municipalité ? Des prises de position, des objections, il faut qu'on lise attentivement le dossier. Il faudrait aussi qu'on sache si d'autres projets ont été déposés aux Glénan au cours des dix dernières années, et par qui.

— Je peux m'en charger, patron.

— Je préférerais que vous restiez ici avec moi. J'aimerais que nous interrogions une nouvelle fois tous les gens d'ici. Quelles relations les liaient aux trois victimes ? J'ai besoin de comprendre précisément le fonctionnement de cette communauté. Je veux avoir une image très précise de ce petit monde.

— Comptez sur moi.

Dupin se leva.

— Encore deux ou trois choses, chef, poursuivit Le Ber. Nous n'avons pas pu apprendre où Pajot a passé la soirée, avant-hier. Personne ne l'a vu, nous partons donc du principe qu'il se trouvait effectivement sur son bateau. Mais nous savons quand les trois hommes sont arrivés aux Glénan. Dimanche, vers dix-sept heures. Le Bénéteau n'est pas passé inaperçu, les propriétaires de deux bateaux s'en souviennent encore. Autre chose : j'ai enfin pu m'entretenir ce matin avec la compagne actuelle de Lucas Lefort. J'ai eu du mal à la contacter, elle travaille à Brest, dans un spa de luxe. De la thalasso, tout ça. Elle s'appelle Funny Daerlen, elle est hollandaise. Bien entendu, elle avait appris la nouvelle, mais elle était étonnamment calme. Ça fait à peine deux mois qu'ils se connaissent. Elle avait prévu de passer le week-end avec lui, mais la veille, il a annulé quand la météo a annoncé du beau temps. Le jeudi. Il semblerait donc qu'il ait décidé de passer le week-end avec ses amis.

— Funny Daerlen ?

— Oui.

— Ce n'est pas une blague ?

— Non.

L'intuition de Muriel Lefort était donc juste. Cette jeune Daerlen ne jouait aucun rôle dans la vie de son frère. Il ne fallait cependant pas négliger les coïncidences.

— Elle ignorait tout d'éventuels conflits récents de Lucas Lefort, mais il y a fort à parier que leur relation n'était pas de celles où l'on se raconte ce genre de choses. La dernière fois qu'ils se sont vus, c'était mardi soir, dans sa maison des Sables Blancs. Il semblait de très bonne humeur, a-t-elle déclaré. Il lui a dit qu'il prévoyait de s'acheter un loft à Londres.

— A Londres ?

— A South Kensington, dans le quartier de Chelsea, pour être plus précis. C'est là que les riches investissent dans l'immobilier pour se prévenir de la crise. Les Français aussi s'y sont mis, apparemment. C'est moche...

Ce genre de commentaire était inhabituel chez Le Ber. Par ailleurs, ces projets d'émigration ne s'accordaient pas du tout avec l'image que Dupin s'était faite de Lefort. Il ne lui apparaissait pas comme un homme organisé, méthodique ou rationnel.

— La femme du maire vient de Londres. Elle possède une maison à South Kensington.

— Pardon ?

— Nous l'avons appris hier soir par hasard pendant que nous interrogions du Marhallac'h. (S'il avait dit cela en passant, Le Ber avait la voix ferme :) Si vous possédez un bien immobilier en Angleterre, vous ne payez pas d'impôts sur vos revenus en France. Quatre cent mille Français « vivent » désormais à Londres. La sixième ville de France ! La plupart d'entre eux gagnent leur argent ici et le mettent de côté là-bas. C'est vraiment moche.

Dupin comprenait l'indignation de Le Ber, mais ce n'était pas le moment de s'égarer.

— Quel lien pourrait-il y avoir ?

— Aucun pour l'instant.

— Pas encore... Avez-vous appris d'autres éléments intéressants de la bouche de cette... Funny ?

— Non, rien.

— Je crois qu'on ferait bien de parler à madame Barrault.

— Vous vouliez manger un morceau, chef.

C'était vrai. Il fallait vraiment qu'il se nourrisse, et puis il avait besoin d'un café.

— Je vais me prendre un sandwich. Le Ber ?

— Oui, commissaire ?

— Vous saviez que la mer est truffée de dauphins par ici ? On vient d'en voir toute une bande.

Dupin n'avait pas prévu de lui raconter cela, surtout pas de cette voix enflammée.

— Oui, ils aiment les Glénan. Vous voulez que j'aille vous chercher votre sandwich, chef ?

— Non merci. Je vais y aller moi-même et peut-être saluerai-je Solenn Nuz au passage.

Dupin fit quelques pas vers le comptoir, puis il tourna les talons et revint sur ses pas. Le Ber s'était déjà levé.

— Le Ber, gardons pour nous la disparition de Menn, dans un premier temps. D'accord ?

— Très bien. Je vous tiens au courant dès que j'ai du nouveau.

Le restaurant était désert, les clients étaient installés dehors, au soleil. Louann, la fille aînée de Solenn Nuz, rangeait des verres derrière le bar. Elle sourit en voyant arriver Dupin.

— Ma mère n'est pas là.

A chaque fois qu'il les voyait, Dupin était estomaqué par la ressemblance entre les trois femmes.

— Un café et un sandwich, s'il vous plaît.

— Jambon, fromage ? Des rillettes ? Ou alors maquereau, crabe, araignée de mer ou Saint-Jacques.

— Saint-Jacques.

— Avec plaisir.

— Mais d'abord le café.

Elle sourit de nouveau et se mit au travail. La sonnerie du téléphone de Dupin se mêla au chuintement aguicheur de la machine à café. C'était Goulch.

— Nous avons remonté le bateau, commissaire. C'était plus facile que je ne le pensais. Il se trouve maintenant en cale sèche, dans un dock de Concarneau. (Sa voix prit une intonation plus aiguë :) Un certain nombre d'outils de haute technologie ont été installés sur le Bénéteau – un vrai petit arsenal. Un sonar beaucoup plus puissant que ceux qu'on trouve habituellement, un détecteur de métaux et une caméra laser submersible.

Dupin sursauta.

— Quoi ? (Il savait bien ce que cela voulait dire, mais ne s'y était tout de même pas préparé.) Un instant.

Dupin quitta le bar et s'approcha de la table où Le Ber était assis quelques instants plus tôt. L'inspecteur s'était déjà mis en route.

— Vous pensez donc qu'il était prêt pour une chasse au trésor ? poursuivit-il.

— Il s'agit de matériel spécialisé dans l'étude des fonds marins, sans aucun doute, et il va bien au-delà des couches superficielles du sol. Les ondes du sonar peuvent sonder une épaisseur allant jusqu'à deux ou trois mètres de sable. Des appareils onéreux, de qualité professionnelle.

— Vous avez trouvé autre chose ?

— Que voulez-vous dire ?

— Sur le bateau. D'autres indices, quelque chose d'inhabituel ?

— Pas pour le moment. Bien entendu, tout est trempé, y compris dans les espaces de rangement.

— Des cartes, peut-être ?

— Aujourd'hui, la navigation fonctionne surtout avec des cartes numériques. Vous cherchez des cartes avec des annotations, j'imagine ?

— Oui.

— Nous n'en avons pas trouvé pour le moment. Beaucoup de choses ont dû se perdre au cours de la collision, à moins que l'eau n'ait emporté des objets pendant la tempête ou plus tard, quand le bateau était au fond.

— Ce type de bateau contient-il une boîte noire ? Avons-nous un moyen de savoir où ils ont circulé pendant le week-end, avant d'arriver aux Glénan ?

— Non, seuls les gros bateaux en sont équipés. Il y a bien une chose que nous pouvons faire, même si les chances de succès sont minces, c'est nous servir de la fréquence de détresse pour envoyer un signal à tous les bateaux circulant dans cette zone et leur demander si l'un d'eux a aperçu le Bénéteau pendant le week-end. En parallèle, nous transmettons la même requête aux journaux et aux stations de radio.

— Faites-le, Goulch.

Louann Nuz apparut à la porte du Quatre-Vents, les mains chargées du café et du sandwich qu'il avait commandés. Elle s'approcha rapidement de sa table, déposa le tout devant lui et disparut aussitôt.

— On vous tient au courant, de toute façon.

— Très bien, dit Dupin avant de raccrocher.

Il ne savait pas encore quoi faire de cette informa-tion. Il avait soudain l'impression de se trouver au cœur d'un roman d'aventures, ou d'un de ces albums de Tintin qu'il lisait quand il ne trouvait pas le sommeil. Ce crime froid et prémédité avait-il vraiment un rapport avec une épave ? Un vieux navire échoué, chargé d'or, d'argent et de pierres précieuses ? Les trois hommes avaient-ils déniché un trésor et quelqu'un l'avait-il appris ? A moins que ce ne soit le contraire : auraient-ils cherché à récupérer la trouvaille de quelqu'un d'autre ? Si invraisemblable que cela puisse paraître – ce qui ne signifiait pas grand-chose en Bretagne –, cette hypothèse était tout à fait plausible.

Il se leva brusquement et se passa une main dans les cheveux avant de la laisser reposer sur sa nuque, la tête penchée, le front plissé, perdu dans ses réflexions. Ses collaborateurs se gardaient bien de s'approcher de lui quand il adoptait cette posture. Il avait besoin d'exercice pour mieux réfléchir. Il saisit la tasse et vida son café d'une seule gorgée, puis il attrapa son sandwich et se dirigea vers la plage, de l'autre côté de l'île.

Tout cela ne lui plaisait pas du tout. Trois victimes qui, selon toute apparence, collectionnaient les enne-mis. Quatre mobiles de taille, certains un peu hasar-deux ou exotiques, mais suffisamment sérieux pour motiver un meurtre. L'aménagement de l'école de voile et la dispute autour de la préservation de son « esprit », une question qui impliquait d'importantes valeurs pécuniaires et morales. Le commerce de bre-vets de Medimare, où des sommes d'argent importantes étaient certainement en jeu. Sans oublier une épave renfermant peut-être un trésor d'une valeur inestimable.

C'était grotesque. Ils n'avaient encore rien trouvé de concluant, mais le bilan s'était alourdi : ils avaient en plus deux disparus et un indicateur anonyme qui pouvait à tout instant se manifester à nouveau. Dupin l'espérait presque, à vrai dire. C'était la première fois qu'une enquête offrait autant de scénarios possibles.

Sans réfléchir, Dupin avait descendu les planches de bois menant à la plage avant de poursuivre jusqu'à la pointe ouest de l'île, à cent mètres tout au plus du restaurant à marée haute. Une fois arrivé, il s'immobilisa devant un panneau de fortune fixé à un simple piquet de bois planté dans le sable, au beau milieu de nulle part. Une main jetant une bouteille dans la nature y était représentée de manière stylisée, le tout barré d'une grosse croix rouge. Il fallut un moment à Dupin pour comprendre le message. Pour inciter ses concitoyens à éviter de jeter leurs déchets dans la nature, l'auteur avait choisi le détritus le plus courant sur les îles : la bouteille vide.

A sa gauche s'étendait l'un des champs de narcisses qui faisaient la fierté de la région. Haut de vingt centimètres tout au plus, le narcisse des Glénan était de couleur jaune pâle ou crème – l'année précédente déjà, à Penfret, Dupin s'était dit qu'il n'avait rien d'exceptionnel. Recensée pour la première fois au début du XIXe siècle, cette variété de fleur avait été l'objet de nombreuses discussions enflammées mêlant botanique et généalogie, jusqu'à ce que l'heureux verdict tombe : elle était unique, bien sûr ! Elle n'existait nulle part ailleurs, c'était le narcisse des Glénan. Menacé de disparition, on avait fini par placer sous protection plusieurs prairies réparties sur les différentes îles de l'archipel, où il fleurissait et proliférait désormais en toute liberté. On en dénombrait deux cent mille exemplaires, défendus par un seul organisme : l'association Bretagne vivante. On était fier, surtout, de ses origines mystérieuses. Certes, on savait que les Phéniciens, pour qui il était une plante médicinale, l'avaient apporté avec eux, mais l'idée d'une origine inconnue plaisait davantage, surtout si elle restait bretonne. Le narcisse fleurissait fin avril, début mai, transformant les champs en vastes tapis jaunes et blancs.

Le commissaire mordit dans son sandwich qu'il avait failli oublier. La veille, il avait cheminé si longtemps avec sa baguette à la main qu'il avait fini par se sentir ridicule et l'avait discrètement laissée tomber dans la mer. Une opération qui s'était révélée dangereuse : l'unique (mais énorme) goéland qui s'était précipité pour intercepter le butin avait aussitôt été imité par une nuée de volatiles agressifs et bruyants qui avaient chassé le commissaire.

La combinaison moulante d'Angela Barrault était d'un bleu d'opale aux reflets métalliques. Jamais Dupin n'avait vu une telle tenue de plongée. Aucune couture ne semblait démarquer les longues manches de néoprène de ses extrémités gantées et seule la tête nue de la naïade dépassait, la capuche entourant son cou comme un col roulé. Elle portait autour de la taille une large ceinture noire dotée de mousquetons de taille variable. Angela Barrault n'était pas grande et malgré l'épaisseur du tissu de sa combinaison, on remarquait sa sveltesse. Sa chevelure mi-longue, désordonnée, mêlait toutes les nuances de blond, et chaque mèche semblait apporter une nouvelle teinte, allant du miel sombre à une coloration plus cendrée, d'aspect plus scandinave.

Dupin était embarrassé ; il avait trop longuement plongé son regard dans celui de la jeune femme quand ils s'étaient salués. C'était tout au moins son sentiment. Les yeux d'Angela Barrault étaient exactement de la même couleur que son habit de néoprène. Ella avait la peau bronzée, et un sourire rieur et franc éclairait son visage. Tout juste quadragénaire, elle était d'une beauté renversante.

— Comme je vous le disais, vous n'avez qu'à m'accompagner.

Dupin n'avait pas trouvé de réponse adéquate. Il était fermement décidé à ne pas remettre les pieds sur un bateau de la journée, voire de toute la durée de l'enquête – ou de l'année, pendant qu'on y était.

— Je...

— Passez-moi la bouteille, s'il vous plaît.

Le *Bakounine*, un vieux bateau de pêcheur, était amarré au bout du long quai. La partie inférieure était recouverte d'une peinture orange, lumineuse, tandis que le haut de la coque offrait un bleu ciel tout aussi gai. C'étaient là les couleurs bretonnes que Dupin affectionnait tant : le jaune, le rouge, le vert, le bleu – toujours saturés, toujours chaleureux.

Le *Bakounine* se balançait doucement dans les eaux protégées de la Chambre. A marée haute, le pont atteignait presque le quai où se tenait Dupin. A ses pieds gisait un tas de matériel de plongée : des combinaisons, des ceintures de plomb, des palmes et des masques. Il y avait aussi une bouteille bleue d'une teinte étonnamment proche de celle de sa combinaison, sans pourtant être identique. Dupin se pencha et, surpris par son poids, lui tendit précautionneusement l'objet. A cet endroit, un espace étroit séparait le quai du *Bakounine*, mais cet interstice avait une profondeur de deux bons mètres, et au fond clapotait l'Atlantique.

— Et toutes ces affaires ?

— Elles sont pour l'autre bateau, répondit-elle en désignant une embarcation amarrée à une bouée à proximité. Nous en avons plusieurs.

Dupin ne s'était toujours pas résolu à répondre à son invitation.

— Il faut que j'aille chercher les participants pour les ramener à Penfret. Allez, venez.

Sans réfléchir plus longtemps, Dupin sauta sur le pont pendant qu'Angela Barrault dénouait les cordages et se plaçait derrière le gouvernail, un instrument démesuré par rapport à la taille du poste de pilotage.

— Rapprochez-vous un peu, sinon on ne va pas se comprendre.

Soudain, une puissante vibration parcourut le bateau et le vacarme assourdissant du vieux diesel éclata. A la poupe, deux puissants jets d'eau se déversèrent des tuyaux d'évacuation tandis que le *Bakounine* s'éloignait du port en marche arrière, cahin-caha. Dupin regrettait déjà de s'être laissé entraîner dans cette virée. Il s'approcha maladroitement de la barre, le corps tout entier secoué par les sursauts du bateau. La promiscuité dans l'étroit poste de pilotage était assez gênante, d'autant que la tenue d'Angela Barrault n'avait rien à proprement parler d'un vêtement.

— Alors comme cela, vous voilà confronté à toute la smala du coin. Nous autres, habitants étranges de cet archipel magique…

Elle avait prononcé le mot « magique » d'un ton où perçait l'ironie. Malgré leur proximité, Dupin avait toutes les peines du monde à la comprendre. Il s'était coincé dans l'embrasure de la petite porte, solidement calé par les coudes.

— Je n'aimerais pas être à votre place, commissaire.

Cette remarque le fit sourire, et il en ressentit une certaine satisfaction.

Angela Barrault était occupée à repasser en marche avant, ce qui exigeait visiblement un gros effort. Elle tapota le gouvernail.

— J'adore ce bateau, mais il commence vraiment à donner des signes de vieillesse.

Dupin s'obligea à rester concentré.

— Qu'entendez-vous par « étranges » ?

— Oh, plein de choses. C'est un endroit un peu fou, ici. Le plus beau que je connaisse, mais aussi le plus dur. Très dur. On est loin du monde, de la civilisation. Ces dix-huit kilomètres qui nous séparent du continent, cette mer d'huile que nous avons aujourd'hui, la réception téléphonique qu'on obtient par ce temps, le fait que vous puissiez commander un café, du vin, quelque chose à manger, tout ça n'est que de la poudre aux yeux. Nous ne sommes pas sur la terre, ici, nous sommes en mer.

Dupin remarqua qu'Angela Barrault tenait à peu près le même discours que Leussot. Ce n'était pas étonnant, en définitive : les autochtones utilisaient les mêmes mots pour décrire leur environnement.

— Est-ce cela qui fait qu'ici les gens sont étranges ?

— Sans aucun doute. Mais il faut déjà être un peu bizarre pour s'installer ici. On ne vient pas sans raison.

— Pourquoi ?

Angela Barrault haussa les épaules.

— A chacun son histoire, son expérience. Sa mission à accomplir. Chacun a une raison de vivre ici plutôt que dans un endroit plus accueillant.

— Cela ne vous étonne donc pas qu'il y ait eu un meurtre ?

— Eh bien si, justement. Il faut vraiment que les choses aient dégénéré pour en arriver là. D'ordinaire, et malgré les apparences, les trajectoires des individus se croisent à peine. Chacun vit sa vie dans son coin, même si les autres ne sont jamais loin. On ne connaît pas grand-chose de son voisin, souvent on ignore même l'essentiel. Vous voyez ce que je veux dire ?

Même si la formulation avait été un peu nébuleuse, Dupin comprenait parfaitement ce qu'elle entendait par là. Cela correspondait d'ailleurs précisément à l'impression qu'il avait de la région.

— Faites-vous allusion à un événement en particulier ? Quelque chose que vous savez, ou que vous auriez observé ? Que vous soupçonneriez, peut-être ?

— Non.

C'était un non clair et ferme.

— Connaissiez-vous personnellement les victimes ?

— Je n'ai jamais rencontré Pajot. Je ne connais Konan que de vue, il accompagnait parfois Lefort.

— Et Lefort, justement ?

— Un imbécile. Il ne m'a jamais intéressée.

Pour une raison inconnue, le navire avait brusquement gîté. Dupin perdit l'équilibre et serait tombé si Angela Barrault ne l'avait retenu par l'épaule. Il reprit sa position.

— Vous n'avez eu aucun contact avec lui ?

— Jamais, non. Nous ne nous sommes jamais parlé. Bonjour-bonsoir, c'est tout.

Dupin s'accrocha fermement à l'embrasure de la porte, immobilisé dans une posture empruntée.

— Savez-vous ce qu'ils cherchaient, tous les trois ?

Angela Barrault fronça les sourcils ; elle avait immédiatement compris de quoi il retournait.

— Certaines trouvailles peuvent rapporter beaucoup. Il ne faut pas négliger cette piste. Une majorité de Bretons prend la chasse au trésor très au sérieux.

— Avez-vous une idée plus précise ?

Elle éclata de rire.

— Hélas non, sinon je serais en train de chercher, moi aussi !

Dupin aurait aimé connaître la raison de son froncement de sourcils.

— Vous êtes donc… chercheuse de trésors ?

— Je suis plongeuse et monitrice de plongée. Je dirige l'école. Nous comptons quinze employés, sans compter les douze saisonniers qui nous aident en été. C'est une grosse entreprise.

— Vous ne cherchez donc pas de trésors ?

— Peut-être un jour tomberai-je par hasard sur un coffre.

Cette éventualité la fit rire. Concentré sur leur conversation et son équilibre, Dupin ne songeait pas à regarder où ils allaient et fut surpris de constater qu'ils se trouvaient à peine à cinquante mètres d'une île. Il jeta un coup d'œil à la ronde.

— C'est Drénec. Nous allons embarquer un groupe d'élèves ici et un autre à Fort-Cigogne. Vous voyez cette vieille ferme restaurée, en pierre ? ajouta-t-elle en désignant l'île du menton. Elle fait également partie de l'école de voile. Il y eut un temps où Drénec était habitée, pourtant elle n'est vraiment pas grande. Il y a toujours eu quelqu'un d'assez fou pour tenter sa chance ici, mais personne n'a tenu bien longtemps.

Angela Barrault augmenta la vitesse et Dupin ne

tarda pas à apercevoir un groupe de six ou huit personnes qui patientaient sur le quai.

— Quand la marée d'équinoxe est importante, on peut venir ici à pied depuis Saint-Nicolas.

Incrédule, Dupin jaugea la profondeur de l'eau avant de lever les yeux sur l'île. Il ne s'était toujours pas habitué aux perpétuelles mutations de la terre et de la mer de l'archipel. Pour l'heure, ce qui le séparait de Saint-Nicolas était indubitablement l'Atlantique.

— Quand le coefficient atteint 115, par exemple, vous pouvez presque traverser la Chambre à pied.

Inimaginable. Dupin sortit de sa poche *Le Petit Indicateur des marées* pour vérifier la date de la prochaine grande marée, mais tous ces chiffres ne lui disaient rien.

— Au cours des dernières décennies, cela ne s'est produit que quatre fois. La marée d'équinoxe que nous avons eue hier a tout juste atteint un coefficient de 107.

— Je vois.

— Tenez, puisqu'on en parle : là-bas, devant nous, il y a une épave. Ce n'est pas profond, on l'aperçoit depuis le bateau. Un beau navire, un grand brick grec, le *Pangalos Siosif*. Tout son équipage a succombé au naufrage. C'était en 1873.

Dupin faillit bondir en s'écriant « Où ça, où ça ? », mais il se retint juste à temps.

— Ils ont cherché refuge ici pendant une grosse tempête, mais c'est ce qui les a perdus. Les Glénan sont comme ça. C'est arrivé à plein de monde. Est-ce que vous saviez que les âmes et les spectres des noyés se rassemblent depuis toujours dans la baie des Trépassés ? Une fois l'an, la nuit de Noël, ils traversent la crête des vagues sous forme d'écume, comme de petites taches blanches. Leurs cris épouvantables résonnent bien au-delà de la baie.

Tout en parlant, Angela Barrault fixait un point devant eux. Quinze mètres tout au plus les séparaient encore de la plage qui, là aussi, n'avait rien à envier aux Caraïbes.

— Nous poursuivrons cette conversation dans un instant. Ça ne va pas durer longtemps.

Dupin desserra prudemment ses mains de la porte et s'éloigna à petits pas.

— J'ai quelques coups de fil à passer.

— Allez à l'avant, ce sera moins bruyant.

Angela Barrault mit au point mort et alla à la poupe ouvrir d'un geste routinier une porte aménagée dans la rambarde. Le groupe de plongeurs s'était déjà rapproché.

Dupin se posta à la pointe du bateau. Derrière lui s'étendait Quignénec, plate et petite à marée haute, tout comme les deux autres îlots qui fermaient la Chambre au sud-est. Devant lui se déployait le panorama époustouflant de l'archipel. Il sortit son téléphone portable.

— Le Ber ?

— Je viens d'essayer de vous joindre, chef. Vous n'aviez pas de réseau. Où êtes-vous ?

— Menn a-t-il réapparu ?

— Non.

— Où en sont les recherches ?

— L'avis de disparition est passé sur toutes les antennes radio. Tous les leviers sont activés. Nous avons parlé avec sa femme qui nous a décrit ses habitudes, ses rituels – où il prend de l'essence, où il boit son café, où il achète son journal, etc. Bellec et un autre confrère sont en train de vérifier ces endroits les uns après les autres.

— Et ses relations avec les victimes ?

— Sa femme a confirmé qu'il était le médecin traitant de Lefort. Elle se souvient également qu'il est sorti en mer avec lui deux ou trois fois, l'an passé. La dernière fois, c'était pendant la Transat Concarneau-Saint-Barth. Le jour du départ de la course. Au mois d'avril.

Dupin s'en souvenait bien – surtout parce qu'il avait été impossible, plusieurs jours durant, de trouver une place de parking. C'était l'une des grandes festivités de la ville. Pas aussi importante que le festival des Filets Bleus, mais une belle célébration tout de même. Pendant les journées qui précédaient la régate, la ville entière était en fête, jalonnée de stands divers et variés. Les bateaux des participants étaient amarrés aux quais, des affichettes présentaient les équipes concurrentes comme des héros. Des centaines de petites banderoles ornaient les rues de la vieille ville. L'atmosphère festive se ressentait partout. C'était une des régates les plus difficiles du monde. Sa particularité était que tous les participants naviguaient à bord d'un même modèle de bateau, doté d'un matériel identique. Le Figaro Bénéteau, ce que Le Ber répétait tous les ans à son supérieur.

— Sa femme ne croit pas qu'ils étaient véritablement amis. D'après ce qu'elle dit, les deux hommes avaient des divergences.

— De quelle sorte ?

— Son mari n'approuvait pas la manière dont Lefort traitait les femmes. Dernièrement, il aurait aussi exprimé son mécontentement concernant les plans d'aménagement des Glénan.

Voilà qui était intéressant. Personne n'était au courant, hormis la municipalité, mais tout le monde en parlait.

— Il connaissait le dossier ?

— Sa femme prétend que oui. Lefort lui en aurait parlé, il y a quelques mois.

— Qu'est-ce qu'il lui a dit, précisément ?

— Elle l'ignore.

— Pourquoi son mari désapprouvait-il le projet ?

— Tout ce qu'elle sait, c'est qu'il le trouvait peu écologique.

— Et ses relations avec Konan et Pajot ?

— Elle ne sait pas s'il les connaît. Si c'est le cas, pas très bien, de toute façon. Hier, son mari était très nerveux, elle suppose que cela avait un rapport avec la mort de Lefort.

— Nerveux ? Comment cela, nerveux ?

— Il était taciturne, m'a-t-elle dit, et se levait sans cesse pour faire les cent pas. Hier soir, il aurait essayé à plusieurs reprises d'appeler quelqu'un, sans succès. Sa femme ne sait pas de qui il s'agissait. Aujourd'hui, il se serait levé très tôt, à six heures. D'ordinaire, il se lève une heure plus tard.

— Hmm. Autre chose ?

— Non, rien.

— J'aimerais savoir qui Menn a essayé d'appeler au cours des derniers jours et des dernières semaines. Il nous faut la liste de ses communications pour toutes ses lignes téléphoniques.

— Là aussi, il va falloir qu'on trouve un bon

prétexte, sinon cela risque de prendre un moment. Une menace réelle.

— Une menace, Le Ber. Absolument.

— Très bien. Je viens d'ailleurs de recevoir le rapport concernant la fouille des domiciles des victimes et de leurs bateaux. Pour l'instant, on n'a rien trouvé de particulier, mais les disques durs de tous les ordinateurs ont été confisqués et sont actuellement analysés.

— Rien sur les bateaux ? Des cartes, des plans de navigation ? Rien de particulier ?

— Rien. Nous cherchons quelque chose de précis ?

— Dites-leur que je veux voir toutes les cartes, s'ils en trouvent. J'aimerais savoir si l'un ou l'autre des hommes, voire les trois, se sont rendus à plusieurs reprises au même endroit au cours des dernières semaines. J'ignore comment on peut dénicher cette information, mais peut-être aurons-nous de la chance.

— Aujourd'hui, tout le monde navigue à l'aide d'instruments électroniques…

— Je suis au courant, oui.

— Vous pensez sérieusement à une chasse au trésor ?

— J'envisage toutes les hypothèses.

— S'il s'agit d'un bateau échoué que les trois hommes auraient découvert sans que personne n'en soupçonne l'existence, ils ont sûrement été très prudents.

Un violent claquement fit sursauter Dupin. Angela Barrault avait refermé la rambarde et revenait à la cabine de pilotage. A grand bruit, les plongeurs rangeaient leurs affaires sous les étroits bancs de bois.

— Je vous rappelle tout de suite, Le Ber. Je suis à Drénec.

— Qu'est-ce que vous faites à Drénec ? Vous ne vouliez pas parler à Angela Barrault ?

— Je suis sur son bateau. Labat a-t-il trouvé quelque chose sur la dispute entre l'ancien maire et Konan ? Cette histoire de droit de remontée d'une épave ?

— Bellec a posé la question à la mairie, mais on n'a retrouvé aucun document concernant une quelconque procédure, et Tanguy non plus ne sait pas à quoi Muriel Lefort fait allusion.

Dupin lâcha un soupir.

— A plus tard, Le Ber.

Le moteur Diesel se remit en branle, les vibrations graves reprirent, Angela Barrault enclencha une vitesse et le bateau commença à avancer, d'abord lentement puis de plus en plus vite. Dupin rejoignit tant bien que mal le poste de pilotage.

— Vous avez eu du réseau ? demanda la jeune femme.

— Oui.

— C'est toujours un coup de chance, par ici.

— Que savez-vous des relations commerciales entre Medimare et la Station ? Avez-vous entendu parler de conflits ayant opposé Leussot ou d'autres scientifiques et la Station ?

— Non. Je sais que Leussot et Lefort se sont bagarrés un jour à ce sujet. Et aussi que le directeur de la Station est un type infect.

— Ils se sont bagarrés ? Ils en sont venus aux mains ?

— Devant le Quatre-Vents, oui. Il y a un an environ. Apparemment, ils avaient beaucoup bu. Mais je ne sais rien de plus.

Dupin eut l'impression que son regard était encore plus moqueur que d'habitude.

— Demandez à Solenn Nuz.

— Pourquoi elle ?

— Elle sait beaucoup de choses.

— Tout le monde est au courant ? De la bagarre, je veux dire ?

Personne ne l'avait encore évoquée. Chacun semblait décidé à ne raconter que ce qui lui convenait.

— Je crois, oui.

— De quelle nature sont vos relations avec Leussot ?

La question ne lui semblait pas indiscrète pour un sou.

— On peut les qualifier ainsi : elles sont moins... évidentes qu'elles n'ont pu l'être par le passé. Nous sommes amis. La plupart du temps, en tout cas.

— Je vois. Leussot est chercheur de trésors, lui aussi ?

— Je suis sûre qu'il garde un œil sur le fond de l'Océan quand il est en mer. Il passe sa vie sur l'eau. C'est lui qui possède le meilleur matériel par ici, même s'il s'en sert surtout pour autre chose. Personne ne connaît les fonds marins mieux que lui.

Dupin n'y avait pas pensé, pourtant c'était logique.

— Possède-t-il le bateau sur lequel il navigue ?

— Non, il appartient à la Station. Mais il l'utilise en permanence depuis quelque temps.

— Vous le connaissez ?

— Je n'y suis jamais montée mais Tanguy a déjà navigué avec lui. Ils se connaissent bien, tous les deux.

Le téléphone du commissaire se mit à sonner. Il avait déjà vu le numéro affiché à l'écran, la veille ou aujourd'hui, mais il ne savait plus à qui l'attribuer.

— Excusez-moi.

Il quitta à contrecœur sa position et s'aventura prudemment vers la proue.

— Allô ?

— C'est Muriel Lefort. Vous m'entendez, commissaire ?

Le bateau fut soudain pris de hoquets que rien ne semblait justifier, la mer n'étant pas plus agitée que d'habitude. Il était tout à fait surprenant de constater à quel point l'équilibre d'une embarcation pouvait varier du tout au tout en fonction de changements imperceptibles. Dupin se sentait presque capable d'en formuler une sorte de typologie : il y avait le balancement, le sursaut, le tressautement, le tangage, le bercement…

— Il y a deux ou trois… points dont j'aimerais m'entretenir avec vous.

— Il en est de même pour moi. Je pourrais passer chez vous plus tard dans la journée. Je vous rappellerai.

Il lui fallait un café. Après ces deux expéditions en mer, c'était plus que nécessaire.

— Volontiers. J'attends votre appel.

Dupin hésita un instant.

— Madame Lefort, juste une petite question. Savez-vous, par hasard, si récemment votre frère sortait plus souvent en mer que de coutume ?

— Il passait toujours beaucoup de temps en mer.

— Je veux dire…

— Vous voulez savoir s'il cherchait un trésor ?

— Oui, précisément.

— On m'a dit que vous aviez envisagé cette possibilité.

Dupin fut tenté de lui demander qui faisait courir cette rumeur, mais il préféra laisser tomber.

— Nous envisageons toutes les possibilités.

— Je vais me répéter : depuis sa plus tendre enfance, Lucas rêvait de trésors. Mon Dieu… Je suis incapable de vous répondre. Je suis certainement la dernière à qui il aurait raconté ce genre de chose.

— Je comprends. A tout à l'heure.

A peine avait-elle raccroché que le téléphone sonna de nouveau. Dupin le détacha de son oreille et jeta un rapide coup d'œil à l'écran. C'était Nolwenn.

— Oui ?

— Le préfet voudrait que vous lui garantissiez que la recherche de Menn est une « urgence absolue ». J'ai tout confirmé mais sachez que je vous ai spécialement appelé pour cela. Il y a une heure.

— Je… Très bien.

— Vous avancez ?

— Je ne sais pas. Il y a beaucoup d'acteurs, dans cette histoire.

— Ce n'est pas la mer à boire.

Les expressions maritimes de Nolwenn avaient toujours un effet apaisant sur lui – d'ailleurs, il était heureux d'entendre la voix de son assistante.

— Avons-nous accès aux comptes bancaires des trois hommes ? C'est important.

— Cela ne va sûrement pas tarder. J'ai du mal à vous comprendre, commissaire, où êtes-vous ?

— Sur le bateau d'Angela Barrault.

— Mon pauvre, vous êtes de nouveau sur un bateau ?

Dupin commençait à regretter que tout le monde soit au courant de sa phobie de la navigation.

— La semaine dernière, *Le Télégramme* a publié un grand article sur Angela Barrault. Apparemment, elle a encore prévu de remporter le titre de championne du monde cet été.

— Championne du monde ?

Il avait de nouveau calé l'appareil contre son oreille.

— Elle pratique l'apnée. Elle a déjà remporté deux fois toutes les médailles. Aucune femme n'a plongé aussi loin qu'elle, à ce jour. Vous savez comment fonctionne l'apnée ?

— A peu près. C'est un certain type de plongée.

Angela Barrault avait en effet évoqué cette activité, mais Dupin aurait été bien en peine de décrire de quoi il s'agissait.

— Le but est de plonger le plus profondément possible, sans bouteilles. Un sport difficile.

Dupin en avait déjà entendu parler.

— Elle est championne du monde ? Angela Barrault ?

— Une Bretonne, oui monsieur. En réalité, elle est professeure de yoga. Une très belle femme. Eblouissante. Cet été, elle vise la barre des cent mètres.

— Cent mètres ?

— C'est une Bretonne, elle va y arriver.

— Je comprends. Nolwenn ?

— Oui, commissaire ?

— Sur le bateau, tout à l'heure… J'ai vu des dauphins.

Dupin ne savait pas pourquoi il y avait songé, rien à voir avec le sujet. Peut-être que la plongée l'y avait fait penser.

— Ah ! Des animaux intéressants, mais dont il faut se méfier…

— Pardon ?

— Vous ne vous souvenez pas de Jean Floc'h ?

Ce dauphin qui déchirait sciemment les filets de pêcheurs et attaquait les kayaks ? Il en a même renversé quelques-uns, leurs occupants se sont retrouvés à l'eau ! C'était il y a quatre ans, vous étiez encore à la capitale, mais l'histoire a dépassé les frontières de la région. Un spécimen isolé et agressif qui a plongé les habitants des côtes bretonnes dans la peur et l'effroi. Comme un chien enragé, en somme. Il pesait trois cents kilos !

Cette histoire était tout sauf sympathique, en effet, et ne correspondait pas du tout à l'image que Dupin se faisait de ces mammifères marins.

— Un miracle qu'il n'ait pas laissé de veuves et d'orphelins. Il y avait des affiches interdisant la baignade dans tout le Finistère. On a fini par le chasser. Vous savez, les mâles ayant atteint leur pleine maturité sexuelle développent parfois un comportement très dominateur et peuvent même être exclus du groupe.

— Ceux que j'ai vus étaient en banc. Je veux dire : c'était un groupe de dauphins, pas un animal isolé.

Dupin aurait aimé ajouter que les mâles agressifs étaient certainement une exception et que dans l'ensemble, les dauphins étaient des créatures plutôt paisibles, c'était même là l'une des raisons de leur popularité, mais il laissa tomber. Cette conversation frisait l'absurde.

— Très bien. Alors à plus tard, commissaire.

Nolwenn semblait parfaitement détendue.

— A plus tard.

Elle raccrocha. Dupin resta planté là sans faire un geste. Quelle enquête étrange. Tout y était curieux, décidément.

Le *Bakounine* ne se trouvait plus qu'à une cinquantaine de mètres de l'île Cigogne, au centre de la Chambre. La forteresse, originellement ronde, était déjà visible à l'œil nu. La forme de l'île éponyme et légendaire comptait sept encoignures (« seiz kogn », disaient les Bretons) et le fort était désormais occupé par l'école de voile. Autrefois, l'île était le point de départ des expéditions qui chassaient des corsaires trouvant refuge aux Glénan – les plus terribles d'entre eux venant de Guernesey, bien entendu. Il était de notoriété publique que le fort cachait une multitude de pièces et de voûtes secrètes. Des couloirs se terminaient abruptement, on disait que des tunnels creusés sous le sol marin reliaient les îles entre elles. Il suffisait de jeter un coup d'œil à cette sombre bâtisse pour croire à toutes ces rumeurs.

Dupin se rendit compte qu'il ne s'était pas renseigné plus précisément sur la signification de cette « tournée » dans laquelle il était embarqué. Il y avait tout de même un certain nombre d'îles !

La bande de nuages noirs, plus épaisse que tout à l'heure, s'était rapprochée et avait pris une teinte d'encre. En Bretagne, cela ne voulait pas dire grand-chose, mais Dupin n'aurait pas parié, quelques heures plus tôt, qu'elle se rapprocherait de la sorte. Difficile cependant de parler de vent, et la brise légère que l'on percevait de nouveau en cette fin d'après-midi venait indubitablement de l'est, la direction opposée. Dupin se détendit. Il rejoignit la cabine de pilotage, où Angela Barrault l'accueillit avec un éclat de rire.

— C'est vraiment rigolo. Votre manière de mener l'enquête, je veux dire.

— Je… On m'a dit que Solenn Nuz et vous étiez amies ?

— De vieilles amies, oui. On était ensemble en primaire. A Loctudy.

— Comment êtes-vous arrivées sur les îles, et comment en êtes-vous venue à exercer ce métier ?

— Vous voulez que je vous raconte ma vie ?

Elle semblait stupéfaite.

— C'est exactement ça, oui.

— Après la mort de son mari, Solenn Nuz a songé à vendre l'école de plongée. Lefort s'est proposé pour la reprendre, il lui a même fait une proposition très alléchante. Tout comme sa sœur, d'ailleurs, qui est allée jusqu'à dépasser la somme proposée par Lucas. A l'époque, je plongeais pour mon plaisir mais en réalité, j'enseignais le yoga. Auparavant, j'avais passé deux ans à Katmandou. A mon retour, je suis tombée par hasard sur Solenn Nuz. Nous avons pris rendez-vous et avons bavardé, elle m'a dévoilé la situation dans laquelle elle se trouvait. Elle m'a fait une proposition et plus tard, dans un bar, à deux heures du matin, je lui ai dit que j'étais partante. Mon compagnon de l'époque s'était fait la malle pendant mon absence et mes parents venaient de mourir. Comme d'habitude : tout se passe toujours en même temps. La vie est un véritable imbroglio, aussi emmêlé qu'une pelote de laine.

Cette image de la pelote de laine plut à Dupin. Elle avait raison.

— Voilà ma vie, résumée en une minute.

Elle avait formulé cela sans état d'âme ni coquetterie.

— Et c'est comme ça que vous êtes devenue championne de plongée en apnée ?

— Croyez-le ou non : en réalité, ce sport n'est rien de plus qu'une variante du yoga.

Elle augmenta la puissance du moteur. Ils étaient arrivés à l'escale suivante, où un petit groupe attendait sur la plage, trois élèves cette fois.

— Après ceux-là, on va à Penfret. Vous avez déjà fait du yoga ?

Dupin n'avait rien contre, rien du tout, mais il se considérait comme la personne la moins adaptée du monde à ce genre de pratique. Le yoga, la méditation, toutes ces techniques de relaxation… Leur seule évocation le rendait nerveux. Personne n'était moins doué que lui dans ce domaine. Il choisit d'ignorer la question.

— Madame Lefort avait donc fait une proposition très généreuse à Solenn Nuz ?

Muriel Lefort était plus rompue aux affaires qu'il ne l'aurait cru.

— Oui. Elle était vraiment partante. Tenez, puisque vous vous intéressez tant aux épaves : rien que de ce côté de Cigogne, on en trouve quatre, toutes des navires de pirates. On a retrouvé des trésors incroyables dans celle de la *Double Revanche*, profondément enfouis dans le sable, entre des dizaines de homards. Figurez-vous qu'ils adorent les épaves en bois. Savez-vous que les Glénan ont une mascotte ? Un homard, juste-ment : Charlie. Il a presque quatre-vingts ans. Il vit dans une épave, non loin du quai de Saint-Nicolas. Tout le monde le connaît. Le club a même planté un panneau d'affichage sur le fond de la mer, à l'endroit où il se trouve la plupart du temps. Chaque plongeur débutant lui fait l'honneur d'une visite.

Elle rit.

— Charlie. Vous trouverez même des vidéos à son sujet sur Internet. (Elle reprit sur un ton plus professionnel :) Les homards sont parfaitement sédentaires. Il n'y a pas si longtemps, on a retrouvé un spécimen vieux de cent quarante ans de presque un mètre de longueur. Il a échappé de justesse à la marmite.

Angela Barrault imposa d'un mouvement ferme une rotation complète au gouvernail, puis elle mit le moteur au point mort. Elle fixa Dupin avec patience jusqu'à ce qu'il comprenne ce qu'elle voulait : il lui barrait le chemin.

— C'est reparti pour un tour.

Dupin fit un pas de côté et se dirigea vers la poupe. Il était encore absorbé par cette vision d'un homard énorme et très vieux : s'il comptait cent quarante ans, il avait dû naître en 1870, tandis que Charlie avait vu le jour en 1930 – il était plus âgé que sa mère ! Dupin essaya de chasser cette image. Il aimait trop le homard.

Il composa le numéro de Goulch, qui répondit immédiatement.

— Commissaire ?

— Où êtes-vous ?

— Je suis encore dans les docks, à analyser le Bénéteau. Nous avons bientôt fini. Nous avons trouvé quelques cartes traditionnelles, sur papier stratifié. On va les regarder de plus près, car pour le moment, elles ne nous ont livré aucune indication.

— J'ai besoin de vous. Rejoignez le bateau de Leussot. Il doit être du côté des Moutons, à moins qu'il n'ait déjà rejoint Saint-Nicolas. Vérifiez le matériel qu'il possède sur son bateau, ses instruments de travail, et dites-moi ce qui se prête à la chasse au trésor. Essayez de savoir s'il se trouve sur une… piste en ce moment.

— Vous voulez que je fouille son bateau, c'est bien ça ?

— S'il le faut, oui.

Bien que cette manière de procéder soit un peu abusive – c'était tout au moins le sentiment de Dupin –, il avait besoin d'une réponse. Par ailleurs, une intrusion inopinée pouvait offrir des résultats étonnamment concluants – si elle se justifiait.

— Ensuite, ce serait bien que vous alliez voir les bateaux de Kilian Tanguy, Muriel Lefort et du Marhallac'h. Et aussi celui du médecin disparu, Devan Menn. J'ai oublié quelqu'un ?

— Le directeur de la Station ? Angela Barrault ?

— Angela Barrault ?

— La directrice du…

— Oui, je sais qui c'est.

— Elle possède aussi son propre bateau. Elle s'en sert souvent pour l'école.

— Comment le savez-vous ?

— Tous ceux qui passent du temps en mer se connaissent au moins de vue. On se côtoie.

— Je m'occupe du bateau d'Angela Barrault. Je suis justement en train de l'interroger.

— Vous êtes sur son bateau ?

A vrai dire, Dupin ne savait pas si c'était vraiment son bateau.

— J'ignore si c'est le sien. A quoi ressemble-t-il ?

— C'est un Jeanneau, Cap Camarat, ouvert. Il doit faire sept mètres de longueur. Un vieux modèle, mais bien conservé, blanc. Il vient d'être repeint.

— Alors ce n'est pas le sien. Vérifiez-le, dans ce cas.

— Très bien. Je me mets en route.

— Et puis… Oui, jetez aussi un coup d'œil au bateau du directeur. Essayez de savoir si quelqu'un a récemment entendu parler d'une nouvelle épave.

— Madame Barrault est la mieux placée pour savoir ça, ou peut-être un archéologue. Ou Solenn Nuz.

— Appelez-moi si vous trouvez quelque chose.

— Comptez sur moi, commissaire.

Dupin raccrocha et inspira profondément l'air marin, encore plus intense aujourd'hui que d'habitude : le sel, l'iode, le magnésium, le fer, le calcium – et les algues. Dupin sourit en pensant à Nolwenn : la qualité sanitaire – non, la qualité médicinale de l'air de l'Atlantique faisait partie de ses sujets de conversation favoris : « C'est un peu comme si vous étiez en permanence en cure thermale. Votre système nerveux, vos muscles se détendent, vos blocages intérieurs et vos fixations mentales lâchent », disait-elle volontiers. Dupin appréciait tout particulièrement l'évocation des fixations mentales, même s'il n'avait aucune idée de ce qu'elle entendait par là. Par ailleurs, on attribuait également à l'air de l'Atlantique des phénomènes plus « banals » comme l'élimination des toxines, l'harmonisation de l'organisme et une multitude d'autres bienfaits. Au cours des premiers mois qui avaient suivi sa « mutation », il avait pris ces discours pour des propos ésotériques, des rituels de guérison druidiques, mais après quelques recherches sur Internet, il avait été impressionné. Le rapport existant entre les différents composants de l'Atlantique correspondait effectivement à celui que l'on trouvait dans le sang et dans le liquide tissulaire du corps humain.

En se retournant, Dupin vit Angela Barrault refermer l'accès de la rambarde. Le claquement retentit et elle abandonna les plongeurs à leur sort pour réintégrer le poste de pilotage.

— Maintenant, on les dépose tous à Penfret. C'est là que se trouve notre logement de fortune.

Ils se retrouvèrent bientôt dans la cabine, chacun au poste qu'il occupait précédemment – Angela aux commandes, Dupin agrippé dans l'embrasure de la porte.

— On retourne à Saint-Nicolas, ensuite ?

Angela Barrault jeta un bref coup d'œil à l'impressionnant bracelet-montre qu'elle portait au poignet.

— Il faut que nous soyons au quai à dix-sept heures. Vous voulez m'accompagner en mer, ensuite ?

— Vous allez ressortir ?

— Le soleil ne se couche pas avant vingt et une heures. Ces heures-là, ce sont les miennes.

Elle eut un sourire chaleureux.

— Vous allez sortir avec votre bateau ?

La question du commissaire ne sembla pas la surprendre.

— Non, je vais rester sur le *Bakounine*. Cela me ferait perdre du temps. Je vous dépose au quai et je repars dans la foulée.

Sans changer de ton, elle ajouta :

— Vous êtes bien informé.

— C'est mon boulot.

— J'imagine que vous aimeriez savoir si mon bateau est adapté à la chasse au trésor ?

— En effet.

— Je possède un sonar ordinaire, mais j'ai un appareil photographique submersible hors de prix, toute dernière génération. Un instrument incroyable, cinq fois plus performant que les autres. Mes assistants

275

s'en servent pour me filmer quand je m'entraîne. Malheureusement, il ne permet de voir que ce qui est visible à l'œil nu. Des objets qui reposent sur le sable, par exemple. Sur le fond de mer. Vous voulez le voir ?

— Ça me suffit pour le moment. Si c'est nécessaire, un gendarme maritime viendra voir votre bateau.

— Vous croyez donc qu'il s'agit d'une histoire de trésor ?

— On verra bien.

— Vous avez toujours voulu être policier ?

Angela Barrault avait posé cette question sur le ton léger qui avait caractérisé leur conversation jusque-là.

— Je crois, oui, même si je ne me suis jamais vraiment posé la question. Mon père était flic. Il est mort quand j'avais six ans.

Dupin avait répondu sans réfléchir et s'étonnait de l'avoir fait. Ce n'était pas son genre de parler ainsi de lui, surtout au cours d'une enquête.

— Et selon vous, qu'est-ce qui s'est passé ici ?

Dupin s'efforçait de paraître professionnel.

— Peut-être que cela ne s'est pas produit sur les îles.

— Que voulez-vous dire ?

— Peut-être s'agissait-il d'autre chose, qui n'aurait rien à voir avec les gens d'ici. Peut-être que seul le hasard a fait que ce soit arrivé ici.

Cette réponse n'était pas beaucoup plus claire que la précédente.

— Concrètement ?

— Je ne sais pas. Sûrement un événement terrible, pour faire autant de dégâts.

La commissaire ramena la conversation sur des rives plus concrètes.

— Et les projets touristiques de Lefort ?

Angela Barrault laissa échapper un rire railleur, presque méchant. Dupin n'aurait pas cru son interlocutrice capable d'autant de mépris.

— Oh oui. Ses grands projets. Son jouet.

— Vous connaissez ses nouveaux plans ?

— Personne ne les connaît, hormis le bureaucrate amorphe de Fouesnant. D'ailleurs, je ne crois pas que son projet soit vraiment nouveau. C'est le même qu'avant, j'en suis sûre.

— Vous parlez du maire ?

— Le maire, oui.

— Qu'en pensez-vous ?

— Qu'est-ce que je pense de quoi, au juste ?

— Quelle est votre opinion sur l'aménagement et l'agrandissement de l'école de voile et du club de plongée – en somme, du tourisme sur les Glénan ?

— C'est une vaste plaisanterie, sauf qu'elle n'est pas drôle. Je préférerais sincèrement que l'archipel soit englouti sous l'océan. Ce qui ne va pas tarder, d'ailleurs, si le niveau de la mer continue de monter. Ces quelques bouts de terre composés de cailloux et de sable…

— Vous ne pensez donc pas que le projet est compatible avec le respect de l'environnement ?

— N'importe quoi.

Angela Barrault ne semblait pas disposée à entrer dans les détails. Elle tourna la tête pour regarder Dupin droit dans les yeux, la mine presque sévère, avant de reporter son regard vers l'horizon. Ils étaient arrivés à destination. Penfret. Ils se trouvaient précisément au niveau de l'immense épave de voilier, échouée sur la plage depuis de nombreuses années. Si les planches avaient pourri au fil du temps, la structure était restée intacte et ressemblait désormais à un squelette de baleine. Dupin l'avait découvert l'année précédente.

Pendant que les plongeurs descendaient du *Bakounine*, le commissaire balaya l'île du regard. On apercevait les logements rudimentaires, de simples baraques de bois assemblées quatre par quatre, une vingtaine en tout. Elles étaient réparties tout au long de la plage et jusqu'au milieu de l'île, où se dressaient les ruines d'anciennes fermes datant du XIXe siècle. Henri les lui avait montrées l'année précédente. Des maisons tout ce qu'il y avait de plus banal, s'était dit Dupin. A droite des fermes, deux baraquements de bois plus élevés, à deux étages, accueillaient les lieux de vie. A côté de ces logements, la moindre auberge de jeunesse était luxueuse. Dupin avait été impressionné par la rusticité de l'endroit. L'ensemble de l'île était dominé par le célèbre phare peint en blanc et surmonté de sa lanterne rouge, dont les cent soixante-quinze années d'existence avaient été fêtées solennellement, avec force fanions et banderoles. Il se dressait au centre d'une grande bâtisse de pierre, ancien logement des gardiens et de leur famille. Nolwenn lui avait raconté quelques-unes des histoires tragiques qui circulaient à propos de ce phare, et l'une d'elles lui était restée en mémoire. Chaque fois qu'il y repensait, il en avait la chair de poule. Un jour, une tempête particulièrement violente avait fait exploser les vitres rouges de l'édifice, et pour éviter tout autre accident, on les avait remplacées par un verre blanc en attendant la fabrication de plaques de verres sur mesure. Pendant les semaines suivant cet incident, quatre bateaux avaient échoué sur l'archipel. Dans l'obscurité ou la tempête, la lumière blanche du phare avait induit en erreur les marins qui l'avaient prise pour celle de Penmarc'h et avaient fait fausse route. Des centaines de personnes avaient trouvé la mort. Une histoire épouvantable.

Des voix lui parvenaient depuis le pont, il entendit Angela Barrault répéter à plusieurs reprises « A demain ! », d'un ton toujours aimable.

Dupin retourna dans la cabine. Le bateau reprenait de la vitesse, les vibrations le parcoururent de nouveau de part en part et se répercutèrent jusque dans sa moelle.

— Avez-vous d'autres questions ? Nous n'allons pas tarder à arriver à Saint-Nicolas.

Comme pour illustrer son propos, elle augmenta la puissance du moteur, entraînant aussitôt une amplification du bruit et des vibrations.

— Vous vous souvenez de l'heure de votre arrivée au Quatre-Vents ce soir-là ?

— Votre inspecteur m'a déjà posé la question. Neuf heures moins le quart.

— Vous avez remarqué quelque chose de particulier ? C'est sans doute à ce moment-là que Konan et Lefort ont absorbé les calmants.

— J'étais au comptoir. Je ne les ai pas vraiment remarqués. J'ai passé l'essentiel de mon temps à papoter avec la fille aînée de Solenn Nuz. On s'entend très bien. Avec le beau-père de Solenn aussi, Pascal.

Dupin l'avait complètement oublié.

— Il ne parle pas beaucoup.

— Non.

— De quoi avez-vous discuté ?

— De certains courants marins étranges que nous avons observés dernièrement.

— Des courants étranges ?

— Oui, des courants très puissants et inexplicables, à la sortie ouest et à la sortie sud de la Chambre. Ils vous attirent vers le sud, c'est-à-dire vers le large. Ils sont présents actuellement, pendant la marée d'équinoxe. Ce genre de phénomène n'est pas rare avec des coefficients de 120, mais en général ils tirent toujours vers la terre. Jamais vers la mer, comme en ce moment.

— Vous n'avez donc rien remarqué de particulier ?

— Non.

— Qui d'autre était avec vous au comptoir ?

— Oh, il y a toujours beaucoup de monde. Maela Menez était là. Une fille dure, mais géniale. Je crois qu'il y avait aussi quelques élèves de l'école de plongée, et puis Louann, bien sûr. Armelle Nuz. Je suis restée longtemps. La plupart sont partis avant l'orage mais moi, je n'aime pas être seule pendant les tempêtes. Ensuite, il n'y a plus eu que moi.

Elle avait confessé cela d'une voix parfaitement détendue, sans ciller.

— Les deux filles Nuz disent que vous êtes arrivée vers vingt heures quinze.

Un éclair indéchiffrable traversa brièvement le regard de la plongeuse.

— C'est comme un vieux polar, tout ça. Les boissons empoisonnées, les zigotos échoués sur la plage…

Dupin la considéra attentivement.

— Elles se trompent toutes les deux. Je ne peux rien dire de plus, conclut-elle.

— Qu'est-ce que vous entendez par « une fille dure » ?

— Maela est impitoyable, intransigeante. Elle s'est approprié les anciennes valeurs de l'école de voile et est prête à tout pour les défendre. A visage découvert, cependant. Elle travaille jour et nuit.

— Qui combat-elle ?

— Eh bien, Lucas Lefort, par exemple.

Dupin se demanda si son interlocutrice restait délibérément imprécise.

— C'est elle qui exprime les sentiments que Muriel refoule. Muriel se contient toujours.

— De quels sentiments s'agit-il ?

— La haine. Vous connaissez ça.

— Vous voulez dire qu'elle haïssait vraiment Lucas Lefort ?

— Ce n'est un secret pour personne.

— Etes-vous proche de Muriel Lefort ?

— On s'entend bien, même si on ne peut pas dire que nous soyons amies. Entre femmes, on doit se serrer les coudes. Solenn, Muriel et moi. Muriel défend une cause importante, et elle y croit.

— Et vous croyez que Muriel haïssait vraiment son frère ?

— Profondément, oui. Elle a toujours voulu lui racheter sa part de l'entreprise, et vice versa. Tous deux espéraient que l'autre céderait un jour, mais c'est Muriel qui souffrait le plus. Lui, il s'en amusait. Il détruisait tout ce qui était sacré pour elle.

— Connaissez-vous sa vie sentimentale ?

Dupin ne savait pas comment il en était venu à cette question.

— Il n'y a personne dans sa vie. Les femmes vivent sans hommes, ici. Sans relation fixe, en tout cas... On ne va pas tarder à arriver.

Il leva les yeux. En effet, le quai n'était plus très loin.

— Je voulais…

Au milieu du vacarme assourdissant du moteur, Dupin devina plus qu'il n'entendit la sonnerie de son téléphone portable. Il quitta prudemment sa position. C'était Le Ber.

— Chef, on a retrouvé le véhicule du docteur Menn.

— Où ça ?

— Sur le grand parking de Sainte-Marine, près du port. Pas très loin de chez lui, en fait. Son bateau en revanche a disparu. Il possède un Jeanneau Merry Fisher 925, un bateau très apprécié dans le coin.

Le Ber aussi était – bien sûr – expert en bateaux. Au-delà de son penchant « druidique », il possédait un sens pratique très développé et s'intéressait de près à la technologie.

— Il est donc sorti en bateau ?

— On dirait, oui. On annonce la fin de l'alerte ?

— Non. On ne l'a pas encore retrouvé.

— Mais il est en mer.

— On attend, Le Ber. Il pourrait en être autrement, on n'en sait rien. Peut-être veut-il brouiller les pistes. Peut-être est-il descendu à terre un peu plus loin. A Fouesnant par exemple, ou à Concarneau. Peut-être a-t-il remonté l'Odet et a-t-il laissé son bateau là-bas. S'il est en cavale, ce ne serait pas une mauvaise idée.

— Vous avez raison… (Dupin eut l'impression d'entendre le cheminement des pensées de l'inspecteur.) Vous soupçonnez donc sérieusement Menn ?

— Pour le moment, je soupçonne tout le monde, et en particulier ceux qui étaient présents au moment du crime et qui disparaissent le lendemain.

— Et si au contraire il fait partie des victimes ?

— Ou alors il fait partie des victimes, oui, répondit Dupin après un instant de réflexion.

— Je vais prévenir les garde-côtes.

— Faites-le. Et… Le Ber ?

— Oui, patron ?

— J'ai failli oublier : essayez de savoir quand Leussot sera de retour et s'il a prévu de se rendre à Saint-Nicolas. J'aimerais qu'il m'en dise plus sur la bagarre qu'il a eue avec Lefort, et qu'il m'explique pourquoi il ne m'en a pas parlé.

— Très bien.

Dupin raccrocha et s'aperçut que le *Bakounine* était déjà amarré au quai, et qu'il se trouvait donc à trente mètres à peine de Le Ber. Près de la rambarde, Angela Barrault le regardait. S'il avait sauté sans peine sur le bateau plus tôt dans la journée, il allait désormais devoir gravir quelques échelons de fer rouillé pour retrouver la terre ferme.

— Merci beaucoup pour votre aide, madame. Ces informations sont très importantes.

— Je vous laisse seul juge.

Le sourire qu'elle afficha était enchanteur. Manifestement, elle était consciente de l'effet qu'elle produisait.

— Bonne plongée dans les profondeurs de la mer !

— Je ne vais pas aller très loin, aujourd'hui.

— A très bientôt.

Ces mots étaient sortis comme une menace, ce qui n'était pas l'intention de Dupin. Il se demanda s'il devait lui serrer la main, mais il se contenta d'attraper un barreau de l'échelle pour se hisser sur le quai.

Dès que le restaurant entra dans son champ de vision, le commissaire avisa Le Ber et Labat attablés au même endroit que la veille. Il bifurqua aussitôt et mit le cap sur le comptoir sans accorder plus d'attention à ses deux inspecteurs stupéfaits. Il lui fallait d'abord un café et un grand verre d'eau. A peine descendu du *Bakounine*, il avait eu l'impression que le sol tanguait encore plus que la mer. L'aînée des filles Nuz le servit aimablement et tenta d'entamer la conversation, mais Dupin était trop occupé à retrouver son équilibre pour y participer. Il commanda deux cafés, en avala un sur-le-champ, debout au zinc, avant de se saisir du second et du verre d'eau et de rejoindre à petits pas ses collaborateurs.

— L'hélicoptère vient de me déposer, commença Labat. La fouille a donné des résultats. Les disques durs surtout étaient intéressants. (Labat parlait trop vite pour permettre au commissaire d'intervenir.) J'ai essayé de vous joindre, c'était tout le temps occupé. Pajot possédait d'autres entreprises dans lesquelles Konan était impliqué, en tant qu'investisseur. L'une d'elles est un consortium – je vous laisse deviner sa fonction et qui y est associé !

C'était typique de Labat quand il avait découvert un filon. Dupin n'était pas d'humeur à supporter ces excès de zèle. Il s'assit et attendit que l'inspecteur réponde lui-même à ses propres questions, ce qui ne tarda pas.

— Ils ont fondé un consortium pour l'aménagement touristique des Glénan, lequel possède des parts dans la société de Lefort.

Voilà qui était intéressant, en effet. Dupin but son second café à petites gorgées rapides pour ne pas se brûler. Il n'était pas certain d'avoir choisi le meilleur remède contre le mal de mer, mais la caféine avait toujours été sa potion magique, en toute situation.

— Comment s'appelle cette société ?

— « Les Glénan verts. » C'était le nouveau projet de Lefort. Mais attendez, j'ai mieux !

A nouveau une petite pause théâtrale.

— C'était assez compliqué à trouver. Ils ont tout fait pour le cacher, en se servant de différents comptes et sous-comptes, mais l'expert que j'ai fait venir de Rennes a fini par flairer quelque chose et j'ai tout vérifié avec lui. Evidemment, il n'a pas compris le sens caché de tout ça, lui.

— De quoi, Labat ?

— L'un des comptes de Pajot montrait deux virements à du Marhallac'h. Un montant de trente mille euros il y a neuf mois, un autre il y a six mois.

Soudain, Dupin se sentit parfaitement éveillé. Son malaise s'était dissipé d'un coup. Il ne répondit pas, submergé par des pensées qui accouraient à toute allure. De plus, il n'avait aucune envie de se montrer impressionné par le numéro de Labat.

— Les virements portaient l'intitulé : « Prestation d'architecte », mais nous n'avons trouvé aucune mention d'activité de ce type dans les dossiers ou dans le disque dur.

— Des prestations d'architecte ?

— Du Marhallac'h est architecte de formation, intervint Le Ber. Il possède un cabinet depuis vingt-deux ans, mais il exerce très peu depuis qu'il est maire. Il semblerait cependant qu'il ait eu beaucoup de succès par le passé, la côte entière faisait appel à ses services.

Le frère de Le Ber était architecte, comme la sœur de Dupin. Il connaissait la musique.

— Parfait.

Le commissaire s'enfonça dans son siège. Il ne savait pas très bien à quoi rimait ce « Parfait » qu'il venait de prononcer, et d'après la mine de ses inspecteurs, il devinait qu'ils étaient aussi perplexes que lui. Cette enquête devenait de plus en plus étrange. Il avait toutefois l'habitude de ce genre de phénomène. Il n'était pas rare qu'une enquête révèle plusieurs pistes sérieuses, mais la plupart du temps, l'une des deux refroidissait au fil des investigations, petit à petit ou d'un coup, selon l'affaire. Dans ce cas, c'était le contraire : les pistes se démultipliaient sans cesse.

— Labat, qu'en est-il du directeur ? Et de la Station ? Quelles affaires la relient à Medimare ?

Après tout, c'était pour cela que Dupin avait demandé d'enquêter sur les entreprises des trois hommes.

— Les experts sont encore dessus. Pour l'instant, tout a l'air en ordre, en tout cas sur le papier. A ce jour, nous n'avons trouvé aucun mouvement de compte suspect, rien de la sorte.

— Et les négociations autour des recherches de Leussot ?

— Là aussi, rien à signaler. Jusqu'à maintenant, nous en avons identifié quatre. Il va être difficile, voire impossible, de démontrer le moindre acte délictueux.

Labat jubilait ostensiblement que la piste de Dupin n'ait rien donné pour l'instant.

— Labat, mettez-vous en route tout de suite. Je veux que vous alliez voir du Marhallac'h et que vous le titilliez encore un peu. Avec insistance.

— Mais… Je viens d'arriver, Le Ber et moi voulions…

— Démontez-le-moi, Labat.

La flamme de satisfaction qui éclaira le regard de l'inspecteur lui confirma qu'il avait trouvé les mots justes.

— Entendu.

— Il s'agit de corruption, et il me faut des preuves tangibles. Je veux le récit complet. Ils l'ont acheté – il n'y a pas d'« œil bienveillant » qui vaille.

L'opinion de Dupin sur les hommes politiques se confirmait – c'était à désespérer.

— J'aimerais en savoir plus sur les plans d'aménagement de l'île. A quel stade en étaient-ils ? Tout cela doit se trouver dans l'ordinateur portable de Lefort, Labat.

— On les a trouvés, mais on n'a pas encore eu le temps de les analyser.

— Des « prestations d'architecte »… Nous allons l'épingler !

Il avait beau faire des efforts, Dupin ne parvenait pas à se réjouir complètement de ce succès. Jusque-là, les perquisitions n'avaient pas donné grand-chose. Il avait espéré pouvoir mettre le directeur de la Station en accusation, bien sûr, mais il avait surtout envie de venir à bout de cette enquête. Sans compter qu'il avait pris sur lui d'employer les grands moyens sur la seule base d'un appel anonyme plutôt douteux.

Labat sauta sur ses pieds, soudain gonflé d'énergie.

— L'hélicoptère est encore là. Je file.

— Soyez sans pitié.

Labat lança à son supérieur un regard dans lequel on lisait clairement qu'il se considérait désormais comme le champion de l'enquête.

Dupin et Le Ber restèrent quelques instants sur la terrasse pour faire le point, mais le commissaire était pressé. Il avait besoin de s'entretenir à nouveau avec Muriel Lefort.

Entre-temps, la presse avait fini par arriver, bien tard par rapport à l'ampleur de l'événement. Il y avait là les deux reporters de la rédaction Finistère-Sud du *Télégramme* et d'*Ouest-France*. Le vieux Drollec, un gourmet que l'embonpoint et sa petite taille faisaient ressembler à un ballon, et la frêle Donal, une intellectuelle portant des lunettes carrées dernier cri. Dupin éprouvait une certaine affection pour ce duo mal assorti qui apparaissait invariablement ensemble dès qu'un « gros coup » s'annonçait. Quand ils se retrouvaient sur la même affaire, ils adoptaient une réserve prudente, mais dans le fond ils s'appréciaient. D'un commun accord, ils ne prétendaient plus être arrivés « le premier » sur les lieux et privilégiaient une solidarité qui leur donnait souvent accès à davantage d'informations. Leur petit arrangement ne fonctionnait pas mal du tout, se dit Dupin, et en général les deux journaux arrivaient « à égalité ». En cet instant, ils se trouvaient donc sur l'île du Loc'h, où avaient été découverts les cadavres.

Dupin s'approcha des maisons triangulaires par le même chemin que la veille. Devant lui s'étendait le même panorama splendide sous un ciel encore bleu, et pourtant la situation était complètement différente d'hier.

La maison de Muriel Lefort n'était pas aussi bien entretenue que celle de son frère. Le toit était couvert de mousse, le dernier ravalement de façade devait dater d'un moment déjà. Comme chez son frère, il fallait faire le tour de la maison pour accéder à la porte d'entrée, et ici aussi le jardin se composait principalement de gazon touffu. Deux buissons de camélias peu épanouis se dressaient tristement dans un coin du jardinet.

Elle ouvrit après la première sonnerie. Ses cheveux étaient en désordre, son visage semblait encore plus étroit que d'habitude, presque sévère. Elle avait troqué son étrange jupe de tweed et son chemisier strict contre un jean et une tunique bleu ciel, qui ne lui donnaient pas une apparence décontractée pour autant. Dupin se fit la réflexion que son air désuet, un peu raide, n'avait rien à voir avec sa tenue vestimentaire.

— Heureuse de vous voir, commissaire.

Elle paraissait vraiment soulagée.

— Moi aussi. J'ai quelques questions à vous poser, comme vous le savez.

De profonds plis se formèrent sur son front, qu'elle ne chercha pas à cacher.

— Par où commencer ? (Ces simples mots lui coûtaient visiblement. Elle attendit quelques instants avant de poursuivre.) Il faut que je vous dise quelque chose. (Elle marqua une nouvelle pause.) Maela Menez a eu une aventure avec mon frère. C'était il y a sept ans. Elle a essayé de me la cacher, mais j'ai fini par m'en rendre compte.

Elle semblait à la fois inquiète et abattue, le regard rivé sur le sol. Soudain, elle s'avisa qu'ils se tenaient encore dans l'entrée.

— Pardon... Je ne voulais pas être inconvenante. Entrez, je vous en prie.

Dupin lui emboîta le pas sans manifester de réaction.

— Votre assistante a eu une liaison avec votre frère ?

Jamais il n'aurait imaginé une chose pareille. Muriel

Lefort le conduisit aux fauteuils installés devant la grande baie vitrée donnant sur la terrasse.

— Je suis vraiment désolée de ne pas vous en avoir parlé plus tôt. Cela m'est très désagréable. Leur histoire a duré quelques mois, je crois.

— Elle s'est terminée du jour au lendemain, comme ça ?

— Oui. C'est tout au moins ce qu'elle m'a assuré, et je m'en serais aperçue si ça n'avait pas été le cas, croyez-moi. C'est elle qui a mis un terme à leur relation. Elle a failli s'évanouir quand je lui en ai parlé, elle était dans tous ses états. Elle s'est laissé séduire alors qu'elle savait très bien que les intentions de mon frère étaient très différentes des siennes.

— Que voulez-vous dire ?

— Elle était vraiment amoureuse, mais Lucas ne s'intéressait pas du tout à elle.

— Si j'ai bien compris, votre frère incarnait l'exact opposé des convictions de madame Menez, laquelle avait une position plutôt claire, voire tranchée.

Dupin en avait suffisamment vu dans sa vie pour savoir que cela ne signifiait pas grand-chose.

— En effet, c'était une trahison. C'est bien ça.

La dureté du terme contrastait curieusement avec son ton parfaitement calme, comme si elle faisait une remarque en passant.

— Votre frère et votre assistante ont-ils été par la suite en contact, en dehors de leur relation professionnelle ? Un fait particulier est-il survenu dernièrement ?

— Non, rien du tout. Elle m'a assuré qu'il n'y avait eu aucune suite, aucune dispute, rien. Je lui fais entièrement confiance.

— Elle ne lui a pas écrit, elle n'a pas essayé de lui parler ?

— Non. Au bout d'un moment, j'ai cessé d'en parler avec elle, moi aussi. Nous avons continué comme si de rien n'était. Comme une sorte d'accord tacite entre elle et moi.

La réponse n'avait rien de sévère, Muriel Lefort semblait même éprouver une sorte d'empathie pour son assistante.

— Que pensez-vous de cette aventure ?

— Moi ? dit-elle avec étonnement. Oh, j'ai été blessée, comme vous pouvez l'imaginer.

Dupin n'arrivait pas à savoir si la situation était désagréable à Muriel Lefort parce qu'elle attirait l'attention de la police sur son assistante ou parce qu'elle se montrait suspecte en ayant gardé l'information pour elle jusque-là. Un ange passa. Dupin sentait qu'elle avait autre chose sur le cœur. Pourtant, rien ne suivit.

— Je vous remercie beaucoup. J'ignore si cette histoire est importante pour notre enquête, mais il est essentiel pour nous de rassembler autant de renseignements que possible sur chaque personne impliquée dans l'affaire.

Elle restait silencieuse.

— Au téléphone, vous avez évoqué plusieurs points.

— En effet.

Sa voix avait repris un peu de fermeté, les encouragements de Dupin paraissaient lui donner de l'énergie.

— Je tenais à vous dire personnellement que j'allais sans doute tirer un gros profit de la mort de mon frère. Cet après-midi, on m'a avertie par téléphone que Lucas n'avait pas fait de testament. Je vais donc hériter de la totalité. Nous avons le même notaire, lui et moi.

L'école de voile et le terrain m'appartiendront à part entière, désormais.

Ces quelques phrases avaient fusé comme des flèches et elle avait regardé Dupin droit dans les yeux en les prononçant. Ce dernier avait tenté de garder une mine parfaitement indifférente.

— D'ailleurs, votre inspecteur m'a déjà interrogée deux fois à ce sujet.

— Nous travaillons en étroite collaboration.

— Je ne sais pas si vous savez que j'ai proposé à plusieurs reprises à mon frère de racheter sa part des Glénans. Je lui ai fait des propositions très avantageuses.

— Oui, je sais.

Elle le regarda avec inquiétude.

— Eh bien, cela me semble être un mobile parfait, non ? Egal à lui-même, mon frère se surestime et décide de naviguer saoul un soir de tempête. Il fait naufrage – personne n'est surpris parce que tout le monde sait qu'il se croyait invincible, et le lendemain, l'école de voile m'appartient.

Dupin se tut. Un silence que Muriel Lefort ne supporta pas longtemps.

— Qu'en pensez-vous, commissaire ?

— En effet, ce serait un meurtre presque parfait.

— Suis-je suspecte ?

— Bien sûr, oui.

Un silence de plomb les enveloppa tandis que le visage de Muriel Lefort se décomposait. Sa voix se brisa.

— Je n'ai jamais haï mon frère, croyez-moi, reprit-elle très bas, mais je l'ai méprisé. Oui. Je me suis battue contre lui parce qu'il faisait tout pour briser l'œuvre de nos parents, leurs grandes conceptions. Ils étaient dans la Résistance quand ils étaient jeunes. C'est dans cet esprit qu'ils ont choisi les Glénan et cette vie-là, c'est à travers la voile et l'école qu'ils voulaient faire perdurer cet esprit. Ils ont cru à quelque chose, ils ont consacré leur vie entière à cette conviction et c'est là l'héritage que nous avons reçu, Lucas et moi. Ils ont tout fait pour défendre leurs idées, tout. Ils n'ont jamais voulu que l'école devienne une entreprise, et cela n'a pas changé quand les gens ont commencé à affluer et qu'ils ont compris qu'il y avait beaucoup d'argent à gagner.

— Vous n'héritez pas seulement de l'autre moitié de l'école mais également du terrain, n'est-ce pas ? Plus de la moitié de Saint-Nicolas, si je ne m'abuse, ainsi que les îles de Cigogne et de Penfret ?

Dupin avait posé la question sur un ton volontairement nonchalant.

— Oui.

Il la regarda d'un air aussi indifférent que possible.

— Vous ne vous seriez pas seulement débarrassée de votre frère, vous auriez également fait un trait sur tout ce qui menaçait les Glénans.

— Oui. J'imagine que mes mobiles pèsent plutôt lourd dans votre balance.

— Ce n'est pas faux. Nous parlons certainement de plus de soixante-dix, voire de quatre-vingts millions d'euros, n'est-ce pas ? Avez-vous tué votre frère, madame Lefort ? demanda Dupin avec calme.

Les yeux de son interlocutrice cillèrent un instant, puis tout son visage fut parcouru d'un tressautement nerveux.

— Non.

— Saviez-vous que votre frère avait fondé une société consacrée à son nouveau projet d'aménagement ? Les Glénan verts ? Et que Pajot et Konan avaient mis sur pied un consortium censé détenir des parts de l'entreprise ?

Visiblement perturbée, Muriel Lefort avait du mal à le suivre.

— Non. Non, je n'en savais rien.

— Que connaissait-on ici de ses intentions ?

— Rien, je crois. Lucas savait qu'il allait s'attirer l'inimitié de tous – peu importe la teneur exacte de ses projets, d'ailleurs. La dernière fois qu'il a tenté sa chance, tout le monde a fini par s'y opposer, pourtant il avait réussi à en embobiner quelques-uns.

— Qui s'est laissé embobiner, à l'époque ?

— Oh, ils étaient une poignée, mais à la longue, ils ont tous vu clair dans le jeu de mon frère. Au début, il laissait entendre qu'il s'agissait de sauver les Glénans et le site. Il prétendait que des « étrangers » avaient commencé à s'intéresser à notre coin, qu'ils voulaient investir aux Glénan et développer le tourisme. Au départ, Solenn Nuz et son mari étaient de son côté, tout comme Kilian Tanguy, mais ils ont vite viré de bord. Ils avaient cru que mon frère créait une sorte d'association, un peu comme l'école de voile. C'est ce que Lucas leur a laissé croire jusqu'à ce qu'il apparaisse clairement qu'il leur demandait tout bonnement d'investir de l'argent dans son entreprise pour exploiter au maximum l'archipel et le mener à sa perte. Konan était déjà là. Lucas a également pu gagner les faveurs de deux investisseurs de la côte, mais il n'a pas tardé à les perdre, eux aussi. Plus il gagnait en célébrité grâce à la voile, plus il rencontrait ce genre d'individus.

— Et Devan Menn, le médecin ? Il en faisait partie, lui aussi ?

— Oui, c'était un de ces deux hommes.

— Est-il resté fidèle à votre frère quand les autres s'en sont détournés ?

— Je ne suis pas en mesure de vous le dire.

— Votre frère et lui entretenaient-ils déjà des relations amicales ?

— Il était son médecin depuis un moment. Lucas a connu quelques accidents sérieux, c'était un casse-cou et il a réchappé de peu à la mort. Il sortait parfois en pleine tempête. Après, c'était à Menn de le rafistoler. Il le suivait également lors des compétitions. Avec le temps, ils ont fini par devenir amis, mais je ne sais pas à quel point ils l'étaient vraiment.

Dupin hésitait à lui parler de la disparition du médecin.

— Avez-vous remarqué quelque chose concernant le docteur Menn, ces derniers temps ?

— Non, mais je ne le vois pas souvent.

— Il était au Quatre-Vents, dimanche soir, même s'il n'a fait que passer. Vous étiez là, vous aussi.

— Je ne l'ai pas vu. Je devais déjà être repartie. Ou bien lui.

— Nous ne savons pas…

Le téléphone de Dupin, étonnamment silencieux jusque-là, se mit à sonner. C'était Le Ber.

— Excusez-moi un instant.

Dupin décrocha. Les mots de l'inspecteur se bousculaient.

— L'un des hélicoptères a repéré le bateau de Menn. Il se trouve au sud de Brilimec. C'est une des petites îles. Le bateau s'est échoué sur le flanc, il a dû arriver avec la marée, il y a quelques heures de cela.

— Appelez Goulch. Il ne doit pas être très loin, avec le *Bir*. Dites-lui de venir nous chercher. Venez, vous aussi. Nous allons à Brilimec, rendez-vous sur le quai.

— Quand ?

— Maintenant.

Dupin se retrouva un quart d'heure plus tard sur le pont d'un bateau pour la troisième fois de la journée, filant comme une flèche sur les flots. Il était si profondément plongé dans ses réflexions qu'il ne songea pas à s'en formaliser. Quoi qu'il puisse en ressortir, les choses se précipitaient, c'était évident. Il se tenait à la proue, tendu, la mine lugubre mais résolue. Debout derrière lui, Le Ber avait également le regard rivé sur Brilimec qui s'étendait devant eux. Aucun d'eux n'avait conscience des embruns qui leur fouettaient le visage.

Ils commencèrent par scruter intensément l'étendue de terre en forme de goutte. Brilimec comptait à peine plus de cent cinquante mètres de longueur et était entièrement recouverte d'une végétation courte et touffue. A certains emplacements, l'île s'élevait à près de dix mètres – fort haut pour l'archipel – et quelques étranges formations rocheuses pointaient vers le ciel. A l'extrémité la plus large de l'île se dressait une maison abandonnée dont on ne distinguait que le toit depuis le bateau.

— Je vais faire le tour de l'île pour rejoindre le bateau du docteur Menn, lança Goulch.

Soudain, Dupin eut une idée. Il se tourna vers Le Ber.

— Il faut que je m'assure d'une chose.

Il devait crier pour se faire entendre.

— Oui ?

— Qui d'entre nous se trouve à Saint-Nicolas ?

— En ce moment, il n'y a que Philippe Coz.

— Je dois lui parler de toute urgence.

Dupin se dirigea vers la poupe et attendit que Goulch ait ralenti le moteur. Ils avaient quasiment contourné l'île. De l'emplacement où ils se trouvaient, ils distinguaient clairement les contours de l'embarcation de Menn.

— Coz ?

— Commissaire, c'est vous ?

— Oui.

— Je vous entends très mal.

— J'aimerais savoir où tout le monde se trouve en ce moment, vous me recevez ? hurla le commissaire. Muriel Lefort, madame Menez, le maire, Leussot, Tanguy, sans oublier Angela Barrault et Solenn Nuz. Appelez-les tous. Débrouillez-vous pour vérifier leurs propos. Demandez à Bellec de vous aider.

— Je…

— Tout de suite, s'il vous plaît. Et n'oubliez pas les filles Nuz, non plus. J'ai besoin de leur réponse à tous.

— Très bien, commissaire.

— Tenez-moi au courant.

Dupin raccrocha. Il allait glisser son téléphone dans sa poche quand il changea d'avis et appuya sur la touche de rappel automatique.

— Autre chose, commissaire ?

— Oui. J'aimerais savoir où ils ont passé la journée

297

d'aujourd'hui. En détail. Tous. Les dernières heures. Ce qu'ils ont fait, que ce soit sur les îles ou ailleurs.

Le vacarme avait baissé d'intensité mais Dupin continuait à crier tout en fixant le bateau du médecin, bizarrement couché en haut de la plage.

— Vous cherchez une information en particulier ? demanda Coz.

— Non, j'ai besoin de le savoir, c'est tout.

— C'est compris.

Dupin raccrocha et, cette fois, il enfouit son téléphone dans sa poche.

Le bruit des moteurs se tut enfin. Environ cinquante mètres les séparaient du rivage. Avec des gestes rapides et précis, deux gendarmes lâchèrent l'ancre et mirent le canot en place, et à peine quelques instants plus tard ils se dirigeaient à toute allure vers la plage. Il y eut une secousse et les deux hommes bondirent aussitôt de l'embarcation. Dupin les imita, non sans les avoir mis en garde auparavant :

— Attention, nous ne savons pas ce qui se trame ici. Soyez prudents.

Il dégaina son arme, un Sig Sauer de calibre 9 mm, l'arme officielle de la police. Les autres suivirent son exemple. Le petit groupe s'approcha rapidement de l'épave.

— Police de Concarneau. Il y a quelqu'un ? Veuillez vous manifester, s'il vous plaît.

Aucune réaction.

Les deux jeunes gendarmes maritimes grimpèrent sans attendre sur le Merry Fisher. Le Ber, Goulch et Dupin se postèrent silencieusement à côté du bateau. Vu de près, il semblait beaucoup plus grand, d'un blanc lumineux sur une coque bleu marine. Le pont ne présentait rien d'inhabituel.

— On entre.

Les jeunes gendarmes étaient visiblement nerveux. Ils ouvrirent la porte de la cabine et disparurent dans le ventre du bateau. Personne ne disait mot. Un bon moment s'écoula avant que l'un d'eux ne leur lance, d'une voix étouffée :

— Il n'y a rien à voir ici.

— Très bien, alors ressortez. Faisons le tour de l'île, lança Dupin avant de se tourner vers ses collaborateurs et de poursuivre d'une voix plus posée. Le Ber, prenez par la droite. Goulch, par la gauche. Je me charge de la maison abandonnée, c'est là que nous nous retrouverons. Goulch, dites à vos deux collègues de surveiller le bateau.

Dupin et Le Ber se mirent sur-le-champ en marche. Goulch attendit encore un instant.

Dupin dut tout d'abord gravir de gros rochers de granit qui débouchaient sur une sorte de plateau. Une fois au sommet, il parcourut quelques mètres avant de descendre en douceur jusqu'au centre de l'île, où le terrain était relativement plat. C'était là que se trouvait la maison, très visible depuis le plateau. Dupin s'immobilisa pour balayer les alentours du regard. A gauche du plateau, Goulch avançait à grands pas entre les rochers bordant la mer et, un peu plus loin, Le Ber se dirigeait d'un pas vif vers le côté droit de l'île.

La maison semblait inhabitée, il n'y avait pas âme qui vive. Dupin continua sa progression, l'arme au poing, attentif à l'endroit où il posait les pieds, car le terrain était inégal. Il se dirigea lentement vers l'arrière. Une petite fenêtre était grossièrement condamnée avec des planches. Le toit d'ardoise en revanche était encore en bon état, bien que couvert de mousse. La demeure en pierre était typique du coin. Elle était plus abîmée que sa toiture, le mur s'effritait par endroits. Il en fit silencieusement le tour et se retrouva bientôt devant la porte d'entrée. Il s'immobilisa pour attendre Goulch et Le Ber.

— Rien à signaler. Pas de traces de pas, rien.

— Rien non plus de mon côté.

D'instinct, Le Ber et Goulch avaient chuchoté.

— Jetons un œil à l'intérieur.

Dupin se dirigea vers la porte.

— Docteur Menn, vous êtes là ?

Il avait crié, en articulant soigneusement.

— Vous êtes là, docteur Menn ?... Docteur Menn, je suis le commissaire Dupin, police de Concarneau.

Le Ber et Goulch sur les talons, il fit quelques pas puis s'arrêta brusquement, si bien que les deux hommes manquèrent le percuter. Ils suivirent son regard. Un cadenas brisé gisait au sol. La porte, sommairement réparée à l'aide de deux planches, était entrouverte. Les trois hommes attendirent un instant, immobiles.

— On y va.

Dupin leva son arme et donna simultanément un coup de pied sur la porte qui s'ouvrit avec un claquement violent. Il bondit immédiatement à l'intérieur et se colla contre le mur, à droite de l'entrée.

— Police ! Il y a quelqu'un ?

L'obscurité était presque complète. Il lui fallut un moment pour s'habituer à la faible luminosité et distinguer les contours de ce qui l'entourait. La pièce était vide, le plancher était couvert d'une épaisse couche de poussière. Sur la gauche, un couloir avait dû, autrefois, être fermé par une porte. On distinguait clairement des traces de pas dans la poussière qui menaient dans la pièce adjacente. Le Ber et Goulch se tenaient à ses côtés, l'arme à la main. Un silence de mort régnait, on n'entendait que leur souffle.

— L'autre pièce, murmura Dupin.

Il les précéda de nouveau, l'arme pointée vers le couloir. Il s'arrêta un instant, comme pour rassembler des forces, puis il s'élança. Le Ber et Goulch l'imitèrent aussitôt.

Là aussi, tout était désert. Devan Menn n'était nulle part. Contrairement à la grande salle, cette pièce était pleine de meubles amoncelés, on reconnaissait les silhouettes de deux tables et d'une armoire. Le Ber et Goulch allumèrent leurs lampes de poche. Goulch se pencha vers les traces de pas clairement visibles dans la couche de poussière. Ils n'avaient pas échangé un mot.

— Je dirais qu'il y avait au moins deux personnes. Peut-être trois, difficile à dire. Plus d'une, en tout cas. Il nous faut l'équipe technique. Essayons de ne toucher à rien. Quelqu'un a dû se tenir là, ajouta Goulch en indiquant un emplacement à côté des meubles.

— Oui, appelez l'équipe technique et dites-lui de venir immédiatement.

René Salou, le plus grand expert du monde. Dupin redoutait déjà la manière arrogante et vaniteuse dont il allait certainement prendre possession des lieux, mais il n'avait pas d'autre choix.

— Je les ai prévenus, dit Goulch avant de quitter la pièce.

Sans bouger de sa place, Dupin promena le faisceau de sa lampe de poche partout dans la pièce.

— C'est vraiment étrange, où peut bien être Menn ?

Il est venu en bateau jusqu'ici mais on ne le trouve nulle part. Comment a-t-il pu repartir, et qui d'autre était là ? Et puis, pourquoi précisément ici ?

Dupin se demanda si Le Ber s'adressait à lui ou s'il réfléchissait à voix haute.

— Allons jeter un nouveau coup d'œil sur les plages. Peut-être trouverons-nous des indices. Un autre bateau a dû accoster quelque part, Menn n'a pas pu se dissoudre dans l'air, il a donc forcément pris un autre bateau. Je veux savoir ce qui s'est passé !

Dupin sentait la colère monter, sans savoir vers quoi elle était dirigée – sans doute lui-même.

— Quel enfer. Ce n'est pas possible, tout de même.

Tout s'était déroulé sous son nez, peut-être même durant l'après-midi, pendant qu'il parcourait les îles de l'archipel à bord du *Bakounine*. A moins d'un kilomètre de distance, à vol d'oiseau.

— Sortons.

Le commissaire en avait assez de cet endroit confiné. Il rebroussa chemin d'un pas vif et ne s'arrêta qu'à bonne distance de la maison. Goulch et Le Ber le suivirent en gardant prudemment le silence.

A une cinquantaine de mètres de là se trouvait la plus grande plage de l'île, et juste avant celle-ci se dressait une sorte de muraille composée d'énormes blocs de granit. Dupin se dirigea vers la plage, s'arrêta au niveau des blocs rocheux et se glissa entre deux d'entre eux pour poursuivre sa marche jusqu'à la mer. Il n'y avait rien à voir. Pas la moindre empreinte.

Goulch et Le Ber l'avaient rejoint.

— Si un second bateau avait amarré dans les parages, ce serait sûrement de l'autre côté de l'île. Pas ici, pas dans la Chambre. Celui qui a fait ça ne voulait sûrement pas être repéré. Revenons sur nos pas. Peut-être que les autres sont tombés sur quelque chose, eux, lança Dupin.

Goulch et Le Ber acquiescèrent en silence.

Ils tournèrent les talons, dépassèrent la maison, gravirent le petit monticule et atteignirent le plateau. Hormis celle qui s'étendait à leurs pieds et où se trouvaient leur canot et le bateau de Menn, deux petites plages étaient visibles.

— Venez, Goulch. Vérifions les plages de gauche. Le Ber, à vous celle de droite.

Ils descendirent prudemment le long des rochers. Goulch et Dupin n'avaient pas encore atteint les baies voisines qu'ils entendirent Le Ber les appeler.

— Là ! Venez voir !

Ils firent aussitôt demi-tour.

Quelques secondes plus tard, les deux hommes à bout de souffle se tenaient aux côtés de Le Ber. Devant eux s'étendait une plage étroite bordée de roches plates. Les deux jeunes gendarmes s'empressèrent également. Le Ber s'était agenouillé et inspectait le sable devant lui.

— Il y a des traces de pas. Quelqu'un a couru dans cette direction. (Il tendit la main vers la gauche.) Et là, un peu plus loin, deux personnes se sont dirigées vers l'endroit où nous sommes.

C'était évident. Dupin se leva et suivit les empreintes vers la mer qui disparaissaient à l'endroit où l'eau venait lécher le sable. L'autre piste menait jusqu'à une petite éminence rocheuse derrière laquelle se dressaient de plus gros blocs de pierre. Dupin se passa nerveusement une main dans les cheveux.

— Menn semble être venu seul, mais quelqu'un

l'a rejoint. Pour une raison que j'ignore, ils sont allés dans la maison abandonnée avant de quitter l'île avec le bateau de la seconde personne.

— Peut-être se sont-ils rendus à un autre endroit de l'île.

Dupin et Goulch regardèrent Le Ber.

— Que voulez-vous dire ?

— Eh bien, peut-être la maison n'était-elle pas la raison de leur venue. Peut-être cherchaient-ils quelque chose ? Un objet enterré par exemple ? Ou au contraire qu'ils auraient exhumé ?

— D'où vous vient cette idée ? dit Dupin non sans agacement.

— Je ne sais pas.

Le regard de Le Ber balaya l'horizon, il se mit à marmonner.

— Ce qui se passe sur les îles ne correspond pas toujours à la réalité. C'est bien connu.

Dupin soupira.

— La scientifique doit passer la maison au crible, mais aussi l'ensemble de l'île. Qu'ils soient très attentifs. J'ai un coup de fil à passer.

Il s'éloigna de quelques mètres. Il fallait qu'il contacte Coz. Il avait besoin de la confirmation de ses soupçons. Il composa son numéro, mais l'appareil ne réagit pas. Il réitéra son appel mais cette fois encore, il fit chou blanc. Il regarda l'écran puis retourna vers ses collègues.

— Le Ber, nous n'avons pas de réseau.

Sa voix était involontairement lourde de reproche.

— Cela arrive, sur les îles.

— Ce n'est pas possible !

Il ne pouvait pas travailler dans ces conditions.

— Malheureusement, je ne peux pas non plus utiliser l'émetteur-récepteur, dit Goulch.

De toute façon, il était impossible de communiquer
sérieusement par émetteur-récepteur, se dit Dupin.
Mais l'intervention de l'inspecteur partait d'une bonne
intention.

— On retourne tout de suite à Saint-Nicolas. Goulch,
contactez les garde-côtes. Je veux qu'un hélicoptère
surveille tout le territoire autour de l'île.

Le Ber et Goulch sur ses talons, Dupin se dirigea
d'un pas décidé vers la plage où se trouvaient le bateau
de Menn et leur canot. Tous les quelques mètres, il
vérifiait d'un air furieux l'état de la barre de réseau
sur son téléphone. En vain. La situation ne s'arrangea
pas quand ils furent sur l'eau, pas même à l'endroit
depuis lequel il avait passé ses coups de fil à l'aller.
Il y avait de quoi s'arracher les cheveux.

Le signal de son téléphone avait frémi peu avant
qu'ils n'accostent et, peu après, le réseau refit surface
d'un coup. Dupin se précipita vers leur table habituelle
au Quatre-Vents.

— Qu'est-ce que nous avons ?

Une liste était posée devant Coz, et Dupin prit place
à côté de lui. Sans pour autant être lent, Coz était
l'incarnation même du calme, peu importait l'agitation
environnante. Il était le plus expérimenté du commissariat et il ne lui restait que deux ans de service avant
la retraite. Ses connaissances, sa précision et surtout
son tempérament réfléchi avaient tout de suite gagné
les faveurs de Dupin.

— Je viens de m'entretenir avec Bellec. Leussot,

le biologiste, est sorti en mer à neuf heures et est arrivé ici il y a une demi-heure.

— Ce qui m'intéresse, répondit Dupin en essayant de se souvenir des horaires des marées, c'est l'intervalle entre midi et demi et seize heures. Qu'a fait Leussot après mon départ ? Il aurait largement eu le temps de se rendre à Brilimec.

— Il prétend qu'il n'a pas bougé de la journée. Ça va être difficile de vérifier.

— Eh bien, c'est formidable !

Dupin se massa le crâne. Coz avait raison. Le Ber les rejoignit et prit place à leur table.

— Continuez, Coz.

— Le plongeur, Tanguy. Il accueille une équipe de Brest, une délégation d'archéologues marins. Ils se trouvent ici en ce moment, au Quatre-Vents. Ils sont installés sur la terrasse. Il est allé les chercher à quinze heures, à Concarneau.

— Et avant ?

— Il était ici avant leur arrivée, prétend-il. Il devait préparer leur venue et a passé la nuit sur son bateau.

— Quand s'est-il mis en route ?

— Vers treize heures trente, selon lui.

— Seul ?

— Seul.

Fabuleux. Comment pouvaient-ils s'assurer qu'il n'avait pas fait un détour par Brilimec ? Ce n'était pas le temps qui lui aurait manqué, il aurait même pu déposer Menn quelque part. Victime, coupable ou complice, tout était encore possible. Dupin sortit son cahier et se mit à prendre des notes.

— Le maire ?

— Il était à son bureau toute la journée, à...

— Je sais.

— Oui, vous lui avez rendu visite ce matin, m'a-t-il rapporté. Il s'est absenté entre seize et dix-sept heures, il avait un rendez-vous à l'école maternelle locale. Monsieur du Marhallac'h s'est montré tout à fait coopératif, je dois dire.

— Des témoins ?

— Les institutrices de l'école maternelle, bien sûr. En revanche, difficile de prouver qu'il était à son bureau à l'heure indiquée. Il prétend avoir passé plusieurs coups de fil à sa femme, qui est à Londres en ce moment. Il l'a appelé depuis sa ligne fixe, on doit pouvoir s'en assurer aisément.

— Formidable.

Dupin n'aurait pas pu dire cela d'une manière plus ironique.

— La plus jeune des filles Nuz était chez son copain, à Quimper, l'aînée a travaillé toute la journée ici, au restaurant. Solenn Nuz était sur le continent, où elle fait ses courses les mardis et jeudis, apparemment. Elle est partie à dix heures trente et est rentrée il y a une heure. Elle s'est rendue à Fouesnant, à la mairie, avant Concarneau. Elle est revenue les bras chargés de provisions. Elle aurait déjeuné à l'Amiral, on va vérifier ça.

L'évocation de l'Amiral suscita chez Dupin un bref élan de joie.

— Et madame Lefort ?

— Bellec est en train de l'interroger.

— Madame Barrault, la monitrice de plongée ?

Coz jeta un regard à ses notes.

— Elle avait un cours ce matin, jusqu'à treize heures, ensuite elle a déjeuné chez elle. L'après-midi, vous étiez avec elle et ensuite elle est allée plonger à son tour. Elle vient de rentrer, elle aussi. Plus ou moins en même temps que Leussot.

— Où habite madame Barrault ?

— Dans la deuxième maison triangulaire, là-bas…

— Je vois… Elle a déjeuné seule ?

— C'est ce qu'elle prétend. Sans témoins.

Dupin ne put réprimer un sourire : cette réponse ressemblait beaucoup à la jeune femme.

— Et qu'en est-il du vieux Nuz, le beau-père de Solenn Nuz ?

— Vous ne m'avez pas demandé d'enquêter auprès de Pascal Nuz. Il est un peu… renfermé. Ce matin, il était au Quatre-Vents, au bar, à lire le journal. Il est sorti en bateau vers seize heures, comme d'habitude. Sa petite-fille peut en témoigner. Il est parti en direction des Moutons, là où se trouvent les bancs de maquereaux. Il serait rentré vers dix-huit heures, les filets remplis de poissons.

— Très bien.

Une sorte de fanfare retentit soudain. Coz prit aussitôt l'appel.

— Oui ?

Il se tourna vers Dupin.

— C'est Bellec. Il a les informations manquantes. Je mets sur haut-parleur ?

Coz prit le silence de Dupin pour un oui, appuya sur une touche et posa le téléphone sur la table.

— Bellec, tout le monde t'écoute.

— Bonjour, commissaire. Je…

Dupin détestait ce genre de conversations par haut-parleur.

— Allez-y, Bellec, au fait.

— Muriel Lefort était toute la journée à Saint-Nicolas,

elle a passé de nombreux coups de fil, entre autres avec son notaire. Elle est restée dans son bureau de l'école de voile l'essentiel de son temps, mais elle est retournée chez elle à plusieurs reprises au cours de la journée. Elle est également sortie prendre l'air. Madame Menez était avec elle à l'heure du déjeuner. Puis elle est partie à Penfret, à l'école de voile, où elle a retrouvé Maela Menez. Vers dix-huit heures quinze.

Là encore, ces informations, très vagues, ne seraient pas faciles à vérifier. Une chose était sûre, cependant : pour quelqu'un déjà présent sur l'archipel, trois quarts d'heure étaient suffisants pour un aller-retour à Brilimec. Madame Lefort m'a paru très angoissée. Le fait qu'on l'interroge juste après votre visite était pour elle la preuve qu'on la soupçonnait en premier lieu. Je lui ai assuré qu'il ne s'agissait que de routine.

En vérité, les états d'âme de Muriel Lefort n'intéressaient guère Dupin à ce stade de l'enquête.

— Et son assistante, madame Menez ?

— Elle semblait contrariée, tout en étant très ferme. Elle a eu plusieurs rendez-vous à son bureau avec différents instructeurs de voile. Et donc, elle a rejoint madame Lefort chez elle à l'heure du déjeuner. Après quoi elle a mangé un morceau au Quatre-Vents avant d'enchaîner les réunions avec les gérants des gîtes de Cigogne et de Penfret.

— A quelle heure ont débuté ces réunions ?

— La première s'est tenue de quatorze heures trente à seize heures, la suivante de seize heures trente à dix-huit heures trente. Madame Menez se trouve encore à Penfret.

L'air concentré, Dupin prenait des notes.

— Quand exactement s'est-elle rendue à Cigogne ?

— D'après ses dires, elle a fait un saut chez elle avant de repartir, vers quatorze heures quinze.

— C'est confirmé ?

— Pas encore, on s'en occupe.

— Faites-le, Bellec.

Coz raccrocha. Ils n'étaient pas plus avancés. N'importe qui aurait pu se rendre à Brilimec, la probabilité qu'ils trouvent un témoin était quasi nulle et il semblait impossible de circonscrire davantage la tranche horaire durant laquelle Menn aurait pu se rendre sur l'île.

— J'ai interrogé une nouvelle fois la femme de Menn quand nous avons appris qu'il est allé aux Glénan. Je lui ai demandé si elle savait ce que son mari pouvait chercher à Brilimec.

Coz avait arraché Dupin à ses pensées. C'était une bonne initiative.

— Rien. Elle n'en a aucune idée.

Dupin se leva brusquement.

— Tout ça commence à m'agacer.

Le Ber sortit de sa réserve.

— Goulch se charge de l'équipe technique à Brilimec. Il est sur l'île. Peut-être trouvera-t-on des empreintes dans la maison.

— Peut-être.

L'esprit de Dupin vagabondait. Il avait quelques soupçons, certes, dont un plus concret que les autres, mais sa vision globale des événements restait beaucoup trop floue. Il ne trouvait pas d'élément central. Il consulta sa montre. On approchait de vingt heures, il était sur pied depuis cinq heures du matin. La journée était pourtant loin d'être finie.

De ce côté du Quatre-Vents, on jouissait d'une vue dégagée sur l'ouest, sur le coucher du soleil. La bande nuageuse s'était sensiblement rapprochée et avait tout à présent d'un monstre menaçant, noir comme de l'encre, tapi à dix kilomètres tout au plus de l'endroit où ils se tenaient. Le vent avait fraîchi et de violentes bourrasques fouettaient l'île à intervalles réguliers. Dupin savait cependant que cela ne voulait rien dire en Bretagne, il en avait vu d'autres, il n'était plus un débutant. Il jeta un coup d'œil à la mer. Des moutons d'écume se formaient déjà au sommet des vagues qui grossissaient. C'était allé vite, il n'avait rien remarqué durant le trajet de retour de Brilimec à Saint-Nicolas. Rien d'étonnant : hormis le dernier bout de route, ils n'avaient navigué qu'à l'intérieur de la Chambre et il n'avait pas détaché son regard de son téléphone portable. Il prit quelques profondes inspirations.

— Vous dites que Kilian Tanguy est encore au Quatre-Vents ?

— Oui. Sur la terrasse.

— Je vais échanger quelques mots avec lui.

— Comme je vous le disais, il a de la visite. Des archéologues marins.

— C'est encore mieux.

Dupin faillit ne pas reconnaître sous les traits de cet homme en jean et sweat-shirt bariolé le plongeur en combinaison de néoprène qui les avait abordés l'avant-veille. Sa tête en forme d'œuf était cependant facilement repérable. Il était chauve, hormis quelques touffes rases d'un noir de jais au-dessus des oreilles. Il avait le nez plutôt gros et une flamme joyeuse dansait dans son regard. Il était assis au milieu de six autres hommes, tous du même âge que lui.

— Bonjour, messieurs. Commissaire Georges Dupin,

police de Concarneau. Je voudrais parler à monsieur Tanguy – mais comme j'ai cru comprendre que vous étiez tous archéologues marins, j'aimerais aussi vous poser quelques questions, si vous le permettez.

Dupin s'était exprimé d'une voix grave et déterminée, technique quasi infaillible pour capter l'attention d'un auditoire.

— Vous êtes le flic de Paris, non ?

Un homme de carrure imposante et au visage poupin le considérait avec curiosité, aussitôt imité par toute l'assemblée. Dupin en avait ras le bol de cette question.

— Saviez-vous que, selon la légende, Paris tenait son nom d'Ys, la ville mythique engloutie par les flots ? reprit l'homme avec enthousiasme. Par-Ys ! D'après l'Atlantide bretonne, Ys était une ville aux richesses et aux beautés infinies qui vénérait l'Océan comme dieu unique. Ah, quelles cérémonies impressionnantes ! C'était le royaume de Gradlon, de sa fille Dahut, la fiancée de la mer, et du cheval magique Morvac'h. Aujourd'hui encore, ils symbolisent la Bretagne libre. Elle s'étendait au large de Douarnenez. Il existe une série d'indices archéologiques relativement crédibles qui soutiennent cette hypothèse.

Dupin n'en avait jamais entendu parler, pas plus qu'il ne se serait douté que Paris était en définitive une ville bretonne. Heureusement, Kilian Tanguy intervint.

— Je crois que personne n'y verra d'objection, commissaire. Vous avez ici toute une équipe d'archéologues marins de renom de l'université de Brest, qui se sont aimablement associés à notre petit club. Comment pouvons-nous aider la police ?

Sa voix avait une intonation moqueuse. Moqueuse, mais sympathique.

— Etes-vous au courant des chasses au trésor qui sont en cours sur la côte ? Auriez-vous entendu parler de quelque chose ?

Les plongeurs se consultèrent du regard, manifestement peu impressionnés par la question.

— Vous pensez donc que ces meurtres ont un rapport avec la découverte d'un trésor ? répondit Tanguy, visiblement très fier de son hypothèse.

— Nous enquêtons dans plusieurs directions, c'en est une. Rien de plus.

— Je n'ai pas entendu parler de trouvaille spectaculaire, pas même une rumeur.

Tanguy ajouta, plus sérieusement cette fois :

— Il faut cependant que vous sachiez, commissaire, que nous cherchons du bois et non des métaux précieux ! L'archéologie sous-marine poursuit des objectifs tout autres. Nos recherches sont purement scientifiques. Nous cherchons, par exemple, l'emplacement de certaines colonies datant de l'époque mésolithique. Le premier dolmen érigé dans la région date de 4 000 ans avant J.-C. et se trouve à Brunec, mais on en trouve également à Saint-Nicolas et à Bananec. Nous ignorons presque tout de cette culture, enfouie sous les eaux depuis si longtemps.

Les traits de son visage s'étaient durcis au fil de son explication, et il semblait maintenant presque courroucé.

— Le niveau de la mer a monté de cent mètres au cours des dix derniers millénaires, vous vous rendez compte ! Cent mètres ! Il n'y a pas si longtemps, les Britanniques pouvaient venir à pied en France – Dieu m'en préserve ! Si nous nous intéressons aux épaves, ce qui est le cas, c'est uniquement pour étudier l'architecture historique des bateaux et les techniques nautiques des différentes époques.

Soudain, un sourire doux et espiègle éclaira son visage. Il prit un accent jovial.

— L'année dernière, nous avons trouvé deux épaves, l'une datant du XVIIe siècle, l'autre du XXe. La première était pleine de pièces d'argent, la seconde n'avait pas grand-chose à offrir. Elles gisaient toutes deux à une trentaine de kilomètres au sud de là où nous sommes.

— Des documents attesteraient-ils la présence d'un navire près d'ici ? Une épave qui n'aurait pas encore été découverte ?

Sept paires d'yeux étonnés se tournèrent vers Dupin. Là encore, Tanguy se chargea de lui répondre.

— Il en existe très précisément deux douzaines dans un rayon de cinquante milles, tout au plus. La moitié d'entre elles sont supposées renfermer des trésors inestimables, d'après les archives. Deux bateaux au moins contiennent de grosses quantités d'or.

— Vous confirmez que deux navires chargés d'or se sont échoués dans les parages ?

Dupin était stupéfait.

— Ne vous faites pas d'illusions. C'est plus compliqué que ça n'en a l'air. Un peu comme l'épingle dans la botte de foin, en somme. Dans une botte de foin particulièrement enchevêtrée, truffée de pièges et de dangers.

— Personne d'entre vous n'a donc entendu dire que l'une des trois victimes aurait mis la main sur un trésor. C'était ce que je voulais savoir.

— Non, personne.

Dupin aurait aimé entendre les autres plongeurs, mais aucun d'eux ne semblait vouloir intervenir.

— Merci beaucoup.

Dupin en savait assez à présent, même si ces histoires étaient passionnantes. Il avait l'impression, au fond de lui, que les discussions au sujet de cette chasse au trésor ne menaient à rien. C'était comme ça depuis le début de la journée. Une chose était claire, cependant : si les trois hommes avaient été sur une piste sérieuse, ils auraient tout mis en œuvre pour que personne ne s'en doute. Si quelqu'un avait percé leur secret et si ce trésor était réellement le mobile du meurtre, alors on serait forcément en présence du coupable.

Les pensées de Dupin revenaient sans cesse à l'île de Brilimec et au sort du docteur Menn. Son intuition ne lui disait rien qui vaille.

— J'aimerais…

Dupin fut interrompu par un vacarme assourdissant. En s'engouffrant sur la terrasse, une violente bourrasque avait renversé plusieurs tables et quelques chaises. Au même moment, les premières gouttes de pluie s'écrasèrent lourdement sur le sol. L'équipe d'archéologues se leva d'un bond, l'un d'eux se précipita pour prêter main-forte à un couple dont la table s'était renversée avec tout son contenu. Tanguy et un autre scientifique entreprirent de débarrasser la leur et de rapporter les plateaux au bar. Tous œuvraient avec rapidité et sobriété, sans agitation.

— C'est parti.

Dupin se retourna. Debout dans l'embrasure de la porte, Solenn Nuz scrutait l'horizon d'un air parfaitement serein. Sa fille Louann apparut dans son dos et se glissa comme un chat pour remettre de l'ordre sur la terrasse.

— Je l'attends depuis ce matin, cet orage. Il en a mis, du temps ! dit calmement Solenn Nuz.

Dupin était pétrifié, comme si le groupe d'archéologues

315

se trouvait encore devant lui. Solenn Nuz leva les yeux au ciel.

— Ça augure d'une belle tempête, ajouta-t-elle avant de retourner au bar.

Les nuages d'un noir menaçant filaient à bonne allure au-dessus des îles. Au sud et à l'ouest, l'obscurité était quasi complète, seul un dernier rayon de lumière brillait encore à l'est. Le paysage avait changé du tout au tout, comme pris d'assaut par l'orage. Les épaisses gouttes d'eau se transformèrent bientôt en véritable torrent et la température chuta en un rien de temps.

Dupin sortit enfin de sa torpeur et emboîta le pas à Louann Nuz, la dernière à chercher refuge dans le Quatre-Vents. Il s'engouffra à son tour dans le bar et referma solidement la porte derrière lui.

— Nous avons préparé une grande cotriade.

Dupin se tenait près du zinc. En face de lui, Solenn Nuz remplissait des verres de vin à une vitesse impressionnante. A la droite du commissaire, presque collé à lui, le plus âgé des archéologues attendait sa commande et à sa gauche se tenaient Le Ber et Coz. Le beau-père de Solenn Nuz était installé au bout du comptoir.

Dupin n'était toujours pas revenu de sa surprise. Quelques instants plus tôt, il baignait dans une atmosphère estivale sur la terrasse, et voilà qu'il lui semblait être enfermé dans un labo de recherche scientifique coupé du monde. Un feu crépitait dans la grande cheminée de pierre – Dupin n'avait pas remarqué son existence lors de ses précédents passages alors qu'elle occupait une bonne partie de la pièce. Les hurlements de la tempête et le crépitement de la pluie s'entendaient jusque dans la salle, mais ils se mêlaient curieusement au chahut habituel des lieux et créaient une ambiance plutôt chaleureuse. C'était bon de se retrouver ici. L'humeur du commissaire était pourtant loin d'être au beau fixe – il ressentait même une certaine inquiétude à se retrouver cloîtré dans ce restaurant, si accueillant fût-il.

— Quand une tempête s'annonce, j'ai l'habitude de préparer une cotriade, commissaire. C'est bon pour le moral. Vous en voulez ?

Dupin n'avait pas la tête à cela. Il avait des coups de fil urgents à passer. Il voulait absolument savoir où en étaient les enquêtes des autres équipes. Autre chose le préoccupait : par ce temps, il serait impossible de continuer à chercher le docteur Menn, sans compter que l'équipe technique, à Brilimec, avait sûrement dû interrompre son travail. Dupin se demanda où Salou et son équipe s'étaient réfugiés – comme Goulch, d'ailleurs. Avaient-ils trouvé un abri de fortune sur Brilimec ? Qu'en était-il de l'hélicoptère ? Menn était-il déjà loin, était-on en train de perdre définitivement sa trace ? S'il était en danger, ses chances d'être secouru diminuaient d'heure en heure.

Solenn Nuz interpréta de travers le silence du commissaire.

— Ah, mais oui ! Où avais-je la tête ? lança-t-elle avec un sourire aimable. La cotriade, c'est une marmite de poissons typiquement bretonne.

Dupin connaissait bien ce plat qu'il dégustait, en gros, une fois par mois depuis près de quatre ans – ce qui l'amenait approximativement à une bonne quarantaine de cotriades à ce jour. C'était certainement l'un de ses plats régionaux favoris.

— Les gens du Sud ont simplement copié la recette pour leur bouillabaisse. Ils ont ajouté une cuillerée de rouille et cela leur a suffi pour en faire un plat national !

L'archéologue qui venait de s'immiscer dans leur conversation devait avoir une cinquantaine d'années. Fluet et de petite taille, il s'exprimait d'une voix stridente, presque comique, qui s'accordait mal avec son air indigné.

— Mais croyez-moi : l'original, c'est la cotriade ! poursuivit-il avec un mépris sincère. Elle contient huit sortes de poissons, sans compter les crustacés et les coquillages ! Du poireau, des pommes de terre bretonnes, du beurre breton. Sans compter les herbes fraîches, le laurier, la fleur de sel ! Les Marseillais, eux, n'ont que six sortes de poissons. Elle a été inventée par les femmes des pêcheurs. C'était un moyen de recycler les morceaux de poisson que leurs maris n'avaient pas vendus au marché. On pose dans une assiette quelques morceaux de pain qu'on a fait revenir dans un peu de beurre au préalable, on verse le fond de bouillon dessus puis on ajoute les morceaux de poisson, les crustacés et les coquillages, et on termine avec la touche finale, une sauce bien relevée. Chaque maison a sa recette secrète ! Vous devriez...

Dupin l'interrompit :

— Excusez-moi, il faut absolument que je m'entretienne avec mes collègues.

Solenn Nuz sourit en adressant un clin d'œil complice au commissaire. Celui-ci fit signe aux deux inspecteurs de le suivre dehors, mais compte tenu du temps, ce n'était pas une très bonne idée. Dans la salle, même si elle n'était pas pleine, le niveau sonore était considérable, il serait impossible de passer un coup de fil, surtout s'il voulait rester discret. La cuisine non plus ne leur offrirait pas la tranquillité requise.

— Allons dans l'annexe.

Dupin dut exercer une forte pression sur la poignée

pour ouvrir la porte, et il faillit tomber à la renverse en y entrant. Un bruit assourdissant y régnait, et l'éclairage était encore plus tamisé que dans le restaurant. Le Ber et Coz le rejoignirent au même moment.

— Madame Nuz n'a rien contre le fait que nous occupions cette pièce, mais elle ne nous le recommande pas. C'est tout juste si on s'entend parler.

— C'est très embêtant ! Il faut absolument que nous passions quelques coups de fil.

Dupin était dans tous ses états. Ils n'avaient vraiment pas de temps à perdre. Il se dirigea vers le fond en espérant que l'acoustique y serait plus supportable, mais même en se réfugiant tout contre le vieux mur de pierre, c'était sans espoir. La tempête et la pluie battante hurlaient et l'endroit faisait caisse de résonance. Obstiné, Dupin sortit son téléphone portable et composa le numéro de Nolwenn. En vain. Il essaya de nouveau, même résultat. Il approcha l'appareil de ses yeux et consulta l'écran. Rien. Pas une seule barre de réseau ne s'affichait, pas même la plus petite. La tempête avait coupé la ligne.

Il n'avait pas songé à cette éventualité. C'était impossible.

— Il va falloir que nous utilisions la ligne fixe de Solenn Nuz.

Personne ne dit mot, puis Le Ber brisa le silence.

— Il n'y a pas de ligne fixe sur les îles, chef.

— Pardon ?

Il avait répondu si bas, et d'un ton si découragé, que personne ne l'entendit. Il était comme hébété.

— Ce n'est pas possible. Il doit bien y avoir un poste fixe, tout de même !

— Il n'y en a encore jamais eu, ici, patron. Cela

demanderait des travaux énormes, pour équiper une poignée de personnes, tout au plus.

Cette fois, Dupin s'avoua vaincu. C'était une véritable catastrophe. Et si on avait retrouvé le docteur Menn, et qu'il avait une information décisive à leur livrer ? Et si Labat avait réussi à soutirer au maire quelque révélation importante ? Pis encore : comment savoir si l'analyse des ordinateurs avait donné un résultat ? Il avait atteint un tournant de l'enquête et il était absolument vital qu'il soit joignable et qu'il puisse s'entretenir sans attendre avec tous ses collaborateurs.

— Dans ce cas, il faut que nous retournions sur le continent. Tout de suite.

Le Ber essaya tant bien que mal de refréner l'ardeur de son supérieur.

— Aucune chance. Il est impensable de quitter l'île par un temps pareil.

— Quoi ? Ce n'est pas possible !

— Je regrette, mais nous n'avons pas le choix : nous devons attendre que la tempête s'éloigne, chacun sur son île. Nous ici, Bellec sur Cigogne, et les autres sur Brilimec.

— Combien de temps ?

Cette fois encore, Le Ber réfléchit à la meilleure façon de renseigner son supérieur sans le décourager complètement.

— Ma foi… Je n'ai pas l'impression que ça se calme, mais on ne sait jamais. Le temps est plutôt imprévisible en Bretagne.

— Combien de temps, Le Ber ?

— Jusqu'à ce que nous puissions repartir sans courir de danger. Pas avant la nuit en tout cas, ou à l'aube.

— A l'aube ?

Dupin avait eu toutes les peines du monde à articuler. Il prenait peu à peu conscience de la situation dans laquelle ils se trouvaient. C'était encore pire que ce qu'il s'était imaginé. Ils étaient coincés sur l'archipel. Piégés. Coupés du monde. Quoi qu'il pût arriver, un autre meurtre, un accident, ils étaient condamnés à rester ici, entre eux. Dupin saisit alors l'entière signification de la réflexion qu'il avait si souvent entendue ces derniers jours : « Les Glénan ne sont pas un véritable pays, c'est un bout de terre perdu dans la mer. » Comme pour souligner cette pensée, la structure de bois de l'annexe émit soudain un grincement inquiétant.

Dupin ouvrit la bouche pour parler, puis se ravisa. Ils allaient perdre un temps précieux.

Le Ber et Coz, quant à eux, semblaient préoccupés par l'état du commissaire. Tête baissée, celui-ci s'approcha de la porte, qu'il ouvrit très lentement avant de s'immobiliser. Le nombre de clients avait considérablement augmenté au cours des dernières minutes, les derniers arrivants étaient trempés jusqu'aux os. Il aperçut quelques visages qu'il ne connaissait pas, mais aussi ceux de Maela Menez, de Muriel Lefort et de Marc Leussot. Tous étaient venus chercher refuge ici et entendaient en profiter pour se sustenter. Selon toute probabilité, Leussot venait tout droit de son bateau et madame Menez arrivait de Penfret. Aucun d'eux n'avait encore remarqué sa présence.

Depuis le bar, Solenn Nuz lui jeta un regard dont il ne comprit pas le sens, mais qui pouvait sans doute se résumer à quelque chose comme : « Bah, ne vous en faites pas. » Puis elle sourit, de ce sourire à la fois posé et engageant qu'il lui connaissait. Dupin s'approcha d'elle.

— Nous sommes coincés.

— Je sais, oui. Vous ne pouvez rien y faire, et ça peut durer un moment.

— Combien de temps, selon vous ?

— Une nuit, sans doute pas davantage. Madame Lefort va trouver une solution pour vous héberger, vous et vos collègues. Elle possède une seconde maison, voisine de la sienne, divisée en deux petits appartements. L'un est occupé par Maela Menez, l'autre lui sert parfois pour loger des invités.

Dupin voulut protester, mais là encore, cela ne servait à rien. Il n'avait pas encore pensé à l'aspect pratique de leur situation, mais il faudrait bien qu'ils dorment quelque part. Entre-temps, Le Ber et Coz avaient pris place à l'une des rares tables inoccupées.

— Tiens donc ! Notre commissaire fait également partie des réfugiés, à ce qu'il paraît !

Marc Leussot s'était posté près de lui sans qu'il s'en aperçoive. Il portait le même bermuda délavé et le même tee-shirt que l'après-midi. Dupin avait l'impression que leur entretien remontait déjà à quelques jours. Il n'était pas d'humeur à plaisanter, mais le hasard voulait qu'il ait quelques questions urgentes à poser au biologiste. Leussot reprit la parole avant que Dupin ait le temps de répondre.

— A-t-on retrouvé la trace du docteur ?

Dupin sursauta.

— Vous êtes au courant de sa disparition ?

— Cela fait quelques heures que l'appel à témoins passe sur toutes les ondes. J'écoute beaucoup la radio dans mon bateau.

Dans ce cas, la plupart des gens du coin devaient donc

être informés, à l'heure qu'il était. Seuls Muriel Lefort et Kilian Tanguy semblaient être dans l'ignorance.

— Oui, nous le cherchons toujours.

— Sale enquête, hein.

— Vous n'avez pas une idée de ce qui aurait pu arriver au médecin ?

— Je vous l'aurais dit si c'était le cas, croyez-moi. Je vois bien que la situation est sérieuse.

— A propos : vous ne m'aviez pas dit que Lucas Lefort et vous en étiez venus aux mains.

— Oh, ce n'est un secret pour personne. Il me semble que je ne vous ai pas caché ce que je pensais de lui.

— Autre chose que vous n'avez pas jugé nécessaire de mentionner ?

Leussot éclata d'un rire grave, très sûr de lui.

— Vous avez raison, ce n'était pas très malin – surtout dans ma position de principal suspect...

Soudain, un craquement sourd se fit entendre. Quelqu'un avait ouvert depuis l'extérieur, permettant l'irruption d'une violente bourrasque qui avait fait claquer la porte contre le mur. Angela Barrault pénétra dans la salle en trébuchant. Le spectacle avait quelque chose de dramatique et de grotesque à la fois. Elle referma fermement derrière elle, resta un instant immobile puis se retourna et sourit à la ronde. Au lieu de sa combinaison de plongée, elle portait un jean et un coupe-vent. Elle aussi était trempée jusqu'aux os.

— Il s'en est fallu de peu...

Telle que Dupin la connaissait, elle n'avait pas dit cela par coquetterie. Elle avait sûrement échappé de peu à la mort.

La situation prenait peu à peu des allures de scène

de roman policier, et Dupin n'aurait pas manqué de s'en amuser si la situation n'avait pas été aussi grave. L'ensemble des suspects, ou presque, était enfermé dans une vieille bâtisse grinçante, une sorte de prison de fortune perdue sur une île minuscule, coupée du monde et sous les assauts d'une méchante tornade. Tous n'avaient d'autre choix que de veiller ensemble autour d'un feu de cheminée. Qui savait ce que cette nuit leur réserverait ? Fallait-il s'attendre à un autre crime ?

Dupin quitta Leussot sans poursuivre leur conversation et se glissa entre les tables. Son regard croisa celui de Muriel Lefort et de Maela Menez, qui lui répondirent d'un hochement de tête légèrement embarrassé. Solenn Nuz se tenait justement devant leur table, et Dupin supposa que les trois femmes évoquaient leur logement pour la nuit. Cette situation était très gênante. Angela Barrault, qui s'était installée à la table voisine, avait également repéré la présence du commissaire et lui lança un regard franc. Dupin prit place à côté de ses collègues.

— Nous envisagions justement de… manger un morceau, commença Le Ber prudemment, comme pour tâter le terrain.

Si cela semblait tout à fait inopportun à Dupin qui ne parvenait décidément pas à se résoudre à la situation, il dut se rendre à l'évidence : il mourait de faim.

— Très bien.

Il avait approuvé leur décision d'un ton un peu bourru, mais pas hostile. Le Ber se détendit et Coz bondit littéralement. En chœur, les deux inspecteurs lancèrent :

— Nous allons prendre une cotriade. Vous voulez que nous vous en rapportions une, chef ?

Dupin accepta leur proposition sans rechigner.

— Le Ber, demandez également une bouteille de vin. Le pinot noir qui est gardé au frais.

C'était celui qui se mariait le mieux avec le poisson.

Malgré tous ses efforts pour cacher son enthousiasme, Le Ber avait le regard luisant. Les deux inspecteurs s'étaient visiblement concertés pour que seul l'un d'eux se charge de faire la queue. Le Ber revint vers leur table et s'assit bien droit.

— Alors, qu'est-ce qu'on fait, chef ?

— La plupart des suspects se trouvent ici. La nuit promet d'être intéressante, Le Ber. (Dupin marqua une courte pause.) Le mieux serait sans doute que nous ouvrions bien nos yeux et nos oreilles. Peut-être le coupable se trouve-t-il à moins d'un mètre de nous, qui sait. Exactement à l'endroit où il, ou elle, se tenait avant-hier…

Le Ber regarda discrètement autour de lui.

— Vous soupçonnez déjà quelqu'un ?

Dupin rit.

— Je propose qu'on invite toutes ces personnes après le dîner à se rassembler autour d'une grande table.

— Vous pensez que c'est une bonne idée ?

— On verra bien.

Coz revint les bras chargés d'un grand plateau sur lequel reposaient une bouteille d'eau, le vin et trois verres.

— Voilà déjà les boissons. Madame Nuz nous apporte les cotriades.

— Parfait.

Dupin commençait à se réconcilier avec la vie. Il saisit la bouteille de vin, servit ses collaborateurs avant de remplir son propre verre, trinqua d'un « Yec'hed mat ! » – il était particulièrement fier de maîtriser cette expression – et le vida d'un trait. Ses deux inspecteurs aussi savourèrent leur vin en silence. La journée avait été longue.

Peu après, Solenn et Louann Nuz déposaient sur leur table deux plateaux chargés de trois assiettes en céramique remplies de cotriade fumante, plusieurs soucoupes de beurre – salé, évidemment –, des tranches de pain grillées et la fameuse « sauce secrète ». En principe, il ne s'agissait de rien d'autre que d'une simple vinaigrette, donc la recette variait en fonction des coutumes familiales, locales ou régionales. Dupin engloutit son deuxième verre de vin aussi vite que le premier, avant même d'avoir entamé sa soupe, et ne put s'empêcher de repenser à la plaisanterie que Le Ber avait faite la veille : les bouteilles étaient plus petites aux Glénan qu'ailleurs.

Il se sentait beaucoup mieux, à présent. La marmite – il était formellement interdit de parler de soupe – dégageait un fumet divin et Dupin y reconnut ses poissons favoris : la lotte, le bar, le rouget, la dorade, le lieu jaune, le cabillaud, le colin blanc et la sole, et ses coquillages préférés : praires, coquilles Saint-Jacques, palourdes grises et, mieux encore, palourdes roses, sans compter les crabes et les langoustines de tailles variées. L'assiette était immense et profonde, remplie au point qu'un monticule s'élevait en son centre. Dupin y versa presque précipitamment la sauce et commença à manger. C'était succulent. Il lui semblait avaler la mer tout entière. Non seulement les poissons étaient délicieux, mais le fond, qui avait certainement mijoté pendant plusieurs heures, était tout à fait exceptionnel.

Tout à coup, il s'aperçut avec gêne que Solenn Nuz se tenait encore à côté de leur table. Silencieuse, elle les regardait se régaler.

— Oh, pardon. C'est absolument merveilleux.

La meilleure cotriade que j'aie jamais mangée – et j'en ai goûté un certain nombre.

Avec le vin, Dupin se lançait parfois malgré lui dans des formulations quelque peu théâtrales. Il s'en rendit compte et se promit de ne pas abuser davantage du pinot noir.

— J'ai parlé à madame Lefort. Vous allez pouvoir loger dans l'appartement, cette nuit. Voyez cela directement avec elle, ce sera plus commode.

— Merci beaucoup, c'est vraiment très aimable à vous.

Solenn Nuz tourna les talons pour regagner la cuisine.

— Excusez-moi, madame, la rappela Dupin. J'ai une question à vous poser.

— Bien sûr, allez-y.

— Cela va vous paraître étrange, mais… croyez-vous qu'il serait possible de nous réunir tous autour d'une grande table, tout à l'heure ? Les habitants de l'archipel et les habitués. Quand tout le monde aura fini de dîner.

Le visage de Solenn Nuz s'éclaira de son habituel sourire aimable.

— Le plus simple serait sans doute que nous vous rejoignions à votre table, commissaire.

— Entendu.

Elle retourna au bar pendant que l'équipe d'enquêteurs se concentrait de nouveau sur la marmite de poisson et le vin, dont Dupin se resservit un verre en se promettant que ce serait le dernier. Ils vinrent à bout de leurs énormes assiettes dans un silence presque religieux. Malgré la gravité de la situation, les trois policiers ne pouvaient s'empêcher de savourer l'instant.

Toutes les deux ou trois minutes, à intervalles irréguliers, un coup violent retentissait, comme si une sorte de poids massif percutait la façade arrière de la maison. Ces coups, étouffés, étaient accompagnés de sons plus clairs, métalliques, impossibles à identifier. La tempête avait gagné en force au cours de la dernière demi-heure et le vent devait atteindre une vitesse impressionnante.

L'édifice principal en pierre n'était pas beaucoup mieux isolé que l'annexe en bois, et le vacarme était désormais aussi puissant ici qu'à côté. Pris d'une impulsion subite, Dupin s'était levé pour jeter un coup d'œil dehors. « N'ouvrez pas ! » avait crié Solenn Nuz à travers la salle au moment où il posait la main sur la poignée. Si l'injonction avait été aimable, la scène avait été embarrassante pour le commissaire. Dans le restaurant, l'ambiance avait changé depuis le début de la soirée. La tempête rendait tout le monde nerveux. Les conversations s'étaient raréfiées, parfois une voix isolée s'élevait à une table ou à une autre et les archéologues eux-mêmes, si loquaces en début de soirée, s'étaient calmés. Seuls les habitants de l'archipel semblaient parfaitement à l'aise, en particulier Solenn Nuz.

Péniblement, chacun avait fini par trouver une place à la grande tablée qu'ils avaient formée à partir de petites tables mises bout à bout. Solenn Nuz était installée à la droite de Dupin, puis il y avait Leussot, Angela Barrault, de l'autre côté Le Ber, Maela Menez et Louann Nuz, en face Muriel Lefort entourée de Tanguy et de Coz.

— Qu'est-ce que c'est ? Ces coups qu'on entend ? demanda Le Ber, visiblement tendu.

— Bah, pendant les grosses tempêtes, il faut s'attendre à tout, vous savez, sourit Leussot.

— Ce doit être la main avide de Groac'h qui frappe à la porte. (Au ton rieur de sa voix, on devinait que Kilian Tanguy s'était pris au jeu et qu'il prenait plaisir à en rajouter.) A moins que ce ne soit la voix séculaire et immatérielle ! Si elle prononce ton nom, tu n'as pas d'autre choix que de la suivre jusqu'à la baie des Trépassés. Un bateau t'y attend, tout au fond de la mer. Il semble lourdement chargé, et pourtant il est vide – c'est la barque des morts. Ils attendent leur passage de l'autre côté. Une voile se hisse comme par magie, et c'est à toi de les emmener sans encombre jusqu'à l'île de Sein. Dès que la barque a touché l'île, les âmes s'en échappent et tu es autorisé à rentrer chez toi. De tout cela, il ne restera qu'une zone d'ombre dans ta mémoire, mais tu ne seras plus jamais le même.

Sur ces mots, Tanguy écarquilla les yeux et grimaça affreusement.

— Mais ça, c'est quand on a de la chance. Sinon, c'est le ténébreux Ankou en personne qui frappe à la porte. Le messager de la mort et le gardien des cimetières, un squelette drapé d'une cape noire qui tient une faux à la main. En général, on entend sa vieille brouette grincer pendant des nuits comme celle-ci.

Leussot et Tanguy prenaient un malin plaisir à mettre en scène ces lugubres figures.

— Bien sûr, il peut aussi s'agir des âmes perdues qui vous attirent imperceptiblement au-delà de la lumière. Pendant les tempêtes, elles se font passer pour des bateaux en détresse et attirent les vivants dans les flots.

Dupin avait entendu la plupart de ces histoires depuis qu'il habitait dans la région. Pas toutes, c'était impossible, mais un grand nombre tout de même. Cela faisait des siècles, voire des millénaires qu'on se les racontait dans ce coin de terre balayé par les vents et les flots, et elles n'avaient en rien perdu de leur réalité. Ni la civilisation romaine, ni la christianisation, ni les temps modernes, ni les Lumières, ni aucun renouvellement d'aucune sorte n'avait pu y changer quelque chose. Les grands festivals folkloriques, au cours desquels des conteurs rapportaient avec un vrai sens de la dramaturgie les anciennes épopées, les contes et les légendes du coin connaissaient un regain de popularité depuis quelques années. Ces récits caractérisaient davantage les Bretons que toute autre coutume locale, et Dupin était émerveillé par le talent des conteurs pour ramener le surnaturel à une dimension de la vie quotidienne. Cela, lui semblait-il, correspondait encore plus à l'esprit breton : cette manière de trouver des rituels très personnels, tout à fait terre à terre (et souvent délicieux), pour atténuer l'effroi et le rapporter à quelque chose de concret – ainsi, par exemple, préparait-on à la Toussaint quantité de crêpes pour les âmes perdues.

A la mine de Le Ber, on devinait qu'il ne prenait aucun plaisir à écouter les deux hommes, et Coz s'était lui aussi rembruni. Dupin devait admettre que ces légendes prenaient une tout autre allure quand elles étaient racontées dans ce type de circonstance.

Leussot finit par rendre les armes :

— Nous vérifierons à la lumière du jour. Une chose est sûre, en tout cas : vous n'êtes pas en danger. Croyez-moi. Ce genre de bruits est tout à fait normal.

Bien que la notion de « normalité » semblât douteuse dans sa bouche, il s'était exprimé d'une voix calme et posée, si bien que Le Ber se détendit un peu.

Dupin avait fondé de grands espoirs sur cette réunion

improvisée, mais les conversations languissaient. Depuis le petit numéro des deux hommes, personne n'avait vraiment pris la parole. Ici et là, quelqu'un lançait une phrase, mais elle retombait généralement dans un silence contraint. Même les plus bavards de l'équipe ne pipaient mot. Physiquement et mentalement, Dupin ne se sentait plus en mesure de mener une sorte d'« interrogatoire de groupe », pas plus qu'il n'avait l'énergie suffisante pour relancer sans cesse la discussion. Cela avait sans doute été une mauvaise idée. Si les participants restaient silencieux, c'était essentiellement parce qu'ils ignoraient ce qu'on attendait d'eux. La situation était parfaitement artificielle.

Soudain, Leussot éclata de rire :

— Et dire que c'est ici que Lucas voulait installer un paradis pour les touristes !

Personne ne réagit à cette exclamation macabre.

— C'est ce genre de tempête que mon frère a affrontée, constata Muriel Lefort sur un ton neutre.

Cette remarque, à son tour, ne suscita tout d'abord aucune réaction.

— Il n'est pas le seul à avoir tenté de regagner la terre ferme pendant une tempête, intervint Angela Barrault. Ils se croient tous invincibles.

C'était la première fois qu'elle prenait la parole.

— D'accord, mais les autres n'avaient pas absorbé de sédatifs avant de partir.

La voix de Leussot avait pris une tournure agressive, son regard s'était assombri. Dupin reprit espoir. C'était exactement le genre d'échanges sur lequel il avait misé. Hélas, Leussot s'était instantanément calmé et personne n'avait relevé.

— Cela arrive souvent que quelqu'un reparte trop tard d'ici ?

Le commissaire était conscient d'avoir formulé sa question avec gaucherie, mais peut-être obtiendrait-il tout de même un résultat, quel qu'il fût.

— La plupart du temps, ce sont des navigateurs de passage qui sous-estiment la situation. Il y a cinq ans, c'est arrivé à un boulanger de Trégunc, pourtant plutôt bon marin, dit Leussot d'un ton morne. Une triste histoire pour tout le monde, car il vendait le meilleur pain du coin.

— L'accident le plus tragique, c'était celui d'Alice, la nièce d'Yves de Berre-Ryckeboerec, le directeur de la Station. C'était il y a trois ans, elle naviguait avec son mari. Ils venaient de se marier. Sans oublier Jacques, bien sûr, ajouta Muriel Lefort en jetant un coup d'œil à Solenn Nuz. Ça, c'était il y a dix ans.

— La nièce du directeur ? insista Dupin.

— Oui, c'était terrible. Elle était en train de passer navigatrice professionnelle. C'est moi qui l'ai formée. Quelle perte affreuse. Elle n'a jamais été retrouvée.

— Comment le directeur a-t-il pris la chose ?

— C'était la fille de son frère aîné. Je ne crois pas qu'ils étaient très proches, mais il vous le dira sûrement mieux que moi.

Muriel Lefort se souciait visiblement d'exactitude. Dupin attendit de voir si la conversation suivait son cours, mais en vain.

— Je vous remercie tous. C'était une conversation... intéressante.

Cela ne servait à rien. Dupin n'en pouvait plus, et il n'en avait plus envie, non plus. Il était déjà vingt-trois heures trente, il avait bu quatre verres de vin et le cinquième, que Le Ber lui avait versé malgré son regard fermement dissuasif, était bien entamé.

— Je vous souhaite à tous une bonne nuit, lança-t-il avant de se tourner vers Muriel Lefort. Merci beaucoup, c'est très gentil à vous de mettre votre appartement à notre disposition.

— Je vous en prie, cela me fait plaisir. Vous risquez d'être un peu serrés, malheureusement.

— On s'arrangera, ne vous inquiétez pas.

Dupin était loin de se sentir aussi détendu qu'il le montrait. La perspective de devoir partager une chambre avec Le Ber et Coz était pour lui un cauchemar.

Le commissaire était allongé dans son lit, ou, pour être plus précis, il gisait sur un lit de camp métallique de cinquante centimètres de largeur qu'il avait placé à côté de la porte d'entrée. Il s'était glissé entre deux épaisses serviettes de plage en guise de couette. Coz dormait dans l'unique véritable lit de la petite chambre aménagée sous le toit, « vêtu et prêt à agir », comme il l'avait affirmé lui-même avec gêne, d'autant qu'il était trempé jusqu'aux os. Le Ber quant à lui était recroquevillé sur le canapé du salon, devant la grande baie vitrée.

Dupin avait tenté de s'éloigner autant que possible de son collaborateur, mais la pièce n'offrait pas beaucoup de marge de manœuvre.

Ses cheveux étaient encore mouillés. Son polo aussi était humide, mais il n'avait pas envie de l'enlever. Il trouvait déjà suffisamment embarrassant d'avoir dû se débarrasser de son pantalon pour le mettre à sécher sur le dossier d'une chaise. Ce qui l'inquiétait bien davantage, c'était l'état pitoyable de son calepin rouge. Il était trop fatigué pour mesurer l'étendue des dégâts, mais il s'attendait au pire. *Le Petit Indicateur des marées* pour sa part avait carrément rendu l'âme.

Il leur avait fallu cinq bonnes minutes pour parcourir les cent mètres qui les séparaient des maisons. Quelques secondes à peine après leur départ, les rafales avaient eu raison de leurs vêtements les plus épais. Au bout de quelques mètres à peine, Dupin avait senti sur ses lèvres un goût salé. Fouettée par le vent, l'écume se mêlait à la pluie. Autour d'eux, le ressac devait atteindre des hauteurs effrayantes. Dupin était heureux que le spectacle fût caché par la nuit.

Il était minuit et demi et, malgré son immense fatigue, Dupin ne se faisait aucune illusion : il n'allait pas s'endormir de sitôt.

Il passait et repassait dans sa tête les événements de cette journée, sans nul doute l'une des plus longues de sa vie. Il se demandait ce qui était arrivé au docteur Menn et ne pouvait s'empêcher de repenser à sa tentative misérable de faire parler les autochtones au restaurant. Les dauphins aussi ne manquèrent pas de faire irruption dans ses pensées, mais cette vision lui apparaissait désormais totalement irréelle. Une chose, cependant, lui était revenue à l'esprit. Un détail de ce dernier et malheureux échange avec les habitants de l'archipel, au Quatre-Vents. Il lui avait d'abord paru anodin, mais son impression avait fini par se préciser. Ce n'était qu'une hypothèse qui reposait sur bien peu de chose, mais elle ne semblait pas vouloir le laisser en paix. Les ruminations de Dupin se firent de plus en plus floues et incertaines.

LE TROISIÈME JOUR

Le commissaire Dupin empoigna instinctivement l'arme qu'il avait cachée sous son oreiller et tenta de s'orienter dans la pénombre. Il ne savait même pas dans quelle direction pointer son pistolet. Debout au milieu de la pièce, en tee-shirt et en slip, Le Ber fit un bond de côté.

— C'est moi, chef. Chef, c'est moi, ce n'est que moi ! glapit-il, les traits tirés.

— Ah, Le Ber !

— C'est votre téléphone qui sonne.

Au mot « téléphone », Dupin se dressa d'un bond. L'instant d'après, il était parfaitement éveillé. Soudain pris de panique, il consulta sa montre : sept heures sept minutes.

— C'est pas vrai !

Il avait espéré se lever beaucoup plus tôt. Coz n'était pas encore descendu.

Son mince matelas était trempé, tout comme son énorme oreiller et les deux serviettes de bain qui ne lui avaient apporté aucune chaleur. L'humidité régnait dans toute la pièce.

La sonnerie stridente retentit à nouveau.

— Oui ?

— Ah, commissaire ! (Dupin reconnut la voix de Goulch.) Vous aviez raison : Lefort, Konan et Pajot se sont effectivement rendus au même endroit à plusieurs reprises au cours des dernières semaines. A vingt-sept milles environ au sud-ouest des Glénan.

L'excitation de Goulch contrastait avec son calme habituel.

— Je reviens à l'instant des halles de Concarneau, où j'ai intercepté les pêcheurs qui y déposent leur pêche dès cinq heures du matin. Je les ai interrogés au sujet du Bénéteau. Deux d'entre eux sont certains de l'avoir vu dans une zone où le fond marin s'affaisse brusquement. Un Gran Turismo 49 ne passe pas inaperçu, en général.

Dupin s'était levé en grimaçant. Son corps entier renâclait.

— Bon travail, Goulch.

— Voilà qui pourrait appuyer l'hypothèse d'une chasse au trésor.

— A moins qu'ils ne soient allés pêcher ? Il y a des poissons à cet endroit, non ?

— Les grands bancs s'approchent des côtes en cette période de l'année, ils privilégient les endroits où la mer est plus chaude car elle contient davantage de plancton.

— Je vois. Comment savoir si une épave se trouve au fond de la mer ?

— J'ai déjà mobilisé un bateau spécialement équipé pour cela. Il vient de se mettre en route.

— Bien. Très bien, Goulch.

— Autre chose : les gars de l'équipe technique ont dû interrompre les recherches hier soir. L'hélicoptère a fait demi-tour dès qu'ils ont compris que la tempête allait atteindre l'île. Ce matin, ils sont repartis dès l'aube et doivent être sur place à l'heure qu'il est.

— Je... nos lignes étaient coupées. Nous étions complètement isolés du monde.

— C'est fréquent aux Glénan. Chez nous, sur le continent, la tempête n'a pas été bien impressionnante, mais quand j'ai vu que vous étiez injoignable, j'ai compris que vous deviez être un peu plus secoués que nous. Je vous tiens au courant.

— Merci.

Dupin n'était guère concentré, pour plusieurs raisons. D'une part il s'était levé du mauvais pied, d'autre part il n'avait pas encore eu son café – une combinaison pour le moins dangereuse. Par ailleurs, il ne cessait de se demander ce qui avait pu se passer pendant leur exil forcé. Et surtout, il venait de se rappeler ce qui l'avait tenu éveillé pendant une partie de la nuit.

En parlant avec Goulch, il avait péniblement enfilé ses vêtements humides. Du coin de l'œil, il vit que Le Ber se débattait avec les siens.

— Il me faut un café, Le Ber.

Dupin avait déjà la main sur la poignée de la porte.

— Retrouvons-nous dès que possible au Quatre-Vents. Allez voir ce que fait Coz, j'ai l'impression qu'il dort encore.

Sur ces mots, il sortit. Arrivé sur le pas de la porte, il commença par fermer les yeux. Il ne s'était pas attendu à une telle luminosité. C'était fabuleux. Le ciel était parfaitement dégagé, pas un nuage à l'horizon. Une brume légère flottait dans l'air, presque imperceptible. Un de ces « matins argentés », comme on les appelait en Bretagne : quand le soleil, le ciel, la mer et la terre semblaient nimbés d'un fin reflet qui scintillait au soleil. Dupin prit une profonde inspiration. L'air était frais, c'était merveilleux. L'orage de la veille était passé comme un mauvais rêve, sans laisser de trace. Il frissonna.

Solenn Nuz l'accueillit avec un sourire plus chaleureux et encourageant encore que d'ordinaire, comme si elle devinait qu'il avait passé une très mauvaise nuit. Elle irradiait littéralement, en forme, la mine reposée. C'était vraiment une belle femme.

— Un petit café ?

— Un double, s'il vous plaît.

Le chuintement délicieux de la machine fut troublé par la sonnerie de son téléphone. C'était Labat, bien sûr.

— Qu'est-ce que vous voulez, Labat ?

— Du Marhallac'h confirme avoir dessiné des plans d'aménagement de la maison de Pajot. Une commande d'architecte tout ce qu'il y a de légal. Pajot a entrepris d'importants travaux d'agrandissement, il y a six mois, avec une nouvelle piscine, un jardin paysager et une véranda. Du Marhallac'h a effectivement établi deux factures correspondant aux montants qu'indiquent les comptes de Pajot. Je l'ai prié de me montrer les plans, il m'a répondu qu'ils n'étaient pas dans son bureau et qu'il ne voyait pas pourquoi il devrait me les montrer.

— Comment était-il ?

— Plutôt coopératif au début, mais à la fin il était vraiment en colère. Je vais m'entretenir avec l'entrepreneur qui s'est occupé des travaux. Il saura me dire quels plans ont été utilisés. On verra bien si le travail de Marhallac'h existe vraiment.

— Faites-le, Labat.

C'était important.

— Hier, par acquit de conscience, j'ai fait un tour à la mairie. Je voulais vérifier la nature des requêtes que Lefort avait déposées. Il n'y en a pas. Pas une, rien. Officiellement, aucune demande n'a jamais été faite.

— Vous en êtes bien sûr, Labat ?

— Sûr et certain.

Cette affaire devenait de plus en plus intéressante, décidément.

— Vous avez vu les journaux, ce matin, commissaire ? Ils parlent tous de la disparition du docteur Menn.

— Ça m'est égal. Je vais…

— Une dernière chose, au sujet de Medimare. Les contenus de tous les disques durs ont été répertoriés. Il y en a une sacrée quantité, même si on ne sélectionne que les dossiers les plus intéressants. Ils vont être étudiés les uns après les autres, on a mis quatre experts sur le coup. Quant aux documents qui éclaircissent les rapports entre Medimare et la Station, et plus précisément ceux qui concernent les recherches de Leussot, on n'a rien trouvé d'irrégulier pour le moment.

Dupin devait admettre que Labat fournissait du bon travail.

— Il y a aussi le préfet qui a tenté de vous joindre hier soir, mais il s'est rabattu sur Nolwenn et moi. Il était très remonté, il…

Dupin raccrocha. Il ne lui manquait plus que ça. Rien à faire, vraiment, Labat était indécrottable.

Ce n'était pas le moment de s'énerver, il y avait plus urgent à faire. Il retourna au bar. Le double café reposait sur le zinc, à côté d'une brioche nature qu'il n'avait pas commandée.

— Ah ! Formidable.

Il retrouva aussitôt le sourire.

Solenn Nuz avait disparu. Au bout du bar, non loin du couloir, reposait déjà un tas de journaux du matin. Dupin avisa *Ouest-France*, tout en haut de la pile, mais il décida de ne pas se laisser distraire.

La brioche était un délice. Gonflée, moelleuse à souhait, avec ce subtil goût de levure qui faisait toute la différence. Quant au café, il était tout simplement parfait. Dupin ne s'attarda pas pour autant. Deux minutes plus tard, il quittait le restaurant.

Depuis la terrasse, il aperçut Le Ber et Coz qui s'approchaient, et il changea aussitôt de cap. Comme les jours précédents, il se dirigea instinctivement vers la pointe de l'île, cette fois à marée basse. Il sortit son téléphone portable.

— Nolwenn ?

— Commissaire ! J'espère que la nuit n'a pas été trop affreuse.

La compassion de Nolwenn était le meilleur des remèdes.

— Nolwenn, je voudrais que vous fassiez une petite recherche. J'aimerais connaître les circonstances exactes du décès du mari de Solenn Nuz. Je veux chaque détail. Fouillez dans le dossier judiciaire. Apparemment, il aurait disparu en mer il y a dix ans, en quittant les Glénan juste avant une tempête. (Dupin hésita, changea de ton et reprit, comme s'il réfléchissait à haute voix :) Une tempête comme celle de la nuit dernière… Comme celle de dimanche soir, ajouta-t-il après une pause.

— Je vais voir ce que je trouve. Je m'en occupe tout de suite. Et vous, vous feriez bien…

— Je sais. Je n'ai vraiment pas le temps…

— Je vais expliquer au préfet que vous êtes malheureusement trop occupé pour l'appeler pour le moment, et que vous le regrettez beaucoup. Après tout, c'est aussi dans son intérêt que vous découvriez le coupable.

Dupin adorait Nolwenn. Il l'adorait.

— Une dernière chose, commissaire. Votre mère. Elle a déjà laissé quatre messages aujourd'hui, tous passablement irrités. Je vous rappelle qu'elle arrive demain soir et qu'elle souhaite vous parler de toute urgence avant son départ.

— Je l'appelle tout de suite.

Dupin raccrocha. Bon sang, sa mère se pointait demain. Il fallait vraiment qu'il lui dise d'annuler sa venue. Dès qu'il aurait un moment, il lui passerait un coup de fil.

Dans son calepin, l'inscription « J. Nuz, accident » figurait quatre fois. Voilà ce qui lui avait traversé l'esprit, la veille au soir. Ce n'était pas, comme il l'avait cru, l'évocation du décès de la nièce de Berre-Ryckeboerec qui l'avait tiré de sa torpeur. C'était celle de l'accident de Jacques Nuz, dans des circonstances très similaires à celles de dimanche soir.

Il se mit en marche et sortit son carnet de sa poche. Il était encore humide, mais la couverture plastifiée avait étonnamment bien protégé les pages intérieures – bien mieux qu'il n'avait osé l'espérer. Il le feuilleta et retrouva le passage qui l'intéressait. Voilà. C'était là. « Visite à la mairie. » A Fouesnant, donc. Il rangea le calepin dans sa poche humide et composa le numéro de Le Ber.

— Le Ber, qu'a noté Coz hier au sujet des déplacements de Solenn Nuz ? J'ai marqué qu'elle était allée à la mairie, est-ce exact ?

— C'est ça, oui. Il est assis à côté de moi, nous sommes en train de boire un café. Vous voulez que je vous le passe ?

— Je veux bien, oui.

Il y eut un bruit de froissement, puis la voix de Coz se fit entendre.

— Patron ?

— C'est bien vous qui avez recueilli le témoignage de Solenn Nuz, hier ?

— C'est exact.

Coz était un policier très consciencieux.

— Elle vous a bien dit qu'elle s'était rendue à la mairie de Fouesnant, n'est-ce pas ? Vous a-t-elle dit pourquoi ?

— Non. Rien de plus que ce que je vous ai rapporté. Je n'ai pas insisté, je pensais que la tranche horaire qui vous intéressait se situait entre midi et demi et seize heures.

— Vous avez raison, Coz. Elle n'a rien ajouté, alors ?

— Non, rien.

— Pouvez-vous vous renseigner auprès de la mairie pour savoir ce qu'elle y faisait ?

— Je m'en charge tout de suite, patron.

Il était arrivé tout au bout de l'île ou, plutôt, il avait dépassé la pointe de Saint-Nicolas en franchissant un espace rocheux couvert de moules et avait atteint à quarante mètres à peine de Saint-Nicolas un minuscule îlot qui devenait une presqu'île à marée basse. Dupin était si profondément perdu dans ses pensées qu'il n'y prit pas garde. Il fit immédiatement demi-tour, sortit de nouveau son calepin de sa poche, tourna quelques pages, trouva ce qu'il cherchait et appela Le Ber.

— Oui, chef ?

— Passez-moi Coz, s'il vous plaît. Coz, madame Barrault vous a-t-elle dit ce qu'elle avait fait entre le déjeuner et le moment où elle est arrivée au quai ?

— Non, elle m'a affirmé être seule chez elle, ce qui est impossible à vérifier.

— Merci.

Cet appel n'avait pas été très fructueux. Il se trouvait maintenant à équidistance des deux îles et se déplaçait prudemment. Pour un ressortissant du VIe arrondissement de Paris, l'idée de se balader au fond de la mer avait quelque chose d'irréel.

Le téléphone de Dupin sonna. Un numéro parisien. Il craignit un instant que ce ne soit sa mère, mais il reconnut le numéro de Claire. Après une seconde d'hésitation, il décrocha et sut aussitôt que c'était une erreur. Il allait être obligé de couper court – ce que précisément il devait éviter avec elle. Son reproche majeur envers lui était qu'il n'avait pas assez de temps à consacrer à leur couple.

— Salut, Georges. Je te dérange ?

— Je… Non, tu ne me déranges pas. Bonjour, Claire.

— Merci pour ton message. C'était la panique, ici, j'ai passé tout mon temps en salle d'opération. Deux de mes collègues sont malades.

Un silence gêné s'installa. Claire semblait s'attendre à ce que Dupin fasse la conversation.

— Et toi, reprit-elle finalement, qu'est-ce que tu fabriques ? Où es-tu ?

Elle n'avait manifestement pas entendu parler de l'enquête. Claire ne suivait guère l'actualité.

— Je suis sur un archipel, à dix-huit kilomètres

de la côte. Pour être exact, je suis au fond de la mer, entre deux îles. C'est marée basse. Le sol est couvert de moules, comme tu les aimes. Je marche dessus.

— Quelle chance ! Tu es en pleine excursion, alors ?

— Non, je suis en pleine enquête…

Il ne pouvait pas lui cacher ça.

— Une enquête sur l'archipel ?

— Oui, exactement.

Un moment s'écoula avant que Claire ne comprenne ce que cela voulait dire.

— Ah, alors tu es occupé ?

— Non, non. Je… En fait, oui. Tu as raison. Mais je te rappelle dès que l'enquête est bouclée, d'accord ? On prendra vraiment le temps, cette fois.

— Ah, d'accord. Je comprends.

Il redoutait cette phrase plus que toute autre. Un nouveau silence s'installa.

— J'ai envie de te voir, lâcha-t-il.

C'était sorti tout seul. Claire devait être très surprise.

— Quoi ?

— C'est tout réfléchi. Je veux te voir.

Dupin avait opté pour la fuite en avant. C'était son unique chance mais, surtout, c'était la vérité.

— Bon.

Ce « Bon » avait quelque chose de sincère, d'encourageant. Il l'avait entendu à plusieurs reprises, quand tout allait bien entre eux. Quand tout allait bien dans sa vie en général.

— Alors à très bientôt.

— Oui.

— Je suis content qu'on se soit parlé. Ça… ça m'a fait du bien.

Dupin était presque euphorique.

— Alors rappelle-moi dès que ton enquête est terminée.

— Compte sur moi, Claire.

Elle avait raccroché. C'était incroyable, tout de même ! Tout à sa surprise, Dupin faillit glisser sur une algue. Malheureusement, sa joie fut de courte durée. Son téléphone se remit immédiatement à sonner. C'était Goulch.

— Oui ?

— L'équipe technique a trouvé un impact de balle. Un coup a été tiré dans la maison abandonnée de Brilimec.

— Une balle ?

— Oui, fichée dans le mur. On est en train d'en chercher le calibre. Elle se trouvait à environ un mètre des empreintes de pas que nous avons vues. Le tir provient sans doute de l'endroit où il nous a semblé reconnaître des traces de pas.

— On a donc tiré intentionnellement à côté.

— Pardon ?

Dans cette petite pièce, réfléchissait Dupin, le tireur se trouvait à deux ou trois mètres tout au plus de sa cible. A une si faible distance, impossible de la manquer. S'agissait-il de Menn ? A moins qu'il n'ait été la victime ?

— C'est l'intimidation qui était recherchée.

— Ah, mais oui ! s'écria Goulch quand il eut compris le raisonnement de Dupin.

— D'autres traces ?

— On analyse actuellement le cadenas et la porte.

— C'est tout ?

— Pour le moment, oui.

— Merci, Goulch.

Une minute plus tard, Dupin arrivait au Quatre-Vents. Le Ber et Coz étaient installés à l'endroit où ils avaient dîné la veille. Solenn Nuz était toujours invisible, mais sa fille aînée était présente. Au fond, Pascal Nuz était plongé dans son journal. Leussot, assis à côté de lui, esquissa un geste jovial en guise de salut. Deux autres tables étaient occupées par de petits groupes de plongeurs ou de navigateurs. La presse aussi était là. L'étonnant duo du *Télégramme* et d'*Ouest-France* était attablé à proximité de l'entrée, devant eux trônaient deux grands crèmes. Les deux journalistes affichaient une mine sombre. Ils étaient pourtant prévenus, ce n'était pas la première fois qu'ils se heurtaient aux méthodes de travail du commissaire. Les règles qu'il imposait étaient claires : pas un mot avant le terme de l'enquête. Ils n'obtiendraient rien de lui avant, à moins que cela ne lui soit utile, bien sûr. Ce n'était pas le cas aujourd'hui et, de toute façon, il n'avait aucune envie de bavarder avec eux.

— Un autre café, s'il vous plaît, Louann.

— Avec plaisir. Bonjour, commissaire.

— Votre mère est là ?

— Elle a fait un saut à la maison, elle revient tout de suite.

Dupin s'empara de son café et rejoignit Coz et Le Ber.

— Allons nous installer dehors pour travailler.

Sur la terrasse, les policiers séchèrent tant bien que mal quelques chaises.

— Je viens d'avoir la mairie de Fouesnant, annonça Coz calmement.

— Elle est déjà ouverte ? dit Dupin avec surprise.

— Elle ouvre à sept heures et demie. Il y a quelques mois, madame Nuz a déposé une demande d'autorisation pour refaire l'annexe. Elle y est retournée deux fois au cours de la semaine dernière pour régler quelques détails. Hier, elle a simplement demandé à jeter un coup d'œil à son dossier. Pour chaque établissement, chaque personne, chaque société qui dépose une requête auprès de la mairie, une sorte de dossier est constitué où sont conservés tous les documents, y compris les réponses provisoires. Tout le processus, en somme, depuis le début.

— Pourquoi en avait-elle besoin ? Quel est le lien avec les travaux qu'elle souhaite entreprendre ?

— Je n'en sais rien. Madame Nuz n'a pas donné plus d'explication.

— Chacun a accès à son propre dossier ?

— Oui. C'est une procédure tout à fait réglementaire.

Dupin observa un silence. L'hypothèse qui prenait de plus en plus de place dans son esprit manquait encore d'éléments.

— Il me faudrait un hélicoptère.

Coz et Le Ber échangèrent un regard étonné.

— Il faut que j'aille sur la côte. A Fouesnant. A la mairie.

— Je vais en demander un.

Coz se leva et s'éloigna de quelques pas pendant que Le Ber considérait Dupin avec curiosité.

— Je veux voir ce dossier.

— Vous cherchez quelque chose en particulier ? Savez-vous quoi ?

— Non.

C'était la vérité, mais son petit doigt lui disait qu'il trouverait quelque chose.

— L'hélicoptère est en route, signala Coz. Il était

347

justement à Brilimec, avec l'équipe technique. Elle attendra.

Dupin ne put s'empêcher de sourire en pensant à la tête que ferait Salou. Ce qui lui rappela une chose. Il sortit son téléphone de sa poche et composa le numéro du chef de l'équipe technique.

— Ah, commissaire. J'aurais apprécié que vous me contactiez directement au sujet…

— Avez-vous des informations concernant les traces de pas observées dans la maison ?

— Je…

— De grands pieds, de petits pieds ? Une femme, un homme ?

— C'est très difficile à dire, vous les avez vues vous-même, aucune empreinte n'est nette. Devant la maison, le sol est dur et de toute façon, la tempête a tout nettoyé. Pareil pour les plages. Goulch nous a montré l'endroit mais il n'y avait plus rien. Rien du tout. Je ne peux rien dire pour le moment.

Dupin détestait ce « Je ne peux rien dire » si caractéristique de Salou.

— Je vous demande simplement votre impression. Votre première hypothèse.

— Les empreintes ne sont ni grandes ni petites.

On était bien avancé. Au moins, on pouvait exclure la possibilité que le meurtrier soit un nain ou un géant.

— Une femme ?

— Je ne peux rien dire. Je miserais sur une pointure entre 38 et 44.

Cela ne l'aidait pas beaucoup.

— Nous sommes en train de terminer. Nous allons rentrer et analyser la balle… (Un vacarme assourdissant

348

que Dupin connaissait bien l'interrompit.) L'hélicoptère
démarre… Vous m'entendez, commissaire ?

Dupin raccrocha avant de se tourner vers Le Ber
et Coz :

— L'hélico sera là dans un instant. Il faut que j'y aille.

— Asseyez-vous, je vous prie.

L'employée de la mairie de Fouesnant était d'une
maigreur inquiétante mais surtout, elle montrait un
mélange d'empressement et d'autorité qui effraya légèrement Dupin. Un dangereux cocktail, se dit-il. Elle
l'avait accueilli avec un sourire exagéré qui tordait
ses traits sévères. Il estima son âge à une soixantaine
d'années.

Il attrapa le dossier qu'elle lui tendit d'un geste
énergique et la remercia d'un bref hochement de tête.

Le dossier était plein à craquer. « Jacques Nuz et
Solenn Nuz, née Pleuvant », lut-il sur l'onglet dacty-
lographié. Quelqu'un avait barré d'un trait court le
nom de Jacques Nuz, mais ne s'était pas donné la
peine de barrer le « et », ce qui produisait un effet
quelque peu malheureux.

Les documents avaient été soigneusement classés par ordre chronologique, les plus récents sur le
dessus. Dupin trouva la requête dont Coz lui avait
parlé, longue de vingt-quatre pages. Un formulaire
complété à la main. Deux esquisses. Plan de sol, élé-
vation. L'architecte qui les avait dessinés s'appelait
Pierre Larmont et venait de Quimper. Remplacement
de l'annexe en bois par une construction en pierre.
La demande était jalonnée de termes techniques qui
ne disaient pas grand-chose à Dupin, mais l'ensemble
semblait parfaitement plausible et correspondait en tout

point aux informations qu'il possédait déjà. Il la mit de côté. Suivaient des requêtes plus courtes, six ou huit pages, auxquelles s'ajoutaient les décisions correspondantes. « Raccordement aux installations solaires moyennes des Glénan », « construction d'un système d'égouts autonome adapté à l'activité de restaurant ». Tout était logique.

Dupin en vint aux premières demandes, que Solenn avait posées avec son mari. Pour ouvrir le Quatre-Vents et réaliser son rêve, le jeune couple avait dû solliciter une quantité impressionnante d'autorisations diverses et variées. Le « réaménagement intérieur de la salle de restaurant le Quatre-Vents (bar/café), autrefois le Sac de Nœuds », le « changement de nom du lieu de restauration (bar/café) Le Sac de Nœuds en Quatre-Vents »… C'était phénoménal. D'autres requêtes, tout aussi nombreuses, concernaient le centre de plongée. Là non plus, rien ne lui sembla anormal. Tout était en règle.

Dupin se leva, un peu dépité, et s'aperçut que l'employée de la mairie se tenait encore dans l'embrasure de la porte et le considérait d'un œil vide.

— Est-ce vous, madame, qui avez donné ce dossier à Solenn Nuz ?

— Oui, oui. C'est moi qui m'occupe des archives.

— Sauriez-vous par hasard pourquoi elle a eu besoin de le consulter ?

— Je ne pose jamais la question. Cela ne fait pas partie de mes attributions. Chaque citoyen a le droit de consulter son dossier, nous le respectons.

— Avez-vous aperçu le document que regardait madame Nuz ? J'aimerais que vous fassiez un petit effort de mémoire et que vous me répondiez.

Dupin avait opté pour un ton qui n'admettait pas de réplique.

— Je n'ai aucune raison d'espionner les visiteurs de la mairie, se défendit son interlocutrice avant de poursuivre d'une petite voix acide. Elle a dû chercher des informations pour remplir son permis de construire actuel, elle a encore deux formulaires à compléter. Bien qu'il s'agisse de copies, nous ne les donnons pas. Il faut les consulter ici, ce sont des documents importants.

C'était simple et clair. Cela expliquait pourquoi Solenn Nuz avait spécialement fait le déplacement. Sa piste était caduque, son hypothèse, erronée.

Dupin s'était levé et s'apprêtait à prendre congé quand un détail lui vint à l'esprit.

— Des copies ? Vous avez dit qu'il s'agissait de copies ?

— Mais oui, qu'est-ce que vous imaginez ? On ne va tout de même pas donner des originaux quand il s'agit d'affaires juridiques ! Ils sont classés dans les archives, ce sont des documents justiciables !

Son indignation n'était pas feinte.

— J'aimerais voir les originaux.

— Sans autorisation, cela ne va pas être possible. Il faut que je demande au maire. C'est la règle, on ne fait pas d'exception.

Dupin sentit son visage changer de couleur, il se redressa de toute sa taille. On devinait qu'il était sur le point d'exploser. Avant même qu'il n'eût ouvert la bouche, l'employée zélée lâcha d'une voix aiguë et agressive :

— Je vais chercher le dossier.

Elle disparut à une vitesse étonnante tandis que Dupin se rasseyait. S'était-il trompé ? Il avait espéré tomber sur une information qui apporterait un éclairage nouveau sur les événements des derniers jours.

— Voilà.

Elle avait quasiment jeté le dossier sur le bureau.

— J'espère que vous êtes bien conscient qu'il s'agit là d'originaux, dont la perte ou la destruction peut avoir des conséquences désastreuses !

Elle était coriace. Dupin aurait pris plaisir à échanger quelques piques avec elle, mais il n'en avait pas le temps. Il fallait qu'il se concentre. Attentif à chaque détail, il parcourut le dossier dans le même ordre que précédemment avec les duplicatas. Il forma deux tas, l'un avec les originaux, l'autre avec les copies. Ainsi verrait-il plus facilement les divergences entre les deux. Il fit chou blanc. Pourquoi aurait-on modifié une copie, d'ailleurs ?

Rien, il ne trouvait rien. Il en était arrivé aux permis de construire pour le club de plongée, c'est-à-dire tout au début du dossier. Un papier à droite, sa copie à gauche. Encore un. Soudain, il s'immobilisa. Où était la copie ? Une feuille manquait dans le tas de droite. Le document original, lui, était bien là. L'esprit soudain en alerte, il vérifia l'intitulé : « Construction d'un complexe hôtelier conforme à l'article 16.BB.12/Finist.7 sur l'île de Saint-Nicolas. » La demande, particulièrement dense, était imprimée sur un papier très fin, jauni par le temps, portant la date du 28-05-2002. Il en feuilleta le contenu : « Capacité/Nombre de chambres prévues : 88. » Cela correspondait sans doute à une partie des premiers plans que Lefort avait échafaudés pour les Glénan. Sans aucun doute. « Complexe hôtelier. » Il avait vu les choses en grand ! Dupin poursuivit sa lecture : « Installation d'un parc de sports aquatiques et d'un port de plaisance destiné au tourisme/intégration des bâtiments préexistants. » Voilà la grosse affaire pour laquelle il s'était battu, à l'époque. Le regard de Dupin tomba sur la dernière feuille : « Demandeur principal : Jacques Nuz. » Le nom était suivi d'une signature illisible. Puis : « Autres demandeurs, selon § GHF 17.3 : Lucas Lefort, Yannig Konan, Charles Malraux, Kilian Tanguy, Devan Menn. » Charles Malraux devait être le dernier partenaire.

Dupin savait que d'autres acteurs s'étaient investis dans le projet, à ses débuts. Un certain nombre de jeunes gens entreprenants avaient cru poursuivre un rêve commun. Ce n'était que plus tard qu'ils avaient pris conscience de leurs divergences de vues – une querelle avait éclaté, qui avait fait d'eux des ennemis.

Jusque-là, rien de nouveau. Quelques questions pourtant restaient en suspens. Dupin n'était pas certain d'avoir trouvé l'information qu'il cherchait et si c'était le cas, ce qu'il allait pouvoir en faire. Un point cependant méritait un éclaircissement : le document avait disparu de l'autre dossier. S'il n'avait pas été égaré par mégarde, c'est qu'il avait été subtilisé. Une autre question se posait : pourquoi Jacques Nuz avait-il été le principal demandeur ? Personne n'en avait rien dit, jusque-là on n'avait évoqué que les plans de Lefort. Sans compter un dernier élément d'importance : la demande avait été déposée tout à fait officiellement. Depuis le début de l'enquête, il n'avait entendu à ce sujet que des informations contradictoires, et Labat lui-même n'en avait pas trouvé de preuve. Cela dit, il avait sans doute mené ses recherches en partant du nom de Lefort. Dupin continua de parcourir le dossier. Il découvrit sur la première page une annotation

manuscrite portant un tampon daté du 29 juin 2002 :
« Demandeur porté disparu. » Qu'est-ce que cela pouvait bien signifier ? La démarche avait-elle été suspendue ? Cela expliquerait pourquoi elle n'était jamais devenue « officielle » et pourquoi tout le monde croyait que le dossier n'existait pas.

Dupin se leva. Il s'aperçut que l'employée de la mairie l'observait toujours.

— Quand une requête compte plusieurs requérants, est-elle classée dans le dossier du demandeur principal ?

— Autrefois c'était le cas, oui. Depuis deux ans, nous avons choisi de déposer des copies dans les dossiers de toutes les parties.

— Il me faut ce dossier. Je l'emporte avec moi.

Dupin savait qu'il venait de prononcer une phrase insupportable pour une fonctionnaire de cette trempe.

— Monsieur !

Son courroux dépassait visiblement sa capacité d'expression.

— Ce… ce sont nos originaux ! Vous n'êtes même pas autorisé à emporter les copies !

Dupin ne se donna pas la peine de répondre et la dépassa sans lui accorder la moindre attention. Elle le suivit sans un mot hors de la pièce, puis le long du couloir et jusqu'au bas des escaliers. Au rez-de-chaussée, enfin, elle se mit à crier.

— Monsieur Lemant ? Monsieur Lemant ! J'ai besoin de vous !

L'aimable jeune femme de l'accueil observait ce manège avec inquiétude. Dupin quant à lui poursuivit tranquillement mais résolument son chemin. L'instant d'après, il était dehors et faisait signe à son chauffeur

354

qui mit aussitôt le moteur en route. Deux minutes plus tard, ils roulaient en direction de l'aéroport de Quimper. En arrivant à la mairie, Dupin avait mis son portable en mode vibreur et l'avait senti trembler à plusieurs reprises. Il vérifia les appels. Le préfet... cinq fois. Labat, Le Ber, Goulch, Nolwenn... et Salou, le roi de la police technique et scientifique.

La ligne de Nolwenn était occupée. Il tenta sa chance trois fois avant de se résigner à joindre Salou.

— Vous avez notre hélicoptère, nous sommes coincés à Brilimec, entendit-il en guise de salut.

— J'espère que vous ne m'avez pas appelé pour ça.

— Je voulais vous faire part d'une découverte... plutôt étonnante. L'arme serait un FP-45 Liberator. Il date de la Seconde Guerre mondiale. Une arme sommaire, mais efficace, que les Américains...

— Salou !

— ... les résistants français l'ont beaucoup utilisée.

Dupin sursauta. Voilà qui était très intéressant.

— C'est certain ?

— Quasiment, oui. Les balles sont clairement reconnaissables. Bien sûr, je n'ai pu baser mon analyse que sur le matériel de fortune que nous emportons...

— Ce n'est pas courant de tomber sur une arme pareille, si ?

— Au contraire. On en trouve encore beaucoup, même si la plupart sont hors d'usage.

— Qu'entendez-vous par « beaucoup » ?

— Ma foi, pendant la guerre, les résistants ont peu à peu constitué une sorte d'arsenal, ici, en Bretagne. Nombreux sont ceux qui possèdent encore une arme quelque part, dans leur grenier ou dans leur cave.

Certains les ont gardées et entretenues par simple sentimentalisme.

Tout cela était parfaitement plausible.

— Appelez-moi dès que vous en saurez davantage, Salou.

Dupin raccrocha avant de composer une nouvelle fois le numéro de Nolwenn. C'était toujours occupé. Il essaya Labat.

— Allô ?

— Labat, avez-vous vu les originaux ou les copies, à la mairie ?

— Les originaux, bien sûr. J'ai dû faire appel au maire adjoint pour les obtenir.

— Très bien. Sinon, quoi de neuf ?

Dupin parlait vite mais d'une voix claire, concentrée. Labat adopta aussitôt le même ton.

— L'entrepreneur assure qu'il a dessiné la terrasse lui-même. Du Marhallac'h lui a donné quelques idées ou conseils, mais c'est tout.

— Parfait.

Cela devrait convenir. Même s'il prétendait avoir été rémunéré pour des services de conseil, du Marhallac'h n'aurait aucune preuve à présenter. C'était bien suffisant pour un premier soupçon de corruption.

— Transmettez ces informations à la préfecture, qu'elle prévienne le procureur. Tout de suite. Ah, et puis annoncez-le au préfet.

Bien que ce délit ne semblât pas être en rapport direct avec l'enquête, cela calmerait son supérieur pendant un moment.

— Et le directeur de la Station ?

— Yves de Berre-Ryckeboerec ?

— Oui.

— Ce ne sera pas facile. Nos équipes n'ont rien trouvé de concluant pour le moment. Aucune infraction. Sachant que l'établissement est sous tutelle nationale, voire européenne, la cession de licences est strictement réglementée. Il va falloir que nous regardions ça de plus près, ça peut prendre un moment.

— Et ses comptes bancaires ? Ses comptes personnels, je veux dire ?

— J'ai eu Nolwenn au téléphone à ce sujet. Le plus simple serait que nous trouvions quelque chose ici. C'est déjà miraculeux que nous ayons pu mener une perquisition.

— Appelez-moi dès que vous aurez du nouveau. Ah, et puis appelez Le Ber et dites-lui d'envoyer quelqu'un auprès de Muriel Lefort. J'aimerais savoir si elle possède encore des armes datant de la Résistance. Peut-être que ses parents ou son frère en gardaient une...

— Très bien...

Labat semblait avoir quelque chose sur le cœur, et Dupin savait très bien de quoi il s'agissait : il voulait que le commissaire l'informe de ses découvertes.

— Je vous tiens au courant, Labat. Je vous raconterai tout.

Il composa de nouveau le numéro de Nolwenn et cette fois, elle décrocha.

— J'ai pu rassembler quelques informations, patron.

Ils étaient arrivés à l'aéroport. Dupin sortit de la voiture, le téléphone collé à l'oreille.

— J'ai étudié le dossier concernant le décès de Jacques Nuz. L'histoire a commencé exactement comme dimanche dernier. C'est incroyable. Les Glénan, une belle journée de printemps, des températures estivales.

Une tempête se prépare. Jacques Nuz a une course urgente à effectuer sur le continent et veut absolument rentrer avant la tempête. D'après son épouse, il quitte l'île à quatorze heures trente. C'est ce qu'on trouve dans le dossier. Le lendemain matin, elle signale sa disparition à la police de Fouesnant. Une opération de sauvetage est immédiatement lancée, avec bateaux et hélicoptères. On ne le retrouvera jamais, seuls des débris de son bateau réapparaîtront quelques jours plus tard. Très à l'est des Glénan. On ne sait rien des circonstances du décès.

— Le lendemain matin, seulement ?

— N'oubliez pas que les téléphones portables n'étaient pas courants à l'époque.

Dupin se tenait toujours à côté de la voiture, à quelques mètres de l'hélicoptère. Le pilote était déjà installé dans le cockpit. Dupin lui signala qu'il n'en avait plus pour longtemps.

— Et alors ?

— Alors, voilà : deux autres bateaux ont quitté Saint-Nicolas au même moment. L'un est parti tout de suite après lui et l'autre un peu plus tard. Devinez à qui appartenaient ces bateaux.

C'était une question purement rhétorique.

— Lucas Lefort et Devan Menn ! Mais j'ai encore mieux. Savez-vous qui se trouvait à bord du bateau de Lefort ?

— Yannig Konan.

Cela avait davantage été un marmonnement qu'une véritable réponse. Un frisson lui parcourut le dos.

— C'est ça. Bien entendu, Lefort et Konan ont été interrogés au sujet de la disparition de Jacques Nuz. Leurs témoignages figurent dans le dossier. Nuz voulait aller à Fouesnant, où Solenn et lui possédaient encore un petit appartement. Lefort et Konan, eux, se rendaient à Sainte-Marine. Ils ont donc pris la même route.

— Et Menn ?

— Lui aussi a affirmé qu'il n'avait croisé ni le bateau de Nuz ni celui de Lefort.

— Y avait-il d'autres bateaux ? D'autres témoins ?

— Personne d'autre n'est cité dans le dossier, non. Les plus raisonnables sont partis beaucoup plus tôt ou sont restés sur place.

— Rien n'explique donc ce qui s'est passé ? Nuz a-t-il percuté un rocher ? A-t-il chaviré ? Quel genre de bateau pilotait-il ?

— Les débris n'ont pas permis de tirer de conclusion, bien qu'ils aient été analysés à fond. C'était un Jeanneau, presque quarante ans de service mais en bon état, d'après ce qu'en ont dit Solenn Nuz et quelques témoins. Rien ne semblait indiquer un défaut du bateau.

— Hmm.

Le cerveau de Dupin fonctionnait à plein régime.

— Il faut garder en tête que ce genre d'incident n'est pas rare, ici, patron. En revanche, il est rarissime qu'on puisse déterminer les circonstances exactes du naufrage.

La maisonnette de pierre de Solenn Nuz se dressait sur la partie arrière de l'île quand on arrivait par le quai, là où ce périmètre de terre perdu au milieu de la mer était le plus sauvage. Tout près de là s'étendait la plage de l'ouest, la plus belle, qui ressemblait à celles des Caraïbes. La maison avait des contours si plats qu'elle semblait se recroqueviller face aux menaces des tempêtes, et elle était entourée d'une quantité impressionnante de jardinières de tailles diverses. Des salades, des pommes de terre, différentes sortes de légumes, même des artichauts poussaient là – une spécialité bretonne, comme les poireaux. Dupin les aimait sous toutes leurs formes, mais il préférait les manger « à la bretonne », assaisonnés d'une vinaigrette aux œufs. Deux grandes plates-bandes d'herbes aromatiques s'étendaient juste à côté. C'était un spectacle inhabituel, dans un endroit où on s'attendait à ne rien voir d'autre que des étendues de sable, de dunes, d'herbe, de rochers et de cailloux.

Spontanément, Dupin s'était d'abord rendu au Quatre-Vents, mais Louann l'avait informé que sa mère était chez elle. L'arrangement très simple de la maison lui plut. Il chercha vainement une sonnette. La porte en bois et fer forgé était entrouverte.

— Bonjour ! Madame Nuz ?

Pas de réponse. Dupin frappa de nouveau, cette fois un peu plus fort.

— C'est le commissaire Dupin !

Aucune réaction. Il réfléchissait à ce qu'il devait faire quand Pascal Nuz apparut comme par magie. Dupin faillit crier de frayeur. Le beau-père de Solenn Nuz devait être dans le jardin.

— Elle est en mer. Elle ramasse des coquillages.

— J'aimerais lui parler.

— Vous la trouverez sur la grande plage, répondit le vieil homme en pointant un doigt vers l'ouest.

— Je vais la chercher. Merci, monsieur.

Dupin traversa le jardin en contournant les jardinières, passa de l'autre côté de la maison et ne tarda pas à rejoindre la dune qui donnait sur la grande plage.

La marée était basse, la plage plongeait loin dans

la mer, étendue lisse et plate qui retrouvait sa virginité à chaque fois que la mer se retirait. La couche supérieure du sable, déjà séchée par le soleil, avait retrouvé sa blancheur éblouissante, mais des plaques encore humides transparaissaient çà et là comme sous un parchemin translucide. Dupin jeta un coup d'œil à la ronde et aperçut Solenn Nuz, au nord-ouest. De l'endroit où il se tenait, on ne distinguait rien de plus que sa silhouette. Elle était la seule âme qui vive à perte de vue, dans un paysage qui appartenait à la mer pour l'essentiel – Dupin comprit pourquoi son beau-père avait déclaré qu'elle était « en mer ».

Solenn Nuz ne s'avisa de sa présence que quand il fut près d'elle. Il s'était approché en silence, et tout à coup, elle s'était retournée. Elle portait sur chacune de ses épaules un panier de plastique vert au relief tressé et tenait dans sa main gauche une petite pelle à long manche. En le voyant, son visage s'illumina de ce grand sourire serein qu'il lui connaissait bien.

— C'est la saison, dit-elle. Palourdes, praires, coques… Il y a des ormeaux, aussi. Les palourdes se trouvent dans le sable, les ormeaux dans les fissures des rochers où se nichent les algues.

D'un geste, elle désigna Bananec et les imposants rochers découverts à marée basse.

— Les palourdes se cachent à dix centimètres environ sous la surface du sable. Il faut savoir reconnaître l'endroit. J'ai appris ça de ma mère. Les indices sont rares. Vous voulez voir comment je m'y prends ?

Elle s'exprimait très calmement, comme d'habitude.

— Montrez-moi ça, répondit Dupin sur le même ton paisible.

— Il faut repérer les trous dans le sable. Certains

forment une sorte de huit, ce sont les palourdes femelles. Quand on trouve deux trous plus petits mais identiques, à deux ou trois centimètres de distance l'un de l'autre, on trouve les palourdes mâles, qui sont plus grandes.

Le regard de Solenn Nuz avait brièvement effleuré Dupin mais elle l'avait immédiatement reporté sur le sable d'un air professionnel.

— Ensuite, vous enfoncez doucement votre main dans le sable et vous ne tardez pas à rencontrer le coquillage, que vous pouvez alors ramasser.

Dupin se mit à cheminer à ses côtés.

— Vous aimez les palourdes ? Les ormeaux ?

— Beaucoup.

Dupin en raffolait, et l'Amiral en servait de particulièrement succulents – gratinées au beurre aux herbes et au pain de mie émietté. En outre, il ressentait toujours la même joie enfantine quand il trouvait un ormeau intact et nacré, brillant de toutes les nuances de l'arc-en-ciel. Il ne manquait jamais de l'empocher comme un butin, le tiroir de son bureau en regorgeait littéralement.

— Aujourd'hui, je vais faire des crêpes aux palourdes, peut-être aussi aux ormeaux. S'il y en a suffisamment, je les ferai revenir à la poêle. On verra.

— Qu'en est-il du permis de construire que votre mari avait déposé à la mairie ?

Il avait eu beau poser cette question tout à trac, Solenn Nuz ne parut pas surprise. Son visage était resté impassible. Elle répondit sans hésiter, sur le ton qu'elle avait employé pour parler des coquillages.

— Pendant un moment, nous avons cru que nous avions une même vision des choses. Lucas, Yannig,

Kilian Tanguy et nous. Devan Menn, aussi. Muriel Lefort connaissait mieux son frère que nous, elle s'est abstenue dès le début. Nous ne l'avons pas écoutée. Nous la trouvions vieux jeu. Au bout d'un moment, nous avons compris que les projets de Lucas différaient des nôtres. Nous voulions préserver ce qui existait des Glénan, moderniser et agrandir un peu l'école de voile et le club de plongée, construire un hôtel et un restaurant, mais nous ne voulions pas de tourisme de masse et surtout pas de luxe. Pour Lucas, ce n'était qu'un début, cela faisait partie d'une stratégie à long terme. Nous avons commencé à nous disputer de plus en plus souvent et, un jour, le conflit a explosé. Yannig ne disait jamais grand-chose, mais il partageait le point de vue de Lucas, et il avait l'argent. Charles Malraux, lui, était des nôtres. Devan essayait de rester à l'écart de tout ça.

Elle se pencha brusquement :

— Vous voyez ces deux trous minuscules, là ?

Dupin s'accroupit. Il ne les avait pas remarqués, mais Solenn Nuz avait raison : ils étaient bien là. Elle enfouit doucement sa main dans le sable et la ressortit aussitôt, une magnifique palourde grise coincée entre les doigts. Elle la déposa dans le panier de droite, où Dupin aperçut une grande quantité de coquillages.

— Pourquoi votre mari était-il le demandeur principal ?

— Parce que le terrain sur lequel nous voulions construire l'hôtel lui appartenait, et que ce devait être le cœur de toute l'installation.

— Pourquoi votre mari a-t-il déposé la requête alors que vous n'approuviez plus le projet ?

Cette fois, Solenn Nuz sembla marquer une légère hésitation, mais Dupin n'aurait pu en jurer. La tête penchée, elle avait le regard rivé au sol. Elle garda un instant le silence avant de se reprendre.

— Il ne l'a pas déposée.

Dupin ne comprenait pas, et Solenn Nuz ne semblait pas décidée à s'expliquer.

— On avait tout préparé, mais Jacques, Kilian et moi n'étions plus aussi convaincus, et nous avions déjà eu une grosse dispute avec Lucas.

Elle marqua une nouvelle pause que Dupin ne rompit pas.

— A cette époque, nous vivions entre les îles et notre petit appartement de Fouesnant. Pendant quelques mois, nous avons essentiellement vécu sur le bateau. C'était serré, mais ça allait. Nous ne possédions pas encore cette maison et nous nous servions très peu de l'appartement. Ce bateau était notre foyer. Nous avions tout ce dont nous avions besoin, nous étions très heureux. C'est également sur le bateau que nous conservions nos documents… (Elle se tut de nouveau, puis elle reprit sur le même ton égal :) Le permis de construire en faisait partie, lui aussi.

Dupin s'immobilisa. Pendant une fraction de seconde, il ne comprit pas, puis il fut saisi de vertige à mesure qu'il prenait conscience de la portée de cette révélation.

— Le formulaire… le formulaire complet et signé était à bord ? Il se trouvait sur le bateau ce soir-là, il y a dix ans, quand votre mari a quitté les Glénan pour échapper à la tempête ?

Cette fois, ce fut au tour de Dupin d'observer un silence prolongé. Mille pensées tournoyaient dans son esprit. Sans se départir de son calme, Solenn Nuz continuait de sonder le sable fin.

— Quand il a quitté Saint-Nicolas, le formulaire se trouvait sur le bateau de Jacques Nuz, lâcha Dupin à voix haute, mais il a été déposé à la mairie juste après l'accident. Il n'a pas coulé avec le bateau. Il est passé sur un autre bateau. Il n'a pas disparu avec Jacques Nuz.

Ils cheminèrent un moment sans mot dire, Solenn devançant le commissaire d'un pas ou deux. C'était une histoire incroyable. Dupin fit un effort pour se reprendre.

— C'était donc un meurtre, n'est-ce pas ? Un assassinat. Lefort et Konan l'ont tué.

Solenn Nuz parvenait malgré tout à garder son flegme.

— Ils l'ont laissé se noyer. D'après ce qu'ils disent, le moteur était défectueux. Personne n'en sait davantage. Ça s'est passé entre les Glénan et Moutons. La mer était déjà très agitée. Il serait passé par-dessus bord alors qu'il essayait de réparer quelque chose. Ils ont tout vu, Konan et Lefort. Ils ont tout observé. Ils l'ont vu dériver. Ils se sont rangés contre le bateau et Lefort est monté à bord. (Le timbre de Solenn Nuz changea imperceptiblement et se fit plus atone, plus plat :) Il l'a vu, et il l'a abandonné à son sort. Il a cherché le formulaire. Il savait où il se trouvait, il connaissait bien notre bateau.

Elle aspira une grande bouffée d'air avant de poursuivre.

— Il l'a pris, est retourné sur son bateau, puis ils sont partis. Ils avaient convenu de le déposer, et s'il était accepté, ils avaient prévu de prétendre que Jacques leur avait remis le document – à trois voix contre la mienne, ils auraient gagné.

On y était. C'était là l'histoire, le cœur noir de l'intrigue. C'était aussi ce qui était arrivé à Konan et Lefort, dimanche soir. Les deux hommes s'étaient retrouvés dans la même situation que Jacques Nuz dix ans plus tôt. Livrés à eux-mêmes, sans gilet de sauvetage, au cœur d'un orage redoutable, entraînés par les courants impitoyables de l'Atlantique.

— Et Menn ?

— Il se trouvait juste derrière eux. Il les a vus, lui aussi. Il n'a pas été témoin de tout, mais il a compris l'essentiel : il a vu que Jacques était à l'eau et que Yannig et Lucas repartaient sans lui porter secours. Il ne s'est pas arrêté. Il a poursuivi sa route sans réagir. Il n'a rien fait après, non plus. Il avait peur de Lucas. C'était un lâche. Il a toujours été lâche.

Les morceaux d'un puzzle cruel, brutal et affreusement triste se rassemblaient peu à peu dans l'esprit de Dupin. Il ne manquait presque plus de pièces.

— Depuis quand le saviez-vous ? Et comment l'avez-vous appris ? Vous êtes tombée sur le formulaire, dans le dossier ?

— Un pur hasard. Je l'ai trouvé il y a trois mois. J'avais besoin de renseignements qui étaient dans les premiers formulaires d'autorisation d'aménagement de l'annexe. C'est là que je l'ai vu et que j'ai compris.

— Vous êtes allée parler à Lefort.

La voix de Solenn Nuz prit une nouvelle intonation, parfaitement creuse, presque fantomatique :

— Il a éclaté de rire. Il m'a dit que je ne pourrais jamais rien prouver. Il avait raison.

Dupin garda le silence. Ils avaient atteint les rochers.

— Comment avez-vous su que Menn était impliqué ?

— Lefort lui a dit que je nourrissais des soupçons

à leur égard. Il est venu me voir et il... il m'a tout raconté, répondit-elle sur un ton plus ferme, plus posé. Il faut chercher les fissures dans les rochers. De longues fissures étroites, dans les mares. On ne voit presque rien de la coquille, juste un minuscule petit bout, de la même couleur que la roche. Rouille. Vous...

— Commissaire ! Commissaire !

Le Ber s'approchait en courant, il était encore loin. Le voir traverser la plage au pas de course, très agité, avait quelque chose de comique. Le moment était mal choisi, malheureusement.

— Excusez-moi ! Il faut que je vous parle, commissaire.

Dupin le rejoignit, très agacé.

— Le Ber, ce n'est pas le...

— Pascal Nuz a avoué. Il a tout avoué.

Le Ber avait prononcé ces mots en trottinant encore, à bout de souffle.

— Pardon ?

— Il s'est dénoncé, pour les meurtres. Il a dit que c'était lui qui avait versé des calmants dans les boissons des deux hommes. C'est également lui qui a donné rendez-vous à Devan Menn hier. Il l'a obligé à monter sur son bateau et l'a poussé par-dessus bord à quelques milles au sud de l'archipel. Il... (L'inspecteur tentait désespérément de reprendre sa respiration.) Il a dit qu'il voulait venger son fils. Il voulait venger l'assassinat de son fils. Il prétend que Konan et Lefort ont tué son fils.

Dupin baissa la tête. Une nouvelle onde de vertige le submergea. Il s'approcha lentement de la mer et ne s'arrêta qu'une fois arrivé au pied des vaguelettes qui clapotaient paisiblement. L'eau était si transparente, c'était fascinant. Du cristal. Chaque grain de sable, chaque coquillage, si infime soit-il, se distinguait clairement sur le sable parfaitement blanc.

Dupin ne pouvait pas croire ce qu'il venait d'entendre. Ce n'était pas la vérité. Il resta un bon moment immobile, puis revint vers Le Ber. L'air un peu perdu, ce dernier fixait ses chaussures en fumant une cigarette, alors qu'il avait cessé de fumer six mois plus tôt. Solenn Nuz, quant à elle, s'était remise à chercher des coquillages dans les rochers.

— Coz a pu vérifier l'emploi du temps de Solenn Nuz ?

— Oui. Ça fait un moment que nous essayons de vous joindre. Tout est vrai. A la minute près, pour tout ce que nous avons pu vérifier. Nous avons également obtenu la liste des appels téléphoniques de Menn, ce qui n'a pas été simple. Il a parlé avec le Quatre-Vents à deux reprises hier. Le restaurant possède un téléphone portable de fonction, pour les réservations, ce genre de choses. Il a d'abord été appelé, puis il a rappelé. A dix heures quinze et à onze heures.

Solenn Nuz ne s'était donc pas rendue à Brilimec. Ce n'était pas elle qui s'était rendue à Brilimec. Ce n'était pas elle qui avait retrouvé Menn, et elle n'avait pas pu passer de coups de fil depuis le Quatre-Vents, hier matin.

— Oui, le meurtre de l'île, c'est vraiment Pascal Nuz… marmonna Dupin dans sa barbe.

— Il possédait encore son vieux pistolet du temps de la Résistance. C'était le sien. Il s'est battu avec ça, vous vous rendez compte ! (Le Ber était visiblement bouleversé.) C'est également lui qui vous a appelé hier matin, pour vous parler de Medimare et vous lancer sur une fausse piste.

— Et Pajot ? Qu'en est-il de Pajot ?

— Il ne voulait pas ça. Il ne savait pas qu'ils voyageaient à trois. Il a répété à plusieurs reprises qu'il n'avait jamais voulu ça.

Le Ber semblait presque vouloir le défendre.

— Comment s'y est-il pris, avec les calmants ? Est-ce que sa version est plausible ?

— Dix comprimés dissous dans du vin. Il nous a montré l'emballage.

Tout collait, en effet, mais l'ensemble paraissait un peu trop lisse.

— Il s'est rendu comme ça, sans raison ?

— Oui, à peine quelques minutes après votre départ, répondit Le Ber d'une voix grave. Vous avez failli vous croiser, apparemment. Il a dit que vous étiez sur le point de découvrir le pot aux roses, de toute façon.

Dupin aurait aimé répondre, mais il n'en était pas capable. En proie à une profonde tristesse, il n'était pas en mesure de dire quoi que ce soit. Tout, dans cette histoire, était profondément tragique.

Il ne s'était encore jamais trouvé dans pareille situation. Il savait que les choses ne s'étaient pas déroulées de cette manière, mais il ne savait pas ce qu'on attendait de lui. Pouvait-il y changer quelque chose, d'ailleurs ? Et puis, que voulait-il, au fond ? Intervenir ?

Le Ber avait tourné les talons et s'éloignait, le regard au sol et la cigarette aux lèvres, en direction du Quatre-Vents.

Dupin ne savait pas combien de temps il était resté là, immobile. Il leva les yeux vers les rochers et aperçut

Solenn Nuz, très droite, qui semblait lutter pour garder l'équilibre. Il se mit en route. Solenn Nuz avait déjà parcouru un bout de chemin dans les rochers et s'approchait du sable. Dupin réfléchit un instant avant de la rejoindre. Elle ne l'aperçut qu'au dernier moment, absorbée qu'elle était par les ormeaux.

— On ne peut pas dire que j'aie dévalisé la mer aujourd'hui. Je n'en ai trouvé que cinq.

— Votre beau-père a parlé. Il a… tout avoué.

Solenn Nuz leva lentement les yeux qu'elle planta dans ceux de Dupin. Les traits de son visage étaient impassibles, impossible de deviner ses pensées. Puis elle baissa la tête, silencieuse. Dupin n'ajouta rien. Elle vint à lui et s'immobilisa, les paniers aux épaules, la pelle à la main. Elle donnait l'impression d'être absente, comme si elle avait oublié la présence du commissaire. Elle s'était tournée vers la mer, et son regard s'était perdu au large. Dupin l'observait.

Elle resta ainsi pendant un long moment, sans bouger, puis elle tourna lentement les talons et commença à marcher vers la plage. Le commissaire lui emboîta le pas. Ils prenaient leur temps, sans traîner pour autant. Ils cheminaient paisiblement.

Quand ils atteignirent l'extrémité de la plage, à l'endroit où les herbes folles l'envahissaient peu à peu, Dupin sut que sa décision était prise. En réalité, c'était déjà le cas quand il avait entendu son récit, mais il n'en avait pas eu conscience.

— Nous savons ce qui s'est passé. Nous connaissons toute l'histoire, madame Nuz. (Il s'interrompit et reprit, d'une voix plus ferme, assurée :) Pour nous, l'enquête est close.

Il évitait son regard.

— La police a les informations suffisantes.

Solenn Nuz ne répondit pas. Ils avaient atteint l'escalier de bois et gravirent les marches côte à côte. Dans un instant, ils entreraient dans le restaurant.

— Vous voulez sûrement parler à votre beau-père.

— Oui. Oui, absolument.

Ils atteignirent la terrasse. Le Ber et Coz étaient devant l'entrée du Quatre-Vents.

— Pascal Nuz est à l'intérieur. Nous avons demandé aux clients de partir. Louann Nuz est rentrée chez elle. Il est seul. C'est ce qu'il voulait.

La voix de Le Ber semblait chargée de regret.

— Nous avons mis l'arme sous scellés, se hâta-t-il d'ajouter. Coz est allé la chercher avec lui, elle se trouvait dans sa chambre, dans une boîte.

— Madame Nuz aimerait échanger quelques mots avec son beau-père. Laissons-les un moment.

Solenn Nuz disparut dans le restaurant et referma la porte derrière elle.

Coz s'était approché. Les trois hommes se tenaient tout près les uns des autres et, pour une fois, Dupin n'en ressentit aucune gêne. Aucun d'eux ne savait quoi dire, mais ce silence n'était pas désagréable. Chacun avait le regard tourné vers un point différent. Ils restèrent un moment ainsi.

— L'affaire est close.

Dupin avait parlé clairement, en pesant ses mots. Les deux inspecteurs revinrent à une réalité à laquelle ils avaient échappé pendant un bref instant.

— Je vais prévenir le pilote, patron, dit Coz en sortant son téléphone portable.

— Et moi, je vais appeler Labat, renchérit Le Ber, visiblement soulagé d'avoir une tâche concrète à accomplir. Kireg Goulch aussi. La chasse au trésor est terminée, a priori.

Les deux policiers partirent chacun dans une direction, téléphone à l'oreille. Dupin resta seul.

Il s'assit, non à la table « de travail » mais à celle où il s'était installé pour la première fois lundi, tout contre le mur. La place où il avait savouré un homard, encore convaincu que toute cette histoire n'était rien d'autre qu'un naufrage accidentel que ses inspecteurs et Kireg Goulch auraient vite fait d'éclaircir.

Son regard se perdit au large, au-delà du quai. Une étrange lumière sphérique englobait de nouveau tout l'horizon. Il fallait qu'il appelle Nolwenn et, surtout, qu'il contacte le préfet de toute urgence. Dupin détestait l'appeler, quelle que fût la teneur du coup de fil, mais les conversations qu'ils avaient après la résolution d'une enquête étaient les plus pénibles. Cette fois, les choses étaient différentes. Il était important qu'il le contacte en premier.

Le Ber réapparut.

— Labat est au courant. Il était un peu… déçu de s'être retrouvé, comment dire, hors du coup, en fin de compte.

Dupin imaginait très bien la scène.

— Appelez-le et dites-lui que je compte sur lui pour épingler le maire et le directeur de la Station. Il ne doit rien lâcher, pour aucun des deux. Dites-lui aussi que je vais prévenir le préfet moi-même.

— Volontiers, répondit Le Ber avec une note de compassion.

Coz aussi était de retour.

— J'ai quelques coups de fils à passer, leur dit Dupin, cela va prendre un peu de temps. Attendez ici, vous deux. Madame Nuz est autorisée à rester avec son beau-père jusqu'à l'arrivée de l'hélicoptère.

Perdu dans ses pensées, il prit sur sa gauche. Il dépassa la vieille ferme, l'école de voile et le restaurant à huîtres avec ses deux viviers, il longea la fresque au pingouin en direction du grand banc de sable, vers Bananec.

Le dénouement de l'enquête le hantait. Cette affaire était épouvantable.

Il s'immobilisa enfin. Cela faisait un moment qu'il marchait, et il se trouvait maintenant sur le côté le plus étroit du banc de sable. Entre-temps, l'eau avait monté, des lagons azur scintillaient de part et d'autre, un peu plus loin la mer s'étendait à perte de vue. Derrière lui se trouvait Saint-Nicolas, devant lui Bananec. Il sortit son téléphone. Seize appels en absence depuis sa conversation avec Nolwenn. Seize.

Il composa le numéro de son assistante.

— Je suis au courant, commissaire. Je connais les grandes lignes, en tout cas. Le Ber m'a prévenue.

Dupin fut soulagé. Il détestait résumer ses enquêtes, et celle-ci s'y prêtait particulièrement mal.

— Quelle histoire… tragique…

Dupin comprit à sa voix qu'elle se doutait de quelque chose.

— Oui, Nolwenn. Une sombre histoire, c'est le moins qu'on puisse dire.

— Pauvre Solenn. C'est incroyable.

Dupin hésita un instant à en dire davantage, mais il n'en eut pas le courage.

— Vous me donnerez les détails plus tard, commissaire. Parlez d'abord au préfet. Il appelle toutes les cinq minutes.

Oui, c'est ce qu'il comptait faire.

— Bon, eh bien. Très bien, Nolwenn.

— Très bien, commissaire.

Ce dernier échange avait quelque chose de solennel, comme le mot de la fin. Non, plutôt comme la conclusion d'un pacte tacite. Dupin en ressentit une profonde reconnaissance.

Il raccrocha et reprit son chemin, droit devant lui, vers Bananec. D'un pas décidé. Le préfet décrocha immédiatement. Dupin éloigna aussitôt l'appareil de son oreille, il ne savait que trop bien ce qui l'attendait. Pendant ses célèbres accès de colère, le préfet hurlait si fort qu'on le comprenait parfaitement à plusieurs mètres du combiné. Il tint son téléphone à bonne distance et attendit la fin de la première salve, pendant laquelle les mots « mutation immédiate » se répétèrent à plusieurs reprises. Au premier silence de son supérieur, il glissa aussi vite que possible :

— L'enquête est close.

Il n'aurait pas pu placer davantage que cette phrase, mais elle eut un effet miraculeux. Pendant une fraction de seconde, rien ne se produisit. Un silence de mort lui répondit.

— Hein ? Quoi ? Vous dites que l'enquête est close ? Vous avez trouvé le coupable ? bégaya le préfet.

— Oui, nous l'avons arrêté.

— Je peux donc annoncer à la presse que l'affaire est réglée.

C'était ce qui lui importait le plus, de toute façon. Dès qu'il pouvait faire part aux journalistes d'un succès, il devenait doux comme un agneau. Dupin avait observé ce phénomène à plusieurs reprises depuis son arrivée dans la région.

— Je vais annoncer une conférence de presse pour cet après-midi. Pour le début d'après-midi, oui. Vous êtes d'accord, Dupin ?

— Bien sûr.

— Qui est le coupable, alors ?

Ah, il s'y intéressait enfin – tout au moins un peu.

— C'est une triste histoire, monsieur le préfet. Il y a dix ans, votre ami Yannig Konan et Lucas Lefort ont laissé Jacques Nuz se noyer au cours d'une tempête. Ils l'ont laissé mourir à dessein. Ils ont…

— Donnez-moi juste le nom de l'assassin, cela me suffira.

— Pascal Nuz. Il a vengé l'assassinat de son fils. Il a appris il y a trois mois que son décès n'était pas accidentel. Au bout de dix ans. Manifestement, le temps n'a rien changé à sa douleur.

— Quel âge a ce monsieur ?

— Quatre-vingt-sept ans.

— A quatre-vingt-sept ans, il a planifié et réalisé un double meurtre ? Il était seul ?

Dupin n'hésita pas une seconde.

— Nous avons ses aveux complets, qui s'accordent à tous les éléments que nous possédons.

— Il s'est rendu ? Parfait. On va pouvoir lancer la conférence de presse. Qu'en est-il du médecin porté disparu ?

— Pascal Nuz l'a obligé à passer par-dessus bord au large des Glénan. Il a dû se noyer.

— Pourquoi a-t-il fait ça ?

— A l'époque, le médecin était présent quand Konan et Lefort ont laissé mourir Nuz. Pour comprendre cela…

— Vous me raconterez ça en détail plus tard – il

me faudra tous les détails, bien sûr… Ah, et autre chose ! Evitez de rappeler que Konan était mon ami. Ce n'est pas vrai. Toutes les personnes que je connais ne sont pas forcément mes amis. (Il était vraiment abject. Dupin ne releva pas.) Ce crime n'avait donc aucun rapport avec une chasse au trésor…

Dupin ne savait pas s'il s'agissait d'un simple constat ou d'une remarque vengeresse.

— Non. Nous savons que trois des victimes étaient des chercheurs d'épaves, et nous savons aussi qu'ils se sont souvent rendus au même endroit au cours des dernières semaines, où les archéologues supposent la présence de navires engloutis – mais ce n'était pas le sujet de l'enquête, vous avez raison.

— Un endroit précis, dites-vous ?

La question avait fusé, Dupin ne put réprimer un sourire.

— Malheureusement, nous n'avons pas pu le localiser. Et puis de toute façon, l'affaire est close.

Le préfet garda le silence, visiblement intrigué, avant de se reprendre.

— Qu'en est-il d'Yves de Berre-Ryckeboerec et du maire de Fouesnant ? Du Marhallac'h passe pour être un honnête homme, il…

— Corruption. Les preuves sont accablantes. C'est Labat qui s'en occupe.

Dupin ne lâcherait pas l'affaire, ce n'était pas son genre.

— Vraiment ? C'est sûr ? Labat partage votre avis ?

— Absolument.

— Vous pensez que le procureur verra les choses de la même manière ?

— J'en suis certain.

Le préfet sembla réfléchir un instant.

— Si c'est le cas, alors cet homme est un mouton noir, et il mérite une punition sévère.

— Quant au directeur de la Station, ajouta Dupin tout en sachant qu'il n'avait pas beaucoup de cartes en main – tant pis, il n'allait pas se priver de ce plaisir –, il ne s'est pas privé de contourner les lois pour organiser la vente de brevets et licences à son avantage, chaque fois que ça l'arrangeait. Commercialement, il fait du tort à l'établissement. Nous sommes en train de chercher s'il y a eu corruption et, si oui, sous quelle forme. Je suis sûr que nous dénicherons quelque chose.

— Un type vraiment désagréable, celui-là. J'ai eu affaire à lui ces jours derniers. A lui et à ses avocats. Ils auraient vraiment…

La voix du préfet avait pris de l'ampleur à mesure qu'il parlait, ce qui annonçait parfois un accès de colère. Cette fois, il resta posé.

— En tout cas, voilà ce que je voulais vous dire : à partir de maintenant, vous allez me tenir au courant de l'avancement de vos enquêtes, surtout des enquêtes de ce genre. Vous m'avez compris ?

Dupin ne réagit pas. Il était arrivé au bout de Bananec et se tenait sur une étendue de terre couverte d'herbe. Devant lui, des plages paradisiaques menaient à un second îlot minuscule, exactement comme à la pointe ouest de l'île. Dupin reprit sa marche. Le préfet interpréta son silence comme l'humble acceptation de ses reproches et sembla satisfait.

— Mais ce n'est pas de cela qu'il s'agit pour le moment, n'est-ce pas, mon cher commissaire ? L'important, c'est que nous ayons résolu cette affaire. Nous avons fait du bon travail !

C'était la goutte de trop. Le moment où, à la fin d'une enquête, le préfet se mettait à l'appeler « mon cher commissaire » et à se féliciter du travail qu'« ils » avaient accompli le mettait toujours hors de lui.

— Dites-moi, Dupin, quand pouvez-vous être là ? Pour la conférence de presse. Bien entendu, je peux la faire sans vous, mais dans ce cas il faudrait tout de même que vous me donniez tous les détails. Il faudrait que je…

— Allô ? Allô ? Monsieur le préfet ?

A l'extrémité de Saint-Nicolas, déjà, la ligne avait été perturbée, il avait entendu des grésillements et la voix du préfet avait été coupée à plusieurs reprises.

— Dupin ?… lô ?

— Oui, monsieur le préfet ?

— Je… pas. Il me… absolument… informations.

Dupin avait fait un pas de plus, et il avait obtenu ce qu'il voulait. Plus de réseau.

Quelques mètres plus loin, il atteignit l'étendue de sable de Bananec, qu'on ne pouvait pas même qualifier d'« îlot ». Quatre cents mètres le séparaient du banc de sable de Guiriden, éloigné d'autant de Penfret.

Dupin regarda autour de lui. Quel panorama magnifique. Il se tenait sur un petit périmètre de sable que la marée montante encerclait peu à peu. Au milieu de nulle part. Dans l'océan. En faisant un tour complet, il englobait du regard l'ensemble de l'archipel, aucune île n'en cachait une autre. Elles semblaient toutes à portée de main, presque collées les unes aux autres en un cercle parfait, comme pour une ronde. Comme si elles venaient de se mettre en place. L'air était d'une pureté fabuleuse.

Dupin aperçut un bateau qui venait dans sa direction

depuis Saint-Nicolas. Il pensa d'abord qu'il se dirigeait vers le passage qui séparait Bananec de Guiriden, mais il s'approchait trop de lui. C'était une petite embarcation pointue. Puis il reconnut le *Bir* et distingua également Goulch, debout à la barre, et les deux jeunes gendarmes maritimes à l'arrière. Dupin attrapa son téléphone portable – inutilement, songea-t-il aussitôt. Goulch lui adressait de grands signes, et Dupin comprit qu'il voulait l'emmener, le rapatrier sur la terre ferme.

Dupin avait pensé retourner au Quatre-Vents, pour voir une dernière fois Solenn Nuz. Peut-être n'était-ce pas une bonne idée, en fin de compte. Ce n'était sans doute pas le bon moment. De toute façon, il allait devoir lui parler sous peu. Les formalités, le rapport, sa déposition officielle. La veille, Dupin s'était juré de ne plus jamais mettre un pied sur un bateau et de profiter de l'hélicoptère. Le bateau, pourtant, serait plus rapide, et pourrait le déposer où il voudrait. Il ne perdrait pas de temps. Or il avait tout intérêt à arriver aussi vite que possible à l'endroit où il souhaitait se rendre. Il était treize heures quinze. S'il partait maintenant, il y serait tout juste.

Le canot était déjà à l'eau, et l'un des jeunes gendarmes à l'uniforme trop grand était à bord. Il s'arrêta à quatre ou cinq mètres de l'îlot et regarda aimablement le commissaire. Dupin comprit ce qu'il voulait, mais cette fois il prit le temps de s'asseoir, d'enlever ses chaussures et ses chaussettes, de relever son pantalon – et de s'avancer vaillamment dans l'Atlantique. Deux minutes plus tard, il était à bord du *Bir*.

Goulch lui fit un petit signe de tête. Dupin ne comprenait pas ce qu'il voulait lui dire, mais le message semblait réel, comme le signe d'une connivence. Dupin lui répondit par le même hochement de tête solennel.

Le bateau se mit immédiatement en route. Dupin se plaça derrière le capitaine, les deux gendarmes maritimes se tenaient au centre du *Bir*, accoudés à la rambarde.

Dupin avait le cœur lourd. Cette enquête lui pesait, et plus particulièrement son dénouement. Et la décision qu'il avait prise n'était pas simple. Il avait choisi d'en rester à ce qui avait été dit, mais il était certain que la réalité était autre. Son intuition le trompait-il ? Il repensa au vieil homme et à Solenn Nuz. A ce que Nolwenn lui avait rapporté : que les Glénan étaient le royaume de Solenn Nuz. Un royaume magique. Il repensa aussi au rêve que Solenn Nuz avait nourri avec son mari, celui de vivre ici, chez elle. On l'avait brutalement empêchée de le réaliser. Elle finirait sa vie seule, quoi qu'il arrive.

Dupin était conscient de se faciliter les choses en décidant que la question du « bien » ne se posait pas. Elle était essentielle, bien entendu, mais était-ce la seule valable ? A moins, peut-être, qu'il n'y eût deux réponses valables ? Peut-être, en fin de compte, s'était-il retrouvé dans une situation insoluble. Cela existait, après tout.

Dupin se sentit soudain très fatigué. Littéralement vidé, à tel point que le fait de naviguer à pleine puissance sur une mer agitée ne le dérangeait pas. Il voulait seulement cesser de penser. Cela ne mènerait à rien. Cette enquête, il le savait déjà, le poursuivrait longtemps.

Les îles, dont les contours étaient parfaitement clairs à peine quelques instants plus tôt, n'étaient plus que des silhouettes nébuleuses qui disparaissaient à mesure que le *Bir* s'en éloignait. Les yeux de Dupin fouillèrent l'horizon, mais il n'aurait pu dire si ce qu'il voyait n'était qu'un amoncellement de nuages ou de buée, ou alors le reflet un peu flou de la lumière sur la mer, en cette journée aux couleurs d'argent. Les Glénan s'étaient de nouveau dissous dans le néant. Ils avaient disparu.

Il était quatorze heures quinze quand Dupin pénétra à l'Amiral. Il avait longé le long quai de pierre où le *Bir* l'avait déposé et au bout duquel s'étendaient les grands parkings. Un peu plus loin, la pittoresque vieille ville et, en face, le restaurant.

Lily se tenait derrière le comptoir, un couteau impressionnant dans une main, un plat surmonté d'une tarte aux pommes fine comme une crêpe dans l'autre. Les derniers clients en étaient déjà au dessert. En apercevant le commissaire, elle avait appelé un garçon de salle et lui avait confié le couteau.

Dupin avisa avec soulagement sa table favorite inoccupée. Tout au fond, à gauche de la brasserie, à un emplacement idéal pour observer ce qui se passait. Les clients du restaurant, mais aussi les passants et surtout les trois ports. Le nouveau port de plaisance à droite, à gauche le port des pêcheurs locaux, et, derrière, le grand port en eaux profondes. Entre eux s'élevait la vieille forteresse qui résistait à toutes les intempéries depuis cinq siècles sans jamais se laisser conquérir. Sur le versant donnant sur l'Amiral était installée une grande horloge solaire, sous laquelle brillaient les mots : « Le temps passe comme l'ombre. »

Pas toujours, se dit Dupin. Parfois, le temps s'arrête pour l'éternité.

Elle était imprenable, indestructible, cette forteresse. Tout, en elle, semblait indiquer qu'elle ne disparaîtrait jamais. Dupin ressentit une joie enfantine à la voir, si solide et rassurante.

— Ça y est ? C'est fini ?

Lily était plantée près de lui.

— C'est fini.

— C'était dur ?

— Plus que tu ne l'imagines.

Lily lui lança un regard chaleureux.

— Tu sais… J'ai vu des vrais dauphins.

Dupin ne put réprimer un sourire. Il avait dit cela dans un murmure, mais quand bien même Lily l'aurait entendu, elle n'aurait pas su quoi lui répondre.

— Entrecôte et rouge ? Comme d'habitude ?

— Absolument. Oh, et avant que j'oublie : je vais avoir de la visite demain soir. Il me faudra une table pour deux, pour vingt heures.

— C'est noté.

Le commissaire se détendit enfin. « Comme d'habitude. » Voilà. Ces mots lui faisaient du bien. Ce jour-là. A la fin de ce jour-là. C'était ainsi. C'était vraiment ainsi.

Cet ouvrage a été composé et mis en page
par NORD COMPO

Imprimé en France par CPI
en juin 2017
N° d'impression : 3023722

POCKET – 12, avenue d'Italie – 75627 Paris Cedex 13

Dépôt légal : juin 2016
S26771/04